汉魏文学散论

邢培顺 著

齊魯書社

图书在版编目（CIP）数据

汉魏文学散论 / 邢培顺著. -- 济南：齐鲁书社，2017.5

ISBN 978-7-5333-3754-4

Ⅰ. ①汉… Ⅱ. ①邢… Ⅲ. ①中国文学—古典文学研究—汉代②中国文学—古典文学研究—魏晋南北朝时代 Ⅳ. ①I206.2

中国版本图书馆 CIP 数据核字(2017)第 080596 号

汉魏文学散论

HANWEI WENXUE SANLUN

邢培顺 著

主管单位 山东出版传媒股份有限公司
出版发行 齊魯書社
社　　址 济南市英雄山路 189 号
邮　　编 250002
网　　址 www.qlss.com.cn
电子邮箱 qilupress@126.com
营销中心 (0531)82098521 82098519
印　　刷 日照日报印务中心
开　　本 880mm×1230mm 1/32
印　　张 12.75
插　　页 3
字　　数 286 千
版　　次 2017 年 5 月第 1 版
印　　次 2017 年 5 月第 1 次印刷
印　　数 1-1000
标准书号 ISBN 978-7-5333-3754-4
定　　价 **45.00 元**

序

培顺君于2000年跟我读硕士研究生，因是工作十余年后又重回学校学习，他十分珍惜这次学习的机会，每天读书十一二个小时，几乎没有了星期天的概念，苦拼三年，便将先秦汉魏晋南北朝的主要典籍基本读完。当时我考虑到他的家庭经济比较困难，便给他介绍了一份代课的工作，他婉言谢绝了，表示要趁这个机会多读一点书，我作为导师，自然十分赞赏这个做法。正是凭借这股拼劲，培顺最终写出了近二十万字的硕士论文《刘向散文研究》，以优异的成绩毕业，并进入高校当了一名大学老师。

2007年，培顺君又回到母校跟我读博士研究生，这次的精神面貌和知识状态自然与以前大不相同，但渴求知识的欲望和刻苦学习的精神一如既往。这次他又选择了一个十分大胆的论文题目“曹植文学研究”，因为曹植作为“建安之杰”，研究成果已经较多，要出新意很有难度。他克服边工作边学习等种种困难，终于完成了近四十万字的博士论文，得到了同行专家的赞许，顺利毕业。

培顺君的主要研究领域是汉魏文学，已经出版《刘向散文研究》《曹植文学研究》等多部专著，受到学术界的广泛关注与好评。

此外，还发表了数十篇具有真知灼见的学术论文。汉魏时期，由于思想观念之多元发展，学术与文学之纠结交融，文学发展的脉络不易理清，某些文学现象难以得到恰切透彻的解释。培顺君在工作单位一边承担着繁重的教学任务，一边孜孜不倦地做学术研究，对有关问题往往能够提出自己的见解。如其《蔡琰〈悲愤诗〉非自述身世之作》一文，一反长期以来学术界流行的观点，用较充分的证据和入情入理的分析，证明蔡琰的《悲愤诗》并不是所谓"描写自己亲身经历"的作品，其"被掳至南匈奴，嫁左贤王，生儿子"的说法也十分令人怀疑。此文被中国人民大学复印报刊资料全文转载，如果培顺的观点能够成立，则文学史关于蔡琰的部分就需要改写。

这本论文集，可算是培顺君学术生涯的一个阶段性总结，真是可喜可贺。衷心希望培顺君再接再厉，不断攀登学术高峰，取得更大的成绩。

王　琳

2017 年 3 月

目　录

贾谊被疏斥原因探隐

一、关于贾谊被疏斥原因的两种说法

贾谊英年早逝，其高才远志不得施展，令后世众多才智之士深感痛心和惋惜。班固即在《汉书·贾谊传·赞》中借刘向的话说："贾谊言三代与秦治乱之意，其论甚美，通达国体，虽古之伊、管未能远过也。使时见用，功化必盛。为庸臣所害，甚可悼痛。"①贾谊初时深得汉文帝的赏识，有拔任公卿之议，但后来受到疏远和贬谪。《史记·屈原贾生列传》载此事说：

> 贾生以为汉兴至孝文二十余年，天下和洽，而固当改正朔，易服色，法制度，定官名，兴礼乐，乃悉草具其事仪法，色尚黄，数用五，为官名，悉更秦之法。孝文帝初即位，谦让未遑也。诸律令所更定，及列侯悉就国，其说皆自贾生发之。于是天子议以为贾生任公卿之位。绛、灌、东阳侯、冯敬之属尽害之，乃短贾生曰："雒阳之人，年少初学，专欲擅权，纷乱

① 班固《汉书》卷四十八，中华书局1962年版，第2265页。

诸事。”于是天子后亦疏之，不用其议，乃以贾生为长沙王太傅。①

从这段记载来看，似乎贾谊所以遭文帝疏远、贬谪，是因为绛、灌之徒唯恐年轻的贾谊夺取了他们的权势和利益，便自恃为有功老臣，向文帝进谗说，致使文帝回心改意。事实上，后世大多数人也是这样认为的。笔者认为，这仅仅是表层因素，历史上的汉文帝以宽厚、聪明、通达著称，在国家大事上，处事分明，不可能因几句话就疏远自己赏爱的大臣，所以其中必有深层的原因。

于是又有另外的说法。应劭在《风俗通义·正失篇》中说：“及太中大夫贾谊亦数陈止游猎，是时，谊与邓通俱侍中同位，谊又恶通为人，数廷讥之，由是疏远，迁为长沙太傅，既之官，内不自得，及渡湘水，投吊书曰：‘阘茸尊显，佞谀得意。’以哀屈原离谗邪之咎，亦因自伤为邓通等所诉也。”②后世颇有人信此说，如全祖望在《跋贾太傅〈新书〉》中即说：“太史公言：汉文帝雅器太傅，将任以公卿之位，大臣多不之喜，遂以年少初学诋之。世或以太傅不善用其才，深为惋惜。予窃以为绛、灌当时贤臣，不应如此。考应仲远《风俗通》，是时太中大夫邓通有宠于帝，太傅与之同列，独不为礼，恨而挤之，因渐见疏。然则长沙之出，殆非尽大臣之过也。”③刘跃进《秦汉文学编年史》在讨论贾谊被疏斥时说：“《汉书》言贾谊为周勃、灌婴、张相如、冯敬之流所谗陷，其实背后还有一个重要的政敌，即邓通。”④然后也引用应劭《风俗通义·正失

① 司马迁《史记》卷八十四，中华书局1959年版，第2492页。
② 赵泓《风俗通义全译》，贵州人民出版社1998年版，第78页。
③ 王洲明、徐超《贾谊集校注》，人民文学出版社1996年版，第505页。
④ 刘跃进《秦汉文学编年史》，商务印书馆2006年版，第91页。

篇》之说。笔者以为,此说更不可信。据《史记·佞幸列传》载,邓通“无伎能”,只因其衣饰与文帝梦中所见之人相合,故而得幸。文帝以弄臣视之,私之以财,并不委以政事,而“通亦愿谨,不好外交,虽赐洗沐,不欲出”。① 又据《汉书·申屠嘉传》,申屠嘉入朝奏事,“而通居上旁,有怠慢之礼”,申屠嘉乃为檄召邓通至丞相府,责其不敬而欲斩之,邓通叩头流血而不得解,文帝派人解其急而向丞相致歉意,说:“此吾弄臣,君释之。”②可见文帝对邓通的态度。这样一个弄臣,很难说会影响汉文帝的用人政策。笔者认为,从汉文帝前后对贾谊的态度来看,贾谊不被重用,其原因并不那样简单,它是与贾谊的政治观念和政治主张密切相关的。

二、汉初的政治形势

秦朝是我国历史上第一个真正意义上的大一统君主专制的封建国家,但它仅存在了十几年便灭亡了。汉朝是在声势浩大的反秦斗争中建立起来的,刘邦统治集团具有浓重的平民色彩,上至皇帝,下至大臣,其文化水平大都不高,对于新建立的汉王朝,他们不仅对指导国家政权的意识形态没有明确的意识,就是对国家政权的运行机制也没有一个清晰的轮廓。如《史记·刘敬叔孙通列传》记载:“汉五年,已并天下,诸侯共尊汉王为皇帝于定陶,叔孙通就其仪号。高帝悉去秦苛仪法,为简易。君臣饮酒争功,醉或妄呼,拔剑击柱,高帝患之。叔孙通知上益厌之也,说上曰:‘夫儒者难与进取,可与守成。臣愿征鲁诸生,与臣弟子共起朝

① 司马迁《史记》卷一百二十五,第3192页。

② 班固《汉书》卷四十二,第2101页。

仪。’高帝曰：‘得无难乎？’叔孙通曰：‘五帝异乐，三王不同礼。礼者，因时世人情为之节文者也。故夏、殷、周之礼所因损益可知者，谓不相复也。臣愿颇采古礼与秦仪杂就之。’上曰：‘可试为之，令易知，度吾所能行为之。’”①叔孙通七拼八凑而建立起来的礼仪制度，竟然得到刘邦的高度赞赏。刘邦既没有自己的政治设想，而列国分立的局面不可能恢复，儒生所颂扬的三代制度也难以再现，于是，尽管汉初各个社会阶层普遍对秦朝充满反感，但汉朝还是不得不继承秦的制度，只不过去其泰、去其甚。这修正的内容主要有三大端。其一是修正法律，争取民心。高祖入关，为了得到秦人的支持，尽除秦法，只与百姓约法三章，这自然只是战时的权宜之计。“其后四夷未附，兵革未息，三章之法不足以御奸，于是相国萧何捃摭秦法，取其宜于时者，作律九章。”②其二是分封诸侯王，为国藩辅。汉朝统治者接受秦朝危急之时孤立无辅的教训，“王子弟，地犬牙相制”，以为“盘石之宗”。③ 其三是放松文化控制，让人们有一个适当的话语空间，如惠帝时即废除挟书律，后又派儒生做诸侯王的太傅。尽管有这些修正，但从基本的治国策略上讲，汉初的政治还是一种继承秦朝基本政治制度的因循无为之治。

这种因循无为的治国策略适应了当时大乱之后民生凋敝的社会现实及社会各阶层人心思定的社会心理和要求，因而深得百姓的拥护，汉帝国也很快走向安定，社会经济得到恢复和迅速发展。正如司马迁所总结：

---

① 司马迁《史记》卷九十九，第2722页。

② 班固《汉书》卷二十三，第1096页。

③ 班固《汉书》卷四，第106页。

> 孝惠皇帝、高后之时，黎民得离战国之苦，君臣俱欲休息乎无为，故惠帝垂拱，高后女主称制，政不出房户，天下晏然。刑罚罕用，罪人是希。民务稼穑，衣食滋殖。①

但这种政策，实在不过是一种适应汉初特定社会形势的因循苟且的治国之策，随着社会的发展，各种社会矛盾便暴露出来了。如因诸侯国过于强大而产生的尾大不掉的问题、因地方豪强势力的发展而产生的土地兼并问题等。而更重要的，是隐藏在这些问题背后的更为根本的指导国家政治的意识形态问题没有解决。当时各家思想都想充当汉王朝政治的指导思想，他们相互争论，相互排斥，以至于让最高统治者时常陷入无所适从的境地。生活在汉文帝时代的贾谊，学识渊博，思想深刻，目光敏锐，他先于常人观察到了汉朝的政治在表面的平静下所潜藏的危机，他用文学家的笔触陈说了这种情况：

> 臣窃惟事势，可为痛哭者一，可为流涕者二，可为长太息者六，若其它背理而伤道者，难遍以疏举。进言者皆曰天下已安已治矣，臣独以为未也。曰安且治者，非愚则谀，皆非事实知治乱之体者也。夫抱火厝之积薪之下而寝其上，火未及燃，因谓之安，方今之势，何以异此！②

在贾谊看来，此时汉朝的政治制度和政治施为已经到了非改革不可的地步了。

三、汉文帝的品格

汉文帝乃刘邦之中子，其母薄姬本为魏王豹之夫人，后来魏

---

① 司马迁《史记》卷九，第412页。

② 班固《汉书》卷四十八，第2230页。

王豹背汉向楚，汉使曹参虏魏王豹，而薄姬输织室。刘邦偶见之而召入宫中，后怜而幸之，得生文帝，生子后便极少再能见皇帝。因此，刘恒在刘邦诸子中也就谈不上有什么地位。而当陈平、周勃、刘章等人诛灭吕禄、吕产，派人迎刘恒入继大统的时候，刘恒不敢相信这样的好运会降临到自己的头上，他的大臣们也议论纷纷，认为这是一个阴谋，只有当自己的舅舅入京察看情况属实后，他才怀着犹疑的态度入京，而当群臣请他即尊位时，他说："奉高帝宗庙，重事也。寡人不佞，不足以称。愿请楚王计宜者，寡人弗敢当。"①再三谦让之后，方继位为帝。汉文帝在其赐南粤王赵佗书中说到了这个情形："朕，高皇帝侧室之子，弃外奉北藩于代，道里辽远，壅蔽朴愚，未尝致书。高皇帝弃群臣，孝惠皇帝即世，高后自临事，不幸有疾，日进不衰，以故悖暴乎治。诸吕为变故乱法，不能独制，乃取它姓子为孝惠皇帝嗣。赖宗庙之灵，功臣之力，诛之已毕。朕以王侯吏不释之故，不得不立。"②大概刘恒认为自己入继大统并非完全合乎传统规则，也可能受到原始儒家贤人政治观念的影响，当然也可能出于他天性谦让的性格，当大臣们请早建太子的时候，他下诏说："朕既不德，上帝神明未歆飨也，天下人民未有慊志。今纵不能博求天下贤圣有德之人而嬗天下焉，而曰豫建太子，是重吾不德也。谓天下何？其安之。"③这些话虽不免有些矫情，但在这样的重大问题上，能有如此的表白，自然是反映了汉文帝的某种心理。

汉文帝即位的时候，与高祖共打天下的功臣多有在者，如周

---

① 班固《汉书》卷四，第 108 页。

② 班固《汉书》卷九十五，第 3849 页。

③ 班固《汉书》卷四，第 111 页。

勃、陈平、灌婴等，所以，他在发布政令、任免官吏的时候，往往多方咨询，谦虚纳下。但这些开国功臣，除陈平等有限几人外，大多是识字不多甚至根本不识字的草莽武夫，随着汉文帝对政事的熟悉，他对这些大臣的行政能力也逐渐感到不满，思虑有以改变之。十五年九月，汉文帝亲策贤良文学士以选拔官吏，就是想用有知识、有远见的新生力量取代这些愚钝、顽固的老臣。在这种情况下，贾谊提出改革政治的主张，就不是不合时宜的，而且，以汉文帝当时渴求贤才的心情和他聪敏通达的性格，也是很有可能接受的。王夫之在其《读通鉴论》中说："汉兴，至文帝而天下大定。贾谊请改正朔、易服色、定官名、兴礼乐，斯其时矣。"那么，贾谊为什么没能成功呢？他说：

> 夫谊而诚欲兴也，当文帝之世，用文帝之贤，导之以中和之德，正之于非僻之萌，养之以学问之功，广之以仁义之化，使涵泳于义理之深。则天时之不可逆，而正朔必改；人事之不可简，而服色官名之必定；至德之不可斁，而礼乐之必兴；怵惕而不安于其心，若倦于游而思返其故。抑且有大美之容，至和之音，仿佛于耳目之间，而迫欲遇之。则以文从质，以事从心，审律吕于铢累之间，考登降于周旋之际，一出其性之所安，学之所裕，以革故而鼎新，不待历岁年而灿然明备矣。①

王夫之认为，以时机而论，适当其时；以文帝之明达而论，有必受之势，然贾谊所以失败，是贾谊行事之方法和步骤有问题。果真如此吗？王夫之其实没有看到问题的实质所在。

---

① 王夫之《读通鉴论》，中华书局 1975 年版，第 29，30 页。

从汉文帝的政治活动来看，他对治国理念的理解和对政治技术的掌握是有一个过程的。

四、贾谊的政治主张

秦王朝单纯地奉行以法治国的政策，利用严酷的法律治理天下，引起社会各阶层特别是广大百姓的强烈不满和反抗，秦朝只存在了十几年便在声势浩大的农民起义中灭亡。汉朝虽然继承了秦朝的政治制度，但它吸取了前朝灭亡的教训，在许多方面进行了改革，其中之一便是实行了鼓励文化发展的政策。与大一统政治形势相适应，汉代的学术和思想具有明显的综合特色，汉代的儒家学说也是如此。产生于春秋时期的儒家学说，既是此前政治形态和社会观念的反映，也融注了儒家创始人的社会政治理想和伦理道德思想。但是，随着社会的发展，儒家的这些政治原则和社会观念不再与已经发展了的社会形势相适应，所以，尽管儒家的创始人及其后学孔子、孟子等人栖栖遑遑，周游列国，极力宣传自己的政治主张，但在整个战国时期，其政治主张从没有在哪一个国家完全实践过。战国后期，政治上大一统的局面即将出现，而作为其先导的是思想上的整合和统一。战国时期曾经产生强烈对立和激烈争论的诸子百家思想此时走向相互影响、相互渗透、相互吸收。儒家思想也是如此，如战国晚期的儒学大师荀子便吸收了法、道、名、墨等家的思想，将儒家思想加以改造，减少了原始儒家思想的理想成分，增强了儒家社会政治思想的技术性和可操作性，使之能够适应即将出现的大一统国家政治的需要。

汉代是儒学昌盛的时代，但汉代儒学也有一个发展演变的过程，它随着社会政治形势的变化，在不同的社会发展阶段呈现出不同的面貌。汉初的儒学，尚未成为大一统专制帝国的主流意识形态，它还只是汉初并存的众家学说中较为重要的一家，因而它仍然保存了原始儒家的许多精义，如它主张天下一统但反对集权，倡言君主至尊但不主张专制，倡导嫡长子继承制但不主张家天下，等等。而这些主张，到汉武帝以后便成为人们讳言的话题，有些成为儒学密传之义，有些干脆销声匿迹了。贾谊是汉初对国家政治影响最大的儒家学者和思想家，他的思想体系，很多方面继承了荀子的学说，具有较典型的汉初儒家思想体系的特点。贾谊熟悉六艺经传及诸子百家之学，他以儒家为主，融合儒、道、法、墨、名等各家思想，形成了自己的哲学思想和政治思想体系。他初时曾得到河南守吴公的赏识，并被召置门下。河南守吴公曾"学事"李斯，后因治平为天下第一，汉文帝任之为廷尉。可见法家思想对贾谊有相当的影响，而贾谊也十分看重法家思想在行政效率方面的优点。《史记·太史公自序》在介绍汉初的学术思想发展状况时也说："自曹参荐盖公言黄老，而贾生、晁错明申、商，公孙弘以儒显。"①的确，贾谊在他的政治主张中，强调礼法，尊君卑臣，拥护大一统中央集权的皇权政治，这都与法家的政治主张相合或相似，但贾谊是强烈反秦的，因而，他不可能主张完全重复秦朝的政治制度和政治模式，如果我们对他的政治主张和政治结构进行仔细考察，就可以发现贾谊"尊君卑臣"的内容与法家的思想有本质的不同。徐复观在详细分析了贾谊的政治主张后便说："贾生心目中以皇帝为中心的政治结构，却是为皇帝分担权力，并给皇帝以政治规范、政治制约的政治结构。在此种结构中，皇帝

① 司马迁《史记》卷一百三十，第3319页。

的地位虽很尊，但权力的行使，是出之于集体的意志与能力，而不是出于皇帝的孤独意志。”①由此看来，贾谊的政治思想，继承了原始儒学的思想精华，又吸收了法家及其他各家思想的积极因素，根据变化了的社会历史形势，创造了既符合儒家仁政原则，又强调现实政治效率的理想的政治模式。正如徐复观所言：

> 贾生为了巩固天下的统一，而把皇帝推尊得至高无上，但在他的官制中，却从道德、政治原则、才能、法制等方面，把政权安放在集体的有机体中去运行，决不许人君以个人的意志随意加以干犯。……这样一来，贾谊虽视皇帝为至高无上，只是为了巩固天下的统一，与加强政治的秩序与效能。而以皇帝为代表的政治结构，却是集天下贤德之人的共同统治，皇帝反垂拱无为，实际是一种“虚君”的制度。这便把皇权专制，在实质上加以解消了。②

这样的政治主张，是否能为封建专制君主所接受呢？

五、结论

秦朝采用严酷的法律治理国家，其钳制文化的政策对儒家的打击最大，因而儒生对秦朝的痛恨也最为强烈。《史记·儒林列传》：“及至秦之季世，焚《诗》《书》，坑术士，六艺从此缺焉。陈涉之王也，而鲁诸儒持孔氏之礼器往归陈王。于是孔甲为陈涉博士，卒与涉俱死。陈涉起匹夫，驱瓦合适戍，旬月以王楚，不满半岁竟灭亡，其事至微浅，然而缙绅先生之徒负孔子礼器往委质为

① 徐复观《两汉思想史》第二卷，华东师范大学出版社 2001 年版，第 82 页。

② 徐复观《两汉思想史》第二卷，第 83 页。

臣者,何也?以秦焚其业,积怨而发愤于陈王也。”①汉朝建立后,适应当时民生极度凋敝的社会现实,采用了黄老清静无为的治国策略,但儒生们仍以积极的态度和满腔的热情,参与到国家制度和文化事业的建设中去,如叔孙通制礼仪,张苍定章程,陆贾上《新语》。而当汉王朝政治稳固,经济恢复和发展,社会逐渐走向安定以后,儒生们又在为使儒家学说成为大一统帝国的主流意识形态而努力、斗争。“在此种背景下,承先秦诸子的学术遗风,以最大的热情,与广博的学识,欲为此大一统的皇权专制政治提出长治久安之策的,当首推贾谊。”②表面看来,贾谊的政治主张,主要是针对当时的现实政治问题而提出的对策和建议,但若将这些政治主张作综合、深入的考察,可以发现,其中实包含着一种崇高的政治理想、一个精美的政治蓝图。贾谊在他的政治理论体系中,提出了一个君居虚位、各级官僚分职而治的政治格局,即由皇帝居于国家政治的最顶端,根据国家政治的需要广求贤才,依据个人的道德水准和实际才能,设官分职,各级官吏依据礼法奉职而治,不允许国君以个人的意志随意加以干涉,从而形成一个有机的、高效率的运行机制。这样的政治模式,对于像汉文帝这样的比较开明的君主来说,应该是有接受的可能的,但文帝“谦让未遑”,表明他已经意识到施行这种制度可能产生的后果。汉文帝以高帝孽子、偏远藩王入承大统,他对政治观念的认识和对政治技术的掌握是有一个过程的。史称“孝文帝本好刑名之言”③,然则汉文帝的政治思想观念有一个由黄老到刑名的转变。由黄老

① 司马迁《史记》卷一百二十一,第3116~3117页。

② 徐复观《两汉思想史》第二卷,第69页。

③ 司马迁《史记》卷一百二十一,第3117页。

转入刑名虽然完全合乎逻辑，古人也常将二者连称，但二者毕竟有区别，而汉文帝信奉刑名之言对当时的国家政治实有重要意义，对于他疏远贾谊更是具有决定性的作用。考察影响汉文帝刑名思想形成的因素，有两个人物需着重指出，一个是河南守吴公，一个是晁错。吴公本是李斯的门生，因为任河南守时治平为天下第一，汉文帝即位之初即征之为廷尉，其政治思想不可能不影响到皇帝。晁错出生于法家思想盛行的三晋故地颍川，后又师从轵县张恢学申商刑名，这使他成为一个纯粹的法家。他虽从伏生受《尚书》，竟能不受儒家思想的影响；他也大谈五帝三王五霸，竟一语不及仁义，而纯任刑赏。试看他为博士时给文帝的上书：

> 人主所以尊显功名扬于万世之后者，以知术数也。故人主知所以临制臣下而治其众，则群臣畏服矣；知所以听言受事，则不欺蔽矣；知所以安利万民，则海内必从矣；知所以忠孝事上，则臣子之行备矣。此四者，臣窃为皇太子急之。人臣之议或曰皇太子亡以知事为也，臣之愚，诚以为不然。窃观上世之君，不能奉其宗庙而劫杀于其臣者，皆不知术数者也。皇太子所读书多矣，而未深知术数者，不问书说也。①

此上书得到文帝的欣赏，于是拜之为太子家令。将此书的观点与贾谊的政治观点及教育太子的内容和方法进行比较，其分野之鲜明自不待言。晁错从伏生受《尚书》还朝后任太子舍人、门大夫，又迁博士的时间史无明文，刘跃进《秦汉文学编年史》定在汉文帝前元十年，并无确凿的史实依据，似嫌稍晚。无论如何，晁错的政治思想观念影响了汉文帝，进而也影响了汉文帝对贾谊的态度，

---

① 班固《汉书》卷四十九，第2277页。

是可以推知的。关于这一点，我们还可以看一看晁错在汉文帝前元十五年对策中的一段话："今陛下神明德厚，资财不下五帝，临制天下，至今十有六年，民不益富，盗贼不衰，边竟未安，其所以然，意者陛下未之躬亲，而待群臣也。今执事之臣，皆天下之选已，然莫能望陛下清光，譬之犹五帝之佐也。陛下不自躬亲，而待不望清光之臣，臣窃恐神明之遗也。"①此时虽然贾谊已死，但此前晁错曾多次上书文帝，并得到文帝欣赏，他的这种君主极端专制、不任臣下的思想，恐怕早对汉文帝产生影响了。

由上论述可知，贾谊之被汉文帝疏斥，其根本原因不在功臣或弄臣因嫉妒而进谗言，也不因为朝臣的争权夺利，而在于贾谊学说中的一些原始儒家民主思想，与封建君主专制政体格格不入。汉文帝认识到施行这些政治原则所可能产生的严重后果，故而拒绝了这种理论，也就不得不疏斥贾谊。

---

① 班固《汉书》卷四十九，第2298页。

论董仲舒的政治理想和人生命运

董仲舒用以构筑其理论体系的方法是来源于远古交感巫术思维的“比物联类”“推类而及”的思维方式,加以其理论体系涉及哲学、政治、伦理、人性等诸多内容,这就使他的学说呈现出极为驳杂的状态,甚至具有浓重的神秘色彩和宗教气氛,其对后世的影响也广泛、巨大而复杂,这使他成为中国思想史上最为复杂因而也最难做出准确评价的思想家之一。古代的学者就已经对他褒贬不一,近现代的学者对他的评价更是见仁见智。有些学者基于对封建专制制度的反感,甚至对他做出了完全否定的评价,称他为千古罪人。在近现代学者对董仲舒的评价中,有一点似乎是大家一致认可的,那就是他的学说为大一统封建专制政权的合理性建立了形而上的依据,他是封建专制政治主流意识形态的建立者。如冯友兰先生说:“董仲舒关于天的理论的社会意义,在于论证封建地主阶级的政权和代表这种政权的皇权,都是出于天意,这也是为地主阶级的政治哲学在宇宙观方面虚构出一个理论的根据。”①在现代学者当中,徐复观先生是研究董仲舒最为全面

① 冯友兰《中国哲学史新编》中卷,人民出版社1998年版,第63页。

和客观的学者之一，他也认为董仲舒的学说“是通过《公羊》来建立当时已经成熟的大一统专制的理论根据”，他说：“董仲舒虽然要把大一统的专制加以合理化，把皇帝捧得至高无上，但他的基本用心，却是想在这种崇高、伟大政治结构之下，实现他以人民为主体的理想政治。”①徐复观先生虽然体察到董仲舒学说的“基本用心”，但仍认为董仲舒是拥护大一统专制政治的。可见，由于董仲舒学说在后世的流弊太多、太大，以至于人们将其学说中的许多精义都误解乃至忽视了。本文将依据《春秋繁露》等著作，勾勒董仲舒的政治理想，探寻他对汉王朝的态度以及由于其政治理念而造成的人生命运。

一、董仲舒的政治理念

董仲舒在以《公羊春秋》为依托构筑贯通天、地、人的庞大思想体系的过程中，也比较清晰地表述了他的政治理想，只不过他并没有做集中的论述，而是分散在对各种问题的论述中。在董仲舒的政治理论体系中，有三个重要概念，这就是天、君、臣。关于这三者的关系，他在《春秋繁露·玉杯》中说：“故屈民而伸君，屈君而伸天，《春秋》之大义也。”②又《二端》中说：“是故《春秋》之道，以元之深正天之端，以天之端正王之政，以王之政正诸侯之即位，以诸侯之即位正竟内之治，五者俱正而化大行。”③在董仲舒的天人体系中，国君处在连接天、人的中间位置，他的品格和行

① 徐复观《两汉思想史》第二卷，华东师范大学出版社 2001 年版，第 203，227 页。

② 苏舆《春秋繁露义证》，中华书局 1992 年版，第 32 页。

③ 苏舆《春秋繁露义证》，第 155～156 页。

为取法于天，又以之教化百姓的品德，规范百姓的行为。很显然，天的品格决定国君的水准，国君的水平决定国家政治面貌。所以要弄清董仲舒的政治理念，必须先弄清三者各自的品格和职能。

（一）董仲舒的“天”的品格和职能

在董仲舒的理论体系中，“天”是最高的概念，是一切观念和价值之所出，因而是他立论的起点，后世学者要研究他的思想体系，就必须先弄懂他的“天”的含义，但后人似乎很难准确全面地把握他的“天”的意蕴。董仲舒的“天”，意蕴异常丰富，可以说，其意蕴既有因文化的长期发展而产生的意义叠加，又有董仲舒基于对宇宙的理解以及出于建构理论体系的需要而赋予的新的意义。从董仲舒建构理论体系所采用的“等伦比类而通之”的方法与《周易》的思维方式同出于远古的巫术思维来看，董仲舒的天在思维方式和意蕴上首先是继承了《周易》，如《易传·序卦》中说：“有天地然后有万物，有万物然后有男女，有男女然后有夫妇，有夫妇然后有父子，有父子然后有君臣，有君臣然后有上下，有上下然后礼义有所错。”①这个顺序，既有衍生的意义，又有前后比拟的意义，与董仲舒的理路是一致的。同时，董仲舒的天，也融有《诗经》中“天”的意义，如“文王在上，於昭于天”“假哉天命，有商孙子”“侯服于周，天命靡常”“上天之载，无声无臭”“天生烝民，有物有则”“天监有周，昭假于下”“维天之命，於穆不已”“昊天有成命，二后受之”②；又融纳了《论语》中“天”的意义，如“大哉尧之为

① 高亨《周易大传今注》，齐鲁书社 1979 年版，第 647～648 页。

② 高亨《诗经今注》，上海古籍出版社 1980 年版，第 369，370，454，476，479 页。

君也！巍巍乎！唯天为大，唯尧则之”①“子曰：天何言哉？四时行焉，百物生焉，天何言哉？”②也融有《孟子》中“天”的意义，如“（万章曰）‘然则舜有天下也，孰与之？’（孟子）曰：‘天与之。’‘天与之者，谆谆然命之乎？’曰：‘否。天不言，以行与事示之而已矣。’曰：‘以行与事示之者，如之何？’曰：‘天子能荐人于天，不能使天与之天下；诸侯能荐人于天子，不能使天子与之诸侯；大夫能荐人于诸侯，不能使诸侯与之大夫。昔者，尧荐舜于天，而天受之；暴之于民，而民受之。故曰，天不言，以行与事示之而已矣。’”③董仲舒的“天”，既融合了天的传统意义，又赋予它时代内容。

董仲舒的“天”具有鲜明的时代性和明确的指向性，它是一切价值的源泉，国君模仿的榜样，《离合根》表述了“天”的品格：

> 天高其位而下其施，藏其形而见其光。高其位，所以为尊也；下其施，所以为仁也；藏其形，所以为神；见其光，所以为明。故位尊而施仁，藏神而见光者，天之行也。④

又其《尧舜不擅移汤武不专杀》论说了天的职能：

> 且天之生民，非为王也；而天立王，以为民也。故其德足以安乐民者，天予之；其恶足以贼害民者，天夺之。诗云：“殷士肤敏，裸将于京，侯服于周，天命靡常。”言天之无常予，无常夺也。⑤

① 杨伯峻《论语译注》，中华书局1980年版，第83页。

② 杨伯峻《论语译注》，第188页。

③ 朱熹《四书章句集注》，中华书局1983年版，第307页。按，笔者对引文标点有改动。

④ 苏舆《春秋繁露义证》，第164～165页。

⑤ 苏舆《春秋繁露义证》，第220页。

天是终极价值的象征,是人间政治施为的监督者和最终裁判者。从这些论述,足以看出董仲舒对传统天论的继承,也可看出他的"天"的意蕴的当代性及明确的理论指向。他利用这意蕴丰富的"天",来确定和规范他理想中的"君"的品格。

(二)董仲舒的"君"的品格与职能

后世的学者大都认为,董仲舒承认大一统封建专制政体,拥戴大汉朝皇帝,并为其合理性提供理论依据。连对董仲舒学说的主观意图深有体认,因而评价董仲舒较他人远为全面、客观的徐复观先生也说:"他的这一意图,与大一统专制政治的趋于成熟,有密切关系。他一方面是在思想上、观念上,肯定此一体制的合理性。同时,又想给此一体制以新的内容,新的理想。这便构成他的天的哲学大系统的现实意义。这里应特别指出的,董氏肯定了大一统的专制政体,并不等于他肯定了'家天下'。"①其实,董仲舒在《春秋繁露》中对自己理想的政治体制和君主品格,有较清晰的论述,在《王道》中,他说:

> 故明王视于冥冥,听于无声,天覆地载,天下万国莫敢不悉靖其职受命者,不示臣下以知之至也,故道同则不能相先,情同则不能相使,此其教也。由此观之,未有去人君之权,能制其势者也;未有贵贱无差,能全其位者也。故君子慎之。②

君主居于至尊的地位,握有控制一切和斡转形势的权力和实力,但他并不躬亲万事,不干涉臣下行使职能。

他在《离合根》中说:

---

① 徐复观《两汉思想史》第二卷,第183页。

② 苏舆《春秋繁露义证》,第131~132页。

故为人主者,法天之行,是故内深藏,所以为神;外博观,所以为明也;任群贤,所以为受成;乃不自劳于事,所以为尊也;泛爱群生,不以喜怒赏罚,所以为仁也。故为人主者,以无为为道,以不私为宝。立无为之位而乘备具之官,足不自动而相者导进,口不自言而摈者赞辞,心不自虑而群臣效当,故莫见其为之而功成矣。此人主所以法天之行也。①

《立元神》中说:

故为人君者,谨本详始,敬小慎微,志如死灰,形如委衣,安精养神,寂寞无为。休形无见影,掩声无出响,虚心下士,观来察往。谋于众贤,考求众人,得其心,遍见其情,察其好恶,以参忠佞,考其往行,验之于今,计其蓄积,受于先贤。释其雠怨,视其所争,差其党族,所依为臬,据位治人,用何为名,累日积久,何功不成?②

《保位权》中又说:

为人君者居无为之位,行不言之教,寂而无声,静而无形,执一无端,为国源泉。因国以为身,因臣以为心。以臣言为声,以臣事为形。有声必有响,有形必有影。声出于内,响报于外,形立于上,影应于下。响有清浊,影有曲直,响所报非一声也,影所应非一形也。故为君虚心静处,聪听其响,明视其影,以行赏罚之象。③

《天地之行》中说:

为人君者,其法取象于天。故贵爵而臣国,所以为仁也;

---

① 苏舆《春秋繁露义证》,第165页。

② 苏舆《春秋繁露义证》,第166~167页。

③ 苏舆《春秋繁露义证》,第175页。

深居隐处，不见其体，所以为神也；任贤使能，观听四方，所以为明也；量能授官，贤愚有差，所以相承也；引贤自近，以备股肱，所以为刚也；考实事功，次序殿最，所以成世也；有功者进，无功者退，所以赏罚也。是故天执其道为万物主，君执其常为一国主。天不可以不刚，主不可以不坚。天不刚则列星乱其行，主不坚则邪臣乱其官。星乱则亡其天，臣乱则亡其君。故为天者务刚其气，为君者务坚其政，刚坚然后阳道制命。地卑其位而上其气，暴其形而著其情，受其死而献其生，成其事而归其功。卑其位所以事天也，上其气所以养阳也，暴其形所以为忠也，著其情所以为信也，受其死所以藏终也，献其生所以助明也，成其事所以助化也，归其功所以致义也。①

这些对君主品格的阐说，既有儒家的思想，如孔子说“无为而治者其舜也与？夫何为哉？恭己正南面而已矣”②，又有道家静默无为的思想和法家循名责实的观念，却看不出有君主独断专行的专制政治观念。

（三）董仲舒的“臣”的品格与职能

在《官制象天》中，董仲舒依据天道阐说了他理想的官制：“王者制官，三公、九卿、二十七大夫、八十一元士，凡百二十人，而列臣备矣。吾闻圣王所取仪，金天之大经，三起而成，四转而终，官制亦然者，此其仪与！”官阶的高低是按他们的品德的高低分配的：“是故三公之位，圣人之选也；三卿之位，君子之选也；三大夫

① 苏舆《春秋繁露义证》，第458～459页。

② 杨伯峻《论语译注》，第162页。

之位，善人之选也；三士之位，正直之选也。”①圣帝明王的根本任务，就是为不同的职位选择最恰当的人选，然后他就可以循名责实，无为而治了。在《保位权》中，他说：

> 是以群臣分职而治，各敬而事，争进其功，显广其名，而人君得载其中，此自然致力之术也。圣人由之，故功出于臣，名归于君也。②

在《天地之行》中，他又说：

> 为人臣者，其法取象于地，故朝夕进退，奉职应对，所以事贵也；供设饮食，候视疢疾，所以致养也；委身致命，事无专制，所以为忠也；竭愚写情，不饰其过，所以为信也；伏节死难，不惜其命，所以救穷也；推进光荣，褒扬其善，所以助明也；受命宣恩，辅成君子，所以助化也；功成事就，归德于上，所以致义也。③

《玉杯》中说：

> 人受命于天，有善善恶恶之性，可养而不可改，可豫而不可去，若形体之可肥臞而不可得革也。是故虽有至贤，能为君亲含容其恶，不能为君亲令无恶。书曰：“厥辟去厥祇。”事亲亦然，皆忠孝之极也。非至贤安能如是？父不父则子不子，君不君则臣不臣耳。④

臣子固然应该各称其职，尽心于君上，但也不是无条件服从

---

① 苏舆《春秋繁露义证》，第214，219页。

② 苏舆《春秋繁露义证》，第176页。

③ 苏舆《春秋繁露义证》，第459~460页。按，笔者对引文标点有改动。

④ 苏舆《春秋繁露义证》，第34页。

君上，单方面为君上尽义务，他们有独立的人格和操守，有相对明确的权利和义务。如果为了国家和百姓的利益，有贤德的臣子甚至可以代表天意废昏暴之君而代之。他说："天子不能奉天之命，则废而称公，王者之后是也。"他认为天命无常予，无常夺，尧舜不擅移，汤武不专杀，"故夏无道而殷伐之，殷无道而周伐之，周无道而秦伐之，秦无道而汉伐之。有道伐无道，此天理也，所从来久矣，宁能至汤武而然耶！"①

徐复观先生说："按《春秋》'大一统'（隐元年《公羊传》），实际是主张明天子、诸侯、大夫之职，因而主张天子、诸侯、大夫分职，即大夫不可僭诸侯之职，诸侯不可僭天子之职。是主张分权的一统。"下文他又说："但孔子作《春秋》心目中的一统形态，绝不是贾谊、晁错、董仲舒们所要求的一统的形态。"②意思是说，董仲舒主张的是"集权的一统"而非"分权的一统"。但从前文的分析中我们看到，董仲舒在他的《春秋繁露》中提出的政治理想概括说就是：由皇帝居于国家政治的最顶端，根据国家政治的需要广求贤才，依据个人的道德水准和实际才能，设官分职，各级官吏依据礼法奉职而治，国君静默无为，不以个人的意志随意加以干涉，从而形成一个有机的、高效率的运行机制。这正是继承了孔子《春秋》中的政治理想，又加入了时代的内容，主张的是分权的政治模式，而决非君主集权的专制政治模式。

二、董仲舒对汉朝的态度及人生命运

董仲舒生当汉朝，他的学说以汉朝的社会政治现实作为立论

---

① 苏舆《春秋繁露义证》，第412，220页。

② 徐复观《两汉思想史》第二卷，第211页。

的立足点和出发点，这是毋庸置疑的。但是汉朝的政治制度并不符合他的政治理想，因此他并不赞成汉朝这种君主专制的政治模式，因而也就很难说他的学说是为大一统封建专制制度辩护进而为之提供理论依据。

儒家的创始人孔子，曾经周游列国，宣扬自己的学说，希望能重新建立一个像西周那样的符合儒家理想的和洽雍熙的理想国度。在他的希望破灭后，他修《春秋》，寄寓自己的政治理想，表达自己的伦理道德观点。从此以后，在儒家后学的内心里，便有了一个梦、一个终生不已的追求，这就是要把儒家的学说付诸实践，按照先圣的社会理想和古圣先王的政治模式，建立一个理想的和平安乐的社会，孟子是如此，荀子也是如此。汉朝建立以后，贾谊首先按照儒家学说为汉王朝设计政治蓝图，董仲舒则更明确地向汉武帝提出了“解弦更张”的主张，他在《元光元年举贤良对策》中说：

> 孔子曰：“腐朽之木不可雕也，粪土之墙不可圬也。”今汉继秦之后，如朽木粪墙矣，虽欲善治之，亡可奈何。法出而奸生，令下而诈起，如以汤止沸，抱薪救火，愈甚亡益也。窃譬之琴瑟不调，甚者必解而更张之，乃可鼓也；为政而不行，甚者必变而更化之，乃可理也。当更张而不更张，虽有良工不能善调也；当更化而不更化，虽有大贤不能善治也。故汉得天下以来，常欲善治而至今不可善治者，失之于当更化而不更化也。①

这里的“更化”，并不是像有些学者所认为的那样，仅仅是对

① 班固《汉书》卷五十六，第 2504 ~ 2505 页。

汉承秦制所带来的任用法律以治国这个具体政治观念和政治策略有所改变，而是要对汉朝的社会政治制度进行全面、彻底的变革。金春峰先生说："'汉承秦制'，不只是指具体的政治经济制度、社会结构、施政大纲，也包括秦代奉行的法家指导思想。"①因此，董仲舒的"更化"思想，明确地表明了他对汉王朝社会政治制度的态度，这也是认识、理解董仲舒整个理论学说的关键。但是我们看到，由于董仲舒学说内容的异常复杂及其流弊的巨大而深远，后世学者对他本人及其学说进行评价时也深感困难，以至于同一个学者的评价出现相互矛盾的说法。如冯友兰先生说："在汉初，董仲舒的春秋公羊学所说的改制，就是为以汉朝为代表的封建社会制定一套上层建筑，为新出现的全中国封建社会的经济基础服务，使之巩固起来，稳定下来，使中国社会循着封建社会的发展规律，稳步前进。"②另一处冯先生又说："董仲舒说：'《春秋》之道，奉天而法古。'（《楚庄王》）这就是他的'更化'（《汉书·董仲舒传》）。所谓'更化'就是变更秦朝的一套做法。新做法的中心内容是'奉天而法古'。"③冯先生没有追究"奉天而法古"的含义，其实董仲舒所谓的"奉天而法古"正是要否定当时汉朝的封建君主专制制度。再如徐复观先生，他一方面说董仲舒承认大一统专制皇帝，"要把大一统的专制加以合理化"；一方面又说："仲舒提出了'更化'的要求以贯彻他的政治主张。'更化'与'改制'完全不同。'改制'没有政治上的实质意义；'更化'则是要把汉所继承秦代以刑为治的政治方向与内容，完全改变过来，而'修饰'

① 金春峰《汉代思想史》，中国社会科学出版社 1997 年版，第 53 页。

② 冯友兰《中国哲学史新编》中卷，第 100 页。

③ 冯友兰《中国哲学史新编》中卷，第 60 页。

‘仁义礼智信’‘五常之道’。亦即是他要把大一统专制政治的方向与内容,加以彻底的转换。在他主张的后面,对汉代现实政治,实作了根本的批评甚至是否定。”①可是由于董仲舒的学说流弊太大,以致人们在研究其学说时,有意无意地把其中的精义也忽略了。

其实,董仲舒对汉朝社会政治制度的这种态度并不是独有的。西汉儒生,从贾谊开始,通过对儒家经典的解读,形成了自己的政治理念和政治蓝图,他们以为帝王师的心态,试图指导皇帝按照儒家的社会政治理想对现实政治进行改造。汉昭帝时,董仲舒的再传弟子眭孟见汉朝国势衰微,又“有虫食树叶成文字”之异,便说:“先师董仲舒有言,虽有继体守文之君,不害圣人之受命。汉家尧后,有传国之运。汉帝宜谁差天下,求索贤人,禅以帝位,而退自封百里,如殷、周二王后,以承顺天命。”结果被加以“妄设妖言惑众,大逆不道”的罪名而杀掉。② 又《汉书·盖宽饶传》载:“是时上(宣帝)方用刑法,信任中尚书宦官,宽饶奏封事曰:‘方今圣道浸废,儒术不行,以刑余为周、召,以法律为《诗》《书》。’又引《韩氏易传》言:‘五帝官天下,三王家天下,家以传子,官以传贤,若四时之运,功成者去,不得其人则不居其位。’”③盖宽饶以“大逆不道”,被迫自杀。元、成时期,儒生势力壮大,皇权相对衰微,于是形成了以王吉、贡禹、刘向等为中坚力量的声势浩大的托古改制运动,王莽正是借助这股托古改制运动的风潮而夺取汉朝政权的。

---

① 徐复观《两汉思想史》第二卷,第227,261页。

② 班固《汉书》卷七十五,第3153,3154页。

③ 班固《汉书》卷七十七,第3247页。

董仲舒对汉朝的态度,还可以从他的《士不遇赋》看出来,他在赋中说:

呜呼嗟乎,遐哉邈矣。时来曷迟,去之速矣。屈意从人,非吾徒矣。正身俟时,将就木矣。悠悠偕时,岂能觉矣。心之忧兮,不期禄矣。皇皇匪宁,祗增辱矣。努力触藩,徒摧角矣。不出户庭,庶无逼矣。①

很显然,这是董仲舒两相骄王、病免归家后晚年的作品。其中既有时光易逝的感慨,也有坚持自己思想主张和独立人格的决心。这里的"人",绝不是世俗的人,而是指最高统治者。其中又有待时立功却又年命将尽的郁闷和对于利禄的轻视。"皇皇匪宁,祗增辱矣。努力触藩,徒摧角矣"表明,在当时社会,不仅难有作为,反会失节辱身,甚至有性命之虞。"不出户庭,庶无逼矣"正表现出他远离政治漩涡、避开喧嚣尘世后的轻松感。这段话的抒情性很强,它表明董仲舒经过政治场域中的一番博弈,已经在感情上对汉王朝彻底失望了。

在"重曰"中,他进一步对社会现实和自己的人生命运进行思考,在彻底否定当前社会制度和社会现实的同时,表明自己的遭遇具有必然性:

生不丁三代之盛隆兮,而丁三季之末俗。末俗以辩诈而期通兮,贞士以耿介而自束,虽日三省于吾身兮,繇怀进退之惟谷。彼实繁之有徒兮,指其白以为黑。目信嫮而言眇兮,口信辩而言讷。鬼神之不能正人事之变戾兮,圣贤亦不能开愚夫之违惑。出门则不可与偕往兮,藏器又蚩其不容。退洗

① 严可均《全汉文》,商务印书馆1999年版,第228页。

心而内讼兮,固未知其所从也。观上世之清晖兮,廉士亦茕茕而靡归。殷汤有卞随与务光兮,周武有伯夷与叔齐。卞随务光遁迹于深渊兮,伯夷叔齐登山而采薇。使彼圣贤其繇周遑兮,矧举世而同迷。①

不像西汉许多文人那样,面对疆域广大、国势空前强盛的大汉王朝,内心充满庆幸感和自豪感,董仲舒将汉朝看作是三代的季世,将自己比作商汤时的卞随和务光、周武时的伯夷和叔齐这些否定时君政治施为、鄙薄王权、厌弃名利的高士,表明自己在这指白以为黑的社会里,人生不幸是必然的。“出门则不可与偕往兮,藏器又蚩其不容。退洗心而内讼兮,固未知其所从也”,正表明了他进退两难的处境、人生的担忧以及前途的茫无所从。

中国文学的“不遇”主题,是由贾谊和董仲舒开创的。春秋以前,学在官府,平民士人阶层还没有形成,故而不可能产生“怀才不遇”的意识和情感;战国时期,虽然平民士人阶层已经形成,但由于列国分立,士人活动空间大,选择的机会多,士无定主,也不会产生“生不逢时”的意识,只有进入大一统君主专制社会以后,士人面对唯一的朝廷和唯一的皇帝,才会强烈地感受到来自专制政治的压力感,产生明确的“生不逢时”的感受。不过董仲舒的“生不逢时”感的含义与后世士人感受的含义有很大不同,后世士人的不遇感是在承认当代社会政治制度的前提下,哀叹自己没有碰上一个好皇帝,而董仲舒的“生不逢时”是将当时的社会政治制度作了彻底的否定。

---

① 严可均《全汉文》,第228页。

董仲舒对汉朝社会政治制度的这种态度，决定了他的人生命运。汉初，适应长期战乱之后民生极度凋敝的社会现实，汉朝统治者实行“清静无为”的政治策略，黄老道家思想成为当时主流意识形态。尽管汉朝实行比较开明的文化政策，也由于儒生们，如陆贾、叔孙通、张苍等，为汉朝的稳定出谋划策，制定礼仪制度，得到刘邦的赞许，儒学得到了很大的发展，但儒学和儒生仍然处在被边缘化的地位，《史记·儒林列传》说到这种情况：

> 叔孙通作汉礼仪，因为太常，诸生弟子共定者，咸为选首。于是喟然叹兴于学。然尚有干戈，平定四海，亦未暇遑庠序之事也。孝惠、吕后时，公卿皆武力有功之臣。孝文时颇征用，然孝文帝本好刑名之言。及至孝景，不任儒者，而窦太后又好黄老之术，故诸博士具官待问，未有进者。①

汉初的经学大师，辕固生、申公、韩婴等人，只能做博士或诸侯王太傅这些闲职，未能进入国家权力中心。汉武帝即位，崇尚儒学，“罢黜百家，独尊儒术”，情况是不是有所改变呢？实际上，汉武帝对儒学的优点和局限看得十分清楚，他看重的仅仅是儒学的文化功能，即它缘饰政治的功能。汉武帝清楚，儒生作为下层官吏，缺乏治剧理繁、临阵决机的才干；如果作为执政的公卿大臣，儒家政治理念中的民主思想又会成为消解君主专制政治的潜在危险。因此，汉武帝一方面看不上迂缓柔懦的俗儒，另一方面又猜忌、提防真正的儒学大师。

董仲舒作为儒学大师，不仅学识广博，而且有明确的政治理想和坚定的道德信念，在后人看来，汉武帝崇尚儒学，兴复礼乐，

---

① 司马迁《史记》卷一百二十一，中华书局1959年版，第3117页。

欲与三代比隆,董仲舒应该是宰辅的合适人选,如班固在《汉书》本传的赞语中说:"刘向称:董仲舒有王佐之材,虽伊吕亡以加,管晏之属,伯者之佐,殆不及也。"①刘向是西汉末托古改制运动的骨干之一,他们的"托古改制"思想正是来源于董仲舒的"更化"思想,这里可以见出董仲舒在西汉中晚期儒生心目中的地位。刘向们既为董仲舒也为汉王朝惋惜,认为如果汉武帝任用董仲舒为宰相,定可建立礼乐蒸蒸、比隆三代的和平雍熙社会;他们没有认识到正因为董仲舒是"王佐"而非"伯者之佐",才引起了汉武帝的猜忌和提防。董仲舒通过对《公羊春秋》的解读,建构了自己的政治理想和政治蓝图,并以此昭示汉王朝的政治制度不合乎"天理",应该"更化"。在具体的论述过程中,又对汉王朝的具体政治措施及汉武帝的个人品格和行为进行批评。如批评汉朝滥用法律、纵容贵族豪强兼并土地;批评汉武帝猜忌大臣,破坏宰相制度,好大喜功,穷兵黩武,奢侈靡费,大事兴筑,等等,这不仅会让汉武帝产生反感,而且会让这位极端专制的君主对儒学和儒生产生警觉,从而不会让"以天下为公"的儒生进入权力中心。更有甚者,董仲舒构想了一个高高在上的、既作为最高准则又作为监督者和裁判者的"天",来监督和约束人间帝王,这使刚愎暴戾的汉武帝尤其不能容忍,董仲舒因此差点丧了命。汉武帝没有杀掉董仲舒,而且还给予他表面上的礼待,因为汉武帝认识到作为儒生的董仲舒并没有恶意,而他学说中的许多文化观念也正是自己需要的。

董仲舒对自己的境遇和命运有清醒的认识,他不以自己的

---

① 班固《汉书》卷五十六,第2526页。

遭际为得意，没有因为汉武帝的表面礼待而喜悦。他在《士不遇赋》中述说了自己的境遇和心态："出门则不可与偕往兮，藏器又蚩其不容"；"嗟天下之偕违兮，怅无与之偕返。孰若反身于素业兮，莫随世而轮转。虽矫情而获百利兮，复不如正心而归一善"。①

对于董仲舒的遭际和命运，后世许多学者也深感疑惑和惋惜，如王应麟在《通鉴答问》中说：

武帝虽因仲舒之对，兴学校之官，然而皇建有极，是彝是训，以尽君师之责者，帝未之知也。倘能以仲舒为三公，俾之师保万民，用申公、辕固为太常，以明师道于朝廷，则四方风动，化行俗美，汉其三代矣。惜也，帝不用仲舒之真儒，而劝学之议，乃发于公孙弘。帝之好儒，其叶公之好龙与？②

其实汉宣帝已经说得很明白，汉家之道，霸王道杂之，而在西汉大儒们的思想观念里，大多保留着原始儒家的民主思想，他们并不以君主专制的汉朝制度为合理，他们以为帝王师的心态，企图通过"改制"来改变政治现状，使之符合儒家的理想。这种企图受到封建专制政治的强力抵制甚至残酷镇压，所以西汉的大儒很少能进入权力中心，最好的情况便是做博士或诸侯傅、相，而很多人则是被疏斥乃至被杀，董仲舒没有丢掉性命，算是不幸中之万幸，所以他的《士不遇赋》仍心存余悸。

由于董仲舒的学说在思维方式和实际内容上的复杂性，其在历史长河的屈曲流变中产生了极其复杂的影响，其流弊巨大而深

---

① 严可均《全汉文》，第 228 页。

② 苏舆《春秋繁露义证》，第 479 ~ 480 页。

远,以致将其中的精华因素几乎全部掩盖。徐复观先生在评论董仲舒的伦理思想时说得好:“在现实上说,人群相处,为了建立秩序,必有人为之纲,有人为之纪;纲纪之说,又何可废弃?但后世的暴君顽父恶夫,对臣子妻之压制,皆援三纲之说以自固自饰,且成为维护专制体制、封建制度的护符,而其端实自仲舒发之。立言之不可不慎,学术趋向之不可或偏,矫枉之不可过正,中庸之道之所以为人道之坦途,皆应于此得其启发。”①

---

① 徐复观《两汉思想史》第二卷,第252页。

论董仲舒的散文艺术

据史料记载，董仲舒著述丰富。《汉书·董仲舒传》：

> 仲舒所著，皆明经术之意，及上疏条教，凡百二十三篇。而说《春秋》事得失，《闻举》《玉杯》《蕃露》《清明》《竹林》之属，复数十篇，十余万言，皆传于后世。①

董仲舒是当时就负有盛名的经学大师和文章家，但董仲舒的作品，后世散佚甚多，现在仅存《春秋繁露》、“天人三策”及一些书疏文。刘熙载在其《艺概·文概》中说：“西汉文无体不备，言大道则董仲舒，该百家则《淮南子》，叙事则司马迁，论事则贾谊，辞章则司马相如。人知数子之文纯粹、旁礴、窈眇、昭晰、雍容，各有所至，尤当于其原委穷之。”②的确，董仲舒著述丰富，即使从现存作品来看，数量仍然较大，足以代表西汉散文众多体式中的一体。遗憾的是，长期以来，人们对董仲舒的研究，主要集中在他的经学和思想成就方面，而很少有人从文学的角度对他的作品进行全面的总结和研究，即使有文学史偶尔提及，也仅仅是说到他的“天人

---

① 班固《汉书》卷五十六，中华书局 1962 年版，第 2525 ~ 2526 页。

② 刘熙载《艺概》，上海古籍出版社 1978 年版，第 10 页。

三策”，至于他的主要著作《春秋繁露》及针对时事的议论文，则被认为缺乏文采而置而不论。如袁行霈主编的《中国文学史》，虽然在西汉散文中给董仲舒留了一席之地，但论述相当简短概括，且主要集中在“天人三策”上，如说：“其（天人三策）论理宏博而又深刻，有包容天地古今的政治历史眼界；其行文明晰晓畅，理致细密，全无艰涩滞重之笔；其语言素朴无华，其风格则儒雅雍容。这使它成为中国古代著名的政论文章。但董仲舒的其他文章则缺乏文学性，除散见于《汉书》中的几篇奏疏外，《春秋繁露》一书的大多数篇章都比较艰涩枯燥。”①这可以说代表了相当一部分人的观点。

客观地说，与西汉其他著名散文家相比，董仲舒的散文在艺术上确是略为逊色。韩愈说：“汉朝人莫不能为文，独司马相如、太史公、刘向、扬雄为之最。”②董仲舒对后世的影响主要体现在思想方面是事实，但他的散文不仅完整地表达了他的思想体系，在思想观念方面对后世产生了巨大而深远的影响；他在表达自己的思想观念的时候，也使用了多样化的表现手法，有些篇章，语言很有文采，表达很有气势，在艺术上达到了相当的水平。在行文过程中，能够体现出作者的性格特征和精神风貌。因此可以说，董仲舒的散文，可以代表西汉散文多种风格中的一种。以下将以《春秋繁露》为中心，探讨董仲舒散文的艺术特色。

---

① 袁行霈《中国文学史》第一卷，高等教育出版社 1999 年版，第 179 页。

② 姚鼐《古文辞类纂》，上海古籍出版社 1998 年版，第 359 页。

一

“比物联类”“推类而及”是我们先人的一种重要的认识世界、掌握知识的方法，这种方法在儒家的治学实践中得到了自觉的遵守。儒家的重要经典之一《周易》，就是用八经卦、六十四别卦来统类宇宙万物，依据“推类而及”的原则预测吉凶。从《论语》的记载来看，“比物联类”也是孔子教育学生认识事物、掌握知识的最重要的方法。他说：“不愤不启，不悱不发。举一隅不以三隅反，则不复也。”①他赞扬子夏学《诗》能类推联想，他最喜爱的学生便是能“闻一以知十”的颜渊。根据章太炎的解释，作为夫子之道的“忠恕”，其含义之一，就是一种由已知推向未知的学习方法，他说：“心能推度曰恕，周以察物曰忠。故夫闻一以知十，举一隅而以三隅反者，恕之事也。……周以察物，举其征符而辨其骨理者，忠之事也。故疏通知远者恕，文理密察者忠。身观焉，忠也；方不障，恕也。”②这种“一以贯之，触类而长”的治学方法，为儒家后学所继承和发扬，如战国后期的大儒荀子就多次阐说和强调这种“等伦比类而通之”的治学方法，在《非相》篇中，他说：

> 圣人何以不欺？曰：圣人者，以己度者也。故以人度人，以情度情，以类度类，以说度功，以道观尽。古今一度也，类不悖，虽久同理。③

---

① 杨伯峻《论语译注》，中华书局1980年版，第68页。

② 《章太炎全集》（三），上海人民出版社1984年版，第426页。按，笔者对引文标点有改动。

③ 王先谦《荀子集解》，中华书局2013年版，第96～97页。

在荀子看来，宇宙万物，古今之事，皆可“以其等伦比类而通之”，关键是能够“通伦类”，他说：“伦类不通，仁义不一，不足谓善学。”①

汉初的学者，特别是儒家学者，仍然秉持这种方法以治学，无论是《诗》学还是《春秋》学都是如此，因此他们的解经方式通达、开放、灵活，与此后五经博士系统的章句之学有很大的不同。董仲舒深悉这种治学方法的精髓，他说：“《诗》无达诂，《易》无达占，《春秋》无达辞。”②他就是遵循这种治学法则，以《春秋》为依托，运用通伦比类的方法，构筑了贯通天、地、人的庞大的思想体系。他说：“是故论《春秋》者，合而通之，缘而求之，五其比，偶其类，览其绪，屠其赘，是以人道浃而王法立。”又说：“是故为《春秋》者，得一端而多连之，见一空而博贯之，则天下尽矣。”③在董仲舒看来，天、地、人就是一个相类相通的整体，人不仅与天相类，简直就是具体而微的天，“以类合之，天人一也。春，喜气也，故生；秋，怒气也，故杀；夏，乐气也，故养；冬，哀气也，故藏。四者天人同有之”。因此，由天可以推及人，因为人与天相符，“于其可数也，副数；不可数者，副类。皆当同而副天，一也。是故陈其有形以著其无形者，拘其可数以著其不可数者。以此言道之亦宜以类相应，犹其形也，以数相中也”。④ 反过来，也可以由人事以求天道，“求天数之微，莫若于人。人之身有四肢，每肢有三节，三四十二，十二节相持而形体立矣。天有四时，每一时有三月，三四十二，十二月相受而岁数终矣。官有四选，每一选有三人，三四十

① 王先谦《荀子集解》，第 21 页。

② 苏舆《春秋繁露义证》，中华书局 1992 年版，第 95 页。

③ 苏舆《春秋繁露义证》，第 33，97 页。

④ 苏舆《春秋繁露义证》，第 341，357 页。

二，十二臣相参而事治行矣。以此见天之数，人之形，官之制，相参相得也。人之与天，多此类者，而皆微忽，不可不察也”①。因为天人异体同类，所以他们相通相感，此起彼应，“美事召美类，恶事召恶类，类之相应而起也。如马鸣则马应之，牛鸣则牛应之。帝王之将兴也，其美祥亦先见；其将亡也，妖孽亦先见。物故以类相召也”②。天、地、人，宇宙万物，以类相从，同类相感相应，构成一个彼此相关的整体，因此，圣人要治国安民，就必须法天而行，否则就会引起宇宙运行的故障，出现灾变。“圣人副天之所行以为政，故以庆副暖而当春，以赏副暑而当夏，以罚副清而当秋，以刑副寒而当冬。庆赏罚刑，异事而同功，皆王者之所以成德也。庆赏罚刑与春夏秋冬，以类相应也。”③董仲舒就是这样通过阐说《春秋》，运用“等伦比类而通之”的方法，将自然、社会、政治伦理、人性等思想观念融合到他的天人思想体系中。

与用“以类相推”的方法构筑自己的思想体系这个特点相适应，董仲舒在具体的论述过程中，也多用类比和类推的方法。《天地之行》篇说：

> 一国之君，其犹一体之心也。隐居深宫，若心之藏于胸；至贵无与敌，若心之神无与双也；其官人上士，高清明而下重浊，若身之贵目而贱足也；任群臣无所亲，若四肢之各有职也；内有四辅，若心之有肝肺脾肾也；外有百官，若心之有形体孔窍也；亲圣近贤，若神明皆聚于心也；上下相承顺，若肢体相为使也；布恩施惠，若元气之流皮毛腠理也；百姓皆得其

---

① 苏舆《春秋繁露义证》，第 218 页。

② 苏舆《春秋繁露义证》，第 358 ~ 359 页。

③ 苏舆《春秋繁露义证》，第 353 页。

所，若血气和平，形体无所苦也；无为致太平，若神气自通于渊也；致黄龙凤皇，若神明之致玉女芝英也。君明，臣蒙其功，若心之神，体得以全；臣贤，君蒙其恩，若形体之静而心得以安。上乱下被其患，若耳目不聪明而手足为伤也；臣不忠而君灭亡，若形体妄动而心为之丧。是故君臣之礼，若心之与体，心不可以不坚，君不可以不贤；体不可以不顺，臣不可以不忠。心所以全者，体之力也；君所以安者，臣之功也。①

在这里，作者将身体与国家、治身与治国进行类比，双线并进，步步深入，由治身之理推及治国之道，得出国家治平在任贤的结论。在《五行相生》篇中，董仲舒首先说："行者行也，其行不同，故谓之五行。五行者，五官也，比相生而间相胜也。故为治，逆之则乱，顺之则治。"②然后由五行之行不同类推出与五行相类的五官：司农、司马、司营、司徒、司寇，应该各司其职，不得相乱。在《五行相胜》篇中，董仲舒用五行相胜的原理，类推出各官府应该相互监督、相互制约的结论。作者有时也用通俗的类比将深奥的道埋阐述出来，如他论人性：

中民之性如茧如卵。卵待覆二十日而后能为雏，茧待缲以涫汤而后能为丝，性待渐于教训而后能为善。善，教训之所然也，非质朴之所能至也，故不谓性。性者宜知名矣，无所待而起，生而所自有也。善所自有，则教训已非性也。是以米出于粟，而粟不可谓米；玉出于璞，而璞不可谓玉；善出于性，而性不可谓善。③

---

① 苏舆《春秋繁露义证》，第460～461页。

② 苏舆《春秋繁露义证》，第362页。

③ 苏舆《春秋繁露义证》，第312页。

类比与类推的说理方法，在董仲舒的散文中使用得非常普遍，这里不再多说。

二

从董仲舒现有的作品来看，对《公羊春秋》微言大义的阐说，构成了他著作的主体部分，因为他正是借助于对《公羊春秋》微言大义的阐发来建构他的理论体系的，阐发的过程也同时便是他建构理论体系的过程。但也应该看到，他解读《春秋》、构建自己的理论体系所运用的“等伦比类而通之”的方法，具有很大的局限性。“比物联类”“观物比德”是一种比较原始、比较低级的认知方式，它是靠直觉，通过联想而形成的一种认识事物、掌握知识的方法，因而它具有很大的随意性、模糊性和非科学性。董仲舒的许多推论就有很大的随意性，如《人副天数》篇说：“天德施，地德化，人德义。……物疢疾莫能偶天地，唯人独能偶天地。人有三百六十节，偶天之数也；形体骨肉，偶地之厚也；上有耳目聪明，日月之象也；体有空窍理脉，川谷之象也；心有哀乐喜怒，神气之类也。观人之体，一何高物之甚，而类于天也。”①这纯粹是一种主观想象。有些议论甚至显得十分荒谬可笑，如他的求雨、止雨之法。但是，如果只是这样，董仲舒“三年不窥园”，专精覃思，在广览百家、贯通五经的同时，对《公羊春秋》的微言大义进行创造性阐发而产生的著作，绝对不会产生那样巨大而深远的影响。《春秋繁露》不仅有许多精义，而且在经常的情况下析理精微，富有思辨色彩。如在《竹林》篇中，他通过考察《春秋》的用辞特点来阐发《春

① 苏舆《春秋繁露义证》，第354～355页。

秋》的微言大义。文中假设难者曰:“《春秋》之书战伐也,有恶有善也。恶诈击而善偏战,耻伐丧而荣复仇。奈何以《春秋》为无义战而尽恶之也?”他首先以亩有数茎苗即可以称为无苗为比,说明春秋几百年之间即使有一二义战,亦可称为无义战,然后说:

故《春秋》之于偏战也,犹其于诸夏也。引之鲁,则谓之外,引之夷狄,则谓之内。比之诈战,则谓之义;比之不战,则谓之不义。故盟不如不盟,然而有所谓善盟;战不如不战,然而有所谓善战。不义之中有义,义之中有不义。辞不能及,皆在于指,非精心达思者,其孰能知之。①

孟子曾经有“春秋无义战”的说法,但那仅仅是出于仁义之心,反对残害百姓的一种笼统的说法。董仲舒在这里针对某些人对此问题的疑问,阐说了《春秋》对于战争的态度,分析精辟,思辨色彩很浓。在《春秋繁露》中,董仲舒就是这样来辨名析理,解说疑问,阐发《春秋》的微言大义的。正如他在下文中所说的:“故说《春秋》者,无以平定之常义,疑变故之大则,义几可谕矣。”②他对于祭仲、逢丑父行权问题的辨析,对赵盾、许止弑君之事的解说,都明辨嫌疑,是非分明,细致精微。

董仲舒对世事人情也有深微的体察和精妙的分析,如他论南宫长万弑宋闵公之事:

宋闵公矜妇人而心妒,与大夫万博。万誉鲁庄公曰:“天下诸侯宜为君者,唯鲁侯尔。”闵公妒其言,曰:“此虏也,尔虏焉故。鲁侯之美恶乎至?”万怒,搏闵公绝脰。此以与臣博之

① 苏舆《春秋繁露义证》,第49,50页。按,笔者对引文标点有改动。

② 苏舆《春秋繁露义证》,第55页。

过也。古者人君立于阴，大夫立于阳，所以别位，明贵贱。今与臣相对而博，置妇人在侧，此君臣无别也。故使万称他国卑闵公之意，闵公藉万而身与之博，下君自置。有辱之妇人之房，俱而矜妇人，独得杀死之道也。①

宋闵公被杀的根本原因是君臣无别，但其直接原因则是“俱而矜妇人”，这对男人心理的把握可谓十分准确。

在儒家的经典中，对汉代政治制度、思想文化、伦理观念、民风民俗等影响最大的是《公羊春秋》，而《公羊春秋》之所以能发生这样大的影响，固然是通过董仲舒对它的富有创造性的解读，但也与他的说理方式有关。由于董仲舒运用“比物联类”这种比较原始的、比较大众化的思维方式，去阐说有关天、地、人的系统知识，这就使他的理论体系拥有广泛的受众。他的有关天道自然、政治制度、伦理道德等理论，为国君、官僚和各类学者所接受，对国家政治制度的建设、社会伦理道德观念的形成，乃至社会主流意识形态的建构，都起了巨大的作用。同时由于他的思维方式的大众化而造成的许多观念意识的低俗性，又使他的许多思想意识为底层民众所广泛接受，对俗文化、大众社会心理，以及民风民俗的形成，产生了巨大影响。

三

董仲舒既不是柔懦无所守的儒生，也不是设法媚悦皇帝的弄臣，而是有明确政治理想、有坚定人生信念、有高尚道德操守的儒学大师，《史记·儒林列传》载：“董仲舒为人廉直。是时方外攘四

---

① 苏舆《春秋繁露义证》，第 125 ~ 126 页。

夷，公孙弘治《春秋》不如董仲舒，而弘希世用事，位至公卿。董仲舒以弘为从谀。”①如同西汉大多数儒生那样，他是以帝王师的心态来面对皇帝，发表议论的。在他的著作中，对汉朝的各种社会政治弊端进行了尖锐的批评，特别是指出了汉王朝在制度方面的缺陷，认为汉朝的现行政治制度与暴秦的制度并无多大不同，应该按照儒家理想的社会政治制度进行改造。在《春秋繁露》里，董仲舒通过对《公羊春秋》微言大义的阐发，比较详细完备地描述了这种理想的政治蓝图。如同孟轲那样，他有明确的政治信念和坚定的道德操守，加以他的时代去战国未远，所以他的散文，在行文中蕴含着一股郁勃雄霸之气，即使是那些表面看上去“雍容儒雅”的对策文也是如此，因为他的治学目的就是要建立儒学的话语霸权。如他在《元光元年举贤良对策》中说：“孔子曰：‘腐朽之木不可雕也，粪土之墙不可圬也。’今汉继秦之后，如朽木粪墙矣，虽欲善治之，亡可奈何。法出而奸生，令下而诈起，如以汤止沸，抱薪救火，愈甚亡益也。窃譬之琴瑟不调，甚者必解而更张之，乃可鼓也；为政而不行，甚者必变而更化之，乃可理也。当更张而不更张，虽有良工不能善调也；当更化而不更化，虽有大贤不能善治也。故汉得天下以来，常欲善治而至今不可善治者，失之于当更化而不更化也。”②彻底否定了汉朝的现行制度，要求汉王朝改弦更张，否则将难以企求天下治平的局面。语气坚定，不容置疑。

《春秋繁露》则灵活运用多种句式，特别是经常使用排比句式，不仅使内容得到完美的表达，而且增强了文章的气势，如《天

---

① 司马迁《史记》卷一百二十一，中华书局1959年版，第3128页。

② 班固《汉书》卷五十六，第2504～2505页。

地之行》篇中说：

为人君者，其法取象于天。故贵爵而臣国，所以为仁也；深居隐处，不见其体，所以为神也；任贤使能，观听四方，所以为明也；量能授官，贤愚有差，所以相承也；引贤自近，以备股肱，所以为刚也；考实事功，次序殿最，所以成世也；有功者进，无功者退，所以赏罚也。①

使用句式整齐的长排，使意义表达完满，富有气势。又如他论述臣子的地位和功能说："为人臣者，其法取象于地。故朝夕进退，奉职应对，所以事贵也；供设饮食，候视疢疾，所以致养也；委身致命，事无专制，所以为忠也；竭愚写情，不饰其过，所以为信也；伏节死难，不惜其命，所以救穷也；推进光荣，褒扬其善，所以助明也；受命宣恩，辅成君子，所以助化也；功成事就，归德于上，所以致义也。"②整齐而充满力度。这样的长排，在《春秋繁露》中时可见到，表明董仲舒的散文并非像人们所认为的那样缺乏文采。有时在表达过程中，作者能变换句式，使行文跌宕起伏，摇曳多姿。《必仁且智》篇中说：

何谓仁？仁者憯怛爱人，谨翕不争，好恶敦伦，无伤恶之心，无隐忌之志，无嫉妒之气，无感愁之欲，无险诐之事，无辟违之行。故其心舒，其志平，其气和，其欲节，其事易，其行道，故能平易和理而无争也。如此者谓之仁。③

根据表达内容的不同变换句式，时长时短，灵活多变，读来令人产生一种荡气回肠的感觉。在《立元神》篇，董仲舒用双线并

① 苏舆《春秋繁露义证》，第 458 ~ 459 页。

② 苏舆《春秋繁露义证》，第 459 ~ 460 页。

③ 苏舆《春秋繁露义证》，第 258 页。

行、层层递进、回环阐说的方法，阐说事理。如其中的一段说：

体国之道，在于尊神。尊者所以奉其政也，神者所以就其化也，故不尊不畏，不神不化。夫欲为尊者在于任贤，欲为神者在于同心。贤者备股肱则君尊严而国安，同心相承则变化若神，莫见其所为而功德成，是谓尊神也。①

双线齐进，隔句蝉联，使文章在表达上有气势，有文采。

四

《春秋》用字谨严，是人们所公认的，后儒所说的“《春秋》一字以褒贬”，虽不无夸大，要能反映出《春秋》用辞的慎重。对此，董仲舒也多次申说。在《实性》篇中，他说：“《春秋》别物之理以正其名，名物必各因其真。真其义也，真其情也，乃以为名。名贾石则后其五，退飞则先其六，此皆其真也。圣人于言无所苟而已矣。”②在《精华》篇中，他又说：“《春秋》慎辞，谨于名伦等物者也。是故小夷言伐而不得言战，大夷言战而不得言获，中国言获而不得言执，各有辞也。有小夷避大夷而不得言战，大夷避中国而不得言获，中国避天子而不得言执，名伦弗予，嫌于相臣之辞也。是故大小不逾等，贵贱如其伦，义之正也。”③董仲舒体认并完全继承了这种精神，他在《春秋繁露》中特设《深察名号》一篇，强调慎于名号的重要。他说：“治天下之端，在审辨大。辨大之端，在深察名号。名者，大理之首章也。录其首章之意，以窥其中之事，则是非可知，逆顺自著，其几通于天地矣。是非之正，取之逆顺；逆顺

---

① 苏舆《春秋繁露义证》，第170页。

② 苏舆《春秋繁露义证》，第312～313页。

③ 苏舆《春秋繁露义证》，第85页。

之正，取之名号；名号之正，取之天地。天地为名号之大义也。”①极力强调慎于名号的重要。在《仁义法》中，他通过辨析字义阐发了《春秋》的功能和精义：“《春秋》之所治，人与我也。所以治人与我者，仁与义也。以仁安人，以义正我，故仁之为言人也，义之为言我也，言名以别矣。仁之于人，义之与我者，不可不察也。众人不察，乃反以仁自裕，而以义设人。诡其处而逆其理，鲜不乱矣。是故人莫欲乱，而大抵常乱。凡以暗于人我之分，而不省仁义之所在也。是故《春秋》为仁义法。仁之法在爱人，不在爱我；义之法在正我，不在正人。”②董仲舒在解读《春秋》建构自己的理论体系、辨析事理以确立自己的观点的过程中，继承了《春秋》的艺术传统。首先是用词准确。这个特点在董仲舒的著作中有全面的表现，不必多说。其次是词汇丰富。董仲舒的著作视野阔大，内容丰富，贯通天、地、人。他将宇宙万物分类辨析，提出了一系列的概念和范畴，这些概念和范畴对后世中国哲学、政治、道德、思想等领域产生了巨大而深远的影响。他在分析具体问题的时候，往往运用排比句，变换语词，从不同侧面对问题的性质和特点进行阐发、论述，用词丰富、准确而严谨，析理精微，是非分明。后人称《春秋繁露》为断狱之书，实不为过。再次是用词灵活，如《楚庄王》篇中说：

吾以其近近而远远，亲亲而疏疏也，亦知其贵贵而贱贱，重重而轻轻也。有知其厚厚而薄薄，善善而恶恶也，有知其阳阳而阴阴，白白而黑黑也。百物皆有合偶，偶之合之，仇之

① 苏舆《春秋繁露义证》，第284～285页。

② 苏舆《春秋繁露义证》，第249～250页。

匹之，善矣。①

用词如此灵活，后世大概只有韩愈能够继其祖武。

董仲舒是汉代“经义”之文的开创者，但他的散文与汉武帝以后的儒生，如贡禹、刘向等人的“经义”之文有很大不同，他的散文仍存留着战国士人的雄豪之气以及汉初学术自由的灵动之气，因此“雍容儒雅”不能概括董仲舒散文的全貌，因为如同其他大家一样，董仲舒的散文风格也呈现出明显的多样性。

① 苏舆《春秋繁露义证》，第 11 页。

还原一个完整的东方朔

——《史记》《汉书》之《东方朔传》合读

在汉武帝朝,东方朔的政治地位不算高,但是,无论是当时还是后世,他都颇受人瞩目,这不仅因为他的博学高才,更因为他独特鲜明的性格和诙奇滑稽的言行。透过他,可以窥知汉武帝在使用人才上的不拘一格;通过他与汉武帝的关系,可以反映雄才大略又性情多变的汉武帝性格的一个侧面;更重要的,透过他的思想和言行,可以探知历史由列国纷争的战国进入天下一统的秦汉,文士们在思想状态和精神风貌上的变化以及文士们在专制政治下所明确感受到的压力。关于东方朔的事迹,《史记》和《汉书》都有记载,但二者所记的内容却有较大差异。这种差异,主要是因为二史在叙事方式上的不同,即《史记》以写人为中心,而《汉书》则以叙事为中心,具体说就是《史记》主要记叙了东方朔的性格特点,而《汉书》主要载录了东方朔的政绩才干。因而,要全面了解东方朔,我们就必须把二者结合起来。当然,要清楚地了解东方朔在文化史和文学史上的地位和影响,还必须结合无名氏的《东方朔别传》及相传为东方朔所著的《神异经》和《十洲记》等。

一、《史记·东方朔传》:侧重性情显示

《史记·东方朔传》为褚少孙所补写,这在《史记》中有明确说明,古今没有疑议。《史记·滑稽列传》载褚先生语:"臣幸得以经术为郎,而好读外家传语。窃不逊让,复作故事滑稽之语六章,编之于左。"①只不过人们对褚先生所补之水平有讥评。《汉书·司马迁传》在引用了司马迁自叙作《史记》之意后说:"而十篇缺,有录无书。"张晏注曰:"迁没之后,亡《景纪》《武纪》《礼书》《乐书》《兵书》《汉兴以来将相年表》《日者列传》《三王世家》《龟策列传》《傅靳列传》。元成之间褚先生补缺,作《武帝纪》《三王世家》《龟策》《日者传》,言辞鄙陋,非迁本意也。"②今人金毓黻在其《中国史学史》中说:"然据王鸣盛之所考,惟《武纪》全亡,褚先生取《封禅书》补之。《三王世家》《日者龟策》二传,为未成之笔,但可云阙,不可云亡;其余皆不见所亡何文;其余为褚先生所附缀者多为天汉以后事,为迁所不及见,补之殊为多事。"③由此观之,古今学者对褚补《史记》之事及其质量多有批评,然褚补《史记》,不仅保存了许多珍贵的史料,且就褚补之《东方朔传》而言,不仅文辞可观,而且在叙事上颇得司马迁之精神,特别是在以人物性格为中心写人这一点上。

《史记·东方朔传》主要从四个方面描写了东方朔这个人物的形象:

(1)一个有点夸张的奇才。《史记·东方朔传》先交代东方

---

① 司马迁《史记》卷一百二十六,中华书局 1959 年版,第 3203 页。

② 班固《汉书》卷六十二,中华书局 1962 年版,第 2724 ~ 2725 页。

③ 金毓黻《中国史学史》,河北教育出版社 2003 年版,第 48 页。

朔“以好古传书，爱经术，多所博观外家之语”，然后叙说他初见武帝时的情景：

> 朔初入长安，至公车上书，凡用三千奏牍。公车令两人共持举其书，仅然能胜之。人主从上方读之，止，辄乙其处，读之二月乃尽。①

这颇有点夸张。作者没有交代上书的内容，但仅仅这个行动，便足以反映出东方朔的才气和性格。当然，这种见面方式也投合了汉武帝的性格，从而引起了他的注意，于是“诏拜以为郎，常在侧侍中”。汉武帝心思活络，性格恢廓好奇，其所亲幸，多纵横奇变之士。如严助、朱买臣、吾丘寿王、主父偃、徐乐、严安等。《汉书·严朱吾丘主父徐严终王贾传》载曰：“是时，徐乐、严安亦俱上书言世务。书奏，上召见三人，谓曰：‘公皆安在？何相见之晚也！’乃拜偃、乐、安皆为郎中。”②东方朔性格本来诙张滑稽，然他在入京之前，未必没有揣摩过皇帝的性格和喜好。

（2）卑行以自污。汉武帝雄才大略，然也是性情中人，这种秉性使他往往喜怒不常，生杀自在，当时以正言直行而取祸者，不绝于耳目。而东方朔既惧于以直道取祸，也不屑于柔媚以取宠，委曲以悦主。《汉书》本传说：“是时朝廷多贤材，上复问朔：‘方今公孙丞相、兒大夫、董仲舒、夏侯始昌、司马相如、吾丘寿王、主父偃、朱买臣、严助、汲黯、胶仓、终军、严安、徐乐、司马迁之伦，皆辩知闳达，溢于文辞，先生自视，何与比哉？’朔对曰：‘臣观其臿齿牙，树颊胲，吐唇吻，擢项颐，结股脚，连脽尻，遗蛇其迹，行步偶

① 司马迁《史记》卷一百二十六，第3205页。

② 班固《汉书》卷六十四，第2802页。

旅，臣朔虽不肖，尚兼此数子者。'"①故东方朔卑行以自污，以"狂人"面目示人。《史记》本传载：

> 时诏赐之食于前，饭已，尽怀其余肉持去，衣尽污。数赐缣帛，檐揭而去。徒用所赐钱帛，取少妇于长安中好女。率取妇一岁所者即弃去，更取妇。所赐钱财尽索之于女子。人主左右诸郎半呼之"狂人"。人主闻之，曰："令朔在事无为是行者，若等安能及之哉！"②

这种滑稽甚至有点荒唐的行为，虽招致了长期沉抑下僚的后果，却保全了身家性命。

(3)滑稽以容身。汉武帝暴戾残忍，果于杀戮，无论是皇亲国戚还是将相大臣，动辄族诛。如《汉书·公孙贺传》载："时朝廷多事，督责大臣。自公孙弘后，丞相李蔡、严青翟、赵周三人比坐事死。"以至于无人再敢做宰相。且看公孙贺拜相时的情形："初贺引拜为丞相，不受印绶，顿首涕泣，曰：'臣本边鄙，以鞍马骑射为官，材诚不任宰相。'上与左右见贺悲哀，感动下泣，曰：'扶起丞相。'贺不肯起，上乃起去，贺不得已拜。出，左右问其故，贺曰：'主上贤明，臣不足以称，恐负重责，从是殆矣。'"③后来果然因罪族诛。公孙贺自武帝为太子时即为其舍人，夫人又是武帝卫皇后之娣，他因此得到武帝宠幸，后又立军功封侯，即使如此，汉武帝也毫不留情，武帝之暴戾轻杀，于此可见一斑。东方朔身处朝廷，熟知这些事件的内幕，故而，一方面出于天性，一方面出于避祸全身的需要，他以诙谐滑稽之行容身避祸。《史记》本传记载说：

---

① 班固《汉书》卷六十五，第 2863 页。

② 司马迁《史记》卷一百二十六，第 3205 页。

③ 班固《汉书》卷六十六，第 2877 ~ 2878 页。

> 建章宫后阁重栎中有物出焉，其状似麋。以闻，武帝往临视之。问左右群臣习事通经术者，莫能知。诏东方朔视之。朔曰："臣知之，愿赐美酒粱饭大飧臣，臣乃言。"诏曰："可。"已又曰："某所有公田鱼池蒲苇数顷，陛下以赐臣，臣朔乃言。"诏曰："可。"于是朔乃肯言，曰："所谓驺牙者也。远方当来归义，而驺牙先见。其齿前后若一，齐等无牙，故谓之驺牙。"①

这种事情，在君威比天的封建君主专制社会里，大概是极少见的。东方朔之所以敢这样戏弄君上，是因为他知道皇帝不仅有残忍好杀的一面，也有性情通豁、通达人情的一面。《汉书·严助传》载："助侍燕从容，上问助居乡里时，助对曰：'家贫，为友婿富人所辱。'上问所欲，对愿为会稽太守。于是拜为会稽太守。数年，不闻问。赐书曰：'制诏会稽太守：君厌承明之庐，劳侍从之事，怀故土，出为郡吏。会稽东接于海，南近诸越，北枕大江。间者，阔焉久不闻问，具以《春秋》对，毋以苏秦从横。'"②皇帝为严助实现私愿以快其心意，久无音信又下书存问，诏书末尾颇有游戏之意味，则这些行为有点像朋友之间的关系。再如，汉武帝之母王皇后先嫁金王孙，生一女，皇后母臧儿夺而归于时为皇太子的汉景帝。《汉书·外戚传》："初，皇太后微时所为金王孙生女俗，在民间，盖讳之也。武帝始立，韩嫣白之。帝曰：'何为不蚤言？'乃车驾自往迎之。其家在长陵小市，直至其门，使左右入求之。家人惊恐，女逃匿。扶将出拜，帝下车立曰：'大姊，何藏之深

① 司马迁《史记》卷一百二十六，第3207页。

② 班固《汉书》卷六十四，第2789页。

也?'载至长乐宫,与俱谒太后,太后垂涕,女亦悲泣。帝奉酒,前为寿。"①这种事,连常人怕也感到难为情,作为皇帝能做到这一步,实属难得。

(4)清醒的避世者。西汉去战国未远,战国时期这个中国历史上士的黄金时代,西汉时思想独立、个性鲜明、感觉敏锐的士人还时时想起,东方朔就是其中典型的一个,所以当博士诸先生责难他:"苏秦、张仪一当万乘之主,而都卿相之位,泽及后世。今子大夫修先王之术,慕圣人之义,讽诵《诗》《书》百家之言,不可胜数。著于竹帛,自以为海内无双,即可谓博闻辩智矣。然悉力尽忠以事圣帝,旷日持久,积数十年,官不过侍郎,位不过执戟,意者尚有遗行邪"时,他说:

> 彼一时也,此一时也,岂可同哉!夫张仪、苏秦之时,周室大坏,诸侯不朝,力政争权,相擒以兵,并为十二国,未有雌雄,得士者强,失士者亡,故说听行通,身处尊位,泽及后世,子孙长荣。今非然也。圣帝在上,德流天下,诸侯宾服,威振四夷,连四海之外以为席,安于覆盂,天下平均,合为一家,动发举事,犹如运之掌中。贤与不肖,何以异哉?方今以天下之大,士民之众,竭精驰说,并进辐凑者,不可胜数,悉力慕义,困于衣食,或失门户。使张仪、苏秦与仆并生于今之世,曾不能得掌故,安敢望常侍侍郎乎!②

战国时代,列国纷争,各国为图自保进而侵吞他国,争相招纳贤才,以至于人君为士人拥彗先驱,执弟子之礼。时至秦汉,历史进

① 班固《汉书》卷九十七,第3947~3948页。
② 司马迁《史记》卷一百二十六,第3206页。

入大一统君主专制时代，士人面对的只有一个朝廷，一个皇帝，他们的活动空间变小了，选择的机会大大减少了。那些具有独立思想和性格的人便明显地感受到了这种在专制政治下的压力，每当这个时候，他们便禁不住怀念那个士的黄金时代。在两者的鲜明对比之下，他们也对封建专制政治有了更清楚地认识。《史记》所载的东方朔《答客难》一文不完整，其失载部分有这样几句话更显尖锐："遵天之道，顺地之理，物无不得其所。故绥之则安，动之则苦；尊之则为将，卑之则为虏；抗之则在青云之上，抑之则在深泉之下；用之则为虎，不用则为鼠。虽欲尽节效情，安知前后？"①在君主专制政治之下，士人的命运掌握在最高统治者皇帝手里，他们想保持自己的独立思想和人格都难，更不用说自主地实现建功立业的雄心壮志了。故而东方朔狂诞滑稽以避世全身，正如他席中酒酣时所歌："陆沉于俗，避世金马门。宫殿中可以避世全身，何必深山之中，蒿庐之下。"②

东方朔学识广博，才气出众，他对当今皇帝的性情有深入的了解，对君主专制政治更有深刻清醒的认识。一方面是天性诙谲滑稽，一方面是出于避祸全身的需要，他以诙笑滑稽、狂怪荒诞的面目示人。这个人物的出现，既有他自身的因素，也有历史环境的因素，因此，东方朔这个人物的产生，具有相当的文化意义。《史记》本传的记载显得比较单薄，但也基本反映了这个人物的性格特点和精神风貌。

---

① 班固《汉书》卷六十五，第 2865 页。

② 司马迁《史记》卷一百二十六，第 3205 页。

二、《汉书·东方朔传》:侧重才能政绩

关于《汉书·东方朔传》的叙事,刘知几在《史通·杂说上》中有这样的评论:"《汉书·东方朔传》,委琐烦碎,不类诸篇。且不述其亡殁岁时及子孙继嗣,正与《司马相如》《司马迁》《扬雄传》相类。寻其传体,必曼倩之自叙也。但班氏脱略,故世莫之知。"①刘知几的意思是《汉书》本传取自东方朔的自叙,但既讥其"烦碎",又疑它取自自叙传,以东方朔之文才,不会连自己的事情都不能叙说得清楚条理吧?观《汉书·东方朔传》之叙事,多用"久之""时有""初""是时"等语词,笔者认为,《东方朔传》极有可能是班固依据刘向所录东方朔的作品,结合有限的史料而敷衍成篇的,在叙写过程中,有因人系事的情况,意图通过人物传记顺便反映在别处不便叙写的武帝朝的一些史实。如传记中详细叙写了汉武帝微行出猎及修建上林苑的情形。《汉书·东方朔传》虽然也记录了东方朔诙谐滑稽的言行,但只占很少的篇幅,即使这些内容,与《史记》的叙写相比,也文雅严肃了许多。"朔虽诙笑,然时观察颜色,直言切谏,上常用之。自公卿在位,朔皆敖弄,无所为屈"。② 东方朔基本上是以严肃正面的形象出现的,也就是说《汉书》本传对东方朔的政绩介绍得多,而性格和精神面貌则不够鲜明。

《汉书》本传对东方朔才能政绩的叙写主要有这样四项:

(1)谏皇帝微行出猎及建上林苑。汉武帝之奢侈靡费,在历

---

① 浦起龙《史通通释》,上海古籍出版社2009年版,第441页。

② 班固《汉书》卷六十五,第2860页。

史上是有名的，他赏军功，赐爱幸，封禅求仙，将汉朝建立后积累的大量财富糟蹋个精光，然后想尽各种或低劣或高明的办法来搜刮财富，以供他奢侈享乐。所以，像建上林苑这种事，对武帝来说本不算什么大事，但即使如此，也已经让人触目惊心了。试看东方朔《谏除上林苑》中的述说："故酆、镐之间，号为土膏，其贾亩一金。今规以为苑，绝陂池水泽之利，而取民膏腴之地，上乏国家之用，下夺农桑之业，弃成功，就败事，损耗五谷，是其不可一也。且盛荆棘之林，而长养麋鹿，广狐兔之苑，大虎狼之虚，又坏人冢墓，发人室庐，令幼弱怀土而思，耆老涕泣而悲，是其不可二也。斥而营之，垣而囿之，骑驰东西，车骛南北，又有深沟大渠。夫一日之乐，不足以危无堤之舆，是其不可三也。故务苑囿之大，不恤农时，非所以强国富人也。"①上林苑虽然最终还是修建了，但此举于国于民的严重危害性，东方朔看得十分清楚，其忧国忧民、犯颜直谏的勇气和精神也卓然可见。

（2）劝谏宠异弄臣。西汉去古未远，后世规范人的行为、约束人的身心的所谓封建礼教此时尚未完全建立起来。而且，汉朝的建立者高祖刘邦本就是一个贪财好色的无赖，因而，西汉皇室贵族的私生活往往放荡无顾忌。即使这样，武帝之姑、五十余岁的窦太主爱幸一个俊美少年董偃，也算是很出格了，汉武帝不仅许可，又从而劝助之，并亲幸公主之宅以见这位公主的"幸人"，称之为"主人翁"。《汉书·东方朔传》中说："当是时，董君见尊不名，称为'主人翁'，饮大欢乐。主乃请赐将军列侯从官金钱杂缯各有数。于是董君贵宠，天下莫不闻。郡国狗马蹴鞠剑客辐凑董氏。

① 班固《汉书》卷六十五，第2849～2850页。

常从游戏北宫，驰逐平乐，观鸡鞠之会，角狗马之足，上大欢乐之。于是上为窦太主置酒宣室，使谒者引内董君。”①观此，西汉上层贵族的生活及当时的民风民俗，可见一斑。此时的东方朔虽仅是一名执戟之士，也不顾人微位卑，斥董偃之淫辟，责武帝于宣室见佞人之荒唐，武帝虽然从谏纳说，然“是后，公主贵人多逾礼制，自董偃始”②。

(3)说武帝以俭节化民。汉朝建立之初，由于刚刚经历了长时期激烈残酷的战争，民生极度凋敝，统治者不得不采取“休养生息”的政策，倡行节俭。但随着社会的逐渐安定，经济逐步恢复和发展，统治阶级的生活日渐侈靡起来。至武帝时，上至皇帝，下至地方豪族，甚至商贾平民，莫不追求奢侈享乐，以致引起皇帝的忧虑。《汉书》本传说：“时天下侈靡趋末，百姓多离农亩。”汉武帝向东方朔讨要救治之方，东方朔深识问题的实质，他说：

> 今陛下以城中为小，图起建章，左凤阙，右神明，号称千门万户。木土衣绮绣，狗马被缋罽；宫人簪玳瑁，垂珠玑；设戏车，教驰逐，饰文采，丛珍怪；撞万石之钟，击雷霆之鼓，作俳优，舞郑女。上为淫侈如此，而欲使民独不奢侈失农，事之难者也。③

上行则下效，要禁止百姓奢靡享乐，必须从上层统治者开始，而这是统治者绝难做到的，故而封建统治集团和封建王朝由奢靡享乐走向腐败灭亡是具有必然性的。这一点，东方朔也有所认识，所以他在《谏起上林苑》中说：“夫殷作九市之宫而诸侯畔，灵王起章

① 班固《汉书》卷六十五，第2855页。
② 班固《汉书》卷六十五，第2857页。
③ 班固《汉书》卷六十五，第2858页。

华之台而楚民散，秦兴阿房之殿而天下乱。”①

(4)感时叹己，发于文辞。《汉书》的人物传记侧重于人物政绩的叙述并附录传主有益治道的文辞，这是一个通例，《东方朔传》也是如此。其前半部分往往是先叙述当时的败政恶俗，然后附上东方朔的谏说之辞，后半部分则录有东方朔的具有代表性的文章，一为《答客难》，一为《非有先生论》。这两篇文章内容关系密切，反映了封建君主专制政治下文士的思想面貌和心态特点。《答客难》表达了文士们在君主专制政体下的压力感，前文已经述及，《非有先生论》则表达了才志之士与封建君主的既相须相待又难以和合的复杂关系以及文士期望得君以立功的心情。君主需臣下的辅佐以治国安民，以长保天下为其一姓所有，而文士期望得到君主的赏识以取得官禄，进而实现自己的志向抱负。然而君主治国用人往往出于自己的好恶，这往往与才志之士的节操志向难以契合，故而君臣云龙风虎相际会的情况就极其罕见，也成为文士们向往的理想状态。东方朔在《非有先生论》中说：“故卑身贱体，说色微辞，愉愉呴呴，终无益于主上之治，则志士仁人不忍为也。将俨然作矜严之色，深言直谏，上以拂主之邪，下以损百姓之害，则忤于邪主之心，历于衰世之法。故养寿命之士莫肯进也，遂居深山之间，积土为室，编蓬为户，弹琴其中，以咏先王之风，亦可以乐而忘死矣。是以伯夷叔齐避周，饿于首阳之下，后世称其仁。如是，邪主之行固足畏也，故曰谈何容易。”②对于封建皇帝的秉性和专制政治的本质，东方朔有清醒的认识，所以他能在朝堂

---

① 班固《汉书》卷六十五，第2851页。

② 班固《汉书》卷六十五，第2870页。

之上，暴君之侧，优游偃仰，养志安身。

《汉书》对于东方朔的叙写，侧重于他的政治才能和政治活动方面，这使《汉书》中的东方朔与《史记》中的东方朔有相当大差异。透过这种差异，我们不仅可以看到两史在体例上的不同，而且也可以窥见作者在思想倾向和道德观念上的差异，因而，我们若要全面了解东方朔这个人物，也必须将二史的叙事结合起来，勾勒出一个完整的东方朔。

三、越出《史》《汉》之《东方朔传》的流风余韵

将《史》《汉》之《东方朔传》综合起来，一个完整、立体、鲜活的东方朔便出现了：一个博学高才，滑稽多智，外委随婉曲而内傲岸刚正，对封建君主保持高度警惕，与专制政治保持心理距离，时时留意国事，关心民生，相机补益国计民生而又尽量保持自己的人格和思想的独立性，用诡谲的言行躲避来自专制政治的迫害的朝隐者。不过，后来的东方朔形象又大大地超越了这些。《汉书·东方朔传·赞》曰："刘向言少时数问长老贤人通于事及朔时者，皆曰朔口谐倡辩，不能持论，喜为庸人诵说，故令后世多传闻者。而杨雄亦以为朔言不纯师，行不纯德，其流风遗书蔑如也。然朔名过实者，以其诙达多端，不名一行，应谐似优，不穷似智，正谏似直，秽德似隐。非夷齐而是柳下惠，戒其子以上容：'首阳为拙，柱下为工；饱食安步，以仕易农；依隐玩世，诡时不逢。'其滑稽之雄乎！朔之诙谐，逢占射覆，其事浮浅，行于众庶，童儿牧竖莫不眩耀。而后世好事者因取奇言怪语附著之朔，故详录焉。"①由

① 班固《汉书》卷六十五，第2873～2874页。

此观之,东方朔以其性格的鲜明独特和言行的应时而变不循规蹈矩,颇受当时雅俗的注意,但所得评价却有很大不同。他受到尚雅的正统文人如扬雄等的批评和轻视,却受到民间众庶的欢迎和传颂,于是,他们将许多想象的和他人的事情安放到东方朔身上,从而大大丰富了这个人物的形象。由此可以知道,东方朔对后世的影响,表现在对士大夫文人和民间众庶两个方面。

(1)对文人士大夫的影响。东方朔对于后世文人士大夫的影响,首先表现在他的处世态度上。他的基于对封建暴君和专制政治的清醒认识而采取的诙谲滑稽以避祸全身的行为,在汉魏西晋时代虽也受到一些正统文人的否定性批评,但得到更多的是理解和同情。如嵇康说:"东方朔至清,外似贪污内贞,秽身滑稽隐名。不为世累所撄,所欲不足无营。"①西晋夏侯湛在《东方朔画赞》中就对东方朔作了高度评价,并对其言行的真正意图和实质作了精辟的概括:

> 先生瑰玮博达,思周变通,以为浊世不可以富贵也,故薄游以取位;苟出不可以直道也,故颉颃以傲世。傲世不可以垂训也,故正谏以明节。明节不可以久安也,故诙谐以取容。洁其道而秽其迹,清其质而浊其文。弛张而不为邪,进退而不离群。②

此可谓深知于东方朔者。南北朝以后,虽然其"戏万乘若寮友,视俦列如草芥"的孤傲精神仍为李白等人所继承,但其为避世全身而诙谐类"俳倡"的行为仍为士大夫文人所批评和不取,这是因为

---

① 逯钦立辑校《先秦汉魏晋南北朝诗》,中华书局 1983 年版,第 490 页。

② 严可均《全晋文》,商务印书馆 1999 年版,第 726 页。

此时佛道思想已经渗入士大夫的心灵，并成为他们心灵的一部分，他们已经形成了针对不同社会形势而有效调整自己心理的心理机制，他们已经有了更多更高雅的应对社会混乱和暴力的手段，不必再用东方朔那种自污自贱的方法。如明代方孝孺说："东方朔在武帝时谏诤似汲黯，文辞似司马相如，肆志轻世，旷然有麾斥八极之意，去公孙弘辈甚远。特以好为诙谐无实之谈，故为君子所薄，而后之庞辞怪说多推而归之，士之持身择术，可不慎乎？"①这代表了当时文人士大夫对东方朔的一般看法，然岂是洞悉社会时势而深知东方朔者哉！

东方朔在文学上也对后世有一定的影响，其骚体作品《七谏》载于《楚辞》，其表达文人士大夫在专制政治下沉重压力感的《答客难》，以其思想的深刻性和典型性而受到后世文人的模仿，汉代扬雄、班固、张衡、蔡邕等著名文人都有仿作，魏晋南北朝时期模仿者也不乏其人。他们的仿作，尽管随着社会文化语境的不同，随着个人思想观念和现实处境的不同而在感情色彩上有所不同，但其立意和基本结构及表现手法都没有超越东方朔作品的模式。隋唐以后，东方朔本人也已演变成为一个文学形象而时常在文人的笔下出现，其"朝隐"和"索米长安"的事迹，更成为文人在表达立身之难和求仕不易之情时常用的典故。

(2)对民间众庶的影响。东方朔对俗文化的影响较对文人士大夫的影响甚至更大，这也表现在两个方面：

一是在俗人诵说和民间智慧、娱乐技艺方面。这一方面在当

① 方孝孺《逊志斋集》，《四库全书》第1235册，上海古籍出版社1987年版，第524页。

时可能影响相当大，距东方朔不远的班固即在《东方朔传》中说："朔之诙谐，逢占射覆，其事浮浅，行于众庶，童儿牧竖莫不眩耀。"如《世说新语》载："汉武帝乳母尝于外犯事，帝欲申宪。乳母求救东方朔，朔曰：'此非唇舌所争，尔必望济者，将去时但当屡顾帝，慎勿言，此或可万一冀耳。'乳母既至，朔亦侍侧，因谓曰：'汝痴耳，帝岂复忆汝乳哺时恩耶。'帝虽才雄心忍，亦深有情恋，乃凄然愍之，即敕免罪。"①《史记·滑稽列传》载此为郭舍人事，而民间却将其安在东方朔身上，以显示其有同情心且机智救人于危难，然据《汉书·东方朔传》载，汉武帝妹隆虑公主之子犯法，武帝忍痛杀之，以正国法，东方朔即奉觞上寿，赞扬武帝"正而不阿"，可见此类故事，实为民间传说。又据《隋书·经籍志》，阴阳家类有《东方朔岁占》《东方朔占》《东方朔书》《东方朔书钞》《东方朔历》《东方朔占候水旱下人善恶》等著作，这些书显然都是伪托，然可窥见东方朔对后世影响的一个侧面。可惜此类材料传世不多，我们无从得知其更详细的情形。

一是在俗文学创作方面。东方朔对于俗文学创作的影响，则不仅斐然可述，且所存资料颇丰。不知在何时②，有人根据东方朔的奇闻轶事，创作了一部《东方朔别传》，其叙事明晰，文字简洁，甚有情趣。可惜全书已佚，刘孝标《世说新语注》、李善《文选注》及《太平御览》多所引用。综观其所引内容，大要不出博物多智和微言劝谏两项。如《太平御览》卷九二一引《东方朔别

① 朱铸禹《世说新语汇校集注》，上海古籍出版社 2002 年版，第 469 页。

② 朱东润认为其"必在武帝以后，褚少孙、刘向以前"。见朱东润《八代传叙文学述论》，复旦大学出版社 2006 年版，第 42 页。

传》说：

孝武皇帝时，闲居无事，燕坐未央前殿。天新雨止，当此时，方朔执戟在殿阶旁，屈指独语。上从殿上见朔呼问之："生独所语者，何也?"朔对曰："殿后柏树上有鹊，立枯枝上，东向而鸣也。"帝使视之，果然。问朔何以知之，对曰："以人事言之。风从东方来，鹊尾长，傍风则倾，背风则蹶，必当顺风而立，是以知之。"①

此不杂方术神怪，而充满民间智慧，颇饶意趣。

大约产生于东汉时期的《神异经》和《十洲记》两部小说类作品，或记奇闻异物，或叙神怪仙道，将其归在东方朔的名下，可算是相当合适，这不仅与东方朔个人的知识结构和思想倾向相合，且与他所处的历史文化语境相符。两汉时期的学者有很强的博物意识，扬雄、刘向等人都是如此。而自汉朝建立之初，道家观念和道教神仙方术思想就相当流行，如《海内十洲记》最后说："武帝欣闻至说，明年遂复从受诸真形图。常带之肘后，八节当朝拜灵书，以书求度脱焉。朔谓滑稽逆知，预观帝心，故弄万乘，傲公侯，不可得而师友，不可得而喜怒，故武帝不能尽至理于此人。"②

道教兴起后，东方朔逐渐演变为天上的星宿和游戏人间的神仙。曹植说："夫神仙之书、道家之言，乃云：傅说上为辰尾星，岁星降下为东方朔。"③托名刘向的《列仙传》中则说："东方朔者，平原厌次人也。久在吴中，为书师数十年。武帝时，上书说便宜，拜为郎。至昭帝时，时人或谓圣人，或谓凡人。作深浅显默之行，或

① 李昉等《太平御览》第9册，上海古籍出版社2008年版，第238页。

② 《汉魏六朝笔记小说大观》，上海古籍出版社1999年版，第71页。

③ 赵幼文《曹植集校注》，人民文学出版社1984年版，第187页。

忠言,或诙语,莫知其旨。至宣帝初,弃郎以避乱世。置帻官舍,风飘之而去。后见于会稽,卖药五湖,智者疑其岁星精也。”①这或许是因为《汉书·东方朔传》没有记载其终殁年月及子嗣情况,给后人留下了想象发挥的余地。

东方朔这个人物的产生,具有相当的文化意味,他的言行特点和思想倾向,既有他自身因素,又是特定历史文化语境的产物;他对后世的影响,也随着文化语境的改变而发生着相应的改变。

① 旧题刘向撰《列仙传》,《四库全书》第1058册,第499页。

论桓宽《盐铁论》的创作

《盐铁论》是出现于西汉宣帝时期的一部散文著作，是当时汝南人桓宽在盐铁会议议文的基础上加工而成的。《盐铁论》的出现，从西汉政治形势的衍变及中国思想史的发展来说，有其必然性，但从中国古代散文的发展来说，却不能不说是一个很奇异的现象，正像当时的《易》学中出现《焦氏易林》一样，是一个很值得人们探讨研究的问题。明人朱君复在《诸子斟淑》中说："夫《盐铁论》累累数万言，可谓闳博矣，第少古劲之气，与西汉文不类。"①这是很有见地的。无论如何，在西汉时期能出现这样形式优美的散文，确实可以算是一个奇迹。

说到《盐铁论》的产生，就不能不首先谈到历史上著名的盐铁会议。《汉书·食货志下》载："昭帝即位六年，诏郡国举贤良文学之士，问以民所疾苦，教化之要。皆对愿罢盐铁、酒榷、均输官，毋与天下争利，视以俭节，然后教化可兴。弘羊难，以为此国家大业，所以制四夷，安边足用之本，不可废也。乃与丞相千秋共奏罢

---

① 朱君复《诸子斟淑》，《从书集成续编》第76册，上海书店1994年版，第10页。

酒酤。"①从这里来看,似乎盐铁会议的举行,仅仅是为了讨论是否应该改变武帝时所实行的财政经济政策的问题,而实际上,盐铁会议的背景是十分复杂的。

首先,它是汉王朝统治策略调整的一个契机。武帝晚年,社会动荡,民生凋敝,国家处在崩溃的边缘,武帝对这种情况有所觉察,于是下诏表示对过去大事兴作的后悔,并逐渐调整统治策略,缓和已经十分尖锐的各种各样的矛盾冲突。刘向《新序·善谋十》在叙述了汉武帝从大行王恢之言,设伏马邑之后说:"其后交兵接刃,结怨连祸,相攻击十年,兵凋民劳,百姓空虚,道殣相望,槥车相属,寇盗满山,天下摇动。孝武皇帝后悔之。御史大夫桑弘羊请佃轮台,诏却曰:'当今之务,务在禁苛暴,止擅赋。今乃远西佃,非所以慰民也。朕不忍闻。'封丞相号曰富民侯。遂不复言兵事,国家以宁,继嗣以定,从韩安国之本谋也。"②汉武帝停止对少数民族的大规模的战争,使国家的政治形势有所好转,但问题并没有得到较彻底的解决。他立年幼的刘弗陵为太子,临死前又委托谨慎的霍光以大将军辅佐幼主,应当是有深意的。《汉书·昭帝纪·赞》说:"承孝武奢侈余弊师旅之后,海内虚耗,户口减半,光知时务之要,轻徭薄赋,与民休息。"③霍光体察武帝的用心,想大幅度调整政治策略,以实现国家和社会的安定,但当时的朝臣,多为武帝提拔起来的躁兢逐利之徒,于是霍光接受杜延年的建议,举行盐铁会议,以使自己的行动得到社会舆论的支持。《汉书·杜延年传》:"见国家承武帝奢侈师旅之后,数为大

---

① 班固《汉书》卷二十四,中华书局1962年版,第1176页。

② 赵仲邑《新序详注》,中华书局1997年版,第359页。

③ 班固《汉书》卷七,第233页。

将军光言:‘年岁比不登,流民未尽还,宜修孝文时政,示以俭约宽和,顺天心,说民意,年岁宜应。’光纳其言,举贤良,议罢酒榷、盐铁,皆自延年发之。”①

其次,这次会议也是霍光取得专政地位的重要步骤。霍光以大将军辅政,这虽是汉武帝剥夺宰相权利,破坏宰相制度,设内朝以对抗和取代外朝的必然举措,是汉武帝有意安排的,但有宰相和御史大夫在,以大将军为首辅仍显得名不正言不顺。此时的宰相是车千秋,车千秋无甚才能术学,谦退不任事,自然对霍光的地位构不成威胁。但御史大夫桑弘羊出身于商人之家,精明干练,从政几十年,一直得到汉武帝的信任,按他的性格,他不仅要保持现有的地位,还要有所动作,至少要把他正在干着的事情进行下去。这就不仅妨碍了霍光对国家统治政策的调整,而且直接与霍光的个人利益发生冲突。霍光发起盐铁会议,他本人却并未露面,而让深知利害关系因而“括囊不言”的车千秋观阵,让桑弘羊舌战群儒,固然有“丞相御史两府之士”为桑弘羊帮腔,但这些人也大都是儒生,他们所处的地位使他们不得不违背自己的信仰去帮助自己的上司说话,所以他们的发言不过是一些无关疼痒的应景之论。所以,这次会议实际上是桑弘羊一人面对六十余个对手的争论。从会议记录来看,他确实是被打败了,他主要不是在理论上被儒生们说服,而是在施政效果上他无法否认这些政治措施带来的严重的负面影响。他为汉武帝背了黑锅,成为众矢之的,成为历史上的悲剧性的人物,这由他的本性和信仰决定,也由当时的社会制度决定。历史上与他类似的悲剧人物实在不止一个。

---

① 班固《汉书》卷六十,第2664页。

《汉书·车千秋传》说:“桑弘羊为御史大夫八年,自以为国家兴榷管之利,伐其功,欲为子弟得官,怨望霍光,与上官桀等谋反,遂诛灭。”①霍光最终击败了政治对手,达到了专政的目的。

再次,儒生们长期积聚的对于汉朝政治的不满借这次对具体问题的讨论公开表达出来。在这次会议上,儒生们对汉王朝的穷兵黩武、法律繁苛、骄奢侈靡、吏治混乱等问题进行公开激烈的指责,并越过这些具体问题,对汉王朝政治制度进行了激烈的批评;又代表下层民众诉说了他们的生存状况,他们对汉朝统治政策的感受以及对汉王朝态度的转变,含蓄地告诉统治者,百姓已经不能忍受汉王朝的统治,他们已经对汉王朝失去信心。盐铁会议上儒生们的放言高论,标志着儒生已经形成强大的社会势力向统治者施加压力,迫使统治者调整自己的统治政策,这就在思想上为此后的托古改制运动打下了基础,在舆论上为它做好了准备。

关于《盐铁论》一书的创作缘起,《汉书·公孙刘田王杨蔡陈郑传·赞》中有这样的记载:“所谓盐铁议者,起始元中,征文学贤良问以治乱,皆对愿罢郡国盐铁酒榷均输,务本抑末,毋与天下争利,然后教化可兴。御史大夫弘羊以为此乃所以安边竟,制四夷,国家大业,不可废也。当时相诘难,颇有其议文。至宣帝时,汝南桓宽次公,治《公羊春秋》,举为郎,至庐江太守丞,博通善属文,推衍盐铁之议,增广条目,极其论难,著数万言,亦欲以究治乱,成一家之法焉。”②从这个记载来看,《盐铁论》是桓宽在会议议文的基础上加工而成的。但是,这些议文是来自何处呢?不大可能来自

① 班固《汉书》卷六十六,第2887页。

② 班固《汉书》卷六十六,第2903页。

朝廷，如果这些议文本来藏在朝廷，那么就是国家文件，桓宽作为一个郎官，无缘见到这些文件，更不可能带出去加工成书。而在《盐铁论·杂论》中，他说："余睹盐铁之义，观乎公卿、文学、贤良之论，意指殊路，各有所出。"这说明他确实见过会议的议文。下文他又说："始汝南朱子伯为予言，当此之时，豪俊并进，四方辐凑。贤良茂陵唐生，文学鲁万生之伦六十余人，咸聚阙庭，舒六艺之讽，论太平之原。"①次公是汝南人，与参加会议的朱子伯正是同乡，那么，他很可能是从朱子伯那里得到会议的议文，并详细了解了会议辩论的经过和情形。在后文中他又提到中山刘子雍和九江祝生，并明确知道他们发言的内容及发言时的情形。会不会是盐铁会议后，有些儒生凭记忆把辩论的内容和当时的情形记录下来，桓宽为郎时，遍访这些儒生并从他们那里得到会议记录，然后把这些材料集中起来，加工成为一部著作的呢？难以知道。现在的问题是，原始材料是怎样的？桓宽对材料加工的程度如何？姚鼐《惜抱轩文集后集》中说："夫有司议政，反覆之辞，不得过多。韩安国与王恢论诱匈奴，《汉书》载其词稍繁；读者固以为后人所拟，非当时言之实矣。然岂若桓宽此书，繁多若是甚哉！其明切当于事，不过千余言，其余冗蔓可削也。"②这当然是非常有道理的，但通观《盐铁论》在内容编排和语言风格等方面的情况，可以发现桓宽的《盐铁论》并没有像班固的《白虎通》那样对原始材料作深入系统的加工，使之成为一部体系严密、风格前后统一的著作。过去人们大都认为盐铁会议是举行了两次，而严格说来，应

① 马非百《盐铁论简注》，中华书局1984年版，第426页。
② 姚鼐《惜抱轩诗文集》，上海古籍出版社1992年版，第275～276页。

该是一次,所说的第二次不过是盐铁会议结束后,贤良文学向大夫、丞相史、御史辞行,大夫向文学贤良征求对征伐匈奴的意见,顺便又讨论了任刑任德的问题。也就是说,从《本议》到《取下》是正式会议记录;《击之》到《大论》是大夫向贤良文学征求意见的记录。

《盐铁论》全书在内容安排上并不系统严密,在语言上虽有大致相同的风格,但文章特色前后有明显的变化。自《本议》至《利议》为大夫与文学的辩难,所讨论的内容比较丰富,不限于盐铁均输等具体问题,而往往表达的是儒生与文法吏士之间在价值观与人生观上的不同,其深层的内容即是由来已久的儒家与法家的义利之辩。大夫的论难锋芒毕露,时有倚势压人之嫌,文学的辩难则缺乏针对性,时显迂阔。双方时有离开论题相攻击的言论,这同时就暴露了双方在思想体系和实践效果上的优缺点。文章句子整齐,多对句,语言十分优美。从《国疾》至《取下》为大夫与贤良的辩难。贤良征自长安,既有三辅的儒生,又有朝廷各府的官属。他们对朝廷的弊病看得比较清楚,所以发言具有很强的针对性,尤其对于朝廷自上而下的奢侈之风,叙述得尤为详备深刻。文章多排比和对比,但整体上是以散句为主。从《击之》到《大论》,又是大夫与文学的论辩,主要讨论攻击匈奴和任刑任德的问题,但文风却与第一部分有较大不同,虽多有对句,但以散句为主,不像第一部分那样整齐。此外,整个辩论,不仅如姚鼐所指出的那样意少文繁,而且多生枝节,时有离题之论,泛言虚语甚多,甚至全凭意念信口而论。章太炎在其《国故论衡·论式》中说:“汉论著者,莫如《盐铁》。然观其驳议,御史大夫、丞相史言此,而文学、贤良言彼,不相剀切。有时牵引小事,攻劫无已,则论已离其宗;或有却击如骂,侮弄如嘲,故发言终日而不得其所凝止,其文虽博丽哉,以持论则不中矣。”①这一点在第一部分文学与大夫的辩难中表现得尤为明显。如《地广》篇中大夫说:“挟管仲之智者,非为厮役之使也。怀陶朱之虑者,不居贫困之处。文学能言而不能行,居下而讪上,处贫而非富,大言而不从,高厉而行卑,诽誉訾议以要名采善于当世。夫禄不过秉握者不足以言治,家不满檐石者不足以计事。儒皆贫羸,衣冠不完,安知国家之政、县官之事乎?何斗辟造阳也?”②大夫的意思是说,有智慧的人,就不会处在卑贱的地位;有计虑的人,就不会处于贫穷的境域。儒生卑贱而且贫穷,则表明他们既无智慧又无计虑,这样的人,当然不值得与他们言治计事。这样的推理,显然难以服人,不能解决任何问题。在《毁学》篇中,大夫又嘲笑儒生说:“今内无以养,外无以称,贫贱而好义,虽言仁义,亦不足贵者也。”③儒生则反击大夫说:“今公卿以其富贵笑儒者,为之常行,得无若太山鸱吓鹓雏乎?”④大夫又反唇相讥说:“拘儒布褐不完,糟糠不饱,非甘菽藿而卑广厦,亦不能得已。虽欲吓人,其何已乎?”⑤这样的辩难,当然没有什么大意义。再有,《盐铁论》不仅像姚鼐说的那样“述事又颇不实”,而且在辩论过程中,发言立论,没有什么原则性,随机设义,反复无常,甚至前后矛盾。尤其是御史大夫桑弘羊,常常阐发经义以立论,其论点往往与他的信仰和行为全不相符。如《晁错》篇

① 章太炎《国故论衡》,上海古籍出版社 2011 年版,第 84 页。
② 马非百《盐铁论简注》,第 125 页。
③ 马非百《盐铁论简注》,第 136 页。
④ 马非百《盐铁论简注》,第 138 页。
⑤ 马非百《盐铁论简注》,第 140 ~ 141 页。

他批评晁错说:“使晁错变法易常,不用制度,迫蹙宗族,侵削诸侯,蕃臣不附,骨肉不亲,吴楚积怨,斩错东市,以慰三军之士而谢诸侯。斯亦谁杀之乎?”①晁错是西汉唯一可以称得上是法家的人物,他主张削藩以加强中央集权,既符合汉王朝的长远利益,也符合法家人物的一贯精神和做法。桑弘羊一向被人们认为是具有法家精神的人物,事实也确实如此,例如在《非鞅》篇中他就曾极口称赞商鞅的功绩,所以这里他对晁错的批评就显得非常奇怪。在《毁学》篇中他更说:“学者所以防固辞,礼者所以文鄙行也。故学以辅德,礼以文质。言思可道,行思可乐。恶言不出于口,邪行不及于己。动作应礼,从容中道。故礼以行之,孙以出之。是以终日言,无口过;终身行,无冤尤。”②这是大夫针对文学对他的讥讽而做出的反击,文中化用《论语》和《孝经》的句子,完全不像一个名利之徒的语言。在会议上,帮助大夫同贤良文学论辩的丞相史和御史也大都是儒生,这从文中可以得到证实。在《刺议》篇中,文学批评丞相史说:“衣儒衣,冠儒冠,而不能行其道,非其儒也。譬若土龙,文章首目具而非龙也。葶历似菜而味殊,玉石相似而异类。子非孔氏执经守道之儒,乃公卿面从之儒,非吾徒也。”③丞相史、御史作为儒生,在论辩过程中,也与同自己有相同文化背景的贤良文学针锋相对,大肆宣扬严刑峻法的重要性,为武帝的统治政策辩护,可以证明这次辩论也是官府与民间的一次交锋,所以双方虽有不同的文化背景,但也有即景辩难、务于争先之义。这种随机设义的辩难方式,与六朝人的论辩非常

① 马非百《盐铁论简注》,第63页。

② 马非百《盐铁论简注》,第139页。

③ 马非百《盐铁论简注》,第200页。

相似。

以上分析可以证明,无论在内容的安排上,还是在艺术形式的加工上,桓宽都没有对会议议文作更深入细致的工作,但他曾对辩论内容进行编排,对记录文字进行推衍,对文章语言作过加工润色,这是确定无疑的。

试论刘向著述的思想倾向

刘向是西汉末期有影响的思想家，在中国思想史上占有一定的地位。长期以来，治思想史的人较多地注意了他思想中占主导地位的儒家思想，及其阴阳灾异思想，而对他思想的丰富性和复杂性缺乏认识，本文力图对刘向著述的思想倾向作一比较全面的总结和阐述。

一、以儒家为主，以有效为原则的各家思想的综合

早就有人指出刘向的思想具有"兼儒墨，合名法"的杂家色彩，①这当然有道理，但并不确当。实际上，刘向的思想可以分为两个层次：第一个层面，也是刘向思想中占主导地位的内容，是儒家的社会政治思想和伦理道德思想；第二个层面是儒家思想涵摄下的各家思想。刘向之所以形成这样的思想特色，主要是由三个方面的原因造成的。第一，本人对儒家经典的精通及经学昌明的大环境的模铸。刘向精通儒家经典，《诗》《春秋》尤为精熟，并且不限一家。西汉末年，儒学大兴，儒家思想正逐渐向社会各个层

① 向宗鲁《说苑校证·序》，中华书局1987年版，第2页。

面渗透，刘向是当时儒学大师之一，是儒家思想的忠实继承者和积极发扬者。第二，博览典籍，历观前代兴衰成败的经验教训得到的启示。刘向于河平三年受诏校中秘书，当时皇家所藏的主要图书，都经刘向整理过。第三，对当时社会现实的观察、体验与思考。刘向面对当时混乱的政治局面和渐趋衰微的国势，深为忧虑，并力图挽救。正是这后两点使刘向的某些思想突破了儒家思想的界限，显示出一定的功利色彩。但是应该看到，刘向在选择材料的时候，是有他的标准的，这就是材料的内容必须合乎儒家的"义理"，也就是说，他的作品中尽管包含着其他各家的思想，但这些思想都不与儒家思想相悖，刘向巧妙地找出它们的契合点，使这些思想处在儒家思想的笼罩之下。

孟子认为人性善，所以他主要讲仁而极少论"礼"；荀子认为人性恶，所以他多讲礼而不大讲仁。《韩诗外传》引《荀子》较多，但重礼也重仁；刘向作品引《孟子》较多，是重仁也重礼。在《列女传》中，妇女的最重要的品德就是"仁而有礼"。① 在人的品德修养中，"仁"是积极主动的一面，而"礼"是消极被动的一面，二者是缺一不可的。所以刘向特别重视仁与礼。除此以外，儒家学说的应有之义，即儒家的基本概念，从孝悌一直到言语智谋，他都做了形象的展示，而对"学"与"尚贤"更做了淋漓尽致的阐说与发挥。

刘向的思想主要是儒家思想，这是显而易见的，而刘向的道家思想也同样非常浓重。这既表现在治国策略上，更明显地表现在人格修养和处世之道上。刘向的父祖即有很浓重的道家思想，

---

① 刘向著，刘晓东校点《列女传》，辽宁教育出版社1998年版，第3页。

史称其祖刘辟疆“清静少欲,常以书自娱,不肯仕”;其父刘德更是“修黄老术”,“常持《老子》知足之计”。① 刘向深受他们的影响,年幼时即诵读过淮南王刘安的《枕中鸿宝苑秘书》,后来又著有《说老子》,可见道家思想不仅仅是影响了刘向,更取得了刘向的自觉的认同。本来道家即是一种历史哲学,按照《汉书·艺文志》的说法,道家出于史官,道家思想正是“历记成败存亡祸福古今之道”后形成的理论,而刘向校理中秘书,历览古代典籍,体察古今成败兴衰之理,自然对道家思想深有会心。但值得注意的是,在表达上,刘向力求使道家思想不与儒家思想相悖,甚至把它们巧妙地贯通起来,《说苑·君道》的第一章:

> 晋平公问于师旷曰:“人君之道如何?”对曰:“人君之道,清静无为,务在博爱,趋在任贤,广开耳目,以察万方,不固溺于流俗,不拘系于左右,廓然远见,踔然独立,屡省考绩,以临臣下。此人君之操也。”平公曰:“善。”②

在这里,道家的清静无为,执一以御下的治国之术与儒家的选贤任能,垂衣裳而天下治的治国策略结合起来了。在《说苑·建本》“周召公年十九”章中,把儒家的修身全性与道家的自诚神明、超然绝世贯通起来。《说苑·反质》“卫有五丈夫”章又把儒家的诚悫恒一与道家的顺乎自然贯通起来。

惧满持盈的思想,深深植根于刘向的心灵深处,使刘向对当时严酷的社会现实时时保持着警觉。他不仅在著作中时时表达这样的思想,在他的诫子书中,也谆谆告诫刘歆:祸福无常,“谨战

① 班固《汉书》卷三十六,中华书局 1962 年版,第 1926,1927 页。
② 向宗鲁《说苑校证》,第 1 ~2 页。

战栗栗，乃可必免”①。由此看来，徐复观认为“刘向所受道家思想的影响，愈老而愈薄”②，是不恰当的。在《说苑·敬慎》“孔子观于周庙”章中，通过孔子观“右坐之器”，借孔子之口发感慨说：“恶有满而不覆者哉！”同卷“常枞有疾”章，通过老子与常枞的问答，表达了“守柔常存”的思想。同卷“韩平子问于叔向”章，将老子的守柔思想与儒家的戒盈思想融合起来。③ 本卷“魏公子牟东行”章更是表达得惊心动魄：

> 魏公子牟东行，穰侯送之，曰：“先生将去冉之山东矣，独无一言以教冉乎？”魏公子牟曰：“微君言之，牟几忘语君。君知夫官不与势期，而势自至乎？势不与富期，而富自至乎？富不与贵期，而贵自至乎？贵不与骄期，而骄自至乎？骄不与罪期，而罪自至乎？罪不与死期，而死自至乎？”穰侯曰：“善！敬受明教。”④

这简直是为忘乎所以的达官贵人指出了他们的必然归宿，但这不是耸人听闻，它是历史的教训，也是严酷的现实。刘向有时又直接引用老子的话来表达自己的思想，如《说苑·敬慎》“老子曰”章，用老子的话，表达他的“祸福无常，天佑善人”的思想。“孔子之周”章，说孔子观于周太庙，有金人三缄其口，上有铭文，告诫人们“无多言，多言多败；无多事，多事多患”。长长的铭文，充满道家无为不争思想，孔子评论说：“此言虽鄙，而中事情。”最后引

---

① 严可均《全汉文》，商务印书馆 1999 年版，第 379 页。

② 徐复观《两汉思想史》第三卷，华东师范大学出版社 2001 年版，第 34 页。

③ 向宗鲁《说苑校证》，第 242 ~ 245 页。

④ 向宗鲁《说苑校证》，第 253 ~ 254 页。

《诗》作证:“战战兢兢,如临深渊,如履薄冰。”①儒道思想竟合若符契。在《说苑·杂言》“天下失道”章,刘向竟说:

> 天下失道,而后仁义生焉;国家不治,而后孝子生焉;民争不分,而后慈惠生焉;道逆时反,而后权谋生焉。②

不仅思想,连语言也与《老子》极为相似,这大约是刘向对历史和现实做深入的观察和思考得出的结论。

刘向也时时流露出法家思想,这些思想,是刘向对历史和现实进行思考的结果,它们不一定完全符合儒家的观点,但切中事情,是切实有效的。《说苑·谈丛》之首章说:

> 王者知所以临下而治众,则群臣畏服矣;知所以听言受事,则不蔽欺矣;知所以安利万民,则海内必定矣;知所以忠孝事上,则臣子之行备矣。凡所以劫杀者,不知道术以御其臣下也。③

“道术”即国君控制和治理臣下的手段,正是法家的主要观点之一,刘向在表达上力求婉转平和,使之尽量与儒家的观点相接合。

刘向也认识到权势的重要性。一个人无论怎样有才德,没有势位,也将无所作为,最多只能独善其身而已。《说苑·指武》中说:“五帝三王教以仁义,而天下变也;孔子亦教以仁义,而天下不从者,何也?昔明王有绂冕以尊贤,有斧钺以诛恶,故其赏至重而刑至深,而天下变;孔子贤颜渊无以赏之,贱孺悲无以罚之,故天下不从。是故道非权不立,非势不行,是道尊然后行。”④虽有仁

---

① 向宗鲁《说苑校证》,第258~259页。
② 向宗鲁《说苑校证》,第439页。
③ 向宗鲁《说苑校证》,第383页。
④ 向宗鲁《说苑校证》,第380页。

义，无势不行，仁的内在性受到怀疑。也可见仁义不是万能的，并不是人人都渴求仁义，有权有势，才能推行“仁义”之道。在《说苑·谈丛》中，他说：“一围之木，持千钧之屋；五寸之键，而制开阖。岂材足任哉，盖所居要也。”①人所居的势位是非常关键的，人的才能往往并不那么重要。在《说苑·杂言》中，他说：“舜耕之时，不能利其邻人；及为天子，天下戴之。故君子穷则善其身，达则利于天下。”②这段话前后在语气上反差太大了，令人窥探到刘向内心深处既想据势有为但又无能为力的矛盾心情。

刘向认为，刑德是治国之“二机”，应该先德而后刑，但刑绝不是无足轻重的，德刑仅有先后之分而几乎没有轻重之别。《说苑·指武》中说：“圣人之治天下也，先文德而后武力。凡武之兴，为不服也，文化不改，然后加诛。夫下愚不移，纯德之所不能化，而后武力加焉。昔尧诛四凶以惩恶，周公杀管蔡以弭乱，子产杀邓析以威侈，孔子斩少正卯以变众，佞贼之人而不诛，乱之道也。”③可见诛罚与教化在治国中具有差不多同样重要的地位。

能利用智谋，虽然手段并不一定符合儒家的道德标准，却能有效地维护国家尊严，巧妙地使国家转危为安，成功地使国家国富兵强，这样的纵横权谋之士，刘向也大为称扬。《说苑·权谋》“赵简子使成何涉他”章，王孙商用诈谋维护了国家的尊严，刘向借子贡之口称赞他“可谓善谋矣”。④《新序·善谋》“秦惠王时”

① 向宗鲁《说苑校证》，第 385 页。
② 向宗鲁《说苑校证》，第 413 页。
③ 向宗鲁《说苑校证》，第 380 页。
④ 向宗鲁《说苑校证》，第 333 页。

章，司马错说服秦惠王，乘蜀之乱，攻取蜀地。刘向评论说："蜀既属秦，秦日益强，富厚而制诸侯，司马错之谋也。"①同卷"楚使黄歇于秦"章，黄歇为了阻止秦韩魏共伐楚，上书秦王，"使秦远交楚而攻韩、魏以解楚"，楚国危机得以缓解，这种以邻为壑的行为，刘向称赞道："解弱楚之祸，全强秦之兵，黄歇之谋也。"②尚贤是刘向的一贯主张，但刘向大力颂扬的贤人竟是伊尹、太公、管仲、范蠡、张良、陈平这样的机变权谋之士，这可以反映出刘向思想的另一个侧面，同时也折射出他自己生活的那个时代人才的平庸，确实需要卓越的人才来挽救汉王朝渐趋危亡的局势。

《说苑·反质》集中反映了刘向的墨家思想。墨家思想与儒家思想本有许多相通之处，如墨家的"节用"就与戒奢思想相通。但刘向在此卷中所表达的思想，显然是有针对性的，所以有时不免矫枉过正，如开头即说：

> 孔子卦得贲，喟然仰而叹息，意不平。子张进，举手而问曰："师闻贲者吉卦，而叹之乎？"孔子曰："贲非正色也，是以叹之。吾思夫质素，白当正白，黑当正黑，夫质又何好也。吾亦闻之，丹漆不文，白玉不雕，宝珠不饰，何也？质有余者，不受饰也。"③

这显然与孔子的一贯思想不合。贲者，饰也，孔子主张"绘事后素"，既讲仁，又讲礼，有质有文，才会文质彬彬。刘向之所以这样极而论之，显然是针对当时上下奢靡的社会风气而发的。同卷"禽滑釐问于墨子"章，借二人的对话，赞扬了夏禹与盘庚崇尚节

---

① 赵仲邑《新序详注》，中华书局1997年版，第280页。

② 赵仲邑《新序详注》，第284～286页。

③ 向宗鲁《说苑校证》，第511页。

俭的品德,“二王者以身先于天下,故化隆于其时,成名于今世也”;指出了喜奢忘俭的危害:殷纣奢侈淫佚,“故卒身死国亡,为天下戮”。[①] 可见俭与奢关系着国家的兴亡,俭则兴,奢则败。

二、用儒家思想统一全社会思想意识的努力

刘向的作品所体现出来的思想的复杂性,正反映了刘向思想的复杂性,同时也反映了当时社会各种思想意识共存的状态。刘向在著作中力求把各家思想笼罩在儒家思想体系之下,这正反映了他力图以儒家思想统一全社会意识的努力,力图让儒家思想真正成为汉帝国的社会意识形态。

儒学在汉朝的命运,有一个逐渐变化的过程。汉初,国家初建,百废待举,尚无暇考虑礼仪教化问题。文帝时,社会渐趋安定,生产逐渐恢复发展。于是儒生“孝文时颇登用,然孝文本好刑名之言。及至孝景,不任儒。窦太后又好黄老术,故诸博士具官待问,未有进者”[②]。直到武帝时,儒生才受到重视,武帝接受董仲舒的建议,尊奉儒学,重用儒生。但武、宣二帝对儒学和儒生在治国施政上的局限有清醒的认识,并不认为儒学能统揽一切,所以一直实行“霸王道杂之”的治国方略,所任宰相如公孙弘、兒宽、魏相、丙吉,虽名为“儒者”,但都“通于世务,明习文法,以经术润饰吏事。”[③]这个时候,儒学只是在很有限的范围和程度上影响到汉朝的政治和社会各阶层的生活,但是由于读经可以获得官爵利禄,利益的驱动使读经的人越来越多,读书人受到社会的普遍尊

① 向宗鲁《说苑校证》,第 515 ~516 页。

② 班固《汉书》卷八十八,第 3592 页。

③ 班固《汉书》卷八十九,第 3623 ~3624 页。

敬,儒家思想的影响越来越大。元帝、成帝时期,儒生终于在与文法吏的斗争中取得了决定性的胜利,获得执政的地位。儒生们一方面根据自己的文化理想,对现行的政治制度进行尖锐批评甚至从根本上否定;一方面又依据先儒的政治设想提出改制的措施。但是古籍残缺,古制记载凌乱而模糊,更谈不上系统,而且时代形势也与远古大大不同了。班彪在《韦贤传·赞》中说:

汉承亡秦绝学之后,祖宗之制因时施宜。自元、成后学者蕃滋,贡禹毁宗庙,匡衡改郊兆,何武定三公,后皆数复,故纷纷不定,何者?礼文缺微,古今异制,各为一家,未易可偏定也。①

儒生们怀着对信仰的虔诚,抱着以天下为己任的灼热情怀,满怀信心地要把汉朝改造成熙洽隆盛的王者之治。在这场轰轰烈烈的托古改制运动中,刘向是积极的参与者。《汉书·萧望之传》:"望之选白宗室明经达学散骑谏大夫刘更生给事中,与侍中金敞并拾遗左右。四人同心谋议,劝道上以古制,多所欲匡正,上甚乡纳之。"②然刘向始终没能把自己的政治主张付诸实施。成帝末年,因为得到十六枚古磬,视为祥瑞,刘向趁机上书,劝成帝"兴辟雍,设庠序,陈礼乐,隆雅颂之声,盛揖让之容,以风化天下"③。恰值二人相继去世,没有结果。但刘向的思想已经在他的著作中得到了系统的表达。在《新序》中,刘向把儒家的道德思想作了全面而形象的昭示,虽然因为文本的残缺,我们无法观其全貌,但从现存的文字中,依然能看出它的基本框架,作者从孝、仁、义、礼一直

---

① 班固《汉书》卷七十三,第3130~3131页。

② 班固《汉书》卷七十八,第3283页。

③ 严可均《全汉文》,第378页。

说到节、勇、智，可以说是对儒家基本道德观念的全面展示。《说苑》主要表达的是刘向的社会政治思想，从君道、臣术一直说到治国的基本原则，本身便形成一个体系严密的系统。《列女传》的创作尤其具有重大意义，刘向继承了《韩诗外传》有关妇女问题的积极成果，把妇女问题作为一个重大的社会问题单独提出来，系统地表达了他的妇女观，确定了妇女在社会中的地位，规定了妇女的日常行为规范。三书结合起来，构成一个体系严密的思想知识系统，完整地表达了刘向的社会政治观点和伦理道德思想，显示了刘向企图用儒家思想指导社会政治、规范人们的日常行为的努力。在思想的传承上，刘向的思想也可以看作是石渠阁会议的继承和总结。甘露三年的石渠阁会议，刘向作为晚辈参加，那次会议没有形成统一的意见，只产生了诸经议奏，现在刘向对儒家思想进行系统的总结与展示，显然与石渠阁的精神有密切的联系。

三、士大夫的责任感和对国家政治的积极参与

自从以智慧服务社会，以道义改造社会的士产生以来，他们便自觉地把救济天下苍生作为自己的责任。儒家尤其如此。儒家讲“仁”，而仁的最高境界是“博施于民而能济众”。在儒士的心目中，孔子是践履仁义之道的不朽典范。刘向在《说苑·贵德》篇说：

> 仁人之德教也，诚恻隐于中，悃愊于内，不能已于其心。故其治天下也，如救溺人。见天下强凌弱，众暴寡，幼孤羸露，死伤系虏，不忍其然。是以孔子历七十二君，冀道之一行，而得施其德，使民生全育，烝庶安土，万物熙熙，各乐其终。卒不遇，故睹麟而泣，哀道不行，德泽不洽，于是退作《春

秋》,明素王之道,以示后人,思施其惠,未尝辍忘。是以百王尊之,志士法焉,诵其文章,传今不绝,德及之也。①

刘向是自觉地把孔子作为学习的榜样的。据徐复观的统计,《新序》《说苑》中引用孔子的材料,在比例上大大超过了《韩诗外传》。《新序》引用《论语》者有十一条(残缺者已无法计算),《说苑》引用《论语》十六条。而孔子在刘向心目中的地位,更可以从二书引用《春秋》的份量显示出来。② 再从刘向本人的经历看,元帝时,他受到了弘恭、石显的排陷,几进几退,一度入狱,最后被废黜十余年。成帝时,又受到外戚与权臣的压制,处下大夫之位以终其身。但他创作了三部光辉的著作,在体例上也是模仿孔子,序事寄意,其中有对统治者的劝诫,翻开三书,满目是兴亡之事,充满了忧患意识;更有建言,有系统的社会政治思想和伦理道德规范。这样看来,说这三部书是为当时的统治者立法也不为过。

刘向的社会责任感不仅表现在坚持道义不屈不挠,而更表现在实际行动上,这就是对汉帝国前途命运的深深忧虑,并因此而直接上书皇帝,尖锐地指出时政的过失及由此造成的严重后果。成帝为自己建造陵墓,初营初陵,久而未成,后听信人言,徙营昌陵。昌陵卑湿,积土为山,费功无数,数年不成,又返归延陵,制度奢侈,刘向上书劝谏,开头即说:

臣闻《易》曰:“安不忘危,存不忘亡,是以身安而国家可保也。”故贤圣之君,博观终始,穷极事情,而是非分明。王者

---

① 向宗鲁《说苑校证》,第95~96页。

② 徐复观《两汉思想史》第三卷,华东师范大学出版社2001年版,第48~54页。

必通三统,明天命所授者博,非独一姓也。①

这直白而恳诚的警诫,体现了刘向对国家的忠诚和对国家兴亡的关心。天命无常,惟德是辅,“世之长短,以德为效”。历观古往今来众多事例,充分说明薄葬有益,厚葬害大,“是故德弥厚者葬弥薄,知愈深者葬愈微”。最后刘向说:“陛下慈仁笃美甚厚,聪明疏达盖世,宜弘汉家之德,崇刘氏之美,光昭五帝三王,而顾与暴秦乱君竞为奢侈,比方丘陇,说愚夫之目,隆一时之观,违贤知之心,亡万世之安,臣窃为陛下羞之。”②态度诚恳,语重心长。

成帝之世,外戚掌权,成帝受制于太后和诸舅,政事不能自主,而“大将军秉事用权,五侯骄奢僭盛,并作威福,击断自恣,行污而寄治,身私而托公”;“尚书九卿州牧郡守皆出其门,管执枢机,朋党比周,称誉者登进,忤恨者诛伤”,以至于政治混乱,灾异频见。刘向凭借丰富的历史知识,敏锐地感觉到,“大臣操权柄,持国政,未有不为害者也”,预感到王氏势力太盛,必将会对汉皇室构成威胁,于是不顾利害,上书成帝,指出事情的严重性。他告诫说,王氏的势力已经控制了汉政权的内外上下,自古及今,外戚僭贵还没有像王氏这样的,事势不两大,王氏与刘氏也将不能并立共存,必有国祚他移之事,皇帝应该及时采取措施,援近宗室,黜远外戚,这样,既保全了外家,又安定了皇室;“如不行此策,田氏复见于今,六卿必起于汉,为后嗣忧,昭昭甚明,不可不深图,不可不蚤虑”。③ 焦虑不安的心情,溢于言表。成帝虽深知刘向的忠诚与用心,但却无可奈何。

---

① 严可均《全汉文》,第374页。

② 严可均《全汉文》,第375,376页。

③ 班固《汉书》卷三十六,第1960,1958,1962页。

元延中，星孛东井，蜀郡岷山崩雍江，刘向认为这是国亡世改的征兆，再次上书成帝，陈说灾异，指出天地见异，是国运衰微，异姓将起的征兆，并暗示危险来自外戚王氏，希望得到成帝的单独召见，以详细陈说。成帝虽然召见并听其陈说，却终不能用。

历史的发展证明了刘向预言的正确性，刘向死后十三年，王莽代汉，西汉灭亡。

四、士原生态思维模式的残存

刘向的思想具有复杂性，虽然他力图用儒家学说统一当时汉王朝的社会政治思想和伦理道德规范，使儒家思想成为汉帝国的意识形态，并把其他各家思想牢笼在儒家思想体系之中，但是由于当时的儒家思想尚未渗透到社会生活的各个层面，诸子百家的思想尚未完全消融在群体意识中，也由于刘向不仅是一个儒士，也是一个学者，是一个认真思考社会问题的士大夫，所以，他的著作中，不仅保留着先秦诸子的思想，也同样残留着战国时代士的思维模式。士的含义非常复杂，且有一个发展变化的过程。在不同的时期，其含义不同，在社会上充当的角色也不同。这里所说的士，是指战国时期完全脱离了生产，仅靠智慧和道义服务和改造社会的士，这种士往往具有强烈的责任感和人格独立的意识，他们凭借自己的智慧对国家和社会事务施加影响，在战乱频仍，列国交争的战国时代，他们曾经活跃在各国的政治舞台上，扮演了重要的角色，甚至成为国家存亡的决定性力量。大一统的专制制度建立以后，士的活动空间变小了，他们别无选择，因为面前只有唯一的大帝国，他们或者违背自己的意志委身于这个政权，或者穷困终生。所以，当文士们处境不利的时候，便禁不住要怀念那个士的黄金时代，这一点，东方朔最典型，扬雄也有这种思想，但扬雄又有道家思想，所以正面反面都说到了。刘向与他们有所不同，刘向极少从个人遭际的角度发感慨，而多从社会政治和伦理道德方面议论。韩愈看出了这一点，所以不许刘向为“善鸣”者。①《新序·杂事一》“卫国逐献公”章说：

卫国逐献公，晋悼公谓师旷曰：“卫人出其君，不亦甚乎？”对曰：“或者其君实甚也。夫天生民而立之君，使司牧之，无使失性。良君将赏善而除民患，爱民如子，盖之如天，容之若地。民奉其君，爱之如父母，仰之如日月，敬之如神明，畏之若雷霆。夫君，神之主也，而民之望也。天之爱民甚矣，岂使一人肆于民上，以纵其淫，而弃天地之性乎？必不然矣。若困民之性，乏神之祀，百姓绝望，社稷无主，将焉用之？不去何为？”公曰：“善。”②

这正是先秦“民重君轻”的思想。国君的责任，是覆载百姓，生育万民，为百姓兴利除害，这样才能得到百姓的爱戴，国君不但不负责任，反而残民以逞，百姓就可以驱逐甚至攻伐他。在《说苑·君道》中，刘向论说道：“夫天之生人也，盖非以为君也；天之立君也，盖非以为位也。夫为人君，行其私欲而不顾其人，是不承天意，忘其位之所以宜事也。”③所以，当国君凶残暴虐，众叛亲离的时候，他便不再是万民之主，而是独夫民贼，应当除去，代之以贤君。《说苑·指武》：“武王将伐纣”章，周武王想伐殷纣，担心以诸侯

① 姚鼐《古文辞类纂》卷三十二，上海古籍出版社 1998 年版，第 389 页。

② 赵仲邑《新序详注》，第 12 页。

③ 向宗鲁《说苑校证》，第 30 页。

攻天子，于理不顺，周公说："臣闻之，攻礼者为贼，攻义者为残，失其民制为匹夫。王攻其失民者也，何攻天子乎？"这正与孟子的思想相似。刘向与韩婴有所不同，韩婴重荀子，刘向尊孟子。在刘向思想中，有很浓重的"民本"思想。

士拥有智慧和道义，国君要想兴国立功，就必须得到士的帮助。于是，在士人的思想中，形成了为帝王师的心态。《说苑·君道》"燕昭王问于郭隗曰"章，郭隗答昭王说："帝者之臣，其名，臣也，其实，师也；王者之臣，其名，臣也，其实，友也。"①这里有两重含义：首先，士有才德，应该成为帝王之师友；第二，国君要成就帝王之业，也必须以臣为师。昭王以郭隗为师，以弱燕胜了强齐，便是实证。魏文侯以卜子夏、田子方、段干木为师友，敌不敢侵，国家安保。为帝王师是西汉末儒生的共有心态，这也是造成当时君权衰微的因素之一。

士有自己的人格和操守，他们以自己的德义与国君分庭抗礼，甚至迫使权势向德义屈服。《新序·杂事五》"魏文侯过段干木之闾而轼"章，文侯轼段干木之闾，其仆大惑，文侯说："吾闻段干木未尝肯以己易寡人也，吾安敢高之？段干木光乎德，寡人光乎地；段干木富乎义，寡人富乎财。地不如德，财不如义，寡人当事之者也。"②这种道统高于政统的思想，成为士人的根深蒂固的信念和精神支柱，后世那些宁折不弯的直臣，那些宁可穷愁终生也不肯屈节事人的隐逸之士，正是坚持了这种信念。士拥有智慧和道义，国君拥有权力和土地。士代表道统，君代表政统，他们的

① 向宗鲁《说苑校证》，第 16 页。

② 赵仲邑《新序详注》，第 152 页。

关系应该是对等互惠的。《新序·杂事一》:"赵简子上羊肠之坂,群臣皆偏袒推车,虎会独担戟行歌不推车",赵简子认为这是为人臣侮其主,应受惩罚。虎会说,为人臣侮其主,其罪"死而又死",而"为人君而侮其臣"又如何呢?那将会"智者不为谋,辩者不为使,勇者不为斗。智者不为谋则社稷危,辩者不为使则使不通,勇者不为斗则边境侵。"①《说苑·复恩》:"君臣相与,以市道接,君悬禄以待之,臣竭力以报之,逮臣有不测之功,则主加之以重赏,如主有超异之恩,则臣必死以复之。"②这种"君臣以市道交"的观念,显然是战国时代的思维模式,与汉代人的观念已大不相同。《韩非子·外储说右下》:"主卖官爵,臣卖智力。"③又《难一》:"臣尽死力以与君市,君垂爵禄以与臣市。"④刘向用具体事例反复说明这个观点,如《说苑·尊贤》:

> 魏文侯见段干木,立倦而不敢息;及见翟黄,踞堂而与之言,翟黄不说。文侯曰:"段干木官之则不肯,禄之则不受;今汝欲官则相至,欲禄则上卿;既受吾赏,又责吾礼,毋乃难乎?"⑤

既然君与臣的关系差不多就是一种交易,那么,臣下就应该当功而受禄,功大者禄多。《说苑·臣术》说,田子方渡西河造访翟黄,"翟黄乘轩车,载华盖,黄金之勒,约镇簟席,如此者,其驷八十乘",田子方起初以为是国君,走近后知道是翟黄,田子方问翟

---

① 赵仲邑《新序详注》,第13页。
② 向宗鲁《说苑校证》,第116页。
③ 王先慎撰,锺哲点校《韩非子集解》,中华书局1998年版,第338页。
④ 王先慎撰,锺哲点校《韩非子集解》,第352页。
⑤ 向宗鲁《说苑校证》,第197页。

黄这么多华美的车是怎样得到的；翟黄历数自己荐达的贤才，都立下大功，积三十年，得到这么多的赏赐；田子方认为这是翟黄应该得到的，并且认为他将会做到国相。《说苑·臣术》“齐威王游于瑶台”章，齐威王在瑶台上，成侯卿来奏事，齐王看到成侯卿“从车罗骑甚众”，非常生气，责问成侯卿国家甚贫而随从甚盛，是什么缘故，成侯卿理直气壮地列举自己举荐各种人才，国治民富，邻国来朝。最后说：“举此数良人者，王枕而卧耳，何患国之贫哉？”①

既然君臣是对等互惠的关系，是以义相合，那么，合则来，不合则去。《说苑·尊贤》“鲁人攻鄪”章说：

> 鲁人攻鄪，曾子辞于鄪君曰：“请出。寇罢而后复来，请姑毋使狗豕入吾舍。”鄪君曰：“寡人之于先生也，人无不闻。今鲁人攻我，而先生去我，我胡守先生之舍？”鲁人果攻鄪而数之罪十，而曾子之所争者九。鲁师罢，鄪君复修曾子舍而后迎之。②

在《说苑·杂言》中，刘向又说：“贤人君子者，通乎盛衰之时，明乎成败之端，察乎治乱之纪，审乎人情，知所去就。故虽穷不处亡国之势，虽贫不受污君之禄。是以太公年七十而不自达，孙叔敖三去相而不自悔，何则？不强合非其人也。”③君臣以义合，合则留，不合则去，是西汉文士的一种共有心态，这从对屈原的态度即可看出来。贾谊《吊屈原赋》责备屈原“般纷纷其离此尤兮，亦夫子

① 向宗鲁《说苑校证》，第41～43页。
② 向宗鲁《说苑校证》，第199页。
③ 向宗鲁《说苑校证》，第410页。

之故也。历九州而相其君兮，何必怀此都也？”①而扬雄虽同情屈原，但“以为君子得时则大行，不得时则龙蛇，遇不遇命也，何必沉身哉！”责怪屈原说：“昔仲尼之去鲁兮，斐斐迟迟而周迈，终回复于旧都兮，何必湘渊与涛濑？”②刘向在《九叹》中也表达了同样的意思，再反观刘向的个人经历，屡遭罢黜，一度入狱，甚至被废十余年，竟能心境平和，几乎没什么怨言，大约也与这种思想有关。

臣子受君之爵，食君之禄，就有责任帮助国君兴国治民，国君有过失，也有责任匡君之过，矫君之失，因为“君有过失者，危亡之萌也；见君之过失而不谏，是轻君之危亡也。夫轻君之危亡者，忠臣不忍为也”。但臣子“三谏而不用则去，不去则亡身，亡身者，仁人所不为也”。③ 三谏而不用则去，《韩诗外传》已有此说，似乎与董仲舒“义不犯上，智不危身”的思想也有些联系。可见西汉文士保留有不少先秦士人的思想，《说苑·立节》“齐崔杼弑庄公”章说，崔杼弑庄公，邢蒯聩使晋而返，将入死而报君。他的仆人说庄公是远近闻名的无道之君，不必为之舍弃性命。邢蒯聩说：“子早言我，我能谏之，谏不听，我能去。今既不谏，又不去。吾闻食其禄者死其事，吾既食乱君之禄矣，又安得治君而死之？”于是驱车入死。④ 由此可见，在西汉时代，尚未建立起后世那种忠君观念。试看刘向心目中的“忠臣”是怎样的，《新序·杂事五》“齐侯问于晏子曰”章：

齐侯问于晏子曰：“忠臣之事君也何若？”对曰：“有难不

① 班固《汉书》卷四十八，第2224页。

② 严可均《全汉文》，第530、531页。

③ 向宗鲁《说苑校证》，第206页。

④ 向宗鲁《说苑校证》，第90页。

死，出亡不送。”君曰：“列地而与之，疏爵而贵之，君有难不死，出亡不送，可谓忠乎？”对曰：“言而见用，终身无难，臣奚死焉？谏而见从，终身不亡，臣奚送焉？若言不见用，有难而死，是妄死也。谏不见从，出亡而送，是诈为也。故忠臣也者，能尽善与君，而不能与陷于难。”①

这样的观点，大约在刘向那个时代，也颇为惊世骇俗。这段对话，《新序》《说苑》都有，只是个别文字不同。《说苑·臣术》“陈成子谓鸱夷子皮曰”章也说了同样的意思。刘向认为置君不顾为不仁，因谏君而杀身为不智，所以仁智之臣应该是君过则谏，不听则去，像比干、伍胥那样，无益于国，有害于身，死得没有价值，适足以“明主之暴”。

刘向的思想，实在是先秦诸子思想的最后回顾，或者说是最后的温习，后来的学者对诸子思想的评论与阐发，不过是一种隔山眺望，而非涵泳其中。

五、建立封建帝国意识形态的企图及对《白虎通》的影响

儒家思想真正成为封建帝国的意识形态，是在东汉初期，以《白虎通义》为标志。在此以前，儒家思想对汉朝政治和社会生活的影响有一个逐步扩大和深入的过程。武帝以前，黄老思想居于统治地位，儒生备官待问而已。武帝时，董仲舒对儒家思想进行改造，使之更加系统化和世俗化，把儒道变为儒术。他劝汉武帝“独尊儒术”，认为汉朝代秦而起，不过是继承了末世的政治制度

---

① 赵仲邑《新序详注》，第168页。

和社会形态，偏离古代和洽雍熙的盛世之治已经很远了，应该按照古制重新进行改造。他说："今汉继秦之后，如朽木粪墙矣，虽欲善治之，亡可奈何。法出而奸生，令下而诈起，如以汤止沸，抱薪救火，愈甚亡益也。窃譬之琴瑟不调，甚者必解而更张之，乃可鼓也；为政而不行，甚者必变而更化之，乃可理也。当更张而不更张，虽有良工不能善调也；当更化而不更化，虽有大贤不能善治也。故汉得天下以来，常欲善治而至今不可善治者，失之于当更化而不更化也。"①汉武帝虽接受了董仲舒的建议，但对儒家思想的理想主义色彩有清楚的认识，他所看重的，仅是儒家思想的文化守成和安定人心的作用，所以他只是有限度地接受儒家思想，在治国方略上推行一种"霸王道杂之"的策略，即儒表法里，儒法并用的策略，以发挥二者的长处，避免各自的短处。当时以儒入仕的名臣，如公孙宏、兒宽，包括董仲舒本人在内，都熟知文法吏事，以儒术缘饰吏事。武帝中晚期，刑罚颇为严酷，文法吏与儒生的矛盾冲突渐趋激烈并公开化，终于在昭帝时形成一次面对面的冲突，这就是昭帝始元六年的盐铁会议。盐铁会议虽然讨论的是具体问题，但他们各自具有不同的文化背景，代表着不同的文化观念，拥有不同的价值取向。金春峰在《汉代思想史》中评论这次会议说："盐铁会议上儒法思想的斗争，短兵相接，不再采取汉初的儒道（或黄老）斗争的形式，这种情况使儒家在此以后，对排除法家思想的影响更加自觉。因此盐铁会议成为一个分界线。会议以前，儒法两家思想的关系是既相互斗争，又相互融合，而以融合为主，儒家思想甚至以外儒内法兼收并蓄的形式出现。会议以

---

① 严可均《全汉文》，第231页。

后，则儒家思想对法家思想以排斥为主，更自觉地在清除法家的过程中向前发展。会议以前，荀子思想的影响在汉代儒家中居于优势；会议以后，则孟子的思想不断扩大影响。盐铁会议是这种变化的标志。”①从《盐铁论》的记录来看，即使在当时，儒生也已占据了上风。此后不久，被视为文法吏代表的桑弘羊便被诛杀。宣帝初即位，路温舒便上书皇帝，认为汉朝承秦之过失而不改，刑法太重，应该尚德缓刑。但宣帝仍实行武帝的治国策略，霸王道杂之，儒法并用，刑法颇严峻，多用文法吏，这受到儒生的强烈指责。元帝信儒，虽然文法吏如弘恭、石显等仍被任用，但纯儒如萧望之、周堪、刘向等得到信任重用。元帝朝，文法吏与儒生的斗争更加激烈，他们互相攻讦，彼此排陷。儒生斥文法吏为奸邪，文法吏则用更残酷的手段进行反击，甚至迫使萧望之自杀，刘向被废黜十余年。这场斗争，到成帝时才宣告结束，也意味着儒生对文法吏取得了彻底的胜利。

儒法斗争是主线，事实上儒生内部在许多问题上也不统一。古今文互不相同，五经各自分立，即使同一经典，也分不同的家数。统治者既想利用儒家学说为自己的政权服务，这种情况就必须得到改变，那样才能使儒家思想有效地发挥稳定国家政权，宣扬朝廷威德的作用。汉宣帝甘露三年，诏诸儒议五经同异于石渠阁，即表明此时五经学家对五经的解说已有很大的不同，形成了不同的派别和家数，朝廷认为有必要对五经大义进行统一。但这次会议的结果似乎不很令人满意，只形成了各经的议奏，也就是说，只是在各经内部大致统一了意见，而没有打破诸经界限，形成

① 金春峰《汉代思想史》，中国社会科学出版社 1997 年版，第 295 页。

完整的儒家思想体系。据《汉书·艺文志》记载，这些议奏包括：《书》四十二篇，《礼》二十八篇，《春秋》三十九篇，《论语》二十八篇，《五经杂议》十八篇，《易》《诗》二家缺。刘向也参加了这次会议。据说刘向有《五经通义》和《五经要义》两部著作，只是不见《汉书·艺文志》和《隋书·经籍志》的记载，如果真有的话，必定与石渠阁会议有联系，因为刘向不仅参加了会议，而且也必定读过这些议奏，而且从题目看，正显示出要综合五经思想的努力。

刘向的三书，虽然各书在思想内容上各有侧重，但结合起来，完整而系统地表达了刘向的社会政治思想和伦理道德思想。这些思想，是对儒家经典的综合，是儒家思想的系统化。刘向写这些书的直接原因，固然是受了当时社会现实的刺激，要为统治者提供鉴诫，但更多的却是向统治者提供了治理国家可法则的生动事例。其更深一层的意图，就是要统一儒学内部的思想，使之更有效地为汉帝国服务。元成之世，儒生经过长时期艰苦的努力，终于取得了皇帝的支持和信任，掌握了国家政权，他们不再像此前那样仅仅是坐而论道，而是进入了实际的政治操作领域，儒生们满怀热诚地要把汉帝国治理成和洽雍熙的盛世，而达此目标的唯一途径便是恢复古制，用古代的政治制度对汉家现行的制度进行改造，同时，加强教化的力度，使儒家思想的触角伸入社会生活的方方面面，这样一来，盛世就会出现。但在实际操作过程中，儒生们各据经义，提出自己的改制建议，异说纷出，往往改而不可行，又回复如故，不久又复行之。刘向是看到了这种情况的，所以他也要像孔子作《春秋》为后世立法那样，用自己的著作统一当时的思想意识，为汉帝国陈诫立法。刘向的这个意图是明显的，这从他的思想体系的完整严密即可看出来。《新序》《列女传》主要阐发了他的伦理道德思想，而《说苑》则主要论述他的社会政治思想。而且在《说苑·辨物》中，他论述了天、地、人及其相互关系，表达了天地人一体相关的思想，可以作为他的学说的哲学根据；在《说苑·修文》篇中，刘向特别强调了修礼文行教化的重要性，可以看作是他施政的中心内容。刘向详细地陈说了礼乐及其在施政行化中的重要作用。在这两篇中，刘向主要是引用前人的材料，表达自己的思想，但他不主一家，无门户之见，统一思想的意图是明显的。

西汉末的这场托古改制运动，证明了儒家思想，包括刘向所构筑的思想体系，具有极强的理想性和不可操作性，证明它只停留在思想意识层面，而不是可操作的政治技术。西汉帝国末期的政治混乱和国势衰微，儒生们是应该负责任的，只不过这一点被其他矛盾掩盖了。先是宦官外戚的专权，儒生们与之进行了激烈斗争；后来是外戚王氏专政，儒生们与之形成了颇为复杂的关系。刘向是坚决反对外戚专权的，并预言王氏必将对刘氏政权构成威胁。有趣的是，这场托古改制运动正是由身为外戚的王莽进行下去的。且看王莽诏书中的一段话：

> 伏念太皇太后惟经艺分析，王道离散，汉家制作之业独未成就，故博征儒士，大兴典制，备物致用，立功成器，以为天下利。王道粲然，基业既著，千载之废，百世之遗，于今乃成，道德庶几于唐虞，功烈比齐于殷周。①

所以，王莽代汉改制，是有深层的文化背景的，不得简单地以奸臣窃命论；王莽的失败，也是一种文化的失败，一种理论的失败，一

① 班固《汉书》卷八十四，第3436页。

种价值观念的失败。

东汉政权建立后，儒法思想得到重新整合。统治者特别注意发挥儒学作为一种文化的价值和它在调整人伦方面的作用，儒学在国家政治和社会生活中的位置越来越变得适合它的固有性质。于是，在汉章帝时，合诸儒于白虎观，讲论五经同异，如孝宣甘露石渠故事，会议以后，根据会议记录，由班固撰成《白虎通义》。于是，不仅儒家的思想得到了统一，它在国家和社会生活中的地位和作用也得到了确定，至此，儒家思想才真正成为封建帝国的意识形态。

可见，刘向的思想体系，在儒家思想成为封建帝国意识形态的演变过程中，代表着一个环节。

论刘向散文对西汉社会现实的批评

刘向的散文，蕴含的内容异常丰富，它既有对儒家基本思想的阐发，也有对社会思想和政治观点的论述，同时也有针对当时社会现实所做的批评，这些分处不同层次的思想，共同构成了刘向的思想体系。其中对现实批评与劝诫的内容，是与刘向的写作意图直接相关的。

刘向的散文，主要包括《新序》《说苑》《列女传》等著作及相当数量的奏疏和书录。刘向的奏疏，都是针对时弊而发，故其内容都有关社会现实政治。至于《新序》《说苑》《列女传》的创作起因，《汉书·楚元王传》附《刘向传》有明确的记载："向睹俗弥奢淫，而赵、卫之属起微贱，逾礼制。向以为王教由内及外，自近者始。故采取《诗》《书》所载贤妃贞妇，兴国显家可法则，及孽嬖乱亡者，序次为《列女传》，凡八篇，以诫天子。及采传记行事，著《新序》《说苑》凡五十篇奏之。"①这就是说，刘向创作三书的最初动机，也是为了针砭时弊，劝诫天子。由此可见，刘向的散文创作，都是针对现实而发，具有明确的政治目的。这一点，后人多有评

① 班固《汉书》卷三十六，中华书局 1962 年版，第 1957 ~ 1958 页。

论。如清人谭献说:“《新序》以著述当谏书,皆与封事相发。”①可谓的论。但值得提出的是,刘向的散文,内容非常丰富,它实际上系统地反映了刘向的社会政治思想和伦理道德思想。而且,刘向散文对社会现实的批评,也不局限于汉成帝时期,而是对整个西汉时期的社会弊端作了较全面深刻的批评。

刘向主要生活在宣、元、成三世。宣帝时号称中兴,但也仅仅是表面现象,或者说是相对而言的,汉朝的国势实际上已经在走下坡路,武帝时所形成的许多社会弊端,已经是积重难返。宣帝甚至有意模仿他曾祖的许多做法,并没有彻底革除当时的许多社会弊端。对汉王朝的由盛而衰产生最大影响的,莫过于武帝所发动的长达数十年的战争。从民族感情上讲,他是大汉民族的英雄,他开疆拓土,扩大了中国的版图,是中国人的骄傲。但是,他的战争政策,给人民造成的痛苦也是触目惊心的。宣帝时贾捐之的上书中说到武帝时的情况:“当此之时,寇贼并起,军旅数发,父战死于前,子斗伤于后,女子乘亭鄣,孤儿号于道,老母寡妇饮泣巷哭,遥设虚祭,想魂乎万里之外。”②战争不仅使汉王朝的财政濒于枯竭,而且也改变了汉朝的政治结构、政治经济政策甚至社会组织形式,对此,通达古今的刘向是很清楚的。在《新序·善谋十》“孝武皇帝时”章中,通过大行王恢与御史大夫韩安国就应否击讨匈奴问题的讨论,批评了汉武帝穷兵黩武的行为,文章最后指出了战争给国家和人民造成的巨大影响。先是马邑设伏,“其后交兵接刃,结怨连祸,相攻击十年,兵凋民劳,百姓空虚,道殣相

① 谭献《复堂日记》卷六,“丛书集成续编”第218册,台湾新文丰出版公司1989年版,第12页。

② 严可均《全汉文》,商务印书馆1999年版,第170页。

望，槥车相属，寇盗满山，天下摇动”。[1] 宣帝即位后虽没有发动大规模的战争，但中小规模的战争也有几次，在百姓疲敝的当时，这已经是很难承受得了。所以许多大臣纷纷上书反对再继续用兵。刘向亲历其事，所以在其著作中他也屡屡发表对战争的批评。《说苑·敬慎》“好战之臣”章说，“好战之臣，不可不察也。羞小耻以构大怨，贪小利以亡大众，《春秋》有其戒，晋先轸是也。先轸欲要功获名，则以秦不假道之故，请要秦师”。结果是“大结怨构祸于秦，接刃流血，伏尸暴骸，糜烂国家，十有余年，卒丧其师众，祸及大夫，忧累后世”。[2]《新序·杂事五》“田赞衣儒衣而见荆王”章，更具体说明发动战争无论从名从实都没好处。田赞对荆王说：“今大王万乘之主也，富厚无敌，而好衣人以甲，臣窃为大王不取也。意者为其义耶？甲兵之事，析人之首，刳人之腹，堕人城郭，系人子女，其名尤甚不荣。意者为其实邪？苟虑害人，人亦必虑害之；苟虑危人，人亦必虑危之。其实人甚不安。”[3]《说苑·复恩》中记录了一则反映统治者看似施行仁义，其实在干残忍勾当的故事：“魏文侯与田子方语，有两僮子衣青白衣而侍于君前，子方曰：‘此君之宠子乎？’文侯曰：‘非也，其父死于战，此其幼孤也，寡人收之。’子方曰：‘臣以君之贼心为足矣，今滋甚！君之宠此子也，又且以谁之父杀之乎？’文侯愍然曰：‘寡人受令矣。’自是以后，兵革不用。”[4]汉朝也有所谓“羽林孤儿”，也是战死壮士的后代，由国家抚养，长大后组成专门军队，随军打仗。这恐怕不是巧

---

① 赵仲邑《新序详注》，中华书局 1997 年版，第 359 页。

② 向宗鲁《说苑校证》，中华书局 1987 年版，第 256 ~ 257 页。

③ 赵仲邑《新序详注》，第 156 页。

④ 向宗鲁《说苑校证》，第 140 页。

合,刘向应是有所指的。

战争不仅给国家和百姓造成灾难,穷兵黩武甚至会导致国家灭亡。《新序·杂事五》"魏文侯问李克曰"章,魏文侯问李克吴国灭亡的原因,李克说数战数胜,因为"数战则民疲,数胜则主骄。以骄主治疲民,此其所以亡也"①。刘向认为最好的办法是使贤任能,修明政治,以阻止战争的发生。如《新序·杂事一》"秦欲伐楚"章,楚多贤臣,秦国不敢伐。《杂事五》"魏文侯过段干木之闾而轼"章,魏文侯尊事贤人段干木,秦人不敢加兵。作者评论说:"文侯可谓善用兵矣。夫君子善用兵也,不见其形而攻已成,其此之谓也。"②《杂事一》"晋平公欲伐齐"章,晏子折冲于樽俎之间,而晋国辍其攻伐之谋。刘向甚至认为,两国之间只要相互礼让,不仅可以消弭战争,而且还会结成非常亲密的关系,像《杂事四》"梁大夫有宋就者"章所说的那样,先是边亭之间相互礼让,然后是两国之间友好相处。这当然也适用于处理民族之间的关系。

刘向并不绝对反对战争。那些讨伐暴君和反击侵略的战争,他便大加称扬。他在《说苑》中特设"指武"一篇,论述武备的不可或缺性。他引用《司马法》说:"国虽大,好战必亡。天下虽安,忘战必危。"所以他认为:"夫兵不可玩,玩则无威;兵不可废,废则召寇。"③刘向也较多地讨论用兵问题,如《新序·杂事三》"孙卿与临武君议兵于赵孝成王前"章,孙卿与临武君讨论用兵之法,刘向是倾向于孙卿的观点的。反对战争与修武备患是一个问题的两面,所以刘向的战争思想是不矛盾的。

---

① 赵仲邑《新序详注》,第161页。

② 赵仲邑《新序详注》,第152页。

③ 向宗鲁《说苑校证》,第365页。

奢侈问题也是西汉由来已久的大问题。文景二帝比较节俭，所以社会比较安定，国家积累了大量财富。到武帝时，除连年发动战争，耗费财物以外，兴宫室、滥祭祀、求神仙、赐亲近，生活奢靡，费财无数，国家财政近于崩溃。《盐铁论·散不足》贤良列举当时奢侈靡费之事竟达三十二项之多，无怪乎汉武帝晚期整个社会几近土崩瓦解。昭帝即位后，霍光辅政，采取了与民休息的政策，生产得到一定恢复，社会趋于安定，但昭帝享国日浅。宣帝即位后，颇修武帝故事，宫室车服盛于昭帝，然尚称节俭。元帝时，上至皇帝，下至王公贵族、各级官吏，奢靡已经成风，贡禹为此上书元帝，指出了贵族靡费而百姓愁苦的事实，希望皇帝放古自节。成帝之时，情况更为严重，上至王公外戚，下至各级官吏，甚至民间富室，其奢侈逾制更有甚于元帝时，以至于形成一种风气。成帝自己纵酒荒乐，宠幸赵氏姊妹，微服夜游民家。王公外戚争为奢靡，尤其是外戚王氏，更是穷极享乐。单从这一点看，汉帝国也已经接近末世的景象了。刘向作为有责任感的士大夫，又是汉室宗亲，自然对此痛心疾首，以各种方式向统治者提出批评和告诫。成帝为自己建造陵墓，制度奢侈，费功无数，给国家和百姓造成极大危害。刘向上书劝谏，他历数古代明君贤人与奢君暴主在营建陵墓方面的做法及带来的后果，从正反两个方面证明薄葬有益，厚葬害大，“是故德弥厚者葬弥薄，知愈深者葬愈微”。他告诫成帝说：“臣闻《易》曰：‘安不忘危，存不忘亡，是以身安而国家可保也。’故贤圣之君，博观终始，穷极事情，而是非分明。王者必通三统，明天命所授者博，非独一姓也。”①这直白而恳诚的警诫，体现

① 班固《汉书》卷三十六，第1955,1950页。

了刘向对国家的忠诚和对国家兴亡的关心。

在《新序》中有《刺奢》篇，刘向用具体的事例，批评奢侈行为。在《说苑》中又有《反质》篇，主张回归质朴。《新序·刺奢六》“桀作瑶台”“纣作鹿台”两章，作者用桀纣因奢靡淫乐而亡国的事实，告诫统治者应俭以治国。《说苑·反质》“禽滑釐问于墨子曰”章，陈述了夏禹、盘庚崇尚质朴，故化隆于当时，成名于后世；“纣为鹿台、糟丘、酒池、肉林，宫墙文画，雕琢刻镂，锦绣被堂，金玉珍玮，妇女优倡，钟鼓管弦，流漫不禁，而天下愈竭，故卒身死国亡，为天下戮”，①说明俭则兴隆，奢则败亡。同卷“秦始皇既兼天下”章，陈说始皇统一天下后，大兴宫室，修建陵墓，生活穷奢极侈，以至于“黔首匮竭，民力单尽”②，终于二世而亡。这些鲜活的历史事实，应该引起统治者的警惕。

刘向用具体事例来说明奢侈享乐带来的不良后果。《新序·杂事一》“中行寅将亡”章说明，奢则多敛，多敛则百姓贫，贫则怨谤。《刺奢六》“赵襄子饮酒”章说明，纵酒则废政，废政则国乱。“齐景公饮酒而乐”章说明，纵酒则失礼，失礼则秩序坏败。《说苑·政理》“魏文侯问李克曰”章说明，奢淫则败坏教化，教化不行则百姓难治。

在《说苑·反质》“杨王孙病且死”章，刘向还载录了杨王孙裸葬的故事。杨王孙裸葬是为了“矫世”，即要矫正当时糜财厚葬的社会风气，而刘向载录此事则主要是为讽刺成帝，这只要联系他的《谏营昌陵疏》就可知道。刘向的上疏是从社会政治的角度

① 向宗鲁《说苑校证》，第515～516页。
② 向宗鲁《说苑校证》，第518页。

证明厚葬有害，杨王孙的遗言则从哲学的角度证明厚葬的无益，可以相互补充。

奢侈问题当然不是西汉王朝独有的社会问题，而是贯穿于封建社会始终的问题。一个王朝由兴盛到衰败，必然伴随着由俭约到奢侈的过程。这个过程不是一天两天所能形成，但这种风气产生的源头却是清楚的，它最初是由最高统治者开始的。《说苑·反质》"齐桓公谓管仲曰"章清楚地说明了这个问题，上有所好，下必甚焉，上行下效。所以，要想阻止这种社会风气的蔓延，也必须从国君开始。

应该注意的是，刘向在针对现实问题立论的时候，常常是极而言之的，在由奢返朴的问题上，刘向也是这样，《说苑·反质》篇中的许多说法，显然并不中肯。

秦朝的政治制度，大都被汉朝继承下来，其中一项便是严酷的法律。汉初，与民休息，法律号称宽平，然刑法颇严。文帝时，虽废除肉刑，但正如史家所说，肉刑改笞刑，死人更多。武帝时，尤其是中晚期，民生凋敝，人多犯法，武帝任用酷吏，"条定法令，作见知故纵、监临部主之法，缓深故之罪，急纵出之诛。其后奸猾巧法，转相比况，禁网浸密。律令凡三百五十九章，大辟四百九条，千八百八十二事，死罪决事比万三千四百七十二事"①。宣帝特别留心吏治，但用法颇严，多用文法吏，受到儒生的广泛批评。盖宽饶奏封事说："今圣道浸废，儒术不行，以刑余为周召，以法律为《诗》《书》。"②元帝崇儒，多用儒生，但刑法并未比以前减轻。

① 班固《汉书》卷二十三，第1101页。
② 严可均《全汉文》，第345页。

到成帝时，竟至于“大辟之刑千有余条，律令烦多，百有余万言，奇请它比，日以益滋，自明习者不知所由”①。汉朝法律严酷，是受到儒生批评最多的国家政策之一。儒家主张教化，先德而后刑，而汉朝用法严酷，儒生据此判定汉朝并不符合先儒所构想的王道，应该用儒家的学说对汉朝政治加以改造，这在西汉末形成一股流潮。刘向在《说成帝定礼乐》中批评当时的政策说：“夫教化之比于刑法，刑法轻，是舍所重而急所轻也。且教化所恃以为治也，刑法所以助治也。今废所恃而独立其所助，非所以致太平也。自京师有悖逆不顺之子孙，至于陷大辟受刑戮者不绝，繇不习五常之道也。夫承千岁之衰周，继暴秦之余敝，民渐渍恶俗，贪饕险诐，不闲义理，不示以大化，而独驱以刑罚，终已不改。”②

在刘向的三部著作中，也有对汉朝法律制度的批评。《说苑·贵德》“孝宣皇帝初即位”章，载录了路温舒给汉宣帝的上书，书中批评汉朝袭亡秦之弊政，严刑酷法。狱吏舞文弄法，陷无辜于死罪。最后说：“愿陛下察诽谤，听切言，开天下之口，广箴谏之路，改亡秦之一失，遵文武之嘉德，省法制，宽刑罚，以废烦狱，则太平之风，可兴于世，福履和乐，与天地无极，天下幸甚。”③同卷“丞相西平侯于定国者”章，东海孝妇的遭遇，也反映出汉朝法律的严酷和狱吏的凶暴。《列女传·辩通传》“齐太仓女”章，既赞扬了缇萦以自己的孝行感动了文帝，启发圣意，废除肉刑，为人们做了一件好事；也赞扬了文帝，体民之意，怜民之情，慕有虞之德教，许民人以自新，为百姓之父母。而《新序·善谋九》“秦孝公欲

① 班固《汉书》卷二十三，第1103页。

② 严可均《全汉文》，第378页。

③ 向宗鲁《说苑校证》，第105页。

用卫鞅之言”章，批评秦国任用商鞅，“法严而酷，刑深而必”。当时取强，结果是商鞅被车裂，而秦国不久也“以乱亡”。[①]《新序·杂事五》“孔子北之山戎氏”章，形象地指出了苛政给百姓造成的不幸，用孔子的话说就是“夫政之不平而吏苛，乃甚于虎狼矣”。

反对严刑峻法，一般来说是不错的，但儒生对法制的批评，往往从儒家观点出发，对法律做根本的否定。教化与刑罚，在治国中有不同的作用和适用范围，偏任哪一项都不合适，这是为历史的发展所证明了的。

成帝在位期间，受制于皇太后及诸舅，政事不能自主，这从《汉书》的有关记载可以看出，尽管比较隐晦。成帝元舅阳平侯王凤为大将军秉政，倚太后，专国权，兄弟七人皆封为列侯。时数有大异，刘向以为外戚贵盛，王凤兄弟用事之咎，于是著《洪范五行传论》以讽谏。“天子心知向忠精，故为凤兄弟起此论也，然终不能夺王氏权”。刘向见外家日盛，其渐必危刘氏，便上书提醒成帝，成帝“叹息悲伤其意，谓曰：‘君且休矣，吾将思之。’”[②]成帝欲用刘向为九卿，辄不为王氏居位者及丞相御史所持，故终不迁。成帝奇刘歆之才，欲以刘歆为中常侍，为王凤所阻，竟不能如意。凡此种种，说明成帝并非宠任诸舅，而是心有不满而无可奈何。谷永媚附王氏，他便不加重用，即说明这一点。这里有一个关键人物即元帝王皇后，王凤兄弟正是依靠她的支持才把持朝政的。刘向也看出了这一点，在给成帝的极谏用外戚封事的奏疏中，他历数自春秋战国以来，大臣专权、外戚强盛给君主和国家造成的

---

① 赵仲邑《新序详注》，第275页。

② 班固《汉书》卷三十六，第1950，1963页。

危害，他们或者取国君而代之，或者弑逐国君。现在王氏强盛，专权擅威，也必将危及刘氏政权，希望成帝及时采取措施，改变这种状况，“宜发明诏，吐德言，援近宗室，亲而纳信，黜远外戚，毋授以政，皆罢令就弟，以则效先帝之所行，厚安外戚，全其宗族，诚东宫之意，外家之福也”①。他还特别提到，妇人内夫家，外父母家，外戚专权甚至取国，也非皇太后之福。但刘向似乎没有体会到汉成帝的难处。

在刘向的三部著作中，对这种情况也作了委婉的批评与告诫。《新序·杂事二》“楚王问群臣曰”章，说明大臣的权力不可过大，君威不可外假。文章末尾说：“故人臣而见畏者，是见君之威也。君不用，则威亡矣。”②《说苑·君道》“司城子罕相宋”章，子罕与宋君分政，宋君行赏赐让与，子罕行刑罚杀戮。“国人知刑戮之威，专在子罕也，大臣亲之，百姓附之。居期年，子罕逐其君而专其政”。文章最后说：“故曰：无弱君而强大夫。《老子》曰：‘鱼不可脱于渊，国之利器不可以借人。’此之谓也。”③结合成帝时的社会现实，作者在这里的用意是很明显的。在刘向看来，之所以出现这种大臣专权甚至篡弑的情况，是因为国君缺乏或失去御臣之术。当然，这里的御臣之术不仅仅是法家意义上的权术，它的内容要丰富得多。《说苑·君道》“孔子曰夏道不亡”章说：“孔子曰：‘夏道不亡，商德不作；商德不亡，周德不作；周德不亡，《春秋》不作。《春秋》作而后君子知周道亡也。’故上下相亏也，犹水火之相灭也，人君不可不察。而大盛其臣下，此私门盛而公

① 班固《汉书》卷三十六，第1962页。
② 赵仲邑《新序详注》，第43页。
③ 向宗鲁《说苑校证》，第33页。

家毁也。人君不察焉，则国家危殆矣。管子曰：‘权不两错，政不二门。’故曰：‘胫大于股者难以步，指大于臂者难以把。’本小末大，不能相使也。”①这种议论，明眼人一看便知是有所指的。在《说苑·谈丛》中，刘向对此再三申说。“意不并锐，事不两隆。盛于彼者必衰于此，长于左者必短于右。”“两高不可重，两大不可容，两势不可同，两贵不可双。夫重、容、同、双，必争其功。”②刘向以他对历史事实的熟悉，预感到王氏外戚必将危及刘氏政权，并做了力所能及的挽救工作，但终于没能挽回。

汉成帝有一个与他的帝王身份极不相符的举动便是微服出游，夜宿民家。这种行为，从历史记载来看，此前的帝王是没有的，这令大臣们感到震惊和忧虑，纷纷上书提出批评。王音在回答诏问时说：“今即位十五年，继嗣不立，日日驾车而出，泆行流闻，海内传之，甚于京师。外有微行之害，内有疾病之忧，皇天数见灾异，欲人变更，终已不改。天尚不能感动陛下，臣子何望？”③谷永的批评更加尖锐，他说：“王者必先自绝，然后天绝之。陛下弃万乘之至贵，乐家人之贱事，厌高美之尊号，好匹夫之卑字，崇聚僄轻无义小人以为私客，数离深宫之固，挺身晨夜，……公卿百僚不知陛下所在，积数年矣。”④对于臣下的批评，成帝多能接受下来，但却不能改正。史称成帝性宽能容直言，我以为成帝实在是内心郁闷故颓放自恣。

对成帝的微服出行之举，刘向在其著作中作了含蓄而巧妙的

---

① 向宗鲁《说苑校证》，第31~32页。

② 向宗鲁《说苑校证》，第384，407页。

③ 严可均《全汉文》，第445~446页。

④ 班固《汉书》卷八十五，第3461页。

批评与劝诫。《新序·杂事二》“晋文公出田逐兽”章,渔者对远出狩猎的晋文公说:“鸿鹄保河海之中,厌而欲移徙之小泽,则必有九缯之忧;鼋鼍保深渊,厌而出之浅渚,则必有罗网钓射之忧。今君逐兽砀入至此,何行之太远也?”①“晋文公逐麋而失之”章,农夫老古对远出逐兽的晋文公说:“虎豹之居也,厌闲而近人,故得;鱼鳖之居也,厌深而之浅,故得。诸侯厌众而亡其国。《诗》云:‘维鹊有巢,维鸠居之。’君放不归,人将君之。”②这当然是寓言,但它说的却是历史上常有的事。国君一旦离开自己的权力中心,必将有人乘虚而入,这是国君应该首先知道的。《说苑·正谏》“吴王欲从民饮酒”章,更显然是用来劝诫成帝的:“吴王欲从民饮酒,伍子胥谏曰:‘不可。昔白龙下清冷之渊,化为鱼。渔者豫且,射中其目,白龙上诉天帝,天帝曰:“当是之时,若安置而形?”白龙对曰:“我下清冷之渊,化为鱼。”天帝曰:“鱼固人之所射也,若是,豫且何罪?”夫白龙,天帝贵畜也,豫且,宋国贱臣也,白龙不化,豫且不射。今君弃万乘之位,而从布衣之士饮酒,臣恐其有豫且之患矣。’王乃止。”③国君一旦混入民间,面临的危险就不仅来自权力的觊觎者,也会随时面临来自各个方面的人身伤害。所以刘向在《说苑·谈丛》中说:“吞舟之鱼,荡而失水,制于蝼蚁者,离其居也;猿猴失木,禽于狐貉者,非其处也。”④《说苑·反质》“晏子饮景公酒”章则说明,国君即使偶尔到臣家,也应依礼而行。

---

① 赵仲邑《新序详注》,第53页。
② 赵仲邑《新序详注》,第54页。
③ 向宗鲁《说苑校证》,第237~238页。
④ 向宗鲁《说苑校证》,第408页。

成帝后期，在微服出行之外，又宠幸出身低微的赵氏姐妹，朝政日非，政治混乱，这招致了朝臣们的广泛而激烈的批评。在大多数情况下，成帝都安然接受下来，但依然我行我素。这里面最激烈的当数刘辅，他在《上书谏立赵后》中说："今乃触情纵欲，倾于卑贱之女，欲以母天下，不畏于天，不愧于人，惑莫大焉。里语曰：'腐木不可以为柱，卑人不可以为主。'天人之所不予，必有祸而无福。市道皆共知之，朝廷莫肯一言，臣窃伤心。"①这太尖刻了，令人难以忍受。成帝大怒，将刘辅投入监狱，不久却又放了出来。

对于成帝耽于女色，女宠乱政，刘向也提出了批评，并为此专门写了一部《列女传》。在《列女传》中，刘向既叙述描写了古代兴国显家可法则的贤妃贞妇，也记录描述了许多孽嬖乱亡的嬖女。这样，他就既为皇帝和后宫提供了可以学习的榜样，又为皇帝和后宫提供了应该时时引以为戒的生动事例，其用意是十分明显的。刘向非常重视妇女在国家政治和社会生活中的重要作用，所以他的《列女传》，利用具体生动的材料，形象地说明了妇女在社会生活中的地位及其对社会和人生的重要意义。他赞扬了妇女的优秀品质，也提出了一些妇女应该遵守的礼仪规范。如《母仪传》"有虞二妃"章中，作者称赞有虞氏二妃"聪明贞仁"，帮助虞舜成为孝子、仁人和圣君。"邹孟轲母"章，称赞孟母深明礼仪，"知为人母之道"，"明于姑母之道"，"知妇道"。刘向在叙写这许多兴国显家可法则的贤妃贞妇的同时，也描写了另一类人物，即那些应该使人引以为戒的嬖女。她们或者奢侈淫乐，惑乱朝政；

① 严可均《全汉文》，第 504 页。

或者出于一己之私利，陷害良善，给国家造成危害。如《孽嬖传》“夏桀末喜”章，写末喜“美于色，薄于德，乱孽无道”，迷惑夏桀，终于导致了夏朝的灭亡。在“殷纣妲己”章，作者写纣王：“好酒淫乐，不离妲己。妲己之所誉贵之，妲己之所憎诛之。作新淫之声，北鄙之舞，靡靡之乐。收珍物积之于后宫，谀臣群女，咸获所欲。积糟为丘，流酒为池，悬肉为林，使人裸形相逐其间，为长夜之饮，妲己好之。百姓怨望，诸侯有畔者。”①对照成帝后期的所作所为，二者实有许多相似之处。由此可以看出刘向创作《列女传》的深刻用意。他告诫统治者，如果继续沉湎酒色，荒废朝政，汉王朝也将不久灭亡。

刘向散文写作的直接目的，是以历史上丰富的正反两方面的史实，为统治者提供示范和鉴诫的，所以，有些问题的陈述，自然可以看作是对历史经验教训的一般性论述；但有很多论述，是有明显的针对性的，所以结合当时社会现实对它进行总结不仅是合理的，而且是应该的。

---

① 刘向著，刘晓东校点《列女传》，辽宁教育出版社 1998 年版，第 73 页。

论刘向的《列女传》

一、《列女传》的创作目的

有学者认为:“西汉刘向编撰的《列女传》,是我国最早的一部妇女专史和通史,又是最早使传体脱离经、纪而独立成书的史学著作。”①笔者以为此说并不确当。刘向是西汉著名的经学大师,又据刘知几《史通·史官建置》,刘向曾续过《史记》:“司马迁既殁,后之续《史记》者,若褚先生、刘向、冯商、扬雄之徒,并以别职来知史务。”②刘向的《列女传》对后世史学,特别是妇女传记的产生有相当大的影响是事实,但它与解经和撰史都没有关系,它是刘向针对当时的政治形势、社会风俗及汉成帝的所作所为而创作的批评社会现实、讽谏统治者的著作。关于这一点,《汉书》本传曾有说明:

> 向睹俗弥奢淫,而赵、卫之属起微贱,逾礼制。向以为王教由内及外,自近者始。故采取《诗》《书》所载贤妃贞妇,兴

---

① 张涛《刘向〈列女传〉的史学价值》,《文史哲》1991 年第 5 期。

② 浦起龙《史通通释》,上海古籍出版社 1978 年版,第 307 页。

国显家可法则，及孽嬖乱亡者，序次为《列女传》，凡八篇，以诫天子。及采传记行事，著《新序》《说苑》凡五十篇奏之。①

又《太平御览》载有刘向的《七略别传》遗文：

臣与黄门侍郎歆以《列女传》，种类相从，为七篇，以著祸福荣辱之效，是非得失之分，画之于屏风四堵。②

汉成帝嗜酒纵放，沉迷女色，宠任外戚，疏于朝政。特别是他晚年信用外戚王氏，宠幸赵飞燕姊妹，导致朝廷政治混乱，社会动荡，汉王朝国势走向衰微。身为皇室宗亲的刘向，面对国家大权旁落，皇帝沉湎酒色，不思振作的局面，十分痛心，创作了一系列的奏疏和著作，讽劝成帝改正过失，振作有为。其中的《列女传》主要就是针对汉成帝宠幸赵氏姊妹而创作的。其实，对汉成帝惑于赵飞燕姊妹的荒唐行为，当时的许多朝臣或上书或当面进行劝谏、批评，有的甚至相当尖锐，如刘辅在《上书谏立赵后》中说：

臣闻天之所与，必先赐以符瑞；天之所违，必先降以灾变。此神明之征应，自然之占验也。……虽夙夜自责，改过易行，畏天命，念祖业，妙选有德之世，考卜窈窕之女，以承宗庙，顺神祇心，塞天下望，子孙之祥，犹恐晚暮。今乃触情纵欲，倾于卑贱之女，欲以母天下，不畏于天，不愧于人，惑莫大焉。里语曰："腐木不可以为柱，卑人不可以为主。"天人之所不予，必有祸而无福。市道皆共知之，朝廷莫肯一言，臣窃伤心。③

可见，刘向的《列女传》既不是解经著作，也不是史学著作，它

① 班固《汉书》卷三十六，中华书局 1962 年版，第 1957 ~ 1958 页。

② 李昉《太平御览》第 7 册，上海古籍出版社 2008 年版，第 326 页。

③ 严可均《全汉文》，商务印书馆 1999 年版，第 504 页。

是刘向用历史人物和历史事实讽谏皇帝的一部著作。

二、《列女传》之"传"释义

《说文》:"传,遽也。"段注:"遽,传也,与此为互训,此二篆之本义也。《周礼》'行夫掌邦国传遽',注云:'传遽,若今时乘传骑驿而使者也。'《玉藻·士》曰'传遽之臣',注云:'传遽,以车马给使者也。'《左传》《国语》皆曰'以传召伯宗',注皆云:'传,驿也。'汉有置传、驰传、乘传之不同。按传者,如今之驿马,驿必有舍,故曰传舍。又文书亦谓之传。司关注云:传如今移过所文书是也。引伸传遽之义,则凡展转引伸之称皆曰传,而传注、流传皆是也。"①那么,"传"可引申为解说、注释之义。在经学中,解经的文字称为"传",如《穀梁传》《公羊传》;史学中,与本纪相经纬的记录人物事迹的文字也称为"传"。刘向《列女传》之"传",既不是经传之"传",也不是史传之"传",它是对图画的解释和说明。据《汉书·艺文志》载:

> 刘向所序六十七篇。班固自注:"《新序》《说苑》《世说》《列女传颂图》也。"②

是《列女传》有传,有颂,也有图。又据上引《列女传》书录遗文,"画之于屏风四堵",则图画是画在屏风上的,又似乎是先有文后有画。

又据《汉书·赵充国传》:

> 初,充国以功德与霍光等列,画未央宫。成帝时,西羌尝

① 段玉裁《说文解字注》,浙江古籍出版社1998年版,第377页。
② 班固《汉书》卷三十,第1727页。

有警，上思将帅之臣，追美充国，乃召黄门郎杨雄即充国图画而颂之。①

《汉书·叙传上》：

时乘舆幄坐张画屏风，画纣醉踞妲己作长夜之乐。上以（班）伯新起，数目礼之，因顾指画而问伯："纣为无道，至于是虖？"伯对曰："《书》云'乃用妇人之言'，何有踞肆于朝？所谓众恶归之，不如是之甚者也。"上曰："苟不若此，此图何戒？"伯曰："'沈湎于酒'，微子所以告去也；'式号式呼'，《大雅》所以流连也。《诗》《书》淫乱之戒，其原皆在于酒。"上乃喟然叹曰："吾久不见班生，今日复闻谠言。"②

则是汉时宫廷殿壁、屏风，都绘有图画，或画功臣，或画劝诫故事。那么，刘向的《列女传》，很可能就是对画在屏风上的系列故事所做的解说。

再从文章的行文方式来看，《列女传》许多篇目开头第一句就是提示性的话，如《邹孟轲母》，第一句就是"邹孟轲之母也，号孟母"，《楚子发母》首句是"楚将子发之母也"，《齐田稷母》首句是"齐田稷子之母也"，《陶答子妻》首句是"陶大夫答子妻也"，《柳下惠妻》首句是"鲁大夫柳下惠之妻也"。这样的行文方式并非少数，此类情况在《列女传》中共有十八条。刘向的原文应该是没有题目的，现在的题目是后人所加，所以，如果不是在说明一个画面，那么这样行文便显得非常突兀而没有来由。这就只能说明，《列女传》的文字是对图画的描述和说明。

① 班固《汉书》卷六十九，第 2994 页。

② 班固《汉书》卷一百，第 4200～4201 页。

再从叙述方式来看,《列女传》传记大都没有明确的故事发生的时间、地点和社会背景,大都没有脉络贯通的故事情节,有的甚至只是极简单的叙事加上一段针对这件事而发表的议论,极少细节描写。内容较多,篇幅较长者,也往往是做平面叙说,不能按照事件发生的顺序,反映一个人在较长时间内的事迹,更谈不上反映一个人一生的行迹。在故事解说和人物语言的分配上,以人物语言为主,而叙述语言较少。在叙说故事时又往往说明成分多而叙述成分少,图画说明的特点非常明显,如《邹孟轲母》,显然是三幅画面的说明文字,表现孟母"知为人母之道""明于姑母之道""知妇道"三个方面的品德;从时间上来说,第一幅说她青年时的事情,第二幅说她中年时的事情,第三幅说她老年时的事情。

这种著作方式,不能不使人联想到《山海经》。《山海经》有文有图,其文字是对图画的描述和说明。这一点,前人已经指出,我们这里重提,只想说明它和《列女传》之间的关系。从叙述方式看,《山海经》的文字主要是描述和说明,叙述的成分不多,因而是一种说明性的文字。从具体的语言和用词来看,也同样可以看出这个特点。《海外南经》记讙头国:"其为人人面有翼,鸟喙,方捕鱼。"①正是对一个画面的说明。《大荒南经》:"有女子名曰羲和,方日浴于甘渊。羲和者,帝俊之妻,生十日。"②《大荒西经》:"有女子方浴月。帝俊妻常羲,生月十有二,此始浴之。"③显然,这些文字都是对具体画面的描述和说明。有证据证明,刘向对《山海经》是十分熟悉的。刘歆《上〈山海经〉表》中说:

---

① 袁珂《山海经校注》,上海古籍出版社 1980 年版,第 189 页。

② 袁珂《山海经校注》,第 381 页。

③ 袁珂《山海经校注》,第 404 页。

> 孝宣皇帝时,击磻石于上郡,陷,得石室,其中有反缚盗械人。时臣秀父向为谏议大夫,言此贰负之臣也。诏问何以知之,亦以《山海经》对,其文曰:"贰负杀窫窳,帝乃梏之疏属之山,桎其右足,反缚两手。"上大惊。①

可见刘向对《山海经》这部奇书非常熟悉。那么,合理的解释是,刘向受到《山海经》有文有图具有很强的直观性特点的启发,也使他的《列女传》采用同样的直观形式。

三、《列女传》的材料来源

关于《列女传》的材料来源,徐复观说:"前引《刘向传》,对《列女传》则言'序次',序次云者,编定其次序之谓。所以《列女传》,刘向只是根据材料,分类编定其次序;除'颂'外,向未加意见。"②这个意见值得商榷。从《列女传》的内容来看,其材料,不仅来源广泛,而且在写入作品时,大都做了加工润色。

由于取材的广泛性以及典籍的散佚,我们虽不能一一指出《列女传》各篇材料的来源,但通过考察可以确定,刘向所用的材料,主要有两个来源:

一是各种典籍,如经传、史传和诸子。如《邹孟轲母》《鲁季敬姜》《齐田稷母》《楚庄樊姬》《楚接舆妻》等篇来自《韩诗外传》;《密康公母》《晋伯宗妻》《鲁庄哀姜》等篇来自《国语》;《楚武邓曼》《齐杞梁妻》《卫宣公姜》《晋献骊姬》《齐东郭姜》等篇来自《左传》;《周主忠妾》《齐女徐吾》等篇来自《战国策》;《齐相御

① 严可均《全汉文》,第410页。按,笔者对引文标点有校改。

② 徐复观《两汉思想史》第三卷,华东师范大学出版社2001年版,第39页。

妻》来自《晏子春秋》;《齐太仓女》来自《史记》。从可考知来源的篇目看,取自《韩诗外传》的材料最多。

二是刘向校书后余下的材料。这一点一直为人们所忽视。刘向在汉成帝时曾主持整理当时的皇家图书,这在中国历史上还是第一次。在整理图书的过程中,积累了大量古代典籍的异文、传说,刘向将这些材料,根据表达思想的需要,分别编入了他的《新序》《说苑》和《列女传》,余下的材料,则统编为《百家》一百三十九卷。刘向的这些著作,《汉书·艺文志》都予著录。请看刘向《孙卿书录》中的一段文字:

> 护左都水使者光禄大夫臣向言,所校雠中《孙卿书》凡三百二十二篇,以相校,除复重二百九十篇,定著三十二篇,皆以定杀青,简书可缮写。①

众所周知,上古时期,由于书写工具的落后,各种知识主要靠口头流传,如历史,最初由史官作简单的记录,然后要通过瞽蒙以口头传颂的方式,逐渐补充和丰富。即使像六经这样的典籍,其写成定本也是很晚的事。较晚时期产生的著作,如《管子》《荀子》等,虽书写工具已大有改进,但也只能单篇流传,整部作品一体行世是极困难的。那么,作品在口头传诵和分篇传抄的过程中,必然产生很多不同的说法和不同的文字,于是便产生了上引文字中的现象:一部书的三百二十二篇中,竟有二百九十篇是重复的。这样一来,刘向在校理古籍的时候,每一部书结束后,都会有大量的异文保留下来,这些文字,有的与典籍原文相符,更多的是在传说传抄中变了样。刘向是怎样处理这些材料的呢?根据

① 严可均《全汉文》,第382~383页。

《列女传》的内容和形式，可以断定，刘向一方面借助古代《诗》《书》经传中所记载的女性及其事迹，另一方面也充分利用校书所积累的材料，再加入大量的符合情景的细节，甚至虚构悬想，加工润色，以传记的形式表达自己对女性的看法，这只要看其中的传主大讲礼仪规范便可以知道。

如无盐丑女钟离春的故事，刘向的《列女传》和《新序》同时收录，主体内容和情节基本相同，而字句颇多不同。这个颇具喜剧色彩而有严肃主题的故事，具有很强的传奇色彩。她那奇特的外貌，她那令人钦佩的勇气，那出众的智慧和识见，那喜剧性的结局，都给人留下了深刻的印象。很显然，这个故事在长期的流传中形成了不止一个样本。

刘向《列女传》材料来源广泛，而作者在运用材料以表达自己的思想观念时，也并不是照搬照抄，而做了不同程度的加工润色。有如下几种情况：

(1)采用他人的材料而加上自己的评论。如《密康公母》，主体部分基本上采用的是《国语·周语上》“密康公母论小丑备物终必亡”章的内容，后面加上作者的评论：“君子谓密母为能识微。《诗》云：‘无已太康，职思其忧。’此之谓也。”①说明德薄难以载物。

(2)把前人较为零散的材料组织到一起，形成一个较为完整的故事，以寄寓和表达自己的思想。《鲁季敬姜》，内容取自《国语·鲁语下》，刘向把其中七章的内容重新编排，使其顺序更加合

① 刘向著，刘晓东校点《列女传》，辽宁教育出版社 1998 年版，第 25 页。

理，形成一个完整的故事，从而树立了一个贤明通达，深明礼仪的女性典范。《楚武邓曼》，是集合《左传》桓公十三年的有关材料和庄公四年的有关材料写成的，主体部分除个别字句外都相同，中间和末尾加了刘向自己的评论，末尾说："君子谓邓曼为知天道。《易》曰：'日中则昃，月盈则亏，天地盈亏，与时消息。'此之谓也。"①《晋献骊姬》则是集中了《左传》庄公二十七年的有关材料和僖公四年的有关材料以及《国语·晋语一》"优施教骊姬谮申生"章和《晋语二》"骊姬谮杀太子申生"章的材料写成的，刘向把材料删节、编排，使之形成一篇内容紧凑，叙述条理的文章，其中与主题无关的材料都被删去。

（3）在原材料的基础上加上新的内容和情节，使原材料的内容更加丰富充实，从而大大增强了材料的表现力，也使材料蕴含的意义更加丰富。如《魏节乳母》，内容本于《韩诗外传》卷九之"秦攻魏破之"章，刘向在原文的基础上丰富了文章的内容，增加了魏故臣与乳母的对话，加入了魏故臣向秦军告密的情节，让魏故臣的卑微与乳母的高尚形成鲜明的对比，从而突出了乳母宽仁慈惠、忠义不苟的高贵品质。《曹僖氏妻》，本于《国语·晋语四》之"曹共公不礼重耳而观其骈胁"章，刘向丰富了僖氏妻之语言的内容，并根据他处的材料，补充了后来重耳反国伐曹，僖氏得以免难的情节，表现了僖氏妻的聪慧远识。《齐相御妻》，材料本于《晏子春秋·内篇杂上》"晏子之御感妻言而自抑损晏子荐以为大夫"章，刘向增加了仆御之妻鼓励丈夫学道修德的语言，详述了仆御改过自谦晏子荐贤的过程，最后评论说："君子谓命妇知善。故贤

① 刘向著，刘晓东校点《列女传》，第26页。

人之所以成者，其道博矣，非特师傅朋友相与切磋也，妃匹亦居多焉。《诗》云：'高山仰止，景行行止。'言当常向为其善也。"①刘向有时甚至对原有材料作较大的加工，不仅增加内容，甚至改变原有材料的主题。这种情况，是刘向力图以儒家思想统摄其他各家思想的一种表现。《周主忠妾》，本于《战国策·燕策一》"人有恶苏秦于燕王者"章，原是苏秦讲的一个寓言故事，表达的是忠信反而获罪的主题。刘向丰富了这个故事的内容，增加了主父获知真情后笞杀其妻而欲取忠妾为妻，忠妾守义不肯，四邻争娶之等情节，最后加以评论说："君子谓忠妾为仁厚。夫名无细而不闻，行无隐而不彰。《诗》云：'无言不酬，无德不报。'此之谓也。"②这就完全改变了原材料的主题。

综观刘向在采用前人材料以表达自己思想时对各种材料的处理情况，我们可以得出如下结论：刘向采用别人的材料，极少原样搬入，而往往要做一些删节、缀合、润色和生发的工作，使之适合表达思想的需要。徐复观认为，刘向只是根据材料，分类编定其次序，除"颂"以外，未加意见。这个说法显然是缺乏根据的。

四、刘向的女性观

刘向的著作中出现了一些规范人伦的在当时尚为特殊的道德观念，这些观念虽大多引自他书，但也能反映出他的思想倾向。如《魏曲沃负》中，曲沃负对魏王说："君臣、父子、夫妇，三者天下之大纲纪也。三者治则治，乱则乱。"③"三纲"的观念出现较早，

① 刘向著，刘晓东校点《列女传》，第22页。
② 刘向著，刘晓东校点《列女传》，第53页。
③ 刘向著，刘晓东校点《列女传》，第34页。

《韩非子·忠孝篇》:“臣事君,子事父,妻事夫,三者顺则天下治,三者逆则天下乱。此天下之常道也。”①董仲舒《春秋繁露·基义》中说:“君臣、父子、夫妇之义,皆取诸阳阴之道。”又说:“王道之三纲,可求于天。”②可见,三纲的概念是由董仲舒最先提出的。《邹孟轲母》中,孟轲母说:“妇人无擅制之义,而有三从之道也。故年少则从乎父母,出嫁则从乎夫,夫死则从乎子,礼也。”《鲁之母师》中,母师说:“妇人有三从之义而无专制之行,少系于父母,长系于夫,老系于子。”③“三从”的观念非刘向首创,它来自《礼记》。又有“七去”的观念。《宋鲍女宗》中,女宗说:“且妇人有七见去,夫无一去义。七去之道,妒正为首,淫僻、窃盗、长舌、骄侮、无子、恶病,皆在其后。”④《列女传》中,甚至提出了“从一而终”的观念。《蔡人之妻》中,蔡人之妻说:“适人之道,一与之醮,终身不改。”《黎庄夫人》中,黎庄夫人说:“妇人之道,一而已矣。彼虽不吾以,吾何可以离于妇道乎?”⑤《说苑·立节》“燕昭王使乐毅伐齐”章,王歜拒绝燕人的加官封爵,说:“忠臣不事二君,贞女不更二夫。”⑥应该说,这些道德观念,在当时还仅仅是一些观念,并不意味着它已经实际上成为人们的日常行为规范。

在中国历史上,最先把妇女问题作为一个社会问题而提出的,是汉初的韩婴。在此之前,《诗经》中除了大量的恋爱婚姻

---

① 王先慎撰,锺哲点校《韩非子集解》,中华书局1998年版,第358页。
② 苏舆《春秋繁露义证》,中华书局1992年版,第350,351页。
③ 刘向著,刘晓东校点《列女传》,第8,11页。
④ 刘向著,刘晓东校点《列女传》,第18页。
⑤ 刘向著,刘晓东校点《列女传》,第38页。
⑥ 向宗鲁《说苑校证》,中华书局1987年版,第91页。

题材的诗篇外，也记载一些妇女与国家政治和社会生活关系的内容。《春秋》经传，更多更详细地记载了妇女对国家兴亡和社会生活的影响。战国时期，旧礼教崩坏，新的道德观念尚未建立，社会处在大动荡状态中，妇女也处在较少拘束的情形之中。像秦国的宣太后，对使者竟说出那样露骨的话，在后世是难以想象的。秦汉建立后，国家一统，社会秩序安定下来，在国家兴礼作乐、对社会施行教化的同时，也要求对妇女的言行进行规范，使之适应国家政治和社会生活秩序化的要求。韩婴正是适应了时代的需要，首先提出了妇女问题。他利用一些具体生动的材料，形象地说明了妇女在社会生活中的地位及其对社会和人生的重要意义，赞扬了妇女的优秀品质，并提出了一些妇女应该遵守的礼义规范。

刘向一方面受到韩婴的影响，同时又受到现实生活的刺激，在继承韩婴的成就的基础上，运用了新的表现形式，创作了《列女传》，更广阔深入地反映了古代妇女的社会地位、生活状态和精神面貌。人物多种多样，内容丰富多彩，思想的倾向性更加鲜明，对于妇女的礼义要求也更多而具体。早在《易传》中，就已经把男女的地位作了内外的分工，如《家人·彖传》说："家人，女正位乎内，男正位乎外。男女正，天地之大义也。"①但男女只有内外的分工，而没有尊卑的不同。刘向的《列女传》甚至没有把妇女限制在闺门之内，而是反映她们更丰富多样的生活。

由《列女传》反映妇女生活的丰富性和事迹的多样性，可以窥见刘向对妇女的态度是相当通达的。

---

① 高亨《周易大传今注》，齐鲁书社 1979 年版，第 329 页。

(1)由于妇女的特殊的社会地位和身份，以及刘向的特殊的写作目的，《列女传》中最为看重的品质是知礼、守礼。但应该看到，这里的礼与后世的扼杀人性的虚伪的礼教是大大不同的，这里的礼，在很大程度上有维护个人尊严的性质，或者可以说，有妇女们忠实履行道义的性质，这种对于道义的践履，与士的守义不回并无实质的不同。如《召南申女》中的申女，夫家礼不备而欲迎之，她以为夫妇者，人伦之始，不可不正。轻礼违制，不可以行。夫家讼之于理，致之于狱，她始终以一物不具，一礼不备，守节持义，必死不往。这就如同士不以礼不见国君一样，坚持的正是自己的气节和尊严。《宋恭伯姬》，伯姬初嫁宋恭公时，恭公不亲迎，她不肯听命。后来恭公死，她于夜间遇火灾，保傅不在，她坚不下堂，终被烧死。还有一些妇女，丈夫死后，守义不更。《鲁寡陶婴》，陶婴少寡，养育幼孤，鲁人闻其义，要向她求婚，她作歌明志，表示不会忘记已故的丈夫，终身不嫁。《陈寡孝妇》，孝妇十六而嫁，未有子，丈夫战死，她受丈夫的嘱托赡养婆母，终无怠意，其父母欲嫁之，她坚决不肯。这些妇女都表现了可贵的品质。当然也有在今天看来，虽然守礼，却是做出无谓的牺牲的。如《宋鲍女宗》中的女宗，其思想意识，已经很接近后世对妇女的要求了。女宗养姑甚谨，丈夫出仕在外，另娶外妻。女宗因往来者请问其夫，赂遗外妻甚厚。她的姐姐对她说："夫人既有所好，子何留乎？"女宗说：

妇人一醮不改，夫死不嫁。执麻枲，治丝茧，织纴组紃，以供衣服，以事夫室。澈漠酒醴，羞馈食，以事舅姑。以专一为贞，以善从为顺，岂以专夫室之爱为善哉！若其以淫意为心，而扼夫室之好，吾未知其善也。夫礼，天子十二，诸侯九，卿

> 大夫三，士二。今吾夫诚士也，有二，不亦宜乎？且妇人有七见去，夫无一去义。七去之道，妒正为首，淫僻、窃盗、长舌、骄侮、无子、恶病，皆在其后。吾姒不教吾以居室之礼，而反欲使吾为见弃之行，将安所用此？①

这个人物语言的真实性是值得怀疑的，很可能是作者借以阐说自己的伦理道德观念。但也可以看出，刘向那个时代，封建伦理道德观念正在建设过程中，新旧道德观念存在着冲突。

(2)《列女传》写得较多的另一类是帮助丈夫立功立德的妇女。她们以自己美好的品德和崇高的智慧，帮助丈夫，影响丈夫，使他们有所成就，显示了妇女对国家政治、社会生活与人生道路的巨大影响。《有虞二妃》中的娥皇、女英，"聪明贞仁"，帮助丈夫成为孝子和圣主。这则故事极具典型意义。舜是后人推崇的圣帝明王，是后世帝王的典范，尚且事事与后妃商量，接受后妃的建议，后世平庸的君王更应如此。《周宣姜后》中的姜后，勉夫勤政，使国家中兴。《晋文齐姜》中的齐姜，深明大义，劝丈夫不要贪图享乐，应抓住时机，有所作为。《楚庄樊姬》中的樊姬，讽劝丈夫举贤任能，终使庄王成就霸业。《楚武邓曼》中的邓曼，与丈夫谋划国事，准确无误，显示了较高的智慧。《齐管妾婧》中的妾婧，与"圣"臣管仲形成了鲜明的对比。妾婧告诫管仲"毋老老，毋贱贱，毋少少，毋弱弱"反衬出管仲的自负与狭隘；为管仲解说"浩浩乎白水"，又反衬出管仲的知识贫乏。所有这些，不仅反映出妇女们以自己的品德和才能对国家政治施加良好的影响，也说明她们在国家政治中扮演着不可缺少的重要角色。

---

① 刘向著，刘晓东校点《列女传》，第18页。

(3)一些妇女在现实生活中,勉励甚至教导丈夫,使他们修德行义,有益国家,成就自身。《周南之妻》中的周南大夫之妻,丈夫受命平治水土,过时不返,她勉励丈夫要尽心国事。《盖将之妻》中盖将丘子之妻,见丈夫在国亡君死的情况下,生还回家,她责备他说:"吾闻之,主忧臣辱,主辱臣死。今君死而子不死,可谓义乎? 多杀士民,不能存国而自活,可谓仁乎? 忧妻子而忘仁义,背故君而事强暴,可谓忠乎? 人无忠臣之道,仁义之行,可谓贤乎?《周书》曰:'先君而后臣,先父母而后兄弟,先兄弟而后交友,先交友而后妻子。'妻子,私爱也。事君,公义也。今子以妻子之故,失人臣之节,无事君之礼,弃忠臣之公道,营妻子之私爱,偷生苟活,妾等耻之,况于子乎? 吾不能与子蒙耻而生焉。"①竟自杀而死。这种先国后家的高尚的爱国之情,构成了中华民族优秀传统的中心内容。《齐相御妻》中的仆御之妻,看到晏子身为国相,恂恂自下,思念深远,而自己的丈夫身为仆御,竟"意洋洋若自足者",于是深责丈夫,并要求离去。其夫乃深自责,学道谦逊,常若不足,晏子荐之以为大夫。妻子的责劝,使丈夫改变了人生态度,也改变了身份,人生的价值和境界自然也得到了提升。

(4)《列女传》中,还记录了一些有道之士的妻子。这些有道之士,重出处,守道义,不以富贵贫贱易己之道。他们的妻子,既是自己的知己,又是自己高尚行为的赞成者。《柳下惠妻》中的柳下惠之妻,丈夫仕于下位,忧民救乱,三黜而不去,她深知丈夫的行为和用心。丈夫死后,她不让别人为丈夫作诔,认为只有自己最了解丈夫,亲自作诔赞扬丈夫的品德。《鲁黔娄妻》中的黔娄

① 刘向著,刘晓东校点《列女传》,第50页。

妻，丈夫生前安贫行道，守正不苟。丈夫死后，“枕墼席槁，缊袍不表，覆以布被，手足不尽敛，覆头则足见，覆足则头见”。她坚守夫志，连尸体上的被子也盖得端端正正，并谥为“康”。她解释说：“彼先生者，甘天下之淡味，安天下之卑位，不戚戚于贫贱，不忻忻于富贵，求仁而得仁，求义而得义，其谥为‘康’，不亦宜乎？”①《楚老莱妻》中的老莱妻，在得知老莱子答应了楚王的聘请后，说：“妾闻之，可食以酒肉者可随以鞭捶，可授以官禄者可随以𫓧钺。今先生食人酒肉，受人官禄，为人所制也。能免于患乎？妾不能为人所制。”②《楚于陵妻》中的于陵妻，当丈夫告诉她，如果答应楚王，接受相位，明日即可结驷连骑，食方丈于前。她说：“夫子织屦以为食，非与物无治也。左琴右书，乐亦在其中矣。夫结驷连骑，所安不过容膝。食方丈于前，甘不过一肉。今以容膝之安，一肉之味，而怀楚国之忧，其可乐乎？乱世多害，妾恐先生之不保命也。”③于是相与逃而为人灌园。她们安于贫贱，追求着一种精神上的宁静和美，她们对来自黑暗政治和动荡社会的危险，保持着清醒的头脑。追求精神超越的避世之士，是政治混乱和社会动荡的产物，标志着道统与政统的决裂与对抗。

(5)相夫教子，历来是中国妇女的两大职责。《列女传》中描写教子成人的妇女，很有分量。她们有意识地培养儿子的高尚品德，教给他们合乎社会要求的礼节，使他们成为德才兼备、有益于社会的人。在孩子未出生时，她们实行胎教，孩子出世后，她们用

① 刘向著，刘向东校点《列女传》，第21页。

② 刘向著，刘向东校点《列女传》，第23页。

③ 刘向著，刘向东校点《列女传》，第24页。按，笔者对引文标点有校改。

自己的言行，影响和引导孩子。每一个优秀的男人，都是伟大母亲的杰作。《弃母姜嫄》中的姜嫄，清静专一，好种稼穑，教导弃种树桑麻。弃后来做尧的稷官，成为周朝的始祖。《契母简狄》中的简狄，性好人事之治，上知天文，乐于施惠，悉心教导儿子契。契做尧的司徒，成为商的始祖。《周室三母》中的文王之母太任，端一诚庄，惟德之行，怀妊之时，目不视恶色，耳不听淫声，口不出傲言，进行胎教。儿子出生后，以正道教子，养其道德，教以知识，使文王成为圣德之君。武王之母太姒，辅助文王，教训十子。这些杰出的女性，与中国历史上的圣帝明王一样，放射出永不磨灭的光辉。《邹孟轲母》中的孟轲之母，堪称中国历史上最典型的母亲。孟轲小时，她三迁住处，以便给儿子找一个好的成长环境；当儿子学习懈怠时，她"刀断其织"，教导儿子求知修德，应持之不怠；儿子娶妻之后，因有小小不悦，儿媳求去，她以礼责备儿子，遂使媳妇留下来；儿子成人，外出求仕，以母亲为念，她告诉儿子："今子成人也，而我老矣。子行乎子义，吾行乎吾礼。"作者称赞孟母"知为人母之道"，"明于姑母之道"，"知妇道"，是一个既明于礼仪，又通情达理的妇女的典型。

《列女传》还叙写了另一类母亲，即傅母、乳母和继母。这类母亲更能显示出女性的崇高和伟大。她们与所抚养的子女没有血缘关系，却能用宽阔博大的母爱去爱护他们，教导他们。《鲁孝义保》中的义保，是鲁孝公的保母，鲁国发生政变，尚为公子的孝公被追杀，义保用自己的儿子代孝公受死，终于保全了孝公。《魏节乳母》中的乳母，在秦灭魏国后，带公子一起逃走。魏国故臣告诉她，秦军有令，有能得公子者赐金千镒，匿之者罪至夷，她不为利害所动，说："夫见利而反上者，逆也；畏死而弃义者，乱也。今持逆乱而以求利,吾不为也。且夫凡为人养子者,务生之,非为杀之也。岂可利赏畏诛之故,废正义而行逆节哉？妾不能生而令公子擒也。”①于是抱公子逃走,故臣告发了她,秦军追而射之,她以身蔽公子,与公子俱死。在这里,乳母与魏故臣形成了鲜明的对照,魏故臣的卑微映衬出乳母的崇高。《齐义继母》中的继母,二子被误认是杀人者,二人争死,这位母亲宁可牺牲亲生儿子,以保全前妻之子。《珠崖二义》是一篇描写十分动人的作品。看得出作者是倾注了感情的,并且十分注意叙述的严密和情节的合理。所谓二义,是珠崖令之后妻及前妻之女。女名初,年十三。珠崖多珠,继母连珠以为臂系。珠崖令死后,当护丧回乡。按当时法令,带珠入关者死。于是继母把臂系扔掉,却被年仅六岁的儿子,因好奇而放入镜奁中。入海关时,被关吏查获,于是母女争死,都涕泣不能自禁。于是送葬者尽哭,哀恸旁人,莫不为酸鼻挥涕,关吏被感动了,冒着违法的危险,将她们释放。入关后,才知道是儿子放入镜奁中的。

这些傅母、乳母和继母,仁爱慈和,用宽阔的胸怀,无私的母爱,养育和呵护着这些没有血缘关系的子女,表现出女性天性的善良和慈爱。

(6)《列女传》中写得最为有声有色的一类女性是那些用自己的智慧和雄辩来维护自己的正当权益的人。她们机智聪敏,洞达事情,不畏强权,用雄辩的语言,来维护自己及亲人的正当权益,或解除亲人的危难。如《晋弓工妻》中的弓工妻,丈夫为晋平公做弓,三年才做成,平公引弓而射,不穿一札,平公大怒,要杀弓

---

① 刘向著,刘向东校点《列女传》,第54页。

人。弓工妻谒见平公，向他陈述公刘、秦穆公、楚庄王、帝尧等古代贤君爱护臣下并得到回报的故事，责备晋平公没按正确方法射箭，反怪罪他人。于是她教给平公射箭的方法，果然穿透七札。弓工放出，而且赐金三镒。《楚野辩女》中的辩女，乘车行在窄路上，与郑国大夫的车相错而折大夫车轴。大夫大怒，将执而鞭之。辩女先指出，两车相击，责任不在己而在大夫之仆，大夫不怪仆而怪别人，是迁怒二过；因迁怒而鞭击弱女，是欺侮孤弱；作为大夫，违圣人之教，不能为人之表。大夫惭而释之。《赵佛肸母》中的佛肸之母，其超人的智慧和辩说能力，给人留下强烈的印象。佛肸以中牟叛，按赵国法律，据城而叛者家属都要论死。佛肸之母见赵襄子，问自己为什么当死，赵襄子说因为她的儿子据城反叛，佛肸之母说：

> 吁，以主君杀妾为有说也，乃以母无教耶？妾之职尽久矣，此乃在于主君。妾闻子少而慢者，母之罪也；长而不能使者，父之罪也。今妾之子，少而不慢，长又能使，妾何负哉？妾闻之，子少则为子，长则为友，夫死从子。妾能为君长子，君自择以为臣。妾之子与在论中，此君之臣，非妾之子。君有暴臣，妾无暴子。是以言妾无罪也。①

这一段精辟的富有思辨色彩的辩白，连赵襄子也禁不住叫好，不但精彩，简直是惊世骇俗。

(7)女子干政，是刘向坚决反对的，他心里老装着那个“牝鸡司晨，惟家之索”的古训，但历史上确实有许多杰出的女子，她们的政治见解要高出许多男人一大截。《列女传》也载录了相当多

① 刘向著，刘晓东校点《列女传》，第 64 页。

的这类女性，并且写得相当精彩，人物形象鲜明。她们热爱自己的祖国，关心国事，讨论甚至直接参与国家政治，对国家政治产生了巨大影响。《许穆夫人》中的许穆夫人，是一个人们传颂已久的人物，但在《诗经》中，她的形象并不鲜明，在《列女传》中则鲜明得多了。尚未出嫁时，许国和齐国都去求婚，卫懿公要她嫁给许国，她希望能嫁到齐国。齐国大而近，许国远而小，而卫国是小国，一旦发生什么变故，可以向齐国求援，但卫侯不从。后来翟人攻破卫国，而许国不能援救，卫国只好迁于楚丘。许穆夫人驰车吊唁卫国，在路上作《载驰》之诗，一方面表达了她对卫国破亡的哀痛；一方面也责备那些大夫们无识。《齐钟离春》富有喜剧色彩，又有很严肃的主题。这大概是一个在当时流传很广的故事。刘向的叙述和描写也很精彩。钟离春的相貌与她的勇气和智慧形成强烈对比。她的入宫要求令齐王及左右大笑不止，但她对齐国政治现实的分析却使齐王惕然心惊并对她肃然起敬。齐王在听了她的话后，立改前行，励精图治。“于是拆渐台，罢女乐，退谄谀，去雕琢，选兵马，实府库，四辟公门，招进直言，延及侧陋。卜择吉日，立太子，进慈母。拜无盐君为后。而齐国大安者，丑女之力也。”①《楚处庄侄》富有传奇色彩。十二岁少女庄侄，见楚国政治混乱，国势危急，机智地在楚顷襄王出游的路上，用隐语谏说楚王，指出楚王行为的失误，楚国形势的危急。楚王醒悟，立即回车返国，然城门已闭，谋反者已经蓄势待发。楚王发鄢郢之师以击之，仅能取胜。可以看出，作者对这个故事作了较大的加工，加入了作者自己的想象。其中对“大鱼失水”含义的陈述，应该是讽谏

① 刘向著，刘向东校点《列女传》，第66页。

汉成帝微服出游的行为的。

(8)正像男子中有智臣有愚臣,有忠臣有奸臣一样,女子的品行也有正有邪;正像刘向自己所说的,“夫成王霸固有人,亡国破家亦有人”①,《列女传》中也载录了一些奢靡淫乐、谗慝害善而亡国破家的女子。这些女子的共同特点便是不能从国家的利益出发来考虑问题,只追求自己眼前的私利,摒弃社会的和谐发展所要求于人们的行为规范,不顾礼仪,任意而行。她们的行为可分为两类,即淫乐奢靡和谗慝败善。她们的行为直接影响到国君,从而影响到国家政治,轻者导致政治混乱、社会动荡,重者导致亡国破家。三代末的末喜、妲己、褒姒,亡国破家,已经成为劝谏荒淫君主时必用的历史典故,也成为后世女子祸水论的主要根据。一些女子,非常聪明,但为了逞其私欲,不顾国家利益,利用自己的特殊身份,对国君施加影响,造成国家的动荡与混乱甚至亡国破家,也为后人所经常提及并引以为戒。如《晋献骊姬》中的骊姬,为了立自己的儿子为太子,陷害太子申生,驱逐诸公子,造成晋国数十年动荡不安。骊姬陷害太子及诸公子的手法是非常巧妙的,这就更需要引起后世君主对这种人的警惕,因而也就特别具有垂诫的意义。《鲁宣缪姜》的故事取自《左传》。缪姜聪明敏达而不正,淫乱败政,后人为她惋惜,更以她为诫。《赵悼倡后》中的倡后,在国家面临危亡的关键时刻,陷害王后及太子,又进谗言诛杀良将李牧,终于落个亡国灭家的结局。

刘向的《列女传》,内容非常丰富,人物多种多样,事迹各不相同,精神面貌丰富多彩。他要求妇女“仁而有礼”“清静贞一”,甚

① 向宗鲁《说苑校证》,第174页。

至提出了一些规范妇女行为的教条，如“三从”“七出”等，但从文章显示的思想倾向看，他为妇女规定的行为规范基本上是儒家基本伦理道德的大框子，这就使文章在思想倾向上显示出一定的矛盾，反映了刘向本人的思想及当时社会的伦理道德观念中存在的新旧道德的矛盾与冲突。

论刘向《列女传》所载齐鲁女性

汉成帝信任诸舅，王氏五侯专权，政以贿成，政治陷入混乱。五侯争为奢靡，致使当时社会自上而下形成了奢侈享乐之风。成帝晚年，沉湎酒色，宠幸出身卑贱而骄奢淫靡的赵氏姐妹，政治混乱，社会动荡。面对这种严峻的社会政治形势，大臣们纷纷上书劝谏和批评，刘向作为宗室老臣，目睹宗国国势江河日下，极为痛心和忧虑，他一方面写了一系列奏疏劝谏成帝，同时又借校书的方便，采用各种材料，创作了内容各异的著作，以批评政治现实，纠正时俗的缺失。《汉书·楚元王传》载：

> 向睹俗弥奢淫，而赵、卫之属起微贱，逾礼制。向以为王教由内及外，自近者始。故采取《诗》《书》所载贤妃贞妇，兴国显家可法则，及孽嬖乱亡者，序次为《列女传》，凡八篇，以戒天子。及采传记行事，著《新序》《说苑》凡五十篇奏之。数上疏言得失，陈法戒。书数十上，以助观览，补遗阙。①

可见刘向创作《列女传》具有很强的政治针对性和目的性。

① 班固《汉书》卷三十六，中华书局1962年版，第1957～1958页。

刘向的《列女传》对后世产生了很大的影响，譬如此后范晔的《后汉书》就增设了《列女传》一目，很显然是受到刘向的启发。但刘向的《列女传》并不是史学意义上的人物传记，而是对列女图的说明，《汉书·艺文志》“儒家类”著录《刘向所序六十七篇》，班固自注：“《新序》《说苑》《世说》《列女传颂图》也。”①可见《列女传》是有传，有颂，有图的。又《太平御览》载有刘向的《七略别传》遗文：

> 臣与黄门侍郎歆以《列女传》种类相从为七篇，以著祸福荣辱之效，是非得失之分，画之于屏风四堵。②

再从《列女传》的行文和叙事方式考察，也可以看出它作为图画说明的鲜明特点。③ 刘向的《列女传》不是史学意义上的人物传记，而是对画在“屏风四堵”上的列女图的说明，其创作目的是为统治者提供鉴戒。

现存刘向的《列女传》共有104篇，其中有40篇是叙写齐鲁女性的(籍贯不明者无法计入)，占38.46%，相比齐鲁的土地面积所占周朝统治面积的比重，这个数量是很大的。刘向《列女传》所写女性几乎全是先秦人物，其中所写的大量齐鲁女性，不仅反映出齐鲁文化的高度发达，而且反映出齐鲁文化的鲜明特点。进一步说，从这些形态各异的女性，还可以明确地反映出齐文化与鲁文化作为亚文化的特点。以下将通过对这些女性形象的分析，考察她们身上所体现的齐鲁文化的特点。

---

① 班固《汉书》卷三十，第1727页。

② 李昉《太平御览》第7册，上海古籍出版社2008年版，第326页。

③ 邢培顺《论刘向的〈列女传〉》，《山东女子学院学报》2012年第2期。

一、齐鲁文化概说

在进入中心论题之前，我们先概述齐鲁文化的形成、发展及其特点，以作为我们论证的基础和依据。

齐鲁文化发端于东夷文化，三代以前的原始社会时期，东夷文化是当时华夏大地上最发达的文化中心之一，并形成了自己鲜明的地域文化特色。夏、商时期，东夷文化受到外来文化的冲击，偏离了自己原先独立发展的方向。总体而言，此时的东夷文化，一方面向夏商文化靠拢，一方面仍保留着自己的地域文化特色。

周朝建立后，为了控制远离京城的东方地区，便在今山东地区建立了两个军事和政治据点，这就是泰山以北、以姜太公为始封君的齐国和泰山以南、以周公之子伯禽为始封君的鲁国。“西周初年，通过大分封在今山东地区建立了齐鲁两大诸侯国，标志着齐鲁文化区域的初步建立。西周时期的齐鲁文化是一种以周文化为主导，融合了夏商文化与东夷文化的个性鲜明的地域文化。这一文化系统是以齐文化与鲁文化两个亚文化系统组成的。”①

由于齐、鲁两国始封之君身份的不同，所施行的治国理念的差异，齐文化与鲁文化又逐渐形成了不同的特色。《史记·鲁周公世家》载：

> 鲁公伯禽之初受封之鲁，三年而后报政周公。周公曰：“何迟也？”伯禽曰：“变其俗，革其礼，丧三年然后除之，故

① 孟祥才、胡新生《齐鲁思想文化史·序》，山东大学出版社 2002 年版，第 3 页。

迟。”太公亦封于齐，五月而报政周公。周公曰：“何疾也？”曰：“吾简其君臣礼，从其俗为也。”及后闻伯禽报政迟，乃叹曰：“呜呼，鲁后世其北面事齐矣！夫政不简不易，民不有近；平易近民，民必归之。”①

又《吕氏春秋·长见》说：

> 吕太公望封于齐，周公旦封于鲁，二君者甚相善也，相谓曰：“何以治国？”太公望曰：“尊贤上功。”周公旦曰：“亲亲上恩。”太公望曰：“鲁自此削矣。”周公旦曰：“鲁虽削，有齐者亦必非吕氏也。”其后齐日以大，至于霸，二十四世而田成子有齐国；鲁日以削，至于觐存，三十四世而亡。②

由于姜太公奉行“因其俗，简其礼”“尊贤尚功”的治国理念，齐文化形成了重实效、崇功利、举贤才、尚法制、扬兵学、倡开放的文化品格。与之形成鲜明对照的是，鲁公伯禽实行的是“变其俗，革其礼”“亲亲上恩”的治国理念，坚决奉行周王朝的礼乐制度，这使鲁文化形成了明于礼仪制度、讲究道德名节、注重研究传统文献和阐发宗法伦理观念的鲜明特点。西周至春秋初期，齐、鲁两国文化按照相对独立的道路发展着。

春秋中叶，随着周王朝礼乐政治的一步步崩坏，周朝对全国的统治走向解体，齐桓公称霸。齐桓公称霸具有多层面的文化意义：首先，齐桓公作为继体之君，继承先君的职能，作为整顿、维护和恢复周王朝政治秩序的力量出现在历史的舞台上。其次，齐桓公称霸是姜太公及其后人治国成果的集中展示，齐国治国理念的

---

① 司马迁《史记》卷三十三，中华书局 1959 年版，第 1524 页。

② 许维遹撰，梁运华整理《吕氏春秋集释》，中华书局 2009 年版，第 255 页。

全面实践,齐文化的大力张扬。再次,它是周朝礼乐政治解体,地方势力崛起,历史发展要求建立新的治国理念和政治模式的前兆。从文化的角度说,桓公称霸是齐文化的充分显示,特别是它的多元性、开放性和包容性;它也是齐文化的大张扬,为齐鲁文化向主流文化转变开辟了道路。

春秋末期,在泰山之阳的鲁国,出现了中国历史上最伟大的文化伟人孔子,他以私人学者的身份,以明确的信念和坚强的意志,总结了夏商周三代,特别是周文化的成果,创立了以"仁"和"礼"为核心内容,以"忠"和"恕"为外在特质的儒学体系,建立了中国文化的道德形而上学。他所构筑的人文精神,成为中国文化的内在基质。孔子聚徒讲学,"有教无类",广泛传播文化知识和人文观念。他去世后,他的弟子分散各地,或为君相师傅,或聚徒讲学,或隐居求道,将齐鲁文化传遍华夏大地,使齐鲁文化逐渐由地域文化上升为主流文化,对统一的华夏民族的形成起了决定性的推动作用。

田齐取代姜齐是齐文化极度发展的必然结果,若从文化发展的角度来看,这使齐文化的内容更加丰富多彩,更具包容性和开放性,战国中期齐国稷下学宫的形成和发展可以充分证明这一点。稷下学宫初起于齐桓公田午,终结于齐王建,前后延续达一百余年,《史记·田敬仲完世家》记述稷下学宫在齐宣王时的盛况:

> 宣王喜文学游说之士,自如驺衍、淳于髡、田骈、接予、慎到、环渊之徒七十六人,皆赐列第,为上大夫,不治而议论。是以齐稷下学士复盛,且数百千人。①

---

① 司马迁《史记》卷四十六,第1895页。

“作为战国时代‘百家争鸣’运动的中心，稷下学宫的业绩至少在以下三方面远远超过其他各国：它聚集了一大批最优秀的学者和思想家；它囊括了当时几乎所有的学派；稷下学者讨论、研究的问题十分广泛，研究的深度也超越前人，其总体学术水平在战国学术思想界具有代表性和权威性。”①稷下学宫的“百家争鸣”，使齐鲁文化的发展水平，无论在广度还是深度上都远远超过了其他地区。就齐鲁文化自身的发展来说，齐文化与鲁文化尽管此前从没有中断过相互影响和相互交流，但直到这时二者才真正融合为一体，这种融合充分地体现在曾经三为祭酒、在稷下学者中“最为老师”的荀子的学说中。荀子的学说，既讲仁义，又重礼法；既改造了鲁文化道德形而上学的理想色彩，又使齐文化的实用学说融入人伦道德的人文精神，是齐鲁文化的总结和典型代表。

可以说，齐鲁文化自春秋时代起就一直走在全国的前面，这种文化优势至少保持到西汉时代。

二、刘向《列女传》中齐鲁女性的文化品格

高度发达的文化，加以齐鲁大地独特的自然环境和文化结构，造就了齐鲁人民独特的精神风貌和个性气质，可以说，齐鲁文化的基本特点以及齐文化和鲁文化的差异性，在刘向《列女传》中齐鲁女性的身上都有鲜明的表现。

（一）学识广博，富有政治远见

优越的人文环境，使齐鲁大地涌现出许多杰出的女性，这在《左传》《国语》中都有充分的反映，齐国的妇女尤其突出，这不仅

① 孟祥才、胡新生《齐鲁思想文化史》，第241～242页。

因为齐国的文化发达，也因为齐国的妇女在家庭中的地位特别高。刘向的《列女传》记载了许多学识渊博、富有政治智慧的齐国女性，如齐管妾婧。齐桓公即位以后，广求贤才，卫国的贤者宁戚要拜见桓公，于是趁桓公外出的时机，“击牛角而商歌甚悲”，这引起了桓公的注意，便让管仲去迎接他，而宁戚只说了一句“浩浩乎白水”。这使管仲大惑不解，“不朝五日，而有忧色”，他的婢妾婧请问其故，管仲告诉她自己的困惑：

其妾笑曰：“人已语君矣，君不知识耶？古有《白水》之诗，诗不云乎：‘浩浩白水，鲦鲦之鱼。君来召我，我将安居？国家未定，从我焉如？’此宁戚之欲得仕国家也。”①

原来宁戚是用既像赋诗言志，又像谜语的方式告诉管仲：自己想在齐国出仕。这竟把学识渊博、见多识广、足智多谋的大政治家管仲给难住了，而地位卑下的婢女婧却揭开了谜底。妾婧所说的“《白水》之诗”，不见于今之《诗经》，可能是佚诗，可见妾婧对古诗非常熟悉。

从《诗经》和《左传》所记载的女性来看，齐国贵族的妇女表现最为出色。她们容貌美丽，仪态优雅，被人们当作“贵妇”的代称，如古谚说：“虽有姬姜，无弃憔悴。”②《陈风·衡门》曰：“岂其食鱼，必河之鲂？岂其取妻，必齐之姜？岂其食鱼，必河之鲤？岂其取妻，必宋之子？”③在高贵优雅方面，齐女与周女、宋女并称，但在才干和胆识方面，却没有哪国的女子可与比肩，这在《左传》中

① 刘向著，刘晓东校点《列女传》，辽宁教育出版社 1998 年版，第 58 页。

② 杨伯峻《春秋左传注》，中华书局 1981 年版，第 846 页。

③ 方玉润《诗经原始》，中华书局 1986 年版，第 283 页。

有许多精彩的记录。刘向《列女传》中的许多篇章就取材于《左传》,如《卫姑定姜》,定姜是卫定公的夫人,定公厌恶大臣孙林父,孙林父逃到晋国,晋侯派郤犨为之求情,定公想拒绝,定姜劝谏说:“不可,是先君宗卿之嗣也。大国又以为请,而弗许,将亡。虽恶之,不犹愈于亡乎!君其忍之。夫安民而宥宗卿,不亦可乎!”定公听从了她的建议,这既使定公获得了宽容旧臣的名声,又避免了因激怒晋国而带来的亡国危险。定公去世,定姜见卫献公居丧怠慢,哭泣不哀,预见到他必将败坏卫国,后来献公果然行为暴慢,亲小人远君子,被大臣驱逐出国。楚国攻打宋国,卫国出兵救宋,楚国的同盟国郑国又出兵侵卫:

郑皇耳率师侵卫,孙文子卜追之,献兆于定姜曰:“兆如山林,有夫出征而丧其雄。”定姜曰:“征者丧雄,御寇之利也。大夫图之。”卫人追之,获郑皇耳于大丘。①

从记载来看,定姜深通《易》理,能据爻辞准确地判断吉凶,但真实情况可能是定姜对各国情况及当时的战争形势都很熟悉,所以她果断地让卫国出兵追敌,并取得了巨大的胜利。

鲁国也有许多识见高超的女性,但她们往往结合人的礼仪道德发议论,预见违背礼仪道德将会发生的严重后果,如《鲁臧孙母》。臧文仲为人“刻而无恩,好尽人力,穷人以为威”,他要为鲁国出使齐国,其母告诫他说,他的行为已为鲁国所不容,鲁国的宠臣都怨恨他,并且这些人都和齐国的高氏、国氏交往密切,他一旦到齐,定会受到齐国的扣押,劝他先施恩布惠然后出使,以便届时求助。臧文仲听从母亲劝告,结好三家,厚待士大夫而后使齐。

① 刘向著,刘晓东校点《列女传》,第6页。

臧文仲到齐，齐国果然扣押了他，并要出兵偷袭鲁国，臧文仲用隐语给鲁君写了信，臧孙母准确地领会了隐语的意思，知道了儿子的现状及齐国的意图，劝鲁公早作准备。于是鲁国陈兵境上，“齐方遣兵将以袭鲁，闻兵在境上，乃还文仲而不伐鲁”。刘向在文末赞扬臧孙母：“君子谓臧孙母识高见远。”①

再如《鲁漆室女》。漆室女是一个平民女子，已过结婚年龄尚未嫁人，而她却为鲁国君老太子幼而忧心忡忡，邻人妇问她是不是想嫁人，自己愿做媒人，漆室女说出了自己的担忧，邻人妇嘲笑她忧非所忧，她说：

> 不然，非子所知也。昔晋客舍吾家，系马园中，马佚驰走，践吾葵，使我终岁不食葵。邻人女奔，随人亡，其家倩吾兄行追之，逢霖水出，溺流而死，令吾终身无兄。吾闻河润九里，渐洳三百步。今鲁君老悖，太子少愚，愚伪日起。夫鲁国有患者，君臣父子皆被其辱，祸及众庶，妇人独安所避乎！吾甚忧之。子乃曰妇人无与者，何哉？

果然不出漆室女所料，“三年，鲁果乱，齐楚攻之，鲁连有寇。男子战斗，妇人转输，不得休息”。刘向在文末赞曰：“君子曰：远矣！漆室女之思也。”②作为一个平民女子，能见微知著，洞见事情发展的结果，确实值得称扬。

再如《鲁公乘姒》，公乘姒见弟弟公乘子皮“内不习礼，而外不达人事”，认为他不胜任宰相之职，“子皮不听，卒受为相。居未期年，果诛而死”。③ 公乘姒正是沿着违礼必有咎的思路预见到弟弟

---

① 刘向著，刘晓东校点《列女传》，第 30 页。
② 刘向著，刘晓东校点《列女传》，第 33 页。
③ 刘向著，刘晓东校点《列女传》，第 32 ~ 33 页。

的结局。

（二）明习礼仪而通达人情

鲁国奉行周朝的礼乐制度，鲁国的女性以知礼守礼著称，这与齐国的女性形成鲜明的对照。《宋恭伯姬》中的伯姬，为鲁宣公之女，嫁给宋恭公，恭公不亲迎，伯姬迫于父母之命而行。既入宋，三月庙见，当行夫妇之道。伯姬以恭公不亲迎，故不肯听命。后来伯姬寡居：

至景公时，伯姬尝遇夜失火，左右曰："夫人少避火。"伯姬曰："妇人之义，保傅不俱，夜不下堂，待保傅来也。"保母至矣，傅母未至也。左右又曰："夫人少避火。"伯姬曰："妇人之义，傅母不至，夜不可下堂。越义求生，不如守义而死。"遂逮于火而死。①

宁死也不越礼半步，可见礼教观念已经内化到她的灵魂深处，变为坚定的意志和自觉的行动。

《鲁季敬姜》中的敬姜，是莒国女子，鲁国大臣公父文伯的母亲，季康子的从祖叔母，她简直就是礼仪的化身，《国语》中就记载了她关于礼仪规范的长篇大论。《鲁季敬姜》记叙她用礼仪规范教导公父文伯，其中记录她与季康子的交往和对话，尤其能够说明她对各种礼仪的熟悉和守持。

不过，刘向《列女传》所载的鲁国女子，更多的是既明悉礼义又通达人情。《邹孟轲母》中的孟母，"知为人母之道"，"明于姑母之道"，"知妇道"，其故事早已家喻户晓。《鲁之母师》中的母师，是九子之寡母，年底"岁祀礼事毕"，她召集儿子们说："妇人之

---

① 刘向著，刘晓东校点《列女传》，第37页。

义，非有大故，不出夫家。然吾父母家多幼稚，岁时礼不理，吾从汝谒往监之。”又召集媳妇们说：“妇人有三从之义而无专制之行，少系于父母，长系于夫，老系于子。今诸子许我归视私家，虽逾正礼，愿与少子俱，以备妇人出入之制。诸妇其慎房户之守，吾夕而反。”她在娘家办完事后，因为阴天，回家早了些，她“至闾而止，良久，夕乃入”，鲁大夫从台上见状，非常奇怪，问她为何这样做，她说：“妾不幸，早失夫，独与九子居。腊月礼毕事闲，从诸子谒归视私家，与诸妇孺子期夕而反。妾恐其酺醵醉饱，人情所有也。妾反太早，不敢复反，故止闾外，期尽而入。”①母亲不在家，儿子媳妇们放肆一点是人之常情，如果母师提前回家，恰好看到孩子们的放肆状态，就会陷入责怪也不是，不责怪也不是的尴尬境地，所以就一直等到约定时间再回家。可见母师既明悉礼义又通达人情，决不死板无情地限制人应有的自由，遏制人合理的欲望。

齐文化中本来就包含着周文化的因素，同时齐、鲁文化从来没有停止过相互影响和彼此交流，所以齐国也不乏知礼守礼的女性，如《齐孝孟姬》中的孟姬，乃华氏之长女，齐孝公之夫人，“好礼贞一，过时不嫁。齐中求之，礼不备，终不往。蹑男席，语不及外。远别避嫌，齐中莫能备礼求焉。齐国称其贞孝。公闻之，乃修礼亲迎于华氏之室”。后来齐孝公游于琅邪，孟姬之车奔跑太快，结果人堕车毁：

> 孝公使驷马立车载姬以归，姬使侍御者舒帷以自障蔽，而使傅母应使者曰：“妾闻妃后逾阈，必乘安车辎軿，下堂则从

① 刘向著，刘晓东校点《列女传》，第11～12页。按，笔者对引文个别文字有校改。

傅母保阿，进退则鸣玉环佩，内饰则结纽绸缪，野处则帷裳拥蔽。所以正心一意，自敛制也。今立车无軿，非所敢受命也。野处无卫，非所敢久居也。三者失礼多矣。夫无礼而生，不如早死。”使者驰以告公，更取安车。比其反也，则自缢矣，傅母救之不绝。傅母曰：“使者至，辎軿已具。”姬氏苏，然后乘而归。①

“无礼而生，不如早死”，这种礼教意识和践行礼义的坚强意志，很明显是来自周文化。《楚昭贞姜》中的贞姜，是齐侯之女，楚昭王之夫人。昭王出游，把夫人留在渐台上，昭王听说江水大至，便派使者迎接夫人，匆忙中忘带符节，夫人见没有符节，坚决不随使者去，她说：“王与宫人约，令召宫人必以符。今使者不持符，妾不敢从使者行。”使者告诉她回去取符节已经来不及，她说：“妾闻之，贞女之义不犯约，勇者不畏死，守一节而已。妾知从使者必生，留必死，然弃约越义而求生，不若留而死耳。”②不久江水大至，渐台崩塌，夫人流而死。再如《齐杞梁妻》，杞梁在伐莒之役中战死，齐庄公在归途中遇到杞梁之妻，便派使者吊之于路，杞梁妻认为这不合礼仪，坚决不受吊唁，她说：“今殖有罪，君何辱命焉？若令殖免于罪，则贱妾有先人之弊庐在，下妾不得与郊吊。”于是庄公乃还车，诣其室，成礼然后去。③

齐国女性所守持的礼仪规范，往往和军政大事相关，不像鲁国女性那样，注意于日常生活的一言一行。

（三）遇事沉稳，能言善辩

齐国独特的地理环境和政治、经济、文化传统，造就了齐人

① 刘向著，刘晓东校点《列女传》，第 38 ~ 39 页。
② 刘向著，刘晓东校点《列女传》，第 41 页。
③ 刘向著，刘晓东校点《列女传》，第 40 页。

独特的精神风貌和仪态风度，司马迁在《史记·齐太公世家》中说：

吾适齐，自泰山属之琅邪，北被于海，膏壤二千里，其民阔达多匿知，其天性也。以太公之圣，建国本，桓公之盛，修善政，以为诸侯会盟，称伯，不亦宜乎？洋洋哉，固大国之风也！①

齐为周代的大国，面积广阔，土壤肥沃；东靠大海，有鱼盐之利；齐国统治者注重发展工商业，所以齐国经济实力雄厚，文化高度发达。更重要的是，齐人不仅文化素质高，而且见多识广，司马迁说“其民阔达多匿知”，其中的“阔达”，是说齐人心胸开阔，性格豁达；“多匿知”是说齐人对事情看得透彻，有足够的解决问题的策略和手段，有时为了保护自己，会把自己的真实意图隐藏起来，以更巧妙的策略解决问题。班固在《汉书·地理志下》中说：

初，太公治齐，修道术，尊贤智，赏有功，故至今其土多好经术，矜功名，舒缓阔达而足智。其失夸奢朋党，言与行缪，虚诈不情，急之则离散，缓之则放纵。②

班固的意思和司马迁差不多，只不过班固对一些问题是从负面来表述，其中的“舒缓阔达而足智”，精辟地概括了齐人的精神风貌。王充《论衡·率性篇》说：“楚、越之人，处庄、岳之间，经历岁月，变为舒缓，风俗移也。故曰：齐舒缓，秦慢易，楚促急，燕戆投。”③齐人舒缓，是人们公认的齐地风俗。又《汉书·邹阳传》中

① 司马迁《史记》卷三十二，第1513页。
② 班固《汉书》卷二十八，第1661页。
③ 黄晖《论衡校释》，中华书局1990年版，第79页。

邹阳说："邹、鲁守经学，齐、楚多辩知，韩、魏时有奇节。"①则齐人的另一个特点就是"辩智"，这也是人们公认的齐地风俗之一，晏婴、淳于髡、鲁仲连、东方朔这些机智善辩的人物早已家喻户晓。有学者总结说：

表面看来，辩智和舒缓，一快一慢，是两种相反的趋向，可是，它们却在东齐之土那里有机地结合在一起。辩智是齐地民性的核心、精髓，而舒缓则是辩智的特殊表现形式。辩智是齐人的内在资质，舒缓则是其外在风度。齐人的辩智以舒缓为存在形态，其舒缓则以辩智为基础。老子称："明道若昧，进道若退，夷道若颣；上德若谷，大白若辱。"齐人舒缓与辩智的互补，正是这种大智若愚的体现，辩智而以舒缓的形式出现，愈显示辩智的老练成熟，炉火纯青。②

这种精神面貌和处事风度，后人称为"齐气"，如曹丕说徐幹"时有齐气"。刘向《列女传》就记载了许多遇事沉稳、能言善辩的齐国女性，充分表现了这种"齐气"。如《齐伤槐女》中的伤槐女，是伤槐衍的女儿。齐景公有一棵喜爱的槐树，不仅派专人守护，而且悬挂牌子说："犯槐者刑，伤槐者死。"不料伤槐衍因"醉而伤槐"，景公听说后，怒欲加罪，伤槐女先找了个巧妙的借口见到晏子，对他说：

妾父衍，幸得充城郭为公民，见阴阳不调，风雨不时，五谷不滋之故，祷祠于名山神水。不胜曲蘖之味，先犯君令，醉至于此，罪固当死。妾闻明君之莅国也，不损禄而加刑，又不

① 班固《汉书》卷五十一，第2353页。

② 李炳海《舒缓与辩智的互补》，《东疆学刊》2012年第1期。

以私恚害公法，不为六畜伤民人，不为野草伤禾苗。昔者宋景公之时，大旱，三年不雨，召太卜而卜之，曰："当以人祀。"景公乃降堂北面稽首曰："吾所以请雨者，乃为吾民也，今必当以人祀，寡人请自当之。"言未卒，天大雨，方千里。所以然者何也？以能顺天慈民也。今吾君树槐，令犯者死，欲以槐之故杀婧之父，孤妾之身，妾恐伤执政之法而害明君之义也。邻国闻之，皆谓君爱树而贱人，其可乎！①

伤槐女的话包括三层意思：一是父亲是因为民请命而醉酒，因醉酒而误伤槐树；二是过去宋景公舍身为民祷雨，今父亲的请雨行为也是"顺天慈民"；三是如果父亲受刑，邻国会说齐君爱树而贱人，这会"伤执政之法而害明君之义"。这义正词严的辩说，使晏子"惕然而悟"，立即劝说齐景公废除伤槐之法，伤槐女用智慧和巧辩挽救了父亲的生命。

无盐丑女钟离春的故事，在刘向那个时代可能是一个广泛流传的传奇故事，刘向在《新序》和《列女传》中都记录了这个故事，且情节和文字有所不同。在《列女传》中，刘向先极力渲染钟离春的丑："其为人极丑无双，臼头深目，长指大节，卬鼻结喉，肥项少发，折腰出胸，皮肤若漆。行年四十，无所容入，衒嫁不售，流弃莫执。"就是这样一个女子，却毛遂自荐，要嫁给齐宣王，这本身就造成了极强的喜剧效果。而她见到宣王后，并不急于表白，而是投其所好，用隐语引起宣王的兴趣，然后说：

今大王之君国也，西有衡秦之患，南有强楚之仇，外有二

① 刘向著，刘晓东校点《列女传》，第60～61页。按，笔者对引文个别字有校改。

国之难，内聚奸臣，众人不附。春秋四十，壮男不立，不务众子而务众妇。尊所好，忽所恃。一旦山陵崩弛，社稷不定，此一殆也。渐台五重，黄金白玉，琅玕笼疏，翡翠珠玑，幕络连饰，万民罢极，此二殆也。贤者匿于山林，谄谀强于左右，邪伪立于本朝，谏者不得通入，此三殆也。饮酒沉湎，以夜继昼，女乐俳优，纵横大笑。外不修诸侯之礼，内不秉国家之治，此四殆也。故曰殆哉殆哉。

这一席话让宣王愓然心惊，如梦初醒，“于是宣王喟然而叹曰：‘痛哉，无盐君之言！乃今一闻。’于是拆渐台，罢女乐，退谄谀，去雕琢，选兵马，实府库，四辟公门，招进直言，延及侧陋。卜择吉日，立太子，进慈母，拜无盐君为后。而齐国大安者，丑女之力也。”①钟离春的做派和辩说，典型地反映了齐人舒缓而辩智的精神状态和处事风度。

此外，《齐威虞姬》中的虞姬，受到奸臣的陷害，她巧妙地为自己辩解，终于使齐威王觉悟，惩处了奸臣，她的辩词令人想起邹阳的《狱中上梁王书》。《齐宿瘤女》中的宿瘤女，项有大瘤，但她凭自己的美德和风度赢得了齐闵王的好感，她用人修饰打扮和不修饰打扮相差甚远为比喻，劝谏齐闵王修仁义，行善政，“闵王大感，立瘤女以为后”②，齐国大治。《齐孤逐女》中的逐女，“孤无父母，状甚丑，三逐于乡，五逐于里，过时无所容”。于是她去求见齐襄王，与襄王交谈三日，终于说服襄王尊崇贤相，而“国以治”，逐女

① 刘向著，刘晓东校点《列女传》，第65～66页。按，笔者对引文个别字有校改。

② 刘向著，刘晓东校点《列女传》，第67页。

也做了国相夫人。①《齐女徐吾》的题材取自《战国策》,其中的徐吾,因家贫而与邻妇共烛夜绩,有人提出异议,她说:“是何言与?妾以贫,烛不属之故,起常先,息常后,洒扫陈席,以待来者。自与蔽薄,坐常处下。凡为贫烛不属故也。夫一室之中,益一人,烛不为暗,损一人,烛不为明,何爱东壁之余光,不使贫妾得蒙见哀之恩,长为妾役之事,使诸君常有惠施于妾,不亦可乎?”②这一席话于情于理,都让人无话可说。《齐太仓女》中的缇萦,为救父而上书汉文帝,文帝大为感动,为之废除了肉刑,这在《史记》和《汉书》中都有记载。缇萦以一小女子而改变了国家的刑法,其事迹受到后人的传颂。

刘向《列女传·辩通传》共 14 篇,有 9 篇写齐鲁女性,而其中写齐国女性的就有 8 篇,只有 1 篇写鲁国女性,这就是《阿谷处女》,这是一篇很奇怪的文字。孔子师徒南游楚国,途经阿谷之隧,见到一个佩瑱而浣的小姑娘,孔子便让子贡用挑逗性的行动和隐微的语言去挑逗和试探她,以观察她的反应,经过三次试探,小姑娘对子贡的挑逗都以礼回应;对子贡的隐微话语不仅心领神会,而且都应答得体,不急不躁,不卑不亢,最后孔子不禁赞叹说:“丘已知之矣,斯妇人达于人情而知礼。”③孔子师徒去挑逗一个小姑娘,有些不成体统,所以孔子的后代曾经为其祖上辩护,儒生们也认为这个记载有些荒诞不经。这可能只是一个传说,但它却很真实地反映了鲁文化注重礼仪规范的特点。

---

① 刘向著,刘晓东校点《列女传》,第 68 页。
② 刘向著,刘晓东校点《列女传》,第 70 页。
③ 刘向著,刘晓东校点《列女传》,第 62 页。

（四）深明大义，志趣高远

由于齐鲁文化高度发达，齐鲁女性不仅有过人的智慧，而且深明大义，识见高远，处事果断。如《周宣姜后》中的姜后，为齐侯之女，贤而有德，她看到周宣王因自己而常早卧晚起，怠于朝政，于是“脱簪珥，待罪于永巷”，使傅母向宣王请罪，宣王承认是自己的过错，“遂复姜后而勤于政事。早朝晏退，卒成中兴之名”。① 最能给人留下深刻印象的是《晋文齐姜》中的齐姜。公子重耳因骊姬之难而流亡各国，来到齐国后，齐桓公热情地接待他，给马二十乘，妻之以宗女，久游疲倦的重耳得到这样舒适的生活，便再也不想其他了，自言：“人生安乐而已，谁知其他。”他的随从子犯等人见状却着急了：

> 子犯知文公之安齐也，欲行而患之，与从者谋于桑下，蚕妾在焉。妾告姜氏，姜杀之，而言于公子曰：“从者将以子行，闻者吾已除之矣。公子必从，不可以贰，贰无成命。自子去晋，晋无宁岁。天未亡晋，有晋国者，非子而谁？子其勉之！上帝临子，贰必有咎。”公子曰：“吾不动，必死于此矣。”姜曰：“不可。《周诗》曰：‘莘莘征夫，每怀靡及。’夙夜征行，犹恐无及，况欲怀安，将何及矣！人不求及，其能及乎？乱不长世，公子必有晋。”公子不听。姜与舅犯谋，醉，载之以行。②

齐姜的事迹，在《左传》和《国语》中都有记载。从记载来看，她应该是一个很年轻的女子，但她的学识和远见，却非常人所及。她能放弃舒适的家庭生活，牺牲夫妇私爱，成就丈夫的宏伟霸业，

---

① 刘向著，刘晓东校点《列女传》，第 14 页。

② 刘向著，刘晓东校点《列女传》，第 15 页。

实属难得。她杀死知情的蚕妾，的确相当残忍，但也显示她做事谨慎周密、处事果断坚决的性格特点。

《齐相御妻》讲的是晏婴的车夫之妻的故事，题材取自《晏子春秋》。车夫之妻看到丈夫为晏子驾车，“拥大盖，策驷马，意气洋洋，甚自得也”。丈夫回来后，她便严责丈夫，并要求离婚，丈夫惊问缘由，她说：“晏子长不满六尺，身相齐国，名显诸侯。今者吾从门间观其志气，恂恂自下，思念深矣。今子身长八尺，乃为之仆御耳，然子之意洋洋若自足者，妾是以去也。”丈夫连忙赔罪并请求改正，“于是其夫乃深自责，学道谦逊，常若不足”。① 晏子问明原因后，非常赞赏，并向齐景公举荐，也让他做了大夫。《齐田稷母》中的田稷母，得知身为国相的儿子“受下吏之货金百镒”时，严厉教训儿子：“吾闻士修身洁行，不为苟得。竭情尽实，不行诈伪。非义之事，不计于心。非理之利，不入于家。言行若一，情貌相副。今君设官以待子，厚禄以奉子，言行则可以报君。夫为人臣而事其君，犹为人子而事其父也。尽力竭能，忠信不欺，务在效忠，必死奉命，廉洁公正，故遂而无患。今子反是，远忠矣。夫为人臣不忠，是为人子不孝也。不义之财，非吾有也。”这使田稷子羞愧难当，于是“惭而出，反其金，自归罪于宣王，请就诛焉”。“宣王闻之，大赏其母之义，遂舍稷子之罪，复其相位，而以公金赐母。”②

比较而言，齐国女性胸怀开阔，目光远大，她们更多地注意社会政治问题，往往对错分明，处事果决；鲁国女性则更注重礼仪道

---

① 刘向著，刘晓东校点《列女传》，第 21 ~ 22 页。

② 刘向著，刘晓东校点《列女传》，第 13 页。

德,注重个体品德的修养和行为举止的得体。如《柳下惠妻》中的柳下惠之妻,当看到丈夫"三黜而不去"时,她劝说道:"无乃渎乎!君子有二耻:国无道而贵,耻也;国有道而贱,耻也。今当乱世,三黜而不去,亦近耻也。"①当知道丈夫做官为民不为己时,便给与深深的理解。《鲁黔娄妻》中的黔娄妻,黔娄隐居求道,她与丈夫安贫乐道,丈夫去世,她谥之曰"康"。当别人认为名不副实时,她解释说:

昔先生,君尝欲授之政,以为国相,辞而不为,是有余贵也。君尝赐之粟三十钟,先生辞而不受,是有余富也。彼先生者,甘天下之淡味,安天下之卑位;不戚戚于贫贱,不忻忻于富贵;求仁而得仁,求义而得义;其谥为"康",不亦宜乎!②

(五)持节贞固,守义不回

这种品质主要体现在鲁国女性身上。孔子曰:"知者乐水,仁者乐山;智者动,仁者静;智者乐,仁者寿。"③这似乎可以概括齐人和鲁人的精神境界和处事态度。齐人重事功,注重通权达变;鲁人重礼仪道德,注重个体品德的修养,讲求持节守义。刘向《列女传》中的女性,也反映出齐、鲁文化的这种差异。

1. 持节贞固。《鲁寡陶婴》中的陶婴,年轻守寡,抚养幼孤,无强昆弟,纺绩为活。鲁人或闻其义,要向她求婚,她作歌明志,表示不再嫁的决心。《鲁秋洁妇》中的洁妇,是秋胡子之妻。秋胡子结婚五日,为官于陈,五年乃归,快到家时,见路旁有采桑妇,他很喜欢,便用美言与金钱引诱她,被严词拒绝,回家后才发现采桑妇

① 刘向著,刘晓东校点《列女传》,第 20 页。

② 刘向著,刘晓东校点《列女传》,第 21 页。

③ 朱熹《四书章句集注》,中华书局 1983 年版,第 90 页。

正是自己的妻子,秋胡子极为惭愧,洁妇责备他说:

> 子束发辞亲往仕,五年乃还,当所悦驰骤扬尘疾至。今也乃悦路傍妇人,下子之粮,以金予之,是忘母也,忘母不孝。好色淫泆,是污行也,污行不义。夫事亲不孝,则事君不忠。处家不义,则治官不理。孝义并亡,必不遂矣。妾不忍见子改娶矣,妾亦不嫁。

洁妇不愿再与这样的龌龊丈夫共同生活,"遂去而东走,投河而死"。刘向在文末评论说:"君子曰:洁妇精于善。夫不孝莫大于不爱其亲而爱其人,秋胡子有之矣。君子曰:见善如不及,见不善如探汤,秋胡子妇之谓也。"①极端点说,洁妇的这种行为,是长期的文化积淀和个体道德修养而产生的道德洁癖,是一种发自灵魂深处的道德情感和道德体验。

齐文化和鲁文化共同享有周文化,同时齐鲁文化又相互交流,相互影响,越到后来,这种交流的广度和深度就越大,共同的东西就越多,故齐国的女性也不乏守节之人。《卫宣夫人》中的卫宣公夫人,是齐侯之女,嫁到卫国,至城门而卫君死,宣公之弟立为国君,希望与她成婚,她坚决不肯,卫君请她的兄弟劝说,她不为所动。文末作者评论说:"厄穷而不悯,劳辱而不苟,然后能自致也,言不失也,然后可以济难矣。《诗》曰:'威仪棣棣,不可选也。'言其左右无贤臣,皆顺其君之意也。君子美其贞一,故举而列之于《诗》也。"②

2. 守义不回。在处理个体与社会和他人的关系时,鲁国女性

---

① 刘向著,刘晓东校点《列女传》,第 53 页。

② 刘向著,刘晓东校点《列女传》,第 37 页。按,笔者对引文个别字有校改。

也同样以礼仪道德为最高行为准则，执义不屈，决无苟且。如《鲁孝义保》中的义保，是鲁孝公的保姆，鲁国因废长立幼而发生内乱，在混乱中，义保用自己的儿子替换鲁孝公，并将孝公抚养长大，最终立为国君。《鲁义姑姊》中的义姑姊，是鲁野之妇人。齐国攻打鲁国，望见一妇人抱一儿携一儿而行，当军队快要追上的时候，妇人丢下抱中儿，抱起所携儿就往山上跑。齐将命她停下，并问所弃者为谁，所抱者为谁，她说所弃者为己之子，所抱者为兄之子。齐将问为何这样做，她说："己之子，私爱也。兄之子，公义也。夫背公义而向私爱，亡兄子而存妾子，幸而得幸，则鲁君不吾畜，大夫不吾养，庶民国人不吾与也。夫如是，则胁肩无所容，而累足无所履也。子虽痛乎，独谓义何？故忍弃子而行义，不能无义而视鲁国。"这使齐将大为感动，"于是齐将按兵而止，使人言于齐君曰：'鲁未可伐也。乃至于境，山泽之妇人耳，犹知持节行义，不以私害公，而况于朝臣士大夫乎！请还。'"①义姑姊用自己的高尚行为挽救了鲁国。儒家认为只有道德才能充塞天地，周流宇宙，无所不能，看来并不是没有道理的。

《齐义继母》叙说的是一位齐国女性的故事。齐宣王时，有人斗死于道，恰好齐二子兄弟立其旁，官吏问是谁杀了人，二人争说是自己所杀，"兄弟欲相代死"。吏不能决，报告给宣王，宣王问母亲该杀谁活谁，她说杀少者："少者，妾之子也。长者，前妻之子也。其父疾，且死之时，属之于妾曰：'善养视之。'妾曰：'诺。'今既受人之托，许人以诺，岂可以忘人之托而不信其诺耶？且杀兄活弟，是以私爱废公义也；背言忘信，是欺死者也。夫言不约束，

① 刘向著，刘晓东校点《列女传》，第50~51页。

已诺不分,何以居于世哉!子虽痛乎,独谓行何!"①

总体而言,守节义,重然诺,是齐鲁文化的共同特点,而鲁文化表现得更为典型。

三、余论

刘向的《列女传》共七卷,前六卷写正面女性形象,卷七《孽嬖传》专写反面女性形象。《孽嬖传》写了14位品行有亏的女性,其中齐鲁女性就有6位,在这6位女性中,有5位是齐国女子,她们是卫宣公姜、鲁桓文姜、鲁庄哀姜、鲁宣缪姜、齐东郭姜,另一位是嫁到齐国的鲁侯女儿齐灵声姬。这6位女性共同的特点是两性关系混乱,行为放荡,如宣姜本是卫宣公为儿子所聘之女,宣公自娶之,宣公死后,宣姜又与宣公庶子公子顽私通,生了三子二女。宣姜的妹妹文姜嫁给鲁桓公,后来与其异母兄齐襄公私通,害死了自己的丈夫。齐国贵族女性的这些行为也与齐国的文化传统和风俗习惯有关。姜太公治齐,"因其俗,简其礼",所以齐国还保留着许多原始社会的习俗,其中一项就是妇女在家庭和社会中的地位比较高,其表现之一是齐国贵族妇女往往参与政治活动,这在《左传》中多有记载,我们上述的论证也可以说明这一点。另一个表现是齐国妇女参与祭祀活动。据研究,在齐国贵族家庭中,有长女不嫁,做家中"巫儿",专门主持祭祀的风俗习惯。班固《汉书·地理志》载:

始桓公兄襄公淫乱,姑姊妹不嫁,于是令国中民家长女

---

① 刘向著,刘晓东校点《列女传》,第52页。按,笔者对引文个别文字、标点有校改。

不得嫁，名曰“巫儿”，为家主祠，嫁者不利其家，民至今以为俗。痛乎，道民之道，可不慎哉！①

班固将齐地产生“巫儿”现象的原因归结为齐襄公为遮掩自己的丑行，而令国中民家长女不得出嫁，以为家主祠，是不对的，因为这是一个渊源久远的习俗。

《战国策·齐策四》“齐人见田骈章”载：

邻人之女，设为不嫁，行年三十，而有七子。不嫁则不嫁，然嫁过毕矣。”②

又《荀子·仲尼篇》：

齐桓，五伯之盛者也……内行则姑姊妹之不嫁者七人，闺门之内，般乐奢汰，以齐之分奉之而不足。③

女子不嫁，必然会造成男女性生活变态，或者产生不嫁而有七子的现象，或者造成两性关系的混乱，包括近亲之间的乱伦现象。据研究，古代的所谓赘婿，就是与女主人保持合法性关系的奴隶，如齐国的淳于髡就是这样的人。了解了齐地的这种古老的风俗习惯，我们就会明白为什么许多齐国贵族女子在两性关系上那样随便，齐国贵族内部有时两性关系那样混乱。

刘向《列女传》中的齐鲁女性，比较充分地反映了齐鲁文化的特点及齐文化与鲁文化的差异，是我们研究齐鲁文化不可多得的资料。

---

① 班固《汉书》卷二十八，第 1661 页。

② 何建章《战国策注释》，中华书局 1990 年版，第 411 页。

③ 王先谦撰，沈啸寰、王星贤点校《荀子集解》，中华书局 2013 年版，第 124～125 页。

刘向《新序》《说苑》《列女传》材料来源及加工取舍方式探索

《新序》《说苑》《列女传》是刘向流传到现在的最重要的文学著作，具有较高的文学价值。在后人的观念里，这三部著作性质不同，而最显著的便是体裁不同。如《隋书·经籍志》把《列女传》归入史部杂传类，即把它看作是一部史学著作；把《说苑》《新序》归入子部儒家类，即认为这是两部政论性的学术著作。其实，在主观上，刘向在创作这三部著作的时候，无论是在材料的来源、创作的手法，还是在创作的目的上，都没有太大的不同。后人特别注意的是《列女传》与《说苑》《新序》在体裁上的不同，其实刘向《列女传》之"传"，其含义与后世人物传记之"传"并不完全相同。此点笔者另有论证，这里不多谈。正是基于这样的认识，本文将在三部著作的材料来源及作者对材料的加工取舍方式方面，对它们作统一的考察。

刘向创作这三部著作的动机和目的，《汉书·楚元王传》有明确的记载："向睹俗弥奢淫，而赵、卫之属起微贱，逾礼制。向以为王教由内及外，自近者始。故采取《诗》《书》所载贤妃贞妇，兴国显家可法则，及孽嬖乱亡者，序次为《列女传》，凡八篇，以戒天子。

及采传记行事，著《新序》《说苑》凡五十篇奏之。”①这就是说，刘向是针对当时的社会弊端而创作这三部著作的，他要用它们来劝诫皇帝，革除社会弊端，而客观上却系统而形象地显示了他的伦理道德思想和社会政治思想。实际上，《说苑》《新序》《列女传》，三者在内容上各有侧重而又相互补充，共同构成了一个完整的思想体系。在表达方式上，这三部著作最大的特点就是“储事达意”，即用一个个短小的历史故事来表达自己的思想与观点。那么，刘向在他的著作中用以表达自己思想观点的材料，其来源又是怎样的呢？既然《汉书》本传明确记载刘向三部著作的材料采自诗书传记，它的具体情形如何呢？经过对刘向三部著作中的材料进行考察，笔者认为，刘向用以达意的材料，一部分来源于他以前的经传、史传和诸子，另一部分来源于他校书过程中积累的各种著作在传写和传说过程中形成的异文。笔者进一步认为，刘向作品中的历史故事，那些来自史传的部分，往往具有重要的史料价值；那些各种著作在传写和传诵过程中形成的异文，则具有传说的性质；而那些直接采自经传和诸子的材料，作者也根据表达的需要作了精心的选择。所有这些材料，刘向在把它们编入著作的时候，也并不是完全地照搬照抄，而是根据表达思想的需要，作了不同程度的加工润色。可以说，作者对其作品中的材料，有选择，有加工润色，但没有虚构，其基本材料都是既有的。

赵逵夫先生曾经用《新序·杂事二》中的“庄辛谏楚襄王曰”章来考校《战国策·楚策》中的“庄辛谏楚襄王”章，认为《新序》之文在说法和用字上比《战国策》文更古老，因而可以认定《新

---

① 班固《汉书》卷三十六，中华书局1962年版，第1957～1958页。

序》之文更接近历史事实。他通过对屈原生平事迹的考察，认为《新序·节士七》"屈原者名平"章具有重要的史料价值。赵先生考校精审，结论令人信服。在考察了刘向《新序》的成书过程及书名含义后，他认为《新序》有着同《战国策》一样的史料价值，①这一点，如果考虑到《新序》所有材料的来源，应该说是不确切的，但《新序》中有许多材料具有重要史料价值却是毫无疑问的。

实际上，刘向三书中的许多材料是可以当作史料来看待的。这又可以分为三种情况。一是直接择取史传中的史料加工而成的材料，如《新序》之《善谋九》和《善谋十》两篇中的材料。《善谋九》中的材料取自《左传》《战国策》及《史记》；而《善谋十》中的材料则主要取自《史记》。《列女传》一些篇目中的材料取自《左传》和《国语》。如"楚武邓曼""卫宣公姜"等章的材料即取自《左传》，"密康公母""晋伯宗妻"等章的材料则取自《国语》。这些材料，虽然已经经过了刘向不同程度的加工，但仍然可以看作是可信的史料。二是《列女传》《说苑》中一些记录当代人物言行的材料。如《说苑》中载录的路温舒上书宣帝劝宣帝尚德缓刑、丙吉施德于汉宣帝、茂陵徐生上书宣帝言霍氏事等材料，都为《汉书》所采用，自然也是可靠的史料。三是刘向校书时积累下来的许多异文传说，其中的许多材料也是宝贵的史料。道理很简单，刘向校书时，每部作品都有大量的说法不一的材料，这就有一个取舍的问题。刘向选择那些他认为最接近历史事实的材料，编入作品，而其余材料，刘向把其中符合"义理"的材料编入了他的《新序》和《说苑》，那些浅薄不中"义理"的材料，

① 赵逵夫《屈原与他的时代》，人民文学出版社1996年版，第394页。

"别集以为百家"①。这样看来,史传中的有些材料,未必比《说苑》《新序》中的相关材料更符合历史事实,因为刘向对材料的取舍绝不会是完全准确的。这一点,《战国策》体现得尤为明显。有些材料,刘向也难以分辨哪一种合乎史实。在《战国策》中,有燕王喜遗乐间书,有乐毅遗燕惠王书,内容相同的两书,在《新序》中则是燕惠王遗乐毅书和乐毅答燕惠王书。从两书内容看,《新序》的说法更合史实。

刘向的著作中还载录了另一类史料,可称之为思想史料。刘向引用材料的子书,有一些现在已经失传,那么,刘向记录的这些材料,就成为我们研究那个时期思想家和思想史的珍贵史料。《说苑·君道》"晋平公问于师旷"章,《汉书·艺文志》小说家类有《师旷》六篇,阴阳有《师旷》八篇,此章内容,应是《师旷》的逸文。《汉书·艺文志》道家类有《伊尹》五十一篇,小说家类有《伊尹说》二十七篇,而《说苑·君道》之"汤问伊尹曰"章,《臣术》篇中的"汤问伊尹曰"章及同篇的另一章,应该就是伊尹著作的逸文。《汉书·艺文志》名家类有《尹文子》一篇,《说苑·君道》"齐宣王谓尹文曰"章,应即出于《尹文子》。《汉书·艺文志》儒家类有《河间周制》十八篇,为河间献王所著,《说苑》共四次引用河间献王之语,其内容疑即出于《河间周制》一书。这种情况,尚有不少。另一种情况是,所引之书现在尚存,而所引之文不见今书。如《说苑·君道》"武王问太公曰得贤敬士"章,体制和内容与《六韬》文极相类,应即《六韬》之文,然不见于今之《六韬》。刘向校中秘书,博览当时所有重要典籍,他所见之书,很多我们今天已经不能见到。他引用的文章,既为我

---

① 向宗鲁《说苑校证》,中华书局1987年版,《序奏》第1页。

们留下了宝贵资料，也给我们留下了永恒遗憾！

刘向三书中还载有大量的异文和传说。异文是一件事在传抄过程中产生的不同文字，这些不同文字，有的相差很大，有的则只改变了人名和个别字句。如在“佛肸以中牟叛”事件中，既不从恶又不受赏的节士的名字，就有田卑、田基、田英三种说法。“外举不避仇，内举不避亲”一事，就有祁奚、咎犯、赵武三种说法。这些异文，虽然人名和字句甚至情节有所不同，但主题一般是不会改变的。传说则是一件事在流传过程中，内容不断补充丰富，情节越来越曲折，人物形象越来越鲜明丰满，同时，整个故事离其本事也越来越遥远，这样形成的故事。刘向作品中记载的最著名的传说故事是《列女传》和《新序》都有的无盐丑女钟离春的故事。这个颇具喜剧色彩而有严肃主题的故事，具有很强的传奇色彩，她那奇特的外貌，她那令人钦佩的勇气，那出众的智慧和识见，那喜剧性的结局，都给人留下了深刻的印象。《列女传》中同一类型的奇女还有“齐宿瘤女”“齐逐孤女”及“楚处庄侄”。《新序·杂事一》“秦欲伐楚”章，昭奚恤把相隔几百年的人物聚集在一起，阻止了秦国对楚国的攻伐，当然是一个传说故事。《新序·节士七》“公孙杵臼、程婴者”章和《说苑·复恩》“晋赵盾举韩厥”章，是同一个传奇故事，二者所写的侧重点不同，表达的主题也有所不同，但合起来就是一个当时流传颇广的复仇和报恩的故事，具有很强的传奇色彩，对后世小说有很大影响，并成为元代戏剧素材。《说苑·至公》“秦始皇帝既吞天下”章，说秦始皇自以为功高五帝，五帝官天下，自己也要禅帝位于贤人，鲍白令之认为秦始皇殚天下竭民力以自奉，行桀纣之道，为自营仅存之主，不可以官天下，始皇大惭而止禅位之意。这显然是传说故事，像始皇那样权力欲极强，欲传天下于子孙万代的人，是不可能禅位给他人的。这些材料,大都来自刘向校书时积累下来的异文传说。要之,刘向载录这些传说故事,看重的是故事所蕴含的意义,而不计较故事本身是否真实。

刘向三书中的相当一部分材料取自经传和诸子,不仅有先秦经传和诸子如《管子》《晏子春秋》和《荀子》等著作中的材料,而且也有汉朝著作如《新书》《韩诗外传》及《淮南子》等作品中的大量材料。尤其是《韩诗外传》的材料,几乎全部被刘向采集到自己的作品中。按照徐复观先生的意见,如果刘向的著作不残(如《新序》本有三十卷,今存十卷),那么,《韩诗外传》中的各篇,将都会在其中找到。当然,刘向在吸取这些材料的时候,都根据自己表达思想的需要作了精心的选择,并进行了不同程度的加工润色。刘向三书的材料,来源非常广泛,可以说,它来源于刘向以前的所有重要典籍,包括经传、史传和诸子,这当然与刘向主持校理中秘书因而能够广览群书有关。

刘向引用前人的材料表达自己的思想,但他在把材料编入自己的作品的时候,并不是原封不动地搬入,而是根据表达的需要,作不同程度的加工润色。加工最少者,仅改变某些字句或在首尾加上几句补足文意的话;而加工幅度大者,甚至改变原文的主题。在刘向三书中,《新序》《说苑》对材料的加工较少,而《列女传》则对材料作了较大的加工。

在刘向三书所用的材料中,原样照搬别人材料的情况极少。刘向对所取材料加工最少的情况是,与原材料相比,除文中字句略有不同外,有时为了使文章意思完整圆满而加上几句补足文意的话。如《新序·善谋十》“汉王既用滕公、萧何之言”章,材料取自《史记·淮阴侯列传》,刘向除在开头加上“汉王既用滕公、萧何之言，擢拜韩信为上将军”，在结尾加上“秦民归汉王，遂诛三秦王，定其地，收诸侯兵，讨项王，定帝业，韩信之谋也”①以补足文意外，其主体部分与《史记·淮阴侯列传》原文仅有个别字词不同。同篇“汉三年项羽急围汉王荥阳”章，材料取自《史记·留侯世家》，刘向除在末尾加上“止不使，遂并天下之兵，诛项籍，定海内，张子房之谋也”②一句话外，其余部分亦仅个别字词与《史记·留侯世家》原文不同。《新序·善谋十》之“留侯张子房于汉已定”章为刘向摘取《史记·留侯世家》中分在两处的材料相合而成，除将开头“留侯从入关。留侯性多病”改为“留侯张子房于汉已定，性多疾”③外，其余基本为照抄原文。在《新序·善谋九》和《善谋十》中，刘向对材料的处理，基本上就是这样两种形式。

刘向对材料进行加工的最多最普遍的一种情况是，采用他人的材料而加上自己的评论。《列女传·仁智传》“密康公母”章，主体部分基本上采用的是《国语·周语上》“密康公母论小丑备物终必亡”章的内容，后面加上自己的评论：“君子谓密母为能识微。《诗》云：‘无已太康，职思其忧。’此之谓也。”④说明德薄难以载物。《新序·杂事二》“楚王问群臣曰”章，主体内容与《战国策·楚策一》“荆宣王问群臣”章相同，刘向仅加上了简短的评论，点明主旨：“故人臣而见畏者，是见君之威也；君不用，则威亡矣。”⑤告

① 赵仲邑《新序详注》，中华书局1997年版，第309～311页。

② 赵仲邑《新序详注》，第328页。

③ 赵仲邑《新序详注》，第347页。

④ 刘向著，刘晓东校点《列女传》，辽宁教育出版社1998年版，第25页。

⑤ 赵仲邑《新序详注》，第43页。

诫国君,威不可外假。联系成帝时的政治现实,刘向的评论显然是有深意的。《新序·杂事四》“哀公问孔子曰”章,材料取自《荀子·哀公篇》,刘向于文末加上“夫执国之柄,履民之上,凛乎如以腐索御犇马。《易》曰:‘履虎尾。’《诗》曰:‘如履薄冰。’不亦危乎?哀公再拜曰:‘寡人虽不敏,请事斯语矣。’”①这既是对材料的评论,又是向统治者提出的劝诫。说明国君托于万民之上,承担治国理民之大任,应该时刻谨慎戒惧。《新序·杂事四》“有司请吏于齐桓公”章,前面主体部分取自《吕氏春秋·审分览·任数》,刘向在后面加上了较长的评语:“故王者劳于求人,佚于得贤。舜举众贤在位,垂衣裳,恭己无为而天下治。汤、文用伊、吕,成王用周、邵,而刑措不用,兵偃而不动,用众贤也。桓公用管仲则小也,故至于霸而不能以王。故孔子曰:‘小哉,管仲之器!’盖善其遇桓公,惜其不能以王也。至明主则不然,所用大矣。《诗》曰:‘济济多士,文王以宁’。此之谓也。”②强调治国应该任贤。《新序·杂事五》“田赞衣儒衣而见荆王”章,主体部分取自《吕氏春秋·慎大览·顺说》,刘向改《吕氏春秋》之“补衣”为“儒衣”,当有深意,后面又加评论说:“昔卫灵公问陈,孔子言俎豆,贱兵而贵礼也。夫儒服,先王之服也,而荆王恶之。兵者,国之凶器也,而荆王喜之。所以屈于田赞而危其国也。故《春秋》曰:‘善为国者不师。’此之谓也。”③认为以礼义治国,则四国自服,表现出一种反对战争的思想。《新序·杂事五》“昔者楚丘先生行年七十”章,主体部分本于《韩诗外传》卷十“楚丘先生披蓑带索”章,字句

① 赵仲邑《新序详注》,第129页。
② 赵仲邑《新序详注》,第109页。
③ 赵仲邑《新序详注》,第156页。

有较多不同,刘向在文后加评语说:“《诗》曰:‘老夫灌灌,小子蹻蹻。’言老夫欲尽其谋,而少者骄而不受也。秦穆公所以败其师,殷纣所以亡天下也。故《书》曰:‘黄发之言,则无所愆。’《诗》曰:‘寿胥与试。’美用老人之言以安国也。”①由此可见,借用前人的材料,通过自己的评论,以有效地表达自己的观点,是刘向三书“储事达意”的主要形式之一。

刘向处理前人材料的另一种方式是把前人较为零散的材料组织到一起,形成一个较为完整的故事,以寄寓和表达自己的思想。《列女传·母仪传》“鲁季敬姜”章,内容取自《国语·鲁语下》,刘向把其中七章的内容重新编排,使其顺序更加合理,形成一个完整的故事,从而树立了一个贤明通达、深明礼仪的女性典范。《孽嬖传》“晋献骊姬”章则是集中了《左传》庄公二十七年的有关材料和僖公四年的有关材料以及《国语·晋语一》“优施教骊姬谮申生”章和《晋语二》“骊姬谮杀太子申生”章的材料写成的,刘向把材料删节、编排,使之形成一篇内容紧凑,叙述条理的文章。其中与主题无关的材料都被删去。其中的太子申生与秦穆夫人是献公与其庶母生的私生子,因申生与秦穆夫人有贤德,刘向为贤者讳,在传中称献公娶于齐而生秦穆夫人及申生。同样的例子还有《仁智传》“许穆夫人”章中的许穆夫人和《孽嬖传》“卫宣公姜”章中的卫宣公之子伋子。《孽嬖传》“齐东郭姜”章,是合《左传》襄公二十五年的有关材料和襄公二十七年的有关材料写成,文末刘向评论说:“君子曰:东郭姜杀一国君而灭三室,又残其

---

① 赵仲邑《新序详注》,第174页。

身，可谓不祥矣。《诗》云：‘枝叶未有害，本实先败。’此之谓也。”[①]《新序·杂事二》“鲁君使宓子贱为单父宰”章，本于《吕氏春秋·审应览·具备》，表达的是君不外御的思想，但刘向对原材料做了较大的加工，使文章更精练紧凑，语句也多有不同。最后刘向评论说：“故孔子曰：‘君子哉，子贱！鲁无君子者，斯安取斯？’美其德也。”[②]《说苑·臣术》“魏文侯且置相”章，材料取自《韩诗外传》卷三“魏文侯置相”章，刘向将对话内容在顺序安排上做了一些调整，变得更自然、合理、严密。

刘向处理前人材料的再一种方式是在原材料的基础上加上新的内容和情节，使原材料的内容更加丰富充实，从而大大增强了材料的表现力，也使材料蕴含的意义更加丰富。《列女传·母仪传》“齐田稷母”章，本于《韩诗外传》之“田子为相”章，但刘向改“田子”为“田稷子”，改变了原文的部分情节，增加了田稷母语言的内容，最后又加以评论：“君子谓稷母廉而有化。《诗》曰：‘彼君子兮，不素飧兮。’无功而食禄，不为也，况于受金乎？”[③]这就使田稷母的品质更加令人钦佩。《节义传》“魏节乳母”章，内容本于《韩诗外传》卷九之“秦攻魏破之”章，刘向在原文的基础上丰富了文章的内容，增加了魏故臣与乳母的对话，加入了魏故臣向秦军告密的情节，让魏故臣的卑微与乳母的高尚形成鲜明的对比，从而突出了乳母宽仁慈惠、忠义不苟的高贵品质。《仁智传》“曹僖氏妻”章，本于《国语·晋语四》之“曹共公不礼重耳而观其骈胁”章，刘向丰富了僖氏妻之语言的内容，并根据他处的材

① 刘向著，刘晓东校点《列女传》，第 80 页。
② 赵仲邑《新序详注》，第 44 页。
③ 刘向著，刘晓东校点《列女传》，第 13 页。

料，补充了后来重耳返国伐曹，僖氏得以免难的情节，表现了僖氏妻的聪慧远识。《贤明传》“齐相御妻”章，材料本于《晏子春秋·内篇杂上》“晏子之御感妻言而自抑损晏子荐以为大夫”章，刘向增加了仆御之妻鼓励丈夫学道修德的语言，详述了仆御改过自谦，晏子荐贤的过程，最后评论说：“君子谓命妇知善。故贤人之所以成者，其道博矣，非特师傅、朋友相与切磋也，妃匹亦居多焉。《诗》云：‘高山仰止，景行行止。’言当常向为其善也。”①《说苑·反质》“秦始皇既兼天下”章，前半部分的材料取自《史记·秦始皇本纪》，后半部分内容不见他书，当是刘向以意增补，内容是说后来侯生被捕获，在被车裂前，历数始皇穷奢极侈，过于桀纣，灭亡将不可避免，始皇听后竟喟然而叹，释侯生而不诛。表达的意思是，穷奢极侈到一定程度，就只有灭亡一途，即使临时幡然悔悟，也将难以挽回。

刘向有时甚至对原有材料作较大的加工，不仅增加内容，甚至改变原有材料的主题。这种情况，是刘向力图以儒家思想统摄其他各家思想的一种表现。《列女传·节义传》“周主忠妾”章，本于《战国策·燕策一》“人有恶苏秦于燕王者”章，原是苏秦讲的一个寓言故事，表达的是忠信反而获罪的主题。刘向丰富了这个故事的内容，增加了主父获知真情后笞杀其妻而欲取忠妾为妻，忠妾守义不肯，四邻争娶之等情节，最后加以评论说：“君子谓忠妾为仁厚。夫名无细而不闻，行无隐而不彰。《诗》云：‘无言不酬，无德不报。’此之谓也。”②这就完全改变了原材料的主题。

---

① 刘向著，刘晓东校点《列女传》，第22页。
② 刘向著，刘晓东校点《列女传》，第53页。

《新序·杂事五》“荆人卞和得玉璞而献之荆厉王”章，基本材料本于《韩非子·和氏》，但两者的主题有很大不同。韩非以卞和献玉之难为比，说明国君用法术之难。而刘向则以卞和进玉之难为比，极言贤人进用之难。二人思想的分野极为明显。《说苑·杂言》“孔子观于吕梁”章，类似的故事亦见于《列子·黄帝篇》和《庄子·达生篇》，但列子和庄子都认为只有顺乎自然之道，才会有这样高超的技艺。而《说苑》此文则认为，丈夫之所以能在激流中随意出入，是因为能入以忠信，出以忠信。这也许是异文，如果刘向有意这样改造道家的思想，那就显得不高明了。

总观刘向在采用前人材料以表达自己思想时对各种材料的处理情况，我们可以得出几点结论。首先，刘向采用别人的材料，极少原样搬入，而往往要做一些删节、缀合、润色和生发的工作，使之适合表达思想的需要。其次，从刘向三书的材料来源看，它们来源于刘向以前几乎所有的经传、史传和诸子。徐复观所持的“先秦本有一叙述诗本事并发挥其大义之‘传’，为汉初诸家所共同祖述”①的观点，是很可疑的，因为当时之所谓“传”，可以指称“经”以外的所有儒家作品，包括《左传》《国语》等，也可指称诸子著作。再次，由以上考察可知，《列女传》的材料来源也同样非常广泛，而且在三书中，刘向对《列女传》的材料的加工幅度最大，这当然是由其体制、形式和写作意图决定的。徐复观认为，刘向只是根据材料，分类编定其次序，除“颂”以外，未加意见。② 这个说法显然是缺乏根据的。

---

① 徐复观《两汉思想史》第三卷，华东师范大学出版社 2001 年版，第 8 页。

② 徐复观《两汉思想史》第三卷，第 39 页。

千秋霸业任评说

——论刘向《说苑》对齐桓公管仲功业的记载

《说苑》是刘向目睹西汉王朝日趋衰微，针对汉成帝沉湎酒色的社会现实而创作的系列谏书之一，他运用丰富的历史故事和历史传说，启发最高统治者，应以史为鉴，励精图治，以保持汉王朝的长治久安。在《说苑》中，齐桓公与管仲的功业和事迹也被作为可供模仿和借鉴的史实而屡次被引述。据统计，《说苑》中提到桓、管事迹的地方就有30处，是该书引用最多的史迹之一。不过细绎刘向所引述的这些材料，其内容和显示的意义，与先秦有关桓、管霸业的书写相比，在意域和文化意义上都有较大不同，显示出文化记忆基于当下语境的历史选择性。以下，将对此进行具体分析。

一、经过儒家阐扬，桓、管霸业序变为一种政治模式

将桓、管功业从历史长河中突显出来，使之成为一种文化模式和政治模式的是儒家。这个过程可分为三个阶段进行论述。

(1)春秋末期。桓、管霸业发生在春秋末期周王朝统治逐渐解体，礼崩乐坏，诸侯离心离德，以至于四夷交侵，以周文化为集

中体现的华夏文明受到严重威胁的历史背景下。从主观动机来看，齐桓公与管仲的霸业，主要是为了张大齐国，实现个人建功立业的理想，而由于他们的创业过程和具体行为比较自觉地遵守了当时的礼仪规范和道德准则，很好地利用了作为当时天下共主的周王的名义，他们的行为在客观上却取得了尊王攘夷、维护华夏先进文化的效果。桓、管霸业的这种客观效果，最早由儒家的创始人孔子发掘出来，并大力加以阐扬。在《论语》中，孔子五次说到齐桓公和管仲，虽对他们个人的一些德行有所批评，但对他们的霸业的积极意义给予充分的肯定，如《宪问》曰：

> 子贡曰："管仲非仁者与？桓公杀公子纠，不能死，又相之。"子曰："管仲相桓公，霸诸侯，一匡天下，民到于今受其赐。微管仲，吾其被发左衽矣。岂若匹夫匹妇之为谅也，自经于沟渎而莫之知也？"①

作为历史学家、思想家和道德家的孔子，以周王朝为思维核心，以周文化为历史参照，从纷繁复杂的历史事实和五花八门的历史理解中总结出来的桓、管霸业的历史文化意义，是十分精辟的，它不仅准确地反映了历史的真实，更反映了孔子的历史文化观念和文化价值取向。

(2)战国中期。在孔子以后的时间里，桓、管霸业的历史叙事和文化意蕴在儒家文化思想的传承中构成了重要的内容，其内容不断充实，其文化价值不断增值。到战国中期，周王朝作为政治力量已经完全消失，随着生产力的发展和经济模式的转变，以及崛起的诸侯大国成为完全独立的政治实体，迫切需要建构新的政

---

① 杨伯峻《论语译注》，中华书局1980年版，第151～152页。

治理念和政治模式，也就是说，怎样统一天下和由谁统一天下已经成为人们积极思考的问题，在这种社会历史政治背景下，桓、管霸业衍变为一种仅次于王道的政治实践和政治观念。《孟子》中七次说到桓、管霸业。孟子从道德的视角，指出了霸政的实质和不足，他说："以力假仁者霸，霸必有大国；以德行仁者王，王不待大。"①霸政虽为孟子所贬抑，但他毕竟承认霸政是可以与王政相提并论的一种政治理念。又《史记·商君列传》曰：

> 孝公既见卫鞅，语事良久，孝公时时睡，弗听。罢而孝公怒景监曰："子之客妄人耳，安足用邪！"景监以让卫鞅。卫鞅曰："吾说公以帝道，其志不开悟矣。"后五日，复求见鞅。鞅复见孝公，益愈，然而未中旨。罢而孝公复让景监，景监亦让鞅。鞅曰："吾说公以王道而未入也。请复见鞅。"鞅复见孝公，孝公善之而未用也。罢而去。孝公谓景监曰："汝客善，可与语矣。"鞅曰："吾说公以霸道，其意欲用之矣。诚复见我，我知之矣。"卫鞅复见孝公。公与语，不自知膝之前于席也。②

帝道、王道和霸道是三种并列的政治理论和治国理念，只是境界有高低不同而已。商鞅虽好刑名之学，但他作为卫国的庶孽公子，其思想观念有周文化的背景，故其思想观念颇为复杂，要之，以合用为目的。其大谈特谈的帝道、王道、霸道，应属于儒家的话语系统，进一步说，这些理论大概已经成为当时政治家和思想家的常谈。商鞅的知识结构和秦孝公对于政治模式的选择，就

① 朱熹《四书章句集注》，中华书局1983年版，第235页。
② 司马迁《史记》卷六十八，中华书局1959年版，第2228页。

典型地反映了当时知识界和政治领域的状况。

(3)战国末期。战国后期,经过长期激烈的兼并战争,最有可能一统天下的几个大国突显出来,人们理想中的统一国家也呼之欲出。适应剧烈变化了的社会政治形势以及即将出现的统一国家的治国理念的需要,人们对王道和霸道有了新的认识;人们虽仍然认为二者有境界高低上的不同,但对霸道有更多的肯定,这一点,突出地表现在荀子的学说中。在《荀子》一书中,有《王霸篇》专论两种政治模式的不同,他说:

天下为一,诸侯为臣,通达之属莫不从服,无它故焉,以济义矣。是所谓义立而王也。德虽未至也,义虽未济也,然而天下之理略奏矣,刑赏已、诺,信乎天下矣,臣下晓然皆知其可要也。政令已陈,虽睹利败,不欺其民;约结已定,虽睹利败,不欺其与。如是,则兵劲城固,敌国畏之;国一綦明,与国信之;虽在僻陋之国,威动天下,五伯是也。①

在荀子的思想观念里,王政与霸政虽仍有境界上的差别,但他似乎对霸政更有兴趣,认为霸政更现实,更有效,更具有可操作性,所以他在并论二者的时候,往往用熟套的话语略说王政,而对霸政却不厌其烦地详加阐说,显示出荀子思想观念上的倾向性和政治理念的务实性。历史的事实证明,对儒家思想做了巨大改造的荀子理论体系对此后国家的统一和新政权的建立起了巨大的指导作用。

① 王先谦撰,沈啸寰、王星贤点校《荀子集解》,中华书局 2013 年版,第 242 页。

二、在汉代大一统专制政治语境下，桓管霸业序变为一种政治伦理寓言

在先秦，桓、管功业由一种政治实践演变为一种政治观念和政治模式，时至秦汉，桓、管霸业在新的历史文化语境下则显示出与先秦显然不同的文化意蕴，这种演变和差异在刘向的《说苑》中表现得非常典型。在刘向的《说苑》中，桓、管霸业由一种政治模式序变为一种政治伦理寓言。

在《说苑》中，桓、管霸业在文化意蕴上的这种转变基于两个条件。首先是大一统专制帝国的建立，结束了长期以来列国分立的状态，在这种情况下，桓、管霸业作为一种政治理念和政治模式已经失去了存在的现实基础，变得不再有实际意义，相应地，大一统帝国的建立，大大缩小了士人的活动空间，极大地减少了士人在政治出路方面的选择机会，他们明显地感受到来自专制政治的压力感。每当这个时候，他们就很自然地想起了士人游说列国，择主而事，甚至与君主分庭抗礼的那个士的黄金时代，从而管仲遇桓公，风云际会，建功立业，也就成为士人追念和向往的一种境界。士人们不必再去探究作为政治实践和政治理念的桓、管霸业，他们关心的是这个功业的建立过程及其对个人政治命运和生存方式的启示意义。其次是《说苑》一书的创作是有明确的目的的。《汉书·楚元王传》载："（刘）向睹俗弥奢淫，而赵卫之属起微贱，逾礼制。向以为王教由内及外，自近者始。故采取《诗》《书》所载贤妃贞妇、兴国显家可法则，及孽嬖乱亡者，序次为《列女传》，凡八篇，以戒天子。及采传记行事，著《新序》《说苑》凡五

十篇奏之。"①可知《说苑》的创作,是针对汉成帝时代君主奢淫,国力衰微,外戚专权的社会现实而发的,这就决定了该书对于桓、管事迹的称述是有选择的,体现了文化记忆的选择性原则。总括《说苑》关于桓、管霸业的叙事,其所显示的政治伦理意义主要有如下几项:

(1)齐桓公成为士人向往的雄才大略的明君形象。士人能够建功立业,实现自己志向的前提是能遇上一个赏识并重用自己的英明君主,所谓得君行道,否则,便可能一事无成,贫贱终生。这个问题在列国纷争的战国时代还不那么突出,进入大一统专制时代以后,天下只有一个朝廷,一个皇帝,士人得到赏识和重用的机会就大大减少,于是文学作品中的士不遇主题便产生了。在西汉,自从贾谊在其《吊屈原赋》中抒发了其生不逢时的感慨以后,接着便产生了董仲舒的《士不遇赋》及司马迁的《悲士不遇赋》,此后这便成为大多数士人共有的心理和情感了。在这样的社会政治语境下,英明贤达、取士不计贵贱亲疏的齐桓公便成为汉代士人称颂和向往的一个君主形象。刘向的《说苑》引述大量事例来称颂齐桓公作为明主的品质。主要有如下几个方面:

第一,雄才大略,广求贤才以自辅。作为君主,齐桓公有许多缺点,也可以说,一般君主所具有的奢淫荒乐的恶习他都有。对这一点,齐桓公自己也有清醒的认识,《尊贤篇》"桓公问于管仲曰"章说:"桓公问于管仲曰:'吾欲使爵腐于酒,肉腐于俎,得无害于霸乎?'管仲对曰:'此极非其贵者耳,然亦无害于霸也。'桓公曰:'何如而害霸?'管仲对曰:'不知贤,害霸;知而不用,害霸;用

① 班固《汉书》卷三十六,中华书局1962年版,第1957~1958页。

而不任，害霸；任而不信，害霸；信而复使小人参之，害霸。'桓公曰：'善。'"①桓公认识到自己的缺点，但他能广求贤才以自辅，所以终于干出一番事业，成为五霸之首。这种状态，在后来的士人看来，或许更具典范意义，因为要求君主都像尧、舜、汤、武那样德行纯备是不现实的，重要的是君主能认识到自己的缺点，节制自己的欲望，使之不至于损害国家政治大业。《说苑·君道篇》"齐景公问于晏子曰"章说：

> 齐景公问于晏子曰："寡人欲从夫子而善齐国之政。"对曰："婴闻之，国具官而后政可善。"景公作色曰："齐国虽小，则何为不具官乎？"对曰："此非臣之所复也。昔先君桓公身体堕懈，辞令不给，则隰朋侍；左右多过，刑罚不中，则弦章侍；居处肆纵，左右慑畏，则东郭牙侍；田野不修，人民不安，则甯戚侍；军吏怠，戎士偷，则王子成父侍；德义不中，信行衰微，则管子侍。先君能以人之长续其短，以人之厚补其薄；是以辞令穷远而不逆，兵加于有罪而不顿；是故诸侯朝其德而天子致其胙。"②

可见，齐桓公能建立不朽霸业绝非偶然。

第二，信用大臣。历代君主，出于自私自利的天性和永世据有天下的欲望，往往猜忌大臣，忌人胜己，千方百计消灭可能威胁到自己地位、损害其一家一姓久居权位的企图的任何因素，封建专制社会的君主尤其如此，所以齐桓公胸怀宽广、委任大臣的品德和行为便显得格外难能可贵。《说苑·尊贤篇》"齐桓公使管仲

① 向宗鲁《说苑校证》，中华书局1987年版，第198～199页。

② 向宗鲁《说苑校证》，第15页。

治国”章就形象而充分地显示了齐桓公这方面的品质：

> 齐桓公使管仲治国，管仲对曰：“贱不能临贵。”桓公以为上卿，而国不治。桓公曰：“何故？”管仲对曰：“贫不能使富。”桓公赐之齐国市租一年，而国不治。桓公曰：“何故？”对曰：“疏不能制亲。”桓公立以为仲父，齐国大安，而遂霸天下。孔子曰：“管仲之贤，而不得此三权者，亦不能使其君南面而霸矣。”①

联系到汉高祖刘邦灭功臣、汉武帝杀宰相，则后世士人颂扬齐桓公信用管仲，就是很自然的事了。

第三，容受直言，过而能改。齐桓公豁达大度，有抱负，有远见，处事分明，故而当私人局部利益妨害国家大局的时候，他能舍弃个人欲望和局部利益以服从国家和长远利益，因此他能听从臣下意见，知过能改。《反质篇》“齐桓公谓管仲曰”章说：

> 齐桓公谓管仲曰：“吾国甚小，而财用甚少，而群臣衣服舆马甚汰，吾欲禁之，可乎？”管仲曰：“臣闻之，君尝之，臣食之；君好之，臣服之。今君之食也，必桂之浆；衣练紫之衣，狐白之裘。此群臣之所奢大也。《诗》云：‘不躬不亲，庶民不信。’君欲禁之，胡不自亲乎？”桓公曰：“善。”于是更制练帛之衣，大白之冠。朝一年，而齐国俭也。②

这是关于齐桓公的寓言话语，历史上以奢靡著称的齐桓公，何曾有过改奢从俭的举动？故而这则故事不仅显示了桓公事迹在历史长河中的流变，更昭示了汉代士人对于圣君的一种心理

---

① 向宗鲁《说苑校证》，第198页。

② 向宗鲁《说苑校证》，第524页。

祈向。

(2)桓公与管仲等人君臣遇合以成功业成为后世士人向往的境界。君主要平治天下,传之久远,就必须得到士人的辅佐;士人要建功立业,扬名后世,也必须依附于君主。所以必须君臣和合,才能干出一番轰轰烈烈的大事业。而现实中的多数情况是,君主不能理性择士,往往凭自己的偏好取人,所取之士未必贤能;士人为保持自己的思想独立和人格独立,往往不愿屈节事人,因而,自古以来,明君贤臣相和合的情况就少而又少,故而在现实社会中乱世多而治世少,进入大一统封建专制社会尤其如此。于是,明君与贤臣风云际会的状态就成为士人心向往之的可遇不可求的理想境界。正如汉宣帝时代的王褒在其《圣主得贤臣颂》中所说:"故圣主必待贤臣而弘功业,俊士亦俟明主以显其德。上下俱欲,欢然交欣,千载壹合,论说无疑,翼乎如鸿毛遇顺风,沛乎如巨鱼纵大壑。其得意若此,则胡禁不止,曷令不行?化溢四表,横被无穷,遐夷贡献,万祥毕溱。"①齐桓公与管仲等人君臣相得,建立霸业,九合诸侯,一匡天下,为五霸之首,成为汉代士人羡慕和向往的一种境界。《说苑·尊贤篇》"眉睫之微"章说:

眉睫之微,接而形乎色。声音之风,感而动乎心。甯戚击牛角而商歌,桓公闻而举之;鲍龙跪石而登嵯,孔子为之下车;尧、舜相是,不违桑阴;文王举太公,不以日久。故贤圣之接也,不待久而亲;能者之相见也,不待试而知矣。故士之接也,非必与之临财分货,乃知其廉也;非必与之犯难涉危,乃知其勇也。举事决断,是以知其勇也;取与有让,是以知其廉

① 严可均《全汉文》,商务印书馆1999年版,第433页。

也。故见虎之尾，而知其大于狸也；见象之牙，而知其大于牛也。一节见则百节知矣。由此观之，以所见可以占未发，睹小节固足以知大体矣。①

君臣遇合的前提便是明主贤臣的志同道合，相知相感，而这样的状态，少而又少，可遇而不可求，这怎能不让才志之士感慨流涕呢！

(3)君主欲建大功，国家欲求安治，就必须得贤才而任之。人才问题，实际上就是士人的出路问题，在封建专制时代尤其如此。刘向的《说苑》对桓、管事迹的引述实际上就主要集中在这个方面。桓公霸业的取得，正是他打破世卿世禄制度，不拘一格任用人才的结果。在《说苑》中，刘向通过桓公霸业的建立，从不同的角度强调了人才的重要性。

第一，极力强调君主要想有所作为，就必须任用贤才。说起来，似乎一般人都能明白这个道理，但在现实生活中，很多的君主，往往按自己的好恶任用人才，并不能总是理性地从国家利益出发，选拔、任用贤才，大一统专制帝国时代更是这样。譬如，刘向创作《说苑》的汉成帝时代就是外戚专权，以至于弄得政治混乱，国力衰微。刘向曾多次上书谏说，可知他在这里强调这个问题是有明确针对性的。《说苑·尊贤篇》“人君之欲平治天下而垂荣名者”章说：

人君之欲平治天下而垂荣名者，必尊贤而下士。《易》曰：“自上下下，其道大光。”又曰：“以贵下贱，大得民也。”夫明王之施德而下下也，将怀远而致近也。夫朝无贤人，犹鸿

① 向宗鲁《说苑校证》，第178～179页。

鹄之无羽翼也，虽有千里之望，犹不能致其意之所欲至矣。是故绝江海者托于船，致远道者托于乘，欲霸王者托于贤。伊尹、吕尚、管夷吾、百里奚，此霸王之船乘也。释父兄与子孙，非疏之也；任庖人、钓屠与仇雠、仆虏，非阿之也；持社稷、立功名之道，不得不然也。犹大匠之为宫室也，量小大而知材木矣，比功校而知人数矣。是故吕尚聘，而天下知商将亡而周之王也；管夷吾、百里奚任，而天下知齐、秦之必霸也，岂特船乘哉！夫成王霸固有人，亡国破家亦有人。桀用干莘，纣用恶来，宋用唐鞅，齐用苏秦，秦用赵高，而天下知其亡也。非其人而欲有功，譬其若夏至之日而欲夜之长也，射鱼指天而欲发之当也，虽舜禹犹亦受困，而又况乎俗主哉！①

齐桓公之所以能成就霸业，固然有他自身的主观因素，而他打破世卿世禄制度，专任出身贫贱、又是他仇人的管仲才是事情的关键。《说苑·尊贤篇》"或曰"章就强调了这个问题："或曰：将谓桓公仁义乎？杀兄而立，非仁义也。将谓桓公恭俭乎？与妇人同舆，驰于邑中，非恭俭也。将谓桓公清洁乎？闺门之内，无可嫁者，非清洁也。此三者，亡国失君之行也，然而桓公兼有之，以得管仲、隰朋，九合诸侯，一匡天下，毕朝周室，为五霸长，以其得贤佐也。失管仲、隰朋，任竖刁、易牙，身死不葬，虫流出户。一人之身，荣辱俱施者何？其所任异也。由此观之，则任佐急矣。"②这个事例相当典型，君主即使有缺点，甚至很平庸，只要能委任贤才，也能干出一番事业。

---

① 向宗鲁《说苑校证》，第173～174页。

② 向宗鲁《说苑校证》，第182～183页。

第二，用人要不拘一格，要不计亲疏贵贱。任人唯亲是君主专制时代的一个通病，或出于个人的性情好恶，或出于家族的压力，君主们或任用亲戚，或任用私昵，这就不可避免地给国家造成损失；而凡是能够成就大业的人，则是那些广得贤才而任之的人。《说苑·尊贤篇》“邹子说梁王曰”章说：

邹子说梁王曰：“伊尹故有莘氏之媵臣也，汤立以为三公，天下之治太平。管仲故成阴之狗盗也，天下之庸夫也，齐桓公得之以为仲父。百里奚乞食于路，传卖五羊之皮，秦穆公委之以政。甯戚故将车人也，叩辕行歌于康之衢，桓公任之以国。司马喜髌脚于宋，而卒相中山。范睢折胁拉齿于魏，而后为应侯。太公望，故老妇之出夫也，朝歌之屠佐也，棘津迎客之舍人也，年七十而相周，九十而封齐。故《诗》曰：‘绵绵之葛，在于旷野。良工得之，以为絺纻。良工不得，枯死于野。’此七士者，不遇明君圣主，几行乞丐，枯死于中野，譬犹绵绵之葛矣。”①

自古以来，之所以乱世多而治世少，很大程度上就是因为君主不能理性用人。

第三，任用贤才，充分发挥其才能。统治者出于维护一己利益的私心，往往任用私人，即使任用贤才，也极少能够给予充分信任，使之最大限度地发挥自己的才能。不仅如此，那些才高功大的大臣，往往受到君主的猜忌而不得善终，汉高祖刘邦屠戮功臣，汉武帝刘彻族诛宰相，都是士人们熟知且深为痛心的例子，所以，齐桓公对于管仲的尊敬和信任，便成为士人们敬仰和向往的范

① 向宗鲁《说苑校证》，第177～178页。

例。《说苑·善说篇》"桓公立仲父"章说:

桓公立仲父,致大夫曰:"善吾者入门而右,不善吾者入门而左。"有中门而立者,桓公问焉。对曰:"管子之知,可与谋天下;其强,可与取天下。君恃其信乎?内政委焉,外事断焉,驱民而归之,是亦可夺也。"桓公曰:"善。"乃谓管仲:"政则卒归于子矣。政之所不及,唯子是匡。"管仲故筑三归之台,以自伤于民。①

不可否认,给予管仲完全的信任,使他能够自主而充分地发挥自己的才能,是齐桓公能够成就霸业的重要原因,后世的许多君主未必不明白这个道理,却极少有人能做到这一点。

第四,警惕左右弄臣对君主用人政策的破坏。国君作为有血肉、有情感的凡人,他们有自己的个人爱好和情感倾向,因而国君大都有自己的私昵近臣。这些近臣大都不是凭借自己的才能,而是因便辟柔媚而得到君上的宠幸,他们凭借君主的威势,常常肆无忌惮地把持权力,聚敛财富。为了保住自己的地位和利益,他们或千方百计地阻止贤人的进用,或处心积虑地破坏贤臣的政治施为。这些国君的弄臣是国家的蠹虫,是贤臣们政治活动的障碍,因为他们有国君作为凭托,贤人们往往对他们痛恨至极却又无可奈何。《说苑·政理篇》"齐桓公问于管仲曰"章说:

齐桓公问于管仲曰:"治国何患?"管仲对曰:"患夫社鼠。"桓公曰:"何谓也?"管仲对曰:"夫社束木而涂之,鼠因往托焉,熏之则恐烧其木,灌之则恐败其涂,此鼠所以不可得杀者,以社故也。夫国亦有社鼠,人主左右是也;内则蔽善恶

① 向宗鲁《说苑校证》,第268~269页。按,笔者对引文标点有校改。

于君上,外则卖权重于百姓,不诛之则为乱,诛之则为人主所案据,腹而有之,此亦国之社鼠也。人有酤酒者,为器甚洁清,置表甚长,而酒酸不售,问之里人其故,里人云:'公之狗猛,人挈器而入,且酤公酒,狗迎而噬之,此酒所以酸不售之故也。'夫国亦有猛狗,用事者是也;有道术之士,欲明万乘之主,而用事者迎而龁之,此亦国之猛狗也。左右为社鼠,用事者为猛狗,则道术之士不得用矣,此治国之所患也。"①

相似的内容在典籍中多有记载,如《韩非子·外储说右上》两载此事,《晏子春秋·内篇问上》《韩诗外传》卷七也载有此事,只不过对话的是齐景公和晏子,这正见出此故事寓意的深刻及其具有的普遍意义,它已经成为贤人们的一种心痛从而时常谈论的话题。

(4)齐桓公霸业的前盛后衰成为后世恒久的教训。"靡不有初,鲜克有终",齐桓公曾经九合诸侯,一匡天下,开创霸政,然其晚年不仅霸业顿衰,且死后竟然不能得到及时安葬,以致尸体腐败,虫流出户,这其中的深刻教训时常为后世贤人所记起并不断得到强化。齐桓公霸业的盛衰作为历史寓言,常常被臣子们用作惊醒时主的范例。《说苑·尊贤篇》"禹以夏王"章曰:

禹以夏王,桀以夏亡。汤以殷王,纣以殷亡。阖庐以吴战胜无敌于天下,而夫差以见禽于越;文公以晋国霸,而厉公以见弑于匠丽之宫;威王以齐强于天下,而湣王以弑死于庙梁;穆公以秦显名尊号,而二世以劫于望夷,其所以君王者同,而功迹不等者,所任异也!是故成王处襁褓而朝诸侯,周

① 向宗鲁《说苑校证》,第166~167页。

公用事也;赵武灵王年五十而饿死于沙丘,任李兑故也。桓公得管仲,九合诸侯,一匡天下;失管仲,任竖刁、易牙,而身死不葬,为天下笑。一人之身,荣辱俱施焉,在所任也。故魏有公子无忌,削地复得;赵任蔺相如,秦兵不敢出;鄢陵任唐雎,国独特立;楚有申包胥,而昭王反位;齐有田单,襄王得国。由此观之,国无贤佐俊士,而能以成功立名、安危继绝者,未尝有也。①

可悲的是,齐桓公的个人悲剧和国家悲剧在后世以不同的形态反复地重演,无论是庸主还是所谓圣君,都很难挣脱这个魔套。

在大一统专制政治文化语境下,齐桓公霸业的兴衰史作为政治伦理寓言进入文化的重组,许多信息不断得到强化,文化价值不断得到增殖,成为恒久的文化记忆。刘向的《说苑》是这种文化传递的重要一站。

① 向宗鲁《说苑校证》,第179～180页。

《赵飞燕外传》探论

《赵飞燕外传》，被胡应麟称为“传奇之首”，它以其高超的艺术成就和大而深远的影响，在中国古代小说发展史上占有重要的地位。古今学者对它的讨论已经很多，但多局限于小说文本本身。本文将比照小说所据史实，对小说的一些问题进行探讨。

一、《赵飞燕外传》的作者及创作时间

这是一个争论已久的问题，但迄今为止，还是众说纷纭，莫衷一是。归结起来，主要有这样几种意见：第一种意见认为，在没有确凿的证据证明《赵飞燕外传》是伪作之前，不应该轻易否定它的作者及其创作时间的真实性。① 这是一种谨慎的治学态度，但在中国文学史上，特别是在先秦文学史上，有关作品的作者及创作时间的问题是相当多的，在没有确凿的证据出现以前，人们只能通过对作品进行多种方法、多种角度的探讨来解决这些问题。对

① 杜贵晨《中国古代短篇小说史》，中州古籍出版社 1991 年版，第 45 页。

于《外传》的作者及创作时间问题，古今许多学者也作过探讨。如清人严可均即疑其为唐人伪作①，当代著名学者朱东润在其《八代传叙文学述论》中说：

《飞燕外传》自序作者伶玄字子于，潞水人，哀帝时为淮南相。序称“子于为河东都尉，班躅为决曹，得幸太守，多所取受。子于召躅，数其罪而捽辱之。躅从兄子彪，续司马《史记》，绌子于，无所收录”。这是逆探《汉书·艺文志》不录《飞燕外传》以及《成帝纪》《外戚传》不采用《外传》的解释。哀帝时人逆探东汉明帝时的著作，加以解释，已属可疑。哀帝时无淮南国，伶玄何以得为淮南相，事亦非是。自序一则言樊通德“有才色，知书，慕司马迁《史记》”，再则言班“彪续司马《史记》”，其实在班彪父子的时代，止称《太史公书》，不称《史记》，有《汉书·艺文志》《司马迁传》可考。所以这是一部伪书，确然可见，不但因为《隋》《唐志》皆不著录，直至晁公武《读书志》方著其名，始可知为伪作。②

朱东润先生在这里提出四条证据，证明《外传》是伪作，确是很具说服力的。除这些证据以外，人们还常提到的一条证据就是，小说中两次说到“祸水灭火”的话。因在西汉时汉朝究属何德，尚无定论。汉属火德的观念，到东汉才确定，因而西汉人不可能说出这样的话。其实，单从《序》中体现出来的重情观念，人们也可以推断其为伪作。将帝妃关系人性化、将帝王生活平民化这样超前的思想观念，决非西汉人所能有。第二种意见认为，《外传》应是

① 严可均《全汉文》，商务印书馆1999年版，第578页。

② 朱东润《八代传叙文学述论》，复旦大学出版社2006年版，第51页。

东汉至晋宋间的作品。如李剑国说,《外传》"大约是东汉至晋宋间的作品,而从其文字的古雅风格看,似乎出于东汉的可能性更大一些。论者多以为唐宋人所为,非是"①。李剑国立论的证据是,在南朝人吟咏赵氏姊妹的诗句中,有些情事和语句颇与《外传》相似。如梁简文帝《和湘东王名士悦倾城》诗有"教歌公主第,学舞汉成宫。多游淇水上,好在凤楼中。履高疑上砌,裾丌持畏风"之句。其实这不足为据。因为赵氏姊妹的故事与王昭君的故事一样,在魏晋南北朝有一个不断流传并逐渐丰富发展的过程。产生于东晋的《西京杂记》,其所记载的西汉典故,便真伪参半,有些甚至虚夸渲染,荒诞不经。两晋南朝人心思灵动,将传说故事写入诗歌,毫不足怪。至于说从文字风格断定其可能为东汉作品,这更没有道理。因为《外传》的文字风格,与其说是"古雅",不如说是"俗丽"。第三种意见认为,《外传》为唐人所伪托。如清人严可均《全汉文》收有《飞燕外传自序》,他在按语中说:"按:《隋》《唐》志不著录,晁公武《读书志》始有之,疑是唐人依托,今姑附《前汉文》末。"②鲁迅先生《中国小说史略》也怀疑《外传》是唐人伪托。笔者认为,这个观点是可以成立的。理由如下:第一,从《序》中反映的思想观念来看,《外传》这种将帝妃关系人性化,将帝王生活平民化的重情的思想意识只有到唐代才产生。如白居易《长恨歌》、陈鸿《长恨歌传》就是如此。第二,从叙事、写人的技巧来看,《外传》叙事的委曲细致、人物塑造的鲜明精致,非汉魏六朝人所能为。第三,从语言来看,《外传》语言通俗顺畅、

① 李剑国《"传奇之首"〈赵飞燕外传〉》,《古典文学知识》2004 年第 1 期。

② 严可均《全汉文》,第 578 页。

省净艳丽。用词尖巧俗新,与唐传奇的语言风格颇为一致。如“臭夷何足污吾绞乎”这样的通俗口语,“鼠子”这样的低俗隐语等。第四,从文中的避讳来看,《外传》应为中晚唐人所作。小说初段:“(赵后)祖大力,工理乐器,事江都王。”小说末段:“宫人以白太后,太后使理昭仪。”此两处的“理”都应该是“治”,显然是唐人避唐高宗之讳而改。由此笔者认为,《飞燕外传》是中晚唐人有感于唐明皇与杨贵妃之事而作。唐人借汉事说时事的习惯是人所共知的。汉成帝与赵氏姊妹之事和唐明皇与杨贵妃之事有许多相似之处。相应地,《飞燕外传》与白居易的《长恨歌》、陈鸿的《长恨歌传》在叙事方式和主题表达上也非常相似。

二、作者对于汉成帝宠幸赵氏姊妹之事的态度

在中国古人的观念里,皇帝与后妃的关系,同皇帝与公卿的关系一样,是纯粹的政治关系。皇帝不可以有意宠任哪一位大臣,同样也不可以溺爱哪一位妃嫔,否则国家政治就会出问题。夏桀宠爱妹喜而亡夏,商纣宠爱妲己而亡商,周幽王宠爱褒姒而亡周,这已成为政治家总结亡国教训时的口实。其实这里并不存在对于女性的偏见,因为它往往是与弄臣亡国相提并论的。至少汉代以前人的观念就是如此。汉朝宫内后妃宫女的等级和食俸与外朝公卿官吏的等级和食俸相对应,可以说典型地体现了这种观念。所以当汉成帝迷爱赵氏姊妹的时候,大臣们深感惊恐和忧虑,纷纷上书皇帝,提出规诫和批评。如同是外戚的王仁上疏说:

臣闻立后妃者,王教之大端,三纲之本理,治道所由废兴也,社稷所以存亡也。故夏之兴也以涂山,亡也以妹嬉;殷之兴也以有娀,亡也以妲己;周之兴也以文母,亡也以褒姒。夫

三代安危，后主所观，是以圣王必审举措，察操行，以计胜色者昌，以色胜计者亡。无盐宿瘤，天下之丑女也，齐二君以计胜色，立为后，皆以折冲安国。……上当奉宗庙，下令万民有所法则。河鲂河鲤，齐姜宋子，诗人所高。万乘之主，当持久长，非一切毕决目前者。骊姬乱晋，吴姬危赵，夫媵妾非天下之母，为玩弄可也。昔姜后崇礼，宣王中兴；樊姬正言，楚庄成霸。愿留思察小臣惓惓之心。①

汉朝人不仅不歧视女性，相反，他们十分重视女性在国家政治和社会生活中的作用。大臣们所以极力反对立赵飞燕为后，一是因为赵后出身低微，不知礼义；一是因为成帝迷恋赵氏姊妹的美色，影响了朝廷政治活动的正常进行。对于成帝宠幸赵氏姊妹批评最尖刻的莫过于身为宗室的刘辅。他在《上书谏立赵后》中说：

臣闻天之所与，必先赐以符瑞；天之所违，必先降以灾变。此神明之征应，自然之占验也。……虽夙夜自责，改过易行，畏天命，念祖业，妙选有德之世，考卜窈窕之女，以承宗庙，顺神祇心，塞天下望，子孙之祥，犹恐晚暮。今乃触情纵欲，倾于卑贱之女，欲以母天下，不畏于天，不愧于人，祸莫大焉。里语曰："腐木不可以为柱，卑人不可以为主。"天人之所不予，必有祸而无福。市道皆共知之，朝廷莫肯壹言，臣窃伤心。②

刘辅的批评实在太尖刻，以致让号称宽博能"容受直辞"的汉成帝也禁不住勃然大怒，将其投入监狱。

---

① 严可均《全汉文》，第444页。按，笔者对引文标点有校改。

② 严可均《全汉文》，第504页。

那么,《飞燕外传》的作者又是怎样看待汉成帝迷爱赵氏姊妹一事的呢？作者在《飞燕外传自序》中说：

夫淫于色,非慧男子不至也。慧则通,通则流,流而不得其防,则百物变态,为沟为壑,无所不往焉。①

并不是每一个男人都能真会欣赏美色、倾心美色,只有那些具有慧心灵质的人才能做到。可是男人一旦沉迷美色而不得礼义之防,便会流宕泛滥,便会使“百物变态”。若是一个平民男子,钟于情本是一种难得的德行,但作为帝王,一旦沉溺美色,便不可避免地给国家政治带来影响。作者肯定对于美色的欣赏,肯定对于情感的全身心投入,而反对情感泛滥而无节制,以致造成国家政治的混乱坏败。将这种思想观念与汉朝人的思想观念进行比对,可以断定,《飞燕外传》不仅不可能产生于汉代,甚至也不可能产生于魏晋南北朝,因为这已经是一种相当开明、相当理性、相当超前的“重情”观了。

三、作者对赵氏姊妹的态度

由于《飞燕外传》的作者具有现代人看来比较超前的思想观念,也就是说,他已经认识到人的人格、人的性情和人的价值,所以他能正面地、冷静地、不带偏见地叙述赵氏姊妹的生活经历,挖掘她们的内心世界,真实地反映那个时代宫廷妇女的生活状态和精神面貌,因而使小说具有很高的认识价值和审美价值。这主要表现在如下几个方面的叙写：

(1)出身低微,历经苦难。赵氏姊妹出身卑微,其生父冯万金

---

① 严可均《全汉文》,第578页。

是翁主家的乐工。冯万金与翁主私通而产下赵飞燕、赵合德姊妹二人。翁主丈夫为江都中尉赵曼，故而她们冒姓赵。生父死后，翁主家也败落，她们孤苦无依，不得不流落在贵人之家，从事低贱的劳役，供人驱使。作者这样详尽的叙写她们的出身和经历，显然是有用意的。

(2)聪慧机敏，不甘贫贱。在那个时代里，像赵氏姊妹这样出身的女子，要想改变自己的命运，进而出人头地，就只有凭借自己的身体资本。赵氏姊妹很清楚这一点，所以他们不顾他人的嘲笑，修饰体貌，学习歌舞，等待着有朝一日能得到贵人的赏识，以改变自己悲苦的命运。

(3)深于用情，而处事决绝。小说写到赵飞燕与羽林射鸟者相恋，为了等待情人，她竟能在衣衫单薄的情况下，在极为寒冷的雪夜里久久地站立等待，可见她是一个极为重情的人。但是，为了改变自己的命运，她也能毅然决然地舍弃这份恋情。赵合德虽然用手腕媚惑、控制皇帝，但在成帝去世后，她也随之呕血而死，可见他对成帝并非没有感情。

(4)玩弄技巧，深自为谋。皇宫是一个险恶之地，这里佳丽成群，各逞才色。要想在这里出人头地，除了有出众的姿色外，还要有深沉的心机和决绝的手段。赵飞燕姊妹久在贵族之家，深谙此道。所以赵飞燕始而运用方术，伪装处女，不仅骗过汉成帝，还取得皇帝的好感。继而姊妹二人运用体貌姿色和巧妙的手段，将爱色的皇帝牢牢地控制在手里，从而确保了自己的富贵荣华。然后想尽各种办法企图使自己生下皇子，以便为年老色衰和皇帝驾崩以后打算。所有这一些，既反映了赵氏姊妹的心机老到，又表现了处在那个地位的女子的必然作为。

小说从正面塑造了赵氏姊妹的形象。作者从人和人性出发，描绘了赵氏姊妹的宫廷生活，展示了她们真实的精神面貌，发掘了她们隐秘的内心世界。皇宫就是一个大舞台，赵氏姊妹是这个舞台上的主角，皇帝及一切人等都是配角。赵氏姊妹在这里尽情地展示了她们的体貌和才智，酣畅淋漓，甚至有些得意忘形。在中国小说史上，《飞燕外传》大概最早把宫廷生活叙写得如此细致真切，最早把后妃形象描绘得如此丰满而有力度。

四、小说所述与历史真相的关系

《飞燕外传》是依托历史而创作的传奇小说，作者自然可以在不违背历史真实的情况下，对历史材料进行取舍、剪裁，甚至可以根据表达主题和塑造人物的需要，进行合理的虚构和想象，以便使叙事更曲折、严密、生动，使人物形象更丰满、鲜明。《外传》的叙事与历史记载有很大的距离，若将二者作一对比论述，将大大有利于我们对于小说的认识和理解。

(1)关于赵氏姊妹的出身问题。据《汉书·外戚传》记载，孝成赵皇后"本长安宫人"。颜师古注："本宫人以赐阳阿主家也。宫人者，省中侍使官婢，名曰宫人，非天子掖庭中也。"可知赵氏姊妹出身于官奴之家。本传又说赵飞燕"初生时，父母不举，三日不死，乃收养之"。[①] 汉代因罪没为官奴者，男为奴，女为婢。女奴的命运尤为悲苦，故其父母不愿养育之。又据《汉书·外戚传》，司隶校尉解光上书奏劾赵氏姊妹，"哀帝于是免(赵后弟)新成侯赵

① 班固《汉书》卷九十七，中华书局1962年版，第3988页。

钦、钦兄子成阳侯䜣,皆为庶人”①。可见赵飞燕不止一个兄弟。《外传》的作者将赵氏姊妹说成是翁主的私生女,别无兄弟,无非是想说明赵氏姊妹本贵反贱,后又由贱而贵,人生命运难以捉摸。

(2)关于赵氏姊妹不能生育的问题。赵氏姊妹本为官婢,无所谓处女不处女的问题,而且汉朝皇帝也不在乎妃嫔是不是处女。如汉武帝之母王夫人在进宫之前就曾嫁人并生有一女。小说中说赵飞燕运用方术,伪装处女,骗过汉成帝。笔者认为这大概是以汉事影射唐事。赵氏姊妹既为官婢,其不能生育本属正常,不足为异。《外传》作者却说她们为驻颜却老而滥用方药,以致弄得丧失了生育能力。这大概是出于表达主题的需要而进行的虚构。

(3)关于赵氏姊妹身为后妃与人私通的问题。汉代宫廷守卫森严,陛戟卫士昼夜轮值。宫中人员都有宫籍,出入宫门,都必须核对身份。小说叙写赵飞燕私通侍郎、宫奴多子者以求生子,姊妹二人又共通宫奴燕赤凤,以致争风吃醋,这是不可想象的。笔者认为,这很可能是用汉事以影射唐事。

(4)关于赵氏姊妹陷害后妃及杀害皇子的问题。赵氏姊妹为争宠而排陷许皇后、班婕妤之事,史有明文记载。小说作者绝口不提此事,大概因为此事与小说主题表达无关。而赵氏姊妹因嫉妒而杀害皇子这样的大事,小说竟也一无涉及,这就有些奇怪。从历史记载来看,汉成帝曾有许多皇子,却一个也没活下来。这其中有一些是自然夭折,应与汉成帝纵酒有关。而另一些则是为赵氏姊妹所杀害。有的是在生下后秘密杀掉,有的则是堕胎而

① 班固《汉书》卷九十七,第3996页。

死。哀帝时司隶校尉解光在《奏劾赵皇后娣弟》中引用故掖庭令吾丘遵的话说:“掖庭中御幸生子者辄死,又饮药伤堕者无数。”① 令人吃惊的是,汉成帝竟默许甚至参与了这种残杀皇子的行为。《汉书·成帝纪》载:“是岁(元延元年),昭仪赵氏害后宫皇子。”② 这表明此事在当时已不是什么秘密。据解光的奏疏,成帝至少参与了赵昭仪残杀曹宫及许美人所生皇子的行动。那么,汉成帝为什么会忍心杀害自己的亲生儿子呢?此奏疏中透露了其中的消息。其中说:

> 后客子、偏、兼闻昭仪谓成帝曰:“常绐我言从中宫来,即从中宫来,许美人儿何从生中?许氏竟当复立邪!”怼,以手自捣,以头击壁户柱,从床上自投地,啼泣不肯食,曰:“今当安置我,欲归耳!”帝曰:“今故告之,反怒为!殊不可晓也。”帝亦不食。昭仪曰:“陛下自知是,不食为何?陛下常自言‘约不负女’,今美人有子,竟负约,谓何?”帝曰:“约以赵氏,故不立许氏。使天下无出赵氏上者,毋忧也!”③

原来汉成帝与赵氏姊妹有誓约,必立赵氏所生之子为太子,不让天下任何人居于赵氏之上。汉成帝为实践与赵氏姊妹的誓约,竟忍心杀死自己的亲生儿子。如果赵氏姊妹不生皇子,他宁可断子绝孙。这实在要比唐明皇与杨贵妃七月七日长生殿中的誓约更能动人,可惜《外传》作者对此一字不提。如果作者抓住此事加以渲染,说不定比《长恨歌》和《长恨歌传》更能感人呢!大概此事与主题表达无关,故而没有将其写入小说。

---

① 班固《汉书》卷九十七,第 3995 页

② 班固《汉书》卷十,第 326 页。

③ 班固《汉书》卷九十七,第 3996 页。

(5)关于汉成帝的死因问题。《汉书·外戚传》载:“帝素强,无疾病。是时楚思王衍、梁王立来朝,明旦当辞去,上宿供张白虎殿。又欲拜左将军孔光为丞相,已刻侯印书赞。昏夜平善,向晨,傅绔袜欲起,因失衣,不能言,昼漏上十刻而崩。”①白虎殿在未央宫,为召见群臣之所。由此记载看来,汉成帝当因劳累过度中风而死,而非小说所说的因服春药过多阳泄而死。

(6)关于赵氏姊妹的结局问题。据《汉书·外戚传》,成帝死后,“民间归罪赵昭仪,皇太后诏大司马莽、丞相大司空曰:‘皇帝暴崩,群众讙哗怪之。掖庭令辅等在后庭左右,侍燕迫近,杂与御史、丞相、廷尉治问皇帝起居发病状。’赵昭仪自杀”②。赵昭仪因为成帝已死,没有了靠山,杀皇子之事必得追究,故畏罪自杀,非如小说所说,赵昭仪因为自己用春药害死皇帝,半恐惧半殉情呕血而死。赵飞燕因曾主张立哀帝为太子,故在哀帝即位后被尊为皇太后,直到哀帝去世,才被王莽逼迫自杀。此事与主题表达无关,故小说没作交代,而非小说结构不完整。③ 小说不同于历史,但它毕竟依托一定的历史事实。我们将小说内容与历史记载进行比照研究,可以更清楚地认识小说的艺术价值,更深入透彻地把握小说的思想意蕴。

五、小说的主题及怎样表达了这个主题

《赵飞燕外传》通过历史事件的再叙述和历史人物的再塑造,

---

① 班固《汉书》卷九十七,第3989~3990页。

② 班固《汉书》卷九十七,第3990页。

③ 李剑国《“传奇之首”〈赵飞燕外传〉》,《古典文学知识》2004年第1期。

表达了深刻的主题。《自序》中说：

> 子于语通德曰："斯人俱灰灭矣。当时疲精力驰，骛嗜欲蛊惑之事，宁知终归荒田野草乎！"①

这可以说就是小说的主题。人生前不守人间礼义，放纵自己的欲望，用尽心机，争斗搏攫，取得富贵荣华，当时风光，却不知到头来一切归于空无寂灭。这是典型的唐人儒释道合一的思想观念。这种通过叙史表达的思想观念，已经超出了个人、时代，甚至历史的兴衰，达到了宇宙哲理的高度。

那么，作者是怎样表达这个主题的呢？小说是否充分地表达了这个主题呢？这还得回到《飞燕外传自序》：

> 通德奏子于曰："夫淫于色，非慧男子不至也。慧则通，通则流，流而不得其防，则百物变态，为沟为壑，无所不往焉。礼义成败之说，不能止其流，惟感之以盛衰奄忽之变，可以防其坏。今婢子所道赵后姊弟事，盛之至也；主君怆然有荒田野草之悲，衰之至也。婢子拊形属影，识夫盛之不可留，衰之不可推，俄然相缘奄忽。虽婕妤闻此，不少遣乎！"②

这里说得明白，礼义说教苍白无力，只有盛衰奄忽、俄然相缘之至理才能从灵魂深处触动那些沉溺于欲望之中的人。《赵飞燕外传》通过改造历史，弥纶故事，塑造人物，有效地体现了作者的这个初衷。小说叙事本身就有一个人物由贱而贵，由盛转衰的精巧结构。作者用生动的笔墨，描写了赵氏姊妹出众的容色体貌、歌喉舞态，以及她们的自我欣赏和万般卖弄；用婉转曲折的笔触，表

---

① 严可均《全汉文》，第578页。按，笔者对引文标点有校改。

② 严可均《全汉文》，第578页。

现了赵氏姊妹享受荣华富贵时的得意。而就在人物洋洋得意之时,叙写笔墨酣畅之际,形势陡转直下,眼前一切归于空无寂灭。这甚至不如黄粱一梦,黄粱之梦尚有梦醒之时,而人生的际会却往往容不得当事人醒来便烟消云逝了。作者正是通过这种极盛与极衰的强烈对比来表达自己的主题思想的。

汉代琅邪地区道家思想的演变及其对政治的影响

琅邪文化是燕齐文化的一部分，由于特殊的地理位置和人文环境，它又形成了自己独特的文化形态。

古代燕齐大地，本是所谓东夷地区，这里濒临大海，很早就有海上交通，这使这个地区成为一个思想开放活跃，善于接受新事物、容纳新观念的地区。姜太公封于齐，因俗而治，这个地区在经济得到极大发展的同时，也形成了特色鲜明的燕齐文化圈。燕齐文化以多基质、包容性强、开放多变为其特色。因时适变、应物无方的黄老道家思想，很早就在这里流行，并对当时的国家政治活动及人们的思想观念产生很大影响。琅邪文化在这样的文化大环境中形成，但与其他地区相比，它的道家文化色彩似乎更浓一些。据史料记载，春秋早期的大政治家管仲，治国用兵，善于因应时变，反败为功，将道家的"因循"思想娴熟地运用于政治和军事活动中。这自然会对齐国的政治思想和社会观念产生广泛而深远的影响。如果说这种影响还是燕齐文化所共有的话，那么琅邪文化还有它形成道家文化传统的独特的因缘。据《吴越春秋》记载，越王勾践灭吴以后，徙都琅邪，奉尊周室，号令诸侯，成为春秋霸主之一。自勾践至于王亲，共历八主，积二百二十余年而后去琅邪而徙于吴。而帮助越王勾践复国灭吴的重臣范蠡、计研，都是具有浓重道家思想的人物，他们虽然在勾践徙都琅邪以前便或隐遁或佯狂，但他们的治国思想必然在琅邪继续得到施行。如果《吴越春秋》的记载可靠，那么越国在琅邪立国二百余年，这种思想对当地文化的影响必然是极为广泛和深远的。

又据《史记·乐毅列传》载：

> 华成君，乐毅之孙也。而乐氏之族有乐瑕公、乐臣公，赵且为秦所灭，亡之齐高密。乐臣公善修黄帝、老子之言，显闻于齐，称贤师。①

乐瑕公、乐臣公因避战乱而逃往琅邪地区，大概不仅仅因为这里比较偏僻、安定，也因为这里的文化氛围与自己的文化观念相和谐。而他们的文化传播，自然更加重了琅邪地区的道家文化色彩。由此可见，早在先秦时代，琅邪文化就已经形成了它的道家文化特色。历史进入汉代，琅邪文化的这个特点继续得以保持并对汉代政治产生了相当的影响。自然，随着汉代政治形势和社会思潮的变化，琅邪文化中的道家思想也呈现出不同的面貌，相应地，其对汉代国家政治的影响也表现出不同的形态。以下笔者将运用手头掌握的材料，对琅邪文化中的道家思想在两汉不同时期的表现及其对现实政治的不同形式的影响作一粗略的勾勒。

一、西汉初期：盖公与“休养生息”政策

西汉建立后，适应当时因长期战乱而造成的民生极端凋敝的

① 司马迁《史记》卷八十，中华书局1959年版，第2436页。

状况，统治者正确地实行了“清净无为”“与民休息”的治国方略，使社会局势很快安定下来，社会生产得以迅速恢复和发展。尽管西汉时期有从战国中期以来因黄老学说的广泛传播而形成的学术氛围和社会心理基础，尽管刘邦的一些开国重臣如张良、陈平等都颇具黄老思想，但当时汉统治者实行这种“休养生息”政策还主要是一种不自觉的行为，主要是当时上自皇帝、大臣，下至兵士、商民人心思定的结果。而使这种国策成为一种自觉行为，并为之提供理论根据的，则是教授于琅邪一带的盖公。《史记·乐毅列传》载：

> 乐臣公学黄帝、老子，其本师号曰河上丈人，不知其所出。河上丈人教安期生，安期生教毛翕公，毛翕公教乐瑕公，乐瑕公教乐臣公，乐臣公教盖公。盖公教于齐高密、胶西，为曹相国师。①

又据《史记·曹相国世家》：

> 参之相齐，齐七十城。天下初定，悼惠王富于春秋，参尽召长老诸生，问所以安集百姓，如齐故诸儒以百数，言人人殊，参未知所定。闻胶西有盖公，善治黄老言，使人厚币请之。既见盖公，盖公为言治道贵清净而民自定，推此类具言之。参于是避正堂，舍盖公焉。其治要用黄老术，故相齐九年，齐国安集，大称贤相。②

曹参听从盖公之言，用黄老之术安集了情况复杂的诸侯大国齐国，后来他入朝继萧何为相，又说服汉惠帝以清净无为之术治国，

---

① 司马迁《史记》卷八十，第 2436 页。

② 司马迁《史记》卷五十四，第 2028 ~ 2029 页。

使刚刚建立的汉朝政权得以巩固，社会生产迅速恢复和发展。曹参本人也受到百姓的歌颂和怀念。

二、西汉中后期：王吉、贡禹与“托古改制”运动

汉初的所谓“清净无为”，毕竟是一种适应特定历史条件的近乎因循苟且的治国策略，随着社会形势的变化，它的弊端便很快暴露出来了。于是汉武帝接受董仲舒的建议，尊崇儒术，用儒家学说缘饰专制政治，汉朝“霸王道杂之”的治国之策形成并完善。由于儒学受到推崇，读经成为士人踏入仕途的主要途径，于是整个社会学风大变，士人无论原先信仰如何，莫不读经。琅邪地区文化面貌的演变也是如此。在西汉中晚期政治舞台上产生较大影响的琅邪人王吉、贡禹的思想面貌和政治活动可以代表这种转变。《汉书》将王吉、贡禹与龚胜、龚舍、鲍宣等人同传，称他们“皆以礼让进退”，是与商山四皓、郑子真、严君平这些“近古之遗民”同类的人物。表明他们虽然以明经洁行进仕，实则他们的文化底蕴属于道家。这一点，王吉尤为典型。《汉书》本传说，从王吉至其孙崇，世名清廉，然“皆好车马衣服，其自奉养极为鲜明，而亡金银锦绣之物。及迁徙去处，所载不过囊衣，不畜积余财。去位家居，亦布衣疏食。天下服其廉而怪其奢，故俗传‘王阳能作黄金’”①。这种生活态度，完全是道家的作风。特别是俗传的“能作黄金”，应该就是指道家的所谓点金术。又据《晋书·王祥传》，王祥、王览是王吉之后，而两晋南北朝琅邪王氏乃天师道世家。由上两点虽不能断定琅邪王氏自王吉便信奉道教，但此家族至少

① 班固《汉书》卷七十二，中华书局1962年版，第3068页。

自王吉始便世修道家学说则是完全可能的。不过，王吉、贡禹在当时是以大儒的形象出现在政治舞台上，并成为西汉中后期托古改制的先锋人物的。早自汉朝建立起，社会上就存在着一股用儒家学说改造现实政治的潜流，不过这种企图受到专制政治的强力抵制，贾谊、董仲舒等人的政治活动和人生遭遇可以说明这一点。西汉中晚期，随着儒学的进一步发展，儒生势力越来越强大，而皇权趋于衰微，于是这种用儒家思想改造现实政治的思潮逐渐演变成为规模宏大的“托古改制”运动，而王吉、贡禹则是这个运动的先锋和中坚人物。早在宣帝时期，王吉就针对朝廷政治现状提出了“述旧礼、明王制”的建议，认为汉朝至今尚未建立起自己的礼制，这也正是汉朝至今没有达到至治的原因。汉朝若要比隆三代，建立和洽雍熙的社会，就应该“述旧礼、明王制”，因为礼制是治国之本，“本立而末成”。这个建议自然不能引起兼行霸王道的汉宣帝的兴趣，于是“上以其言迂阔，不甚宠异也”。然而，西汉末的礼制改革运动从此开始。贡禹紧随王吉，在元帝即位之后，对朝廷政治提出批评并提出了一系列改革的建议，这些建议的内容主要包括：改革赋算口钱、取消钱币、废除赎罪之法、遵循古礼、节制嗜欲、罢毁郡国宗庙、定宗庙迭毁之礼等。由王吉、贡禹等人的改革内容来看，西汉中后期儒生们的托古改制运动，把仅仅处在社会政治制度仪式层面的礼仪制度当成了政治制度本身，把礼制的改革当成了改制的目的。即使这样，他们的改革仍然遇到了重重阻力。

西汉人喜言阴阳灾异，儒生们把它当作批评朝政、迫使统治者接受自己政治主张的重要手段。在西汉后期的托古改制运动中，儒生们更是频繁地运用这个手段，向统治者施加压力。琅邪文化中的灾异说则更多地与道家、道教思想结合起来，呈现出明显的道教色彩。《汉书·眭两夏侯京翼李传》载：

> 初，成帝时，齐人甘忠可诈造《天官历》《包元太平经》十二卷，以言“汉家逢天地之大终，当更受命于天，天帝使真人赤精子，下教我此道”。忠可以教重平夏贺良、容丘丁广世、东郡郭昌等，中垒校尉刘向奏忠可假鬼神罔上惑众，下狱治服，未断病死。贺良等坐挟学忠可书以不敬论，后贺良等复私以相教。①

由上引可以知道，早在西汉后期，琅邪地区的道教就已经相当兴盛，不仅形成自己的理论体系，且影响于朝廷的政治。后哀帝即位，夏贺良再申其师之说，汉哀帝因“久寝病，几其有益”，便听从夏贺良等人的建议，改元易号，变革制度。因无所效验，夏贺良等人以“执左道、乱朝政”的罪名被诛。

在西汉末的托古改制运动中，琅邪文化实以多种方式影响了当时的朝廷政治。

三、东汉初期：伏湛、淳于恭等人对朝廷政治的翼戴与应和

东汉政权建立后，统治者虽然仍旧尊崇儒学，但鉴于西汉王朝大权旁落的教训，便加强了对人们特别是对文士们的思想控制，他们一方面施行礼仪教化，另一方面又严肃吏治，将人们的思想意识控制在专制统治的规范之内。同时，由于两汉之交长期的战乱，造成社会生产的极大破坏，百姓穷苦流落，统治者不得不吸

---

① 班固《汉书》卷七十五，第3192页。

纳道家的治国之术，实行休养生息政策，以宽缓之道治民。《后汉书·光武帝纪》载：

> 甲申，幸章陵。修园庙，祠旧宅，观田庐，置酒作乐，赏赐。时宗室诸母因酣悦，相与语曰："文叔少时谨信，与人不款曲，唯直柔耳。今乃能如此！"帝闻之，大笑曰："吾理天下，亦欲以柔道行之。"①

可知在光武帝的治国理念中，是有相当的自觉的道家思想意识在里面。由此可知，东汉初期的治国思想，是一个融合儒、道、法等各家思想的政治思想体系。

这个时期琅邪文化与朝廷政治思想和文化政策颇为适应。琅邪人伏湛，虽无功于东汉政权的建立，却以"名儒旧臣"为光武所器重，代邓禹为大司徒，封阳都侯。史称伏湛"虽在仓卒，造次必于文德，以为礼乐政化之首，颠沛犹不可违"②。这正是他被光武帝看中的原因。伏湛的被重用，对于当时天下百姓的安集，朝廷礼乐教化政策的施行，都起了很大的作用。伏氏家族，奉儒守官，与东汉相始终。然而，这个时期能代表琅邪文化特点的，应该是淳于恭。《后汉书》本传说他"善说《老子》，清静不慕荣名"，然"举动周旋，心由礼度。建武中，郡举孝廉，司空辟，皆不应，客隐琅邪黔陬山，遂数十年"。又说：

> 建初元年，肃宗下诏美恭素行，告郡赐帛二十匹，遣诣公车，除为议郎。引见极日，访以政事，迁侍中骑都尉，礼待甚优。其所荐名贤，无不征用。进对陈政，皆本道德，帝与之

---

① 范晔《后汉书》卷一，中华书局1965年版，第68~69页。

② 范晔《后汉书》卷二十六，第895页。

言,未尝不称善。①

淳于恭的思想,杂糅儒道,所以他能得到皇帝的重用和褒美。

四、东汉中晚期:郎顗、襄楷的政治批评

东汉中晚期,宦官与外戚交替专权,政治日趋黑暗,社会动荡不安。对此,王符、崔寔等人针对现实政治提出了全面、深刻的批评,并提出了一系列改良政治的建议,无奈或是政权为外戚所把持,或是皇帝为宦官所包围,因而即使皇帝想有所作为也不能够,更何况他们大多庸惰不思振作。此时来自琅邪文化系统的郎顗、襄楷用自己的独特方式,对朝廷政治提出批评,并提出改善政治的措施。史称郎顗"父宗,字仲绥,学《京氏易》,善风角、星算、六日七分,能望气占候吉凶,常卖卜自奉。安帝征之,对策为诸儒表,后拜吴令"。"顗少传父业,兼明经典,隐居海畔,延致学徒常数百人。昼研精义,夜占象度,勤心锐思,朝夕无倦"。② 可知郎顗的批评方法与王符、崔寔不同,他将儒家经义、道家观念、阴阳灾异、图谶纬候及民间方技结合起来,形成自己的批评方法,对当时的现实政治提出了比较全面的批评,并提出自己的改革建议。这些建议虽未得到施行,却也引起了皇帝及朝廷的重视。襄楷的批评方法与郎顗有所不同。《后汉书》本传:

臣(襄楷)前上琅邪宫崇受干吉神书,不合明听。……前者宫崇所献神书,专以奉天地顺五行为本,亦有兴国广嗣之术。其文易晓,参同经典,而顺帝不行,故国胤不兴,孝冲、孝

① 范晔《后汉书》卷三十九,第1301页。
② 范晔《后汉书》卷三十,第1053页。

质频世短祚。①

襄楷的思想自然是来自宫崇的思想。这种思想是将道家道教思想、儒家思想、阴阳家思想及民间方技结合在一起,而道教的成分更多一些。这表明,时至东汉中晚期,琅邪文化中的道家思想已经随着社会思潮的变化逐渐演变为道教思想。《后汉书·郎顗襄楷传》又说:

初,顺帝时,琅邪宫崇诣阙,上其师干吉于曲阳泉水上所得神书百七十卷。皆缥白素朱介青首朱目,号《太平清领书》。其言以阴阳五行为家,而多巫觋杂语。有司奏崇所上妖妄不经,乃收藏之。后张角颇有其书焉。②

由此条材料可以知道,道教思想很早便在琅邪地区产生,并对东汉末年的黄巾大起义产生了很大影响。陈寅恪先生说:"琅邪为于吉、宫崇之本土,实天师道之发源地。"③确实是信而有征的。

汉代琅邪文化中的道家思想,随着政治形势和社会思潮的变化而不断改变其形态,最终衍生出对后世政治和社会产生深刻影响的天师道。这种不断变化的道家、道教思想,相应地对汉代不同时期的政治产生了较大的影响。

---

① 范晔《后汉书》卷三十,第1080~1081页。

② 范晔《后汉书》卷三十,第1084页。

③ 陈寅恪《金明馆丛稿初编》,三联书店2001年版,第4页。

东汉初吴越学人探论

江南开发远较北方为晚。战国末期，以屈原、宋玉等人为主体的南方作家群崛起，以其鲜明的地域色彩和高超的创作艺术，创造了迥异于作为北方文化代表的《诗经》的另一种诗体——楚辞，成为中国古代诗歌的另一个源头。随着楚国的灭亡，楚地文化和文学创作也走向黯淡。秦朝实行钳制文化的政策，使文化本来落后的江南学术和文学创作更如雪上加霜。汉朝建立后，实行较为宽松的文化政策，至武帝，崇尚儒学，立五经博士，设博士弟子员，行郎吏制度，为读书人开禄利之途，激励了人们的读书积极性，促进了文化迅速而广远的传播。这不仅使广大的中原地区人文兴盛，边远地区文化也迅速崛起，形成颇具特色的区域文化中心。这些文化，以其巨大的成就，连同它们的地域特色，对当时和后世的学术、思想和文学创作产生了巨大影响。如西汉中晚期蜀地文化崛起，产生了大批学者文人，突出者如司马相如、王褒、严遵、扬雄等，他们在学术和文学上对当时和后世的巨大影响已经得到人们的广泛认可。《汉书·地理志》记载，蜀地自司马相如"以文辞显于世，乡党慕循其迹。后有王褒、严遵、扬雄之徒，文章冠天下”①。而南方文化中继蜀文化而崛起的,则是东汉初期的吴越文化。

西汉时期,吴越地区文化发展和文学创作还相对沉寂。这时期虽然出现了一些学者和文学家,如庄忌、庄助、朱买臣等,但成就不大,没有对主流文化产生大的影响。据《汉书·艺文志》,儒家类中有《庄助》四篇;诗赋类中有《庄夫子赋》二十四篇,《严助赋》三十五篇,《朱买臣赋》三篇,《庄匆奇赋》十一篇。② 这些人虽然受当时学术和文学创作风气的影响,修习儒家经典并进行辞赋创作,如朱买臣以“说《春秋》、言《楚词》”而得到汉武帝的宠幸③,但他们主要是一些轻脱纵横之士,注意力在事功而不在学术。直到西汉末期,吴越地区才出现了一些通经之士。如无锡人虞俊,精通《春秋公羊传》,光武帝旌表其墓。会稽曲阿人包咸,“少为诸生,受业长安,师事博士右师细君,习《鲁诗》《论语》”④。光武帝时,至洛阳授皇太子《论语》,官至侍中、右中郎将、大鸿胪。西汉近二百年的和平发展,为本地区文化的崛起准备了较充分的条件。首先,江南地区的经济开发为本地区文化的发展准备了良好的物质条件。如刘濞为吴王,统治三郡五十余县,即铜山铸钱,就海煮盐,三十余年中无赋,有力地促进了本地区的经济发展。其次,循吏变易不良风俗,自觉传播思想文化知识,有效地促成了本地区文化风貌的改变。汉朝选拔学业有成的儒生为郡国官吏,他们大都自觉地按照孔子先富民后教民的方针治理州郡,一方面发

① 班固《汉书》卷二十八,中华书局 1962 年版,第 1645 页。
② 班固《汉书》卷三十,第 1747 ~ 1748 页。
③ 班固《汉书》卷六十四,第 2791 页。
④ 范晔《后汉书》卷七十九,中华书局 1965 年版,第 2570 页。

展生产，一方面施行教化。如第五伦做会稽太守，禁绝百姓“以牛祭神”的恶习，推广牛耕，生产得到发展，百姓安居乐业。儒吏往往借助手中的权力，利用“条教”和直接授徒的方法来教化百姓，传播文化知识。如大儒董仲舒曾任江都相，以儒家思想观念和礼仪规范辅导江都王。琅邪人鲁伯，治《施氏易》，曾任会稽太守。张无故传小夏侯《尚书》，曾任广陵太傅。再次，由于汉朝尊崇儒学，儒生学业成就，可以为郎为吏，这大大刺激了人们的读书兴趣，吴越地区也有不少人远离家乡求学问道。如会稽人包咸，就曾求学长安，精通《鲁诗》《论语》，后为皇太子师。最后，西汉末中原大乱，许多中原人为躲避战乱而移居江南，其中包括大量世族大户。他们把北方先进的文化带到江南，促进了当地经济和文化的发展。如王充，祖上本是魏郡元城人，西汉末迁居会稽。王充成为东汉吴越地区最有成就的思想家和文学家。所有这些，使吴越地区在东汉初期产生了大批学者和文学家，成就巨大，地域色彩也颇鲜明，但因地域僻远，其对当时主流文化没有产生直接而明显的影响，因而没有引起人们应有的重视。本文将对东汉初期吴越学人群体的基本情况作一探讨。

王充在《论衡·案书篇》中说：

> 案东番邹伯奇，临淮袁太伯、袁文术，会稽吴君高、周长生之辈，位虽不至公卿，诚能知之囊橐，文雅之英雄也。观伯奇之《元思》，太伯之《易章句》，文术之《咸(箴)铭》，君高之《越纽录》，长生之《洞历》，刘子政、扬子云不能过也。①

由此可知，东汉初期，吴越地区出现了一个文人群体，其学术与文

① 黄晖《论衡校释》，中华书局1990年版，第1173～1174页。

学成就之大，王充认为足可与前世一流学者、文人相抗衡，并引以为自豪。

事实上，东汉初期吴越地区的学者文人还不止这些。今综合王充在《论衡》中的记述及《后汉书》《越绝书》《吴越春秋》等典籍的记载，将东汉初期吴越地区著名学者、文人列表如下：

姓名	籍贯	主要著作	出处
王充	会稽	《论衡》《政务》《讥俗节义》《养性》《六儒论》	《后汉书》《论衡》
赵晔	会稽	《韩诗谱》《吴越春秋》《诗细历神渊(诗神泉)》	《后汉书》《论衡》《隋书·经籍志》
邹伯奇	东番	《元思》《检论》	《论衡》
袁太伯	临淮	《易章句》	《论衡》
袁文术	临淮	《咸(箴)铭》	《论衡》
周树	会稽	《洞历》	《论衡》
袁康　吴平	会稽	《越绝书(越纽录)》	《越绝书》《论衡》
谢夷吾	会稽	《上书荐王充》《与张凉州书》	《后汉书》《太平御览》

东汉初期吴越学人的这许多著作大多失传或散佚，流传到现在的仅有《论衡》《越绝书》《吴越春秋》等少数几部作品，这为我们全面研究这个文人群体的面貌造成了很大的困难，因而，我们只能依据现存有限的资料对其学术品格和文学特点作一大概的探讨和总结。

一、题材和体裁的多样性

东汉初期吴越学人的著作，数量较大，内容丰富，所涉及的领域广泛，大致可以分为四类。其一为解经类，如袁太伯的《易章句》，赵晔的《韩诗谱》《诗细历神渊》等。这些作品皆已亡佚，但从作品题目来看，东汉吴越学者除继承西汉传统的解经方法外，又有自己的独到之处。其尤著者为赵晔。《后汉书》本传说赵晔“少尝为县吏，奉檄迎督邮，晔耻于厮役，遂弃车马去。到犍为、资中，诣杜抚受《韩诗》，究竟其术”①。其《韩诗谱》详细内容虽不可知，但据东汉末郑玄《诗谱叙》，知道郑玄《诗谱》的内容主要是论说诗的产生、功能作用和内容风格的变迁，赵晔《韩诗谱》的内容大概也是如此。然则赵晔又是一位在《诗经》研究上独辟蹊径的人。至于他的《诗细历神渊》则更为独特，单从名称来看，颇像是一部纬书。《后汉书》本传说：“蔡邕至会稽，读《诗细》而叹息，以为长于《论衡》。”②那么本书很可能是一部讨论《诗经》的论说性著作。由此可知，东汉吴越学人在解经方面也有自己的特色和独特贡献。其二为史传类，如袁康、吴平的《越绝书》，赵晔的《吴越春秋》，周树的《洞历》等。前两书基本保存下来，《洞历》则已亡佚。《越绝书》和《吴越春秋》有渊源关系。一般认为，后者是在前者的基础上加工创作而成的。这是两部地方史著作，通过叙述春秋末期吴越两国争霸的史事，反映了吴越地区的地理环境、经济特点、民风民俗和人们的精神面貌。在叙写过程中，也体现了作者本人的某些思想观念和意识。《洞历》的具体内容不可详知，但王充在《论衡·超奇篇》曾作介绍：“长生之才，非徒锐于牒牍也，作《洞历》十篇，上自黄帝，下至汉朝，锋芒毛发之事，莫不纪载，与太史公《表》《纪》相似类也。上

①② 范晔《后汉书》卷七十九，第2575页。

通下达，故曰《洞历》。然则长生非徒文人，所谓鸿儒者也。”①由此介绍可知，周长生的《洞历》是一部通史性著作，但又并非用以详述历史事实，而是要通过叙史来表达自己的思想观念。其三为论说类，如王充的《论衡》《政务》，邹伯奇的《元思》《检论》等。这些著作只有《论衡》比较完整地保存下来。《论衡》为“疾虚妄”之书，此众所周知。《政务》，从题目来看，当为王充正面阐发政治见解的著作。唯邹伯奇《元思》《检论》的内容难以情测。王充在《论衡·感类篇》中说：“邹伯奇论桀、纣恶不如亡秦，亡秦不如王莽，然而桀、纣、秦、莽之死不以雷电。”②则邹伯奇的著作也同王充的《论衡》一样，是用以反对当时流行的天人感应、谶纬迷信思想的。其四为讥世诫俗类，如王充的《讥俗节义》《养性书》，袁文术的《咸(箴)铭》等。这些著作已亡佚，从其题目看，应该是一些批评不良习俗、劝诫后生子弟、阐发生活经验的著作。由上述可知，东汉初吴越学者和文学家的著作题材广泛，风格多样。

二、鲜明的地域文化色彩与自觉的本土文化意识

战国末期，屈原、宋玉等人的作品，因其书楚语、作楚声、纪楚地、名楚物而被称为“楚辞”，成为楚文化的杰出代表，其具有浓郁的地域文化色彩是不言而喻的。东汉初期，吴越文化的崛起，是在汉代儒学昌炽、儒家思想观念渗入社会各文化领域的情境下产生的，故而其地域文化色彩不如“楚辞”那样浓重。虽然大部分著

① 黄晖《论衡校释》，第 613 ~614 页。

② 黄晖《论衡校释》，第 802 页。

作已经失传或散佚，为我们认识东汉初吴越文化的地域特色增加了困难，但我们仍然能够从现存的少数几部著作中，体会到较为浓重的地域文化色彩。《越绝书》与《吴越春秋》是东汉初吴越作家流传到现在的较为完整的两部史传著作，两书以生动的情节，鲜明的形象，记吴越之地，写吴越之人，叙吴越之事，反映了吴越地区的风土民情、习俗性行和文化心理，特别是把吴越地区轻忽飘疾、轻死善斗的社会风俗渲染得淋漓尽致。《汉书・地理志》记载吴越地区的民风民俗说："吴、粤之君皆好勇，故其民至今好用剑，轻死易发。"①这种地域文化色彩，在《越绝书》和《吴越春秋》中有十分鲜明的反映。如救渡伍子胥的渔丈人，为消除伍子胥的疑虑，覆船自沉而死；为奉养母亲而三十未嫁、赠饭以救伍子胥于疾病饥饿之中的濑水女子，自以为自己的行为是"越亏礼仪"，竟投水而死；莫邪为助丈夫铸成宝剑，竟毅然投入熊熊的火炉之中；要离为成就其所谓"忠义"，竟让吴王杀其妻子，焚尸扬灰，又自断其左臂，以取得庆忌的信任，在杀掉庆忌后，又伏剑而死；如此等等，都给人留下深刻的印象。王充《论衡》在议论上的锐利矫激风格，也受到地域文化的沾溉。刘熙载在《艺概・文概》中说："王充《论衡》独抒己见，思力绝人，虽时有激而近僻者，然不掩其卓诣。"②章太炎说王充：

> 作为《论衡》，趣以正虚妄，审向背。怀疑之论，分析百耑。有所发擿，不避上圣。汉得一人焉，足以振耻。至于今，亦鲜有能逮者也。然善为锋芒摧陷，而无枢要足以持守。惟

---

① 班固《汉书》卷二十八，第1667页。

② 刘熙载《艺概》，上海古籍出版社1978年版，第16页。

内心之不光颎，故言辩而无继。①

这正与吴越之人轻疾善斗、不计利害、蹈死不疑的民俗和心理相一致。

吴越作家对于本土文化的特质有比较清醒的认识，他们守持这种文化，维护这种文化，甚至宣扬这种文化。《越绝外传记地传》说：

勾践伐吴，霸关东，从琅邪起观台。台周七里，以望东海。死士八千人，戈船三百艘。居无几，躬求贤圣。孔子从弟子七十人，奉先王雅琴，治礼往奏。勾践乃身被赐夷之甲，带步光之剑，杖物卢之矛，出死士三百人，为阵关下。孔子有顷姚稽到越。越王曰："唯唯，夫子何以教之？"孔子对曰："丘能述五帝三王之道，故奉雅琴至大王所。"勾践喟然叹曰："夫越性脆而愚，水行而山处；以船为车，以楫为马；往若飘风，去则难从；锐兵任死，越之常性也。夫子异则不可？"于是孔子辞，弟子莫能从乎。②

勾践虽然已经称霸诸侯，并把自己的国都迁往中原，但他仍要继续保持自己的文化特性，拒斥来自中原文化的渗透。类似的内容也见于《吴越春秋·勾践伐吴外传》。这里的叙述并不符合历史事实，它可能是要传达作者的某种思想观念，即表达对于本土文化的守持和维护，至少是要说明吴越文化与中原文化是有极大不同的。《吴越春秋·吴王寿梦传》也说：

寿梦元年，朝周，适楚，观诸侯礼乐。鲁成公会于钟离，

---

① 章太炎《检论》，刘梦溪主编《中国现代学术经典·章太炎卷》，河北教育出版社1996年版，第228页。

② 袁康、吴平《越绝书》卷八，上海古籍出版社1985年版，第58页。

深问周公礼乐，成公悉为陈前王之礼乐，因为咏歌三代之风。寿梦曰："孤在夷蛮，徒以椎髻为俗，岂有斯之服哉?"因叹而去，曰："於乎哉！礼也。"①

吴王寿梦因朝周而有机会观周之礼乐，他似乎对周公礼乐也颇感兴趣，但当他对先王礼乐有了深入了解以后，便明确意识到中原礼乐文化与吴越地区民俗风习的巨大差异，于是他明确表露出对于中原礼乐文化的鄙夷而深加拒斥。这也同样反映了作家本人的思想倾向。

王充对吴越文化的存在及其特质同样有明确的认识，这表现在他有意识地记录本地区的作家及其作品，并在其著作中屡次地宣扬他们的学术成就，并以此而感到自豪。

三、张扬吴越文化，与中原文化争雄的企图明显

好勇争强，是吴越人的秉性。《越绝书》《吴越春秋》的中心内容，就是叙写吴越两国之间的争强斗胜。其中吴楚、吴越之间的长期争斗，是书中最生动、最精彩的内容。后人多称两书为复仇之书，确实是有道理的，因为其中不仅记叙了国与国之间的争斗与复仇，也叙写了人与人之间的怨愤与复仇。书中还记载某一个国家足够强大的时候，便北上中原，威服诸侯，与老牌霸主争夺盟主之位。如越国在消灭吴国以后，便称霸关东，并徙都琅邪，将越国的军事和文化势力扩展到中原。《越绝书》和《吴越春秋》的作者细致曲折甚至夸张渲染地叙写这样的故事，除了对于本土文

① 周生春《吴越春秋辑校汇考》卷二，上海古籍出版社 1997 年版，第 18 页。

化的自豪感外,似乎还表现了张扬地方文化并以之抗衡中原文化的企图。

王充对于吴越地域文化的认识更为清晰,他维护、揄扬这种文化,并以之与中原文化相比对、相抗衡。他在《论衡·超奇篇》中说:

> 前世有严夫子,后有吴君高,末有周长生。白雉贡于越,畅草献于宛,雍州出玉,荆、扬生金。珍物产于四远,幽辽之地,未可言无奇人也。孔子曰:"文王既没,文不在兹乎!"文王之文在孔子,孔子之文在仲舒,仲舒既死,岂在长生之徒与?何言之卓殊,文之美丽也!唐勒、宋玉,亦楚文人也,竹帛不纪者,屈原在其上也。会稽文才,岂独周长生哉?所以末论列者,长生尤逾出也。九州多山,而华、岱为岳;四方多川,而江、河为渎者,华、岱高而江、河大也。长生,州郡高大者也。同姓之伯贤,舍而誉他族之孟,未为得也。长生说文辞之伯,文人之所共宗,独纪录之,《春秋》记元于鲁之义也。①

用充满自豪感的语气赞扬了吴越地区的先贤和时彦,并说明东汉初期在吴越地区出现了一个文人群体,其中尤为突出者为周树,成就之大足可继武董仲舒。王充引用孔子的话说明,当时中原地区的儒学已经衰微,学术中心已经转移到吴越地区。这当然有些夸大其辞,但反映了王充对于新崛起的吴越文人群体的体认和维护。

这种思想意识,王充在自述《论衡》的创作宗旨时也有所流

---

① 黄晖《论衡校释》,第614~615页。

露,《论衡·对作篇》:

是故《论衡》之造也,起众书并失实,虚妄之言胜真美也。故虚妄之语不黜,则华文不见息;华文不放流,则实事不见用。故《论衡》者,所以铨轻重之言,立真伪之平,非苟调文饰辞,为奇伟之观也。其本皆起人间有非,故尽思极心,以机世俗。①

当时以博士系统为中心的北方学术,充满了曲解、虚言和迷信,特别是天人感应说和谶纬神学,将儒学搞得乌烟瘴气。王充运用锐利之笔,批谬揭伪,将当时儒学发展的真面目昭示给世人。当时会稽人谢夷吾在荐举王充的上书中说:“充之天才,非学所加,虽前世孟轲、孙卿,近汉扬雄、刘向、司马迁,不能过也。”②这当然是褒扬过当,但反映了吴越士人对本土文化的张扬及企图凌越当时北方中原文化的心理。

四、奇矫凌厉的文章风格

东汉初吴越学者著述丰富,由于诸种原因,大部分作品已经失传或散佚,即从现存的少数几部作品来看,尽管体裁各别,它们仍有大致相同的风格。吴越民族具有飘忽轻捷的气性和超凌争胜的心理,这使其形成使气善斗、推锋而进、快意复仇、不计生死的民风民俗。这种民族风习和民族心理使吴越作家的文章呈现出雄壮激切、奇矫凌厉的风格特征。作为这种文章风格的表现,无论是《越绝书》《吴越春秋》,还是《论衡》,多用快捷矫激的短

① 黄晖《论衡校释》,第1179页。
② 范晔《后汉书》卷四十九,第1630页。

句，用以描写人物、叙述事件、发表议论。《越绝书》尤为典型，以三字句、四字句为主，且时时使用整齐押韵的四字句。《吴越春秋》的语句虽有所加长，但仍多整齐的四字韵语。有时用四字句组成长句，几个长句再组成排句，使文章气势显得格外矫健壮放。《论衡》则多用气势凌厉、斩截果决的短句，表现王充那种思力矫捷、推廓无前的精神风貌。吴越学人作品的这种风格特征，主要从如下几个方面表现出来：

（1）写人方面。吴越民风奋迅矫激，轻死善斗，推锋而前，不计后果。这种风习在吴越学人作品中对人物的描写上表现得相当明显。如《吴越春秋》中对渔丈人、濑水女子、专诸、要离等人的描写，莫不如此。《越绝篇叙外传记》写范蠡："遭世不明，被发佯狂，无正不行，无主不止。色斯而举，不害于道。亿则屡中，货财殖聚。作诈成伯，不合乃去。三迁避位，名闻海内。去越入齐，老身西陶。"①使用整齐的四字句，气势矫健雄壮。再如《越绝德序外传记》中这样写道：

> 胥死之后，吴王闻，以为妖言，甚咎子胥。王使人捐于大江口。勇士执之，乃有遗响，发愤驰腾，气若奔马；威凌万物，归神大海；仿佛之间，音兆常在。后世称述，盖子胥水仙也。②

文中人物生气勃郁、虽死不屈的气性，再加上斩截脆快、音声铿锵的语言表达，使文章显现出鲜明的矫激凌厉的风格。

（2）叙述描写方面。《越绝书》《吴越春秋》的叙事，脆快矫捷，迅疾凌厉。有时叙述与描写相结合，使文章显得既痛快淋漓，

① 袁康、吴平《越绝书》卷十五，第108页。
② 袁康、吴平《越绝书》卷十四，第102页。

又画面鲜明。如吴王率军在黄池与晋国争霸事件的叙述和场面的描写,就令人惊心动魄。又如《吴越春秋·勾践伐吴外传》中的描写:

> 来至六七里,望吴南城,见伍子胥头巨若车轮,目若耀电,须发四张,射于十数里。越军大惧,留兵假道。即日夜半,暴风疾雨,雷奔电激,飞石扬砂,疾于弓弩。越军坏败,松陵却退,兵士僵毙,人众分解,莫能救止。①

铿锵快捷的四言句式,将吴越地区脆快善斗、蹈死不顾、身死气在的民风民俗形象地表现出来。

(3)论说方面。王充的《论衡》是论说体,其学术背景主要是儒家,同样表现出鲜明的吴越文化风格。王充挟凌厉之势对古今学术、流行观念和世俗民情进行检讨。他认为错的,即推锋而进,讥弹无所回避,甚至问孔、刺孟;他认为对的,则笃信无所怀疑,甚至曲为之辩解。实则王充持论,时有偏激。其《正说篇》中说:

> 儒者说五经,多失其实。前儒不见本末,空生虚说;后儒信前师之言,随旧述故,滑习辞语,苟名一师之学,趋为师教授,及时蚤仕,汲汲竞进,不暇留精用心,考实根核。故虚说传而不绝,实事没而不见,五经并失其实。②

这段议论,固然切中当时经学的要害,但也多有偏激臆断之语。关于王充持论善为锋芒摧陷而无枢要足以持守的特点,古今学者多有评说。黄震在《黄氏日抄·读诸子》中说:“盖充亦杰然以文学称者,惜其初心发于怨愤,持论至于过激,失理之平,正与自名

① 周生春《吴越春秋辑校汇考》卷十,第169页。
② 黄晖《论衡校释》,第1123页。

《论衡》之意相背耳。……凡皆以不平之念,尽欲更时俗之说,而时俗之说之通行者,终不可废。矫枉过正,亦不自觉其衡决至此也。"[①]王充以吴越人的心态、观念和风格向当时主流文化中流行的观念做猛烈的冲击,其基本观念、表达方式具有吴越人那种凌厉无前、蹈死不顾的作风,其冲击主流文化观念的心态,也与吴越作为后起乍强的偏僻小国向中原老牌强国快意复仇的心态十分相似。

五、对后世的影响

西汉中后期蜀地作家司马相如、扬雄等,主要活动在王朝的政治文化中心,其创作风格与当时的主流文化基本一致,地方文化色彩比较淡,相应地,他们的创作对当时文坛的影响也直接而巨大。东汉初吴越地区作家虽也大都有儒学的学术背景,但他们主要活动在本乡本土,远离当时的政治文化中心,因而他们的学术和创作活动对当时主流学术和创作活动所产生的影响也与蜀地作家迥然不同。首先,由于他们地处僻远之乡,他们的学术和创作活动没有对当时的主流文化产生共时的直接的影响。其次,由于他们的作品没有及时而广泛地流传,因而随着时间的流逝而大部散佚失传。吴越作家在学术和思想上对后世产生巨大影响,是东汉末期。《后汉书·王充传》李贤注说:

> 《袁山松书》曰:"充所作《论衡》,中土未有传者,蔡邕入吴始得之,恒秘玩以为谈助。其后王朗为会稽太守,又得其

① 黄震《黄氏日抄》,《四库全书》第708册,上海古籍出版社1989年版,第448~449页。

书,及还许下,时人称其才进。或曰:不见异人,当得异书。问之,果以《论衡》之益。由是遂见传焉。"《抱朴子》曰:"时人嫌蔡邕得异书,或搜求其帐中隐处,果得《论衡》,抱数卷持去。邕丁宁之曰:'唯我与尔共之,勿广也。'"①

《后汉书·儒林传·赵晔传》说:

晔著《吴越春秋》《诗细历神渊》。蔡邕至会稽,读《诗细》而叹息,以为长于《论衡》。邕还京师,传之,学者咸诵习焉。②

由此记载可知,王充、赵晔等人的著作,直到东汉末期才被人带到北方并产生广泛影响。因此,王充等人的治学方法、哲学思想和伦理道德观念对建安时期的学人产生了很大的影响。如孔融、祢衡等人的言行深受王充学说的影响,这已是人所共知的事实③;而王充、赵晔等人的学说通过蔡邕、王朗而对魏晋南北朝学术、思想观念和文学创作所产生的影响,则尤为巨大而深远。

蔡邕是东汉后期的大学者和大文学家,在当时就具有崇高的地位和巨大的影响,其治学与思想受到王充、赵晔等人的影响已如上述。蔡邕晚年,曾将大量书籍赠送给他所知赏的王粲。王粲在汉末战乱时期与其族兄王凯到荆州避难,成为荆州学的重要成员。荆州学重义理、轻章句的学术风格明显受到王充等人治学方法的影响。后来王粲归附曹操,成为邺下文人集团的主要成员之一。魏晋玄学开山人物之一王弼,正是王凯之孙,王粲之继孙。由此可知,王充的学术风格和哲学思想对魏晋玄学的产生和形成

① 范晔《后汉书》卷四十九,第 1629 页。
② 范晔《后汉书》卷七十九,第 2575 页。
③ 黄晖《论衡校释》,第 144 页。

起了导夫先路的作用。胡适在《王充的论衡》中说：

> 以上所述，大半都是侧重批评破坏一方面的。王充的绝大贡献就在这一方面。中国的思想若不经过这一番破坏的批评，决不能有汉末与魏晋的大解放。王充的哲学是中古思想的一大转机，他不但在破坏的方面打倒迷信的儒教，扫除西汉的乌烟瘴气，替东汉以后的思想打开一条大路；并且在建设的方面，提倡自然主义，恢复西汉初期的道家哲学，替后来魏晋的自然派哲学打下一个伟大的新基础。①

这个结论虽有值得商榷之处，但大体而言是颇有见地的。

王朗是三国时期著名的学者和朝廷大员，曾做过四年会稽太守，因研读与中原学术风格迥异的王充等人的著作，北归后时人称其才进。史载其"著《易》《春秋》《孝经》《周官》传，奏议论记，咸传于世"②，则其学术活动也必然受到越地学人治学风格的影响。其子王肃，秉承家学，成为魏晋时期的经学大师。史称："(肃)年十八，从宋忠读《太玄》，而更为之解。"③又说："初，肃善贾、马之学，而不好郑氏，采会同异，为《尚书》《诗》《论语》《三礼》《左氏》解，及撰定父朗所作《易传》，皆列于学官。"④王肃所善贾逵、马融之学，即已有偏重义理、轻视章句的倾向，这与王充等人的治学方法颇为相似，而与郑玄之治学风格颇有不同。故王肃不好郑氏学，因而治学务与郑玄相反。王肃凭借自己杰出的学术成就及与晋朝的特殊关系，成为两晋南北朝在经学领域与郑玄分庭

---

① 胡适《胡适全集》卷八，安徽教育出版社 2003 年版，第 60 页。

② 陈寿《三国志》卷十三，中华书局 1959 年版，第 414 页。

③ 陈寿《三国志》卷十三，第 414 页。

④ 陈寿《三国志》卷十三，第 419 页。

抗礼的经学大师,特别是两晋南朝的经学,王学实占主导地位。

东汉初期吴越学人的学术活动,由于地势僻远,没有立即对当时的主流文化产生明显影响,但它在蛰伏了一段时间后,适应时代思潮的发展趋势,对后世的学术、思想和文学创作实产生了巨大而深远的影响。除上文所举外,清末国学大师俞樾在《读〈越绝书〉》中曾列举了许多该书开风气之先的例子。如《越绝外传·记吴王占梦》写王孙骆移记公孙圣,俞樾认为:"此古公牍文字,虽未必春秋时格式如此,要亦汉人之遗。"①又毕沅在《乾隆醴泉县志序》中说:"一方之志,始于《越绝》。"②认为《越绝书》是我国历史上方志类著作之滥觞。所有这些,都有待于人们的进一步发掘和研究。

---

① 俞樾《春在堂全书》第3册,凤凰出版社2010年版,第139页。

② 毕沅《灵岩山人文集》,中华书局1985年版,第235页。

蔡邕与建安文学

建安文学是中国文学史上最辉煌的阶段之一，它所取得的巨大文学成就，成为文学自觉的不容置疑的实践证据。固然，这个成就的取得，是文学长期发展的结果，但对其产生直接而巨大影响的两位先驱，即张衡和蔡邕，却值得我们提出来做专门研究。尤其是蔡邕，作为汉末著名的经学家、史学家、文学家和艺术家，他对建安文学产生了直接的多方面的影响，可以这样说，对汉末建安学术影响最大的是郑玄，而对汉末建安文学影响最大的则是蔡邕。如果没有蔡邕，建安文学将是另一番样子。

一、蔡邕在人格模式上对建安文人产生的影响

汉代士人的人格结构，主要还局限在社会人格的层面，其内容主要是道德情感和政治情感，也就是“资于事父以事君”的道德完善和政治欲求，这也正是这个时期文学特质尚不能充分显现、文学地位未能独立的内在原因之一。东汉中晚期，随着社会政治形势的变迁，主要是随着道家思想观念的流行，个体生命受到重视，个体价值得到确认，人的主体意识趋于自觉，于是士人的人格结构发生裂变。余英时说：“东汉中叶以后士大夫之个体自觉既

随政治、社会、经济各方面之发展而日趋成熟,而多数士大夫个人生活之悠闲,又使彼等能逐渐减淡其对政治之兴趣与大群体之意识,转求自我内在人生之享受,文学之独立,音乐之修养,自然之欣赏,与书法之美化遂得平流并进,成为寄托性情之所在。"①这的确是当时士人的一种新的文化心理意向,但通观整个封建时代,士人大都将政治事功看作人生的最高旨趣,把诗文创作和艺术修习看得高于政治的人极为少见,因而东汉以后的士人,多具双重人格,即社会人格和个体人格,这种人格分裂在蔡邕身上已相当典型。蔡邕是著名的经学家,《后汉书》本传载:"邕以经籍去圣久远,文字多谬,俗儒穿凿,疑误后学,熹平四年,乃与五官中郎将堂谿典、光禄大夫杨赐、谏议大夫马日磾、议郎张训、韩说、太史令单飏等,奏求正定'六经'文字。灵帝许之,邕乃自书丹于碑,使工镌刻立于太学门外。于是后儒晚学,咸取正焉。及碑始立,其观视及摹写者,车乘日千余两,填塞街陌。"②他又是著名的历史学家,虽然他"继成汉史"的愿望因罹难而未能实现,但他的史学著作颇丰,"作《灵纪》及十意,又补诸列传四十二篇"③。他是当时的重臣,写了一系列有关国家大政的章、表、疏、议。他又是著名赋家和诗人,其散文,特别是碑文,对后世产生了深远的影响。尤可注意者,是他精通音乐、书法和绘画,是著名的音乐家、书法家和画家。音乐、绘画在当时被认为是倡优的技能,书法来自为士大夫所鄙视的文法小吏,蔡邕都十分喜爱并相当精通,有专门的著作流传下来。《历代名画记》说蔡邕:"工书画,善鼓琴,建宁中为郎

① 余英时《士与中国文化》,上海人民出版社2003年版,第301页。
② 范晔《后汉书》卷六十,中华书局1965年版,第1990页。
③ 范晔《后汉书》卷六十,第2007页。

中，校书东观，刊正六经文字，书于太学石壁，天下模学。又创八分书体，为左中郎将，封高阳乡侯，年六十一。灵帝诏邕画赤泉侯五代将相于省，兼命为赞及书，邕书画与赞皆擅名于代，时称三美。”①但当汉灵帝设鸿都门学，重用术艺之士的时候，他上书极力反对灵帝的做法，认为“书画辞赋，才之小者，匡国理政，未有其能”②。他在奏疏及政论性文章中，一副道貌岸然的严肃面孔，而在他的诗赋中，情感却是那样开放大胆。他的《协和婚赋》《青衣赋》，情感纵放，语词艳冶，如果我们将蔡邕的奏疏及政论散文与他的诗赋分开来读，很难看出是一人所为。这两类文章正好反映出蔡邕人格的两个侧面，即社会人格和个体人格。社会人格的持守要求他遵守公共的伦理道德，而个体人格的张扬又促使他放纵发泄自己的内心情感。这种人格的分裂从班固、张衡就已经开始，到蔡邕已经变得相当典型了。这种人格分裂和人格的内在冲突，成为后世士大夫的典型人格模式，他们往往有两种人格，两副面孔，而这种人格分裂和冲突，也内在地决定了士大夫的悲剧命运和中国古代文学的基本面貌。建安七子，包括曹植的人格特征也正是如此，所以他们人生的悲剧性难以避免。

二、蔡邕的弟子后学构成建安文坛的主体

在邺下文人中，孔融、曹操、阮瑀、王粲、路粹等人是蔡邕的弟子，蔡琰是他的女儿，而曹丕、曹植可算是他的后学，他们构成了建安文坛的主体。以下将对他们的关系略作考察。

① 张彦远《历代名画记》，江苏美术出版社2007年版，第106页。

② 范晔《后汉书》卷六十，第1996页。

（一）孔融

孔融小蔡邕20岁，二人关系密切，有师生关系。《后汉书》说孔融"与蔡邕素善，邕卒后，有虎贲士貌类于邕，融每酒酣，引与同坐，曰：'虽无老成人，且有典刑。'"①有证据表明，孔融在思想观念和文学创作上都受到蔡邕的影响。先看思想观念方面。《后汉书·王充传》李贤注："《袁山松书》曰：'充所作《论衡》，中土未有传者，蔡邕入吴始得之，恒秘玩以为谈助。其后王朗为会稽太守，又得其书，及还许下，时人称其才进。或曰：不见异人，当得异书。问之，果以《论衡》之益，由是遂见传焉。'《抱朴子》曰：'时人嫌蔡邕得异书，或搜求其帐中隐处，果得《论衡》，抱数卷持去，邕丁宁之曰：唯我与尔共之，勿广也。'"②由蔡邕带到中原的《论衡》，对孔融的思想观念产生了很大影响，《后汉书·孔融传》载路粹枉状奏孔融，其中一条罪状就是："又前与白衣祢衡跌荡放言，云：'父之于子，当有何亲？论其本意，实为情欲发耳。子之于母，亦复奚为？譬如寄物缻中，出则离矣。'"③这种惊世骇俗的论调，正是来自王充的"气自然论"，在《论衡》中，王充说："儒者论曰：'天地故生人。'此言妄也。夫天地合气，人偶自生也；犹夫妇合气，子则自生也。夫妇合气，非当时欲得生子，情欲动而合，合而生子矣。"④又唐马总《意林》引杨泉《物理论》说："汉末有管秋阳者，与弟及伴一人避乱俱行，天雨雪，粮绝。谓其弟曰：'今不食伴，则三人俱死。'乃与弟共杀之，得粮达舍，后遇赦无罪。此人可谓善士乎？

① 范晔《后汉书》卷七十，第2277页。

② 范晔《后汉书》卷四十九，第1629页。

③ 范晔《后汉书》卷七十，第2278页。

④ 黄晖《论衡校释》，中华书局1990年版，第144页。

孔文举曰：'管秋阳爱先人遗体，食伴无嫌也。'荀侍中难曰：'秋阳贪生杀生，岂不罪邪？'文举曰：'此伴非会友也。若管仲啖鲍叔，贡禹食王阳，此则不可。向所杀者，犹鸟兽而能言耳。今有犬啮一狸，狸啮一鹦䳇，何足怪也？昔重耳恋齐女而欲食狐偃，叔敖怒楚师而欲食伍参。贤哲之忿犹欲啖人，而况遭穷者乎？'"①这种言论，与孔融作为圣人之后的一贯思想不符，但却渊源有自，正是通过蔡邕而接受的王充的思想观念。再看文学创作方面。孔融在散文创作上师承蔡邕，取得了卓越的成就，曹丕称之为"体气高妙"，认为可比扬雄、班固。刘勰《文心雕龙·诔碑》云："自后汉以来，碑碣云起，才锋所断，莫高蔡邕。观杨赐之碑，骨鲠训典；陈郭二文，词无择言；周乎众碑，莫非清允。其叙事也该而要，其缀采也雅而泽；清词转而不穷，巧义出而卓立；察其为才，自然而至。孔融所创，有慕伯喈。"②孔融比曹操大2岁，在建安文人中属老资格，其散文创作对曹丕、曹植兄弟有相当大的影响，《后汉书·孔融传》载："魏文帝深好融文辞，每叹曰：'杨、班俦也。'募天下有上融文章者，辄赏以金帛。"③孔融流传下来的碑铭作品不多，但从仅存的作品来看，其所受蔡邕的影响也非常明显。此外，曹丕于亲情相当淡薄，恐怕也是受到孔融思想观念的影响。

（二）曹操

曹操比蔡邕小22岁，他们实际上是师徒关系。他们的这种密切

① 马总《意林》，《续修四库全书》第1188册，上海古籍出版社2003年版，第79页。

② 黄叔琳注，李详补注，杨明照校注拾遗《文心雕龙校注》，中华书局2000年版，第155页。

③ 范晔《后汉书》卷七十，第2279页。

关系,尽管史籍中记载比较少,但也并非没有线索可寻。《后汉书·董祀妻传》记载蔡邕之女在战乱中流落匈奴,“曹操素与邕善,痛其无嗣,乃遣使者以金璧赎之,而重嫁于(董)祀”。后文又记曹操为蔡琰而宽恕了董祀的罪过,对蔡琰显示出相当的尊敬。① 曹丕《蔡伯喈女赋序》云:“家公与蔡伯喈有管鲍之好,乃命使者周近持玄璧,于匈奴赎其女还,以妻屯田都尉使者。”②曹操与蔡邕并非同辈,这显然是一种护前的说法,但由此可以知道二人关系确实相当密切。

曹操出身于宦官家庭,宦官是当时一个十分腐朽糜烂的阶层,曹操本人又“少好飞鹰走狗,游荡无度”,所以无论从客观环境还是主观条件来说,曹操似乎都不可能有所成就,但他能脱离宦官阵营,成为名士的一员,并树立济世安民大志,最终成为政治和文学上的一代伟人,这本身就是一个奇迹,这里面肯定有一个转变的契机。考察历史事实可以肯定,这个契机便是曹操受到了桥玄和蔡邕的直接影响和教诲。《魏志·武帝纪》说桥玄赏异少年曹操,并对他说:“天下将乱,非命世之才不能济也,能安之者,其在君乎!”裴注又引《世语》曰:“玄谓太祖曰:‘君未有名,可交许子将。’太祖乃造子将,子将纳焉,由是知名。”③因此之故,曹操终生感激桥玄的知遇之恩。根据《魏志》的记载,此两事发生在曹操20岁以前,而在此以前,曹操已经师从蔡邕学习了,只是不知道曹操是通过桥玄认识蔡邕,还是先师从蔡邕而后得到桥玄的赏识。《后汉书·蔡邕传》:“建宁三年,辟司徒桥玄府,玄甚敬待之。”④

---

① 范晔《后汉书》卷八十四,第2800~2801页。

② 严可均《全三国文》,商务印书馆1999年版,第40页。

③ 陈寿《三国志》卷一,中华书局1959年版,第2,3页。

④ 范晔《后汉书》卷六十,第1990页。

此时蔡邕38岁,曹操16岁,应该就在这个时候,曹操开始师从蔡邕学习,在思想观念、学术修养和文学艺术方面都受到了他极大的影响,从而彻底改变了曹操的生命面貌和人生轨迹。特别是蔡邕忠直醇正的人格和忧国忧民的思想境界,极大地影响了曹操,使他脱离宦官集团阵营,站到儒学名士这边来,并树立起保国安民的雄心大志。笔者曾对曹操所受蔡邕的影响进行总结,主要有如下几项:1. 受蔡邕影响,曹操脱离宦官阵营,向党人名士靠拢;2. 受蔡邕影响,曹操深明古学,尤其具有鲜明强烈的历史意识;3. 受蔡邕影响,曹操多才多艺,尤其喜爱和精通音乐;4. 受蔡邕影响,曹操在四言和五言诗创作上都卓有成就,尤其在四言诗创作上独臻妙境。① 曹操是建安文坛的创立者和开风气之先的人,可以肯定,如果没有曹操,也就没有邺下文坛,也就没有建安文学的辉煌。

(三)王粲

王粲是蔡邕的弟子,《魏志·王粲传》:"献帝西迁,粲徙长安,左中郎将蔡邕见而奇之。时邕才学显著,贵重朝廷,常车骑填巷,宾客盈坐。闻粲在门,倒屣迎之。粲至,年既幼弱,容状短小,一坐尽惊。邕曰:'此王公孙也,有异才,吾不如也。吾家书籍文章,尽当与之。'"②他又曾获得蔡邕的赠书,张华《博物志》卷六载曰:"蔡邕有书万卷,汉末年载数车与王粲。粲亡后,相国掾魏讽谋反,粲子与焉。既被诛,邕所与粲书,悉入粲族子业字长绪,即正宗父,正宗即辅嗣兄也。初,粲与族兄凯避地荆州依刘表,表有女。表爱粲才,欲以妻之,嫌其形陋周率,乃谓曰:'君才过人而体

---

① 见邢培顺《作为蔡邕弟子的曹操》,《阜阳师范学院学报》2011年第3期。

② 陈寿《三国志》卷二十,第597页。

貌躁，非女婿才。'凯有风貌，乃妻凯，生业，即女所生。"[1]后来他成为荆州学的重要成员。在荆州，他与宋忠、綦毋闿等人用一种新的治学方法从事学术活动，创立了一种迥异于两汉的新型学术风气和学术规范，促成了由两汉经学向魏晋玄学的转变。建安十三年，随着荆州的内附，王粲来到邺下，成为建安文坛的骨干作家之一，为建安文学的繁荣作出了巨大贡献。他的文学观念和文学创作，影响了丕、植兄弟，而与曹植关系尤为密切，有师生关系。曹植在《王仲宣诔》中自述与王粲的关系："吾与夫子，义贯丹青。好合琴瑟，分过友生。"[2]王粲在多个方面影响了曹植，如 1. 在个性和行为方式上的影响。王粲博学多识而性情通侻，曹植则性格"简易不治威仪"，作风上"任性而行不自雕励"，特别是一方面热衷政治，一方面又不拘礼法这一点，二人极为相似。2. 在学术上的影响。曹植对繁琐陈腐的章句之学相当厌恶，而对简易通达的荆州学则很感兴趣，所以他不喜郑学，而与荆州学成员关系密切。3. 艺术上特别是音乐上的影响。王粲多才多艺，曹植受其影响，通达不拘，多才多艺，尤其在音乐上深受王粲影响。曹植的音乐爱好，极大地影响了他的诗赋创作。4. 在文学创作体式方面的影响。曹植在四言诗、五言诗乃至乐府诗的创作上，都受到王粲的影响。5. 在文学创作手法方面的影响。[3] 曹植的文学创作是从辞赋开始的，但自王粲来到邺下以后，他的创作发生了一个质的变化，诗歌创作很快达到成熟的境地。从现存作品来看，从作品构

---

① 《汉魏六朝笔记小说大观》，上海古籍出版社 1999 年版，第 208 页。

② 赵幼文《曹植集校注》，人民文学出版社 1984 年版，第 165 页。

③ 邢培顺《好合琴瑟　分过友生——曹植对王粲师承关系的全面探索》，《聊城大学学报》2011 年第 6 期。

思到表达技巧,都明显受王粲创作的影响,这可将王粲在荆州时的作品与曹植的作品进行比较,以见问题的一斑。王粲《七哀诗》其二:

荆蛮非我乡,何为久滞淫?方舟溯大江,日暮愁我心。山岗有余映,岩阿增重阴。狐狸驰赴穴,飞鸟翔故林。流波激清响,猴猿临岸吟。迅风拂裳袂,白露沾衣衿。独夜不能寐,摄衣起抚琴。丝桐感人情,为我发悲音。羁旅无终极,忧思壮难任。①

曹植的《公宴诗》:

公子敬爱客,终宴不知疲。清夜游西园,飞盖相追随。明月澄清景,列宿正参差。秋兰被长坂,朱华冒绿池。潜鱼跃清波,好鸟鸣高枝。神飙接丹毂,轻辇随风移。飘飖放志意,千秋长若斯。②

都是前四句总括全篇的大意,中间八句用对偶句式描写目中所见之景,使用的是赋的铺陈手法,最后几句用充满情感的语句作结。全篇结构精巧,写景明丽,语言规整。曹植正是继承了王粲在五言诗创作上的这些创新并发扬光大,最终完成了诗歌创作文人化的任务。

(四)阮瑀、路粹、蔡琰

《魏志·王卫二刘傅传》载:"瑀少受学于蔡邕。建安中都护曹洪欲使掌书记,瑀终不为屈。太祖并以琳、瑀为司空军谋祭酒,管记室,军国书檄,多琳、瑀所作也。"③他于建安十七年去世。从

---

① 俞绍初辑校《建安七子集》,中华书局2005年版,第87页。

② 赵幼文《曹植集校注》,第48~49页。

③ 陈寿《三国志》卷二十一,第600页。

现存作品来看，受蔡邕的影响至为明显，有许多作品的题目都与蔡邕的作品相同或相似。又《魏志·王卫二刘傅传》裴注引《典略》曰："粹字文蔚，少学于蔡邕。初平中，随车驾至三辅。建安初，以高才与京兆严像擢拜尚书郎。像以兼有文武，出为扬州刺史。粹后为军谋祭酒，与陈琳、阮瑀等典记室。"①路粹的文学成就不高。蔡琰是蔡邕的女儿，她创作了饱含身世之感，又深刻反映当时社会现实的《悲愤诗》，成为催人泪下的传世名篇。作为著名的女作家，蔡琰为建安文学增添了一道独特的风景。

蔡邕多才多艺，尤其是一位造诣高深的音乐家，他的弟子们大都继承了他这方面的成就，在上述作家中，曹操、阮瑀、王粲、蔡琰，及后辈曹丕、曹植都喜爱并精通音乐，音乐不仅是邺下文人进行交际的重要手段，也是文学作品传播的重要途径之一，它不仅影响了建安文学的题材内容，也是形成建安文学"慷慨悲凉"风格的主要原因之一。

三、蔡邕在文学观念上对建安作家的影响

其一，在中国文学史上，蔡邕最早开始对文体进行辨析。在《独断》中，蔡邕对皇帝独用的四种文体——策书、制书、诏书、戒书及大臣上呈的四种文书——章、奏、表、驳议进行辨析，指出了它们的产生、体制和用途，虽然限于公文文体，但毕竟揭开了文体辨析的序幕，加强了人们的文体观念和文体边界意识，这直接导致了曹丕《典论·论文》的产生，对后世文学观念和文学创作产生了巨大的影响。在具体文体的创作实践方面，《后汉书·蔡邕传》

① 陈寿《三国志》卷二十一，第603页。

称:“其撰集汉事,未见录以继后史。适作《灵纪》及十意,又补诸列传四十二篇,因李傕之乱,湮没多不存。所著诗、赋、碑、诔、铭、赞、连珠、箴、吊、论议、《独断》《劝学》《释诲》《叙乐》《女训》《篆势》、祝文、章表、书记,凡四百篇,传于世。”①这包括了魏晋南北朝的主要文体,蔡邕的创作实践,为建安作家树立了典范,对建安文学产生了直接的影响。②

其二,创作题材的世俗化、多样化。与其思想观念和人格结构的特点相一致,蔡邕的创作题材,既有国家大政、社会人伦的内容,也有大量世俗生活和个体体验的内容,创作题材世俗化的情况相当明显,这尤其体现在他的辞赋创作上。张衡之前的汉赋,多为体物写志之作,纯粹的抒情赋不多,所谓“体国经野,义尚光大”。张衡开始打破这个传统,多写抒情小赋。到蔡邕则进一步将辞赋创作世俗化,并极力扩大赋的题材。在蔡邕现存的赋作中,有《短人赋》《瞽师赋》《笔赋》《弹棋赋》《伤故栗赋》《蝉赋》《协和婚赋》等反映人们世俗生活的作品。建安作家继承了蔡邕辞赋创作的这些特点,将辞赋变成可以表现任何内容和题材的文体,而抒情成分更加增大。

其三,隐秘情感的大胆展示。《协和婚赋》《青衣赋》《静情赋》这些表现艳情的作品,看上去确实与思想正统的经学家不相协调,但它们却真实地反映了蔡邕人格和情感的另一面,当然,在这方面,他对张衡有所继承,但蔡邕走得更远。如他的《青衣赋》,在当时就受到一些人的讥评,如与他同时的张超,在其《诮青衣

① 范晔《后汉书》卷六十,第2007页。

② 刘跃进《〈独断〉与秦汉文体研究》,《文学遗产》2002年第5期。

赋》中讥评他:“彼何人斯,悦此艳姿?丽辞美誉,雅句斐斐。文则可嘉,志卑意微。凤兮凤兮,何德之衰。高冈可华,何必棘茨?醴泉可饮,何必洿泥?隋珠弹雀,堂溪刈葵。鹓鸰吓鼠,何异乎鸱?”①他的这类作品,除《协和婚赋》《静情赋》直接影响建安作家,形成以“闲邪以礼”为主旨的作品系列外,其《青衣赋》在很长时间内甚至无人敢于继迹。

其四,蔡邕作品的许多题目和题材直接为建安作家所沿袭。蔡邕对建安文学产生直接而巨大影响的一个重要表现就是,他作品的许多题目和题材,直接为建安作家所沿用。如蔡邕作有《述行赋》,建安作家王粲有《述征赋》、徐幹有《序征赋》、阮瑀有《纪征赋》、应玚有《撰征赋》、曹丕有《述征赋》、曹植有《述行赋》。蔡邕作有《静情赋》,建安作家陈琳有《止欲赋》、王粲有《闲邪赋》、阮瑀有《止欲赋》、应玚有《正情赋》、曹植有《静思赋》,都是表达“闲邪以礼”的主题。蔡邕作有《霖雨赋》,建安作家王粲、应玚、曹丕、曹植、都作有《愁霖赋》。此外,蔡邕的《汉津赋》《玄表赋》《协和婚赋》《弹棋赋》《圆扇赋》《蝉赋》《九惟文》《释诲》等作品,其题目或题材也为建安作家所直接沿袭。由于战乱及其他诸多原因,蔡邕及建安作家的作品大量散佚,使我们不能看到问题的全貌,但即使从现存作品来看,蔡邕在这方面对建安作家的影响也是十分明显而巨大的。

---

① 严可均《全后汉文》,商务印书馆 1999 年版,第 853 页。按,笔者对引文个别字有校改。

四、蔡邕浓重的历史意识和强烈的理性精神对建安作家的影响

作为历史学家，蔡邕的文学创作具有鲜明强烈的历史意识，尤其是他的碑、铭、颂、赞类文章，莫不对人物和事件作追根溯源的描述，这些，除直接影响王粲创作了《汉末英雄记》以外，还表现为以下四种形式：

其一，大量史论作品的出现。汉末建安时期，政治混乱，社会动荡，社会各阶层陷入了因政治无序而带来的身体和精神生活的双重痛苦之中，有责任感的士大夫思有以拯救之，他们希望通过反思历史，找到能够解决现实问题、以恢复社会秩序的有效方法，这在历史学领域有荀悦《汉纪》的创作，而在文学领域，则有大量史论著作的出现，如孔融有《上书请准古王畿制》《周武王汉高祖论》《圣人优劣论》等；王粲有《难锺荀太平论》《爵论》《儒吏论》《三辅论》《安身论》《务本论》等；曹丕有《周成汉昭论》《太宗论》《论孝武》等；曹植有《周成汉昭论》《汉二祖优劣论》等，此外，丁仪有《周成汉昭论》、曹冏有《六代论》等，这些作家大都是蔡邕的弟子和后学，不难看出蔡邕对他们的影响。

其二，咏史诗的繁兴。在中国古代诗歌史上，一般认为，咏史诗虽然产生很早，但从班固开始，才正式有了"咏史诗"的名称。其实，班固的诗本没有题目，"咏史"之题为后人所加，而且自班固《咏史》产生以后，很长时间内无人继迹，因而并没有形成较明确的体类意识，直到建安时期，咏史诗才勃然大兴。所以笔者怀疑建安咏史诗并非远承班固，而是受到蔡邕的直接影响，这一方面受到他的明确的历史意识的影响，一方面直接受到他的《述行赋》

的影响。两汉赋中有“述行”类作品，这类作品的作者大都是历史家。刘歆《遂初赋》以后，班彪有《北征赋》，班昭有《东征赋》，蔡邕有《述行赋》，借史抒怀是这类作品的主要内容之一。在汉朝人的文学观念中，诗与赋本来就是同源异流的关系，如班固说：“赋者，古诗之流也。”建安作家中最早创作咏史诗的曹操和王粲，都是蔡邕的弟子，这不是偶然的。建安文学的殿军曹植继承了曹操和王粲的创作成就，不仅创作了大量的咏史诗，而且将咏史诗创作的艺术技巧提高到新的高度。

其三，产生了直接反映汉末社会现实的、被后人称为“诗史”的诗歌。曹操不仅创作了相当数量的咏史诗，也创作了许多被后人称为“诗史”的反映当时重大历史事件的作品，如《薤露》《蒿里行》《苦寒行》等。用乐府反映当前重大的社会历史事件，曹操是首创，这是受到历史学家蔡邕的影响，自然也离不开曹操不愿拘守传统的勇气和高度的艺术修养。如其《薤露行》说：

> 惟汉二十世，所任诚不良。沐猴而冠带，知小而谋强。犹豫不敢断，因狩执君王。白虹为贯日，己亦先受殃。贼臣持国柄，杀主灭宇京。荡覆帝基业，宗庙以燔丧。播越西迁移，号泣而且行。瞻彼洛城郭，微子为哀伤。①

作者用精炼的语言，短小的篇幅，叙写了汉末导致汉朝名存实亡的重大历史变故，叙写全面而概括，叙事中有抒情。锺惺评此诗曰：“汉末实录，真诗史也。”②沈德潜评曰：“此指何进召董卓

---

① 逯钦立辑校《先秦汉魏晋南北朝诗》，中华书局 1983 年版，第 347 页。

② 河北师范学院中文系古典文学教研组《三曹资料汇编》，中华书局 1980 年版，第 18 页。

事,汉末实录也。"①作为姊妹篇,其《蒿里行》叙写了关东义士讨伐董卓,因内部争权夺利而最终失败的事件,表现了曹操对国事艰危的忧虑和对百姓苦难的同情。沈德潜评曰:"借古乐写时事,始于曹公。"②七子中阮瑀有《驾出北郭门行》、王粲有《七哀诗》其一,蔡邕的女儿蔡琰有《悲愤诗》等,曹丕、曹植也有大量反映时事的诗歌,为后世诗歌创作树立了光辉的榜样。

其四,文学创作中溶注着强烈的历史意识。历史意识极大地影响了建安作家的思维方式、认识问题的方式和文学的表达方式,这使建安作家的文学创作,溶注着浓重的历史意识,这个特点既体现在论说等散文中,而尤其体现在碑、诔、颂、赞等文体中,如孔融的《卫尉张俭碑铭》,开头即说:"其先张仲,实以孝友左右周室。晋主夏盟,而张老延君誉于四方。君禀乾纲之正性,蹈高世之殊轨,冰洁渊清,介然特立,虽史鱼之励操,叔向之正色,未足比焉。"③刘勰说他"有慕伯喈",至为确当。特别典型的是曹植。曹植的章、表、论、说之文,大量引用历史事实和历史传说以说理,彻底改变了汉人依经以立义、引经以说理的表意模式,将许多公文文体改造成为文学性散文。他的诔、碑、铭、赞等文体,更是充满了历史思维和历史意识。尤其是他的诔文创作,他将这种文体进行改造,加长了它的篇幅,大大增加了它的叙事成分,使它具有了史传的体制,如《文帝诔》有 1210 字,《王仲宣诔》有 800 字,《武帝诔》有 543 字,《卞太后诔》有 457 字,增强了诔文的文学性,从根本上改变了传统诔文呆板沉滞的缺陷。如《王仲宣诔》,叙事之委

① 沈德潜《古诗源》,中华书局 1963 年版,第 105 页。

② 沈德潜《古诗源》,第 106 页。

③ 俞绍初辑校《建安七子集》,第 32 页。

曲而明晰，确是前无古人，所以《昭明文选》将其列为首篇。文章先叙王粲家族远源，从毕公高一直到毕万；接叙近祖，王龚、王畅贵为三公，著名当代；然后叙写王粲既出身贵胄，又有令德高才，虽遭国难而远适荆蛮，但仍高志洁行，卓尔不群；然后写曹操南征荆州，王粲审时度势，力排众议，劝刘琮归附王师；接着叙写王粲因功封侯，又因“算无遗策，画无失理”而“秉机有闼”，从而“入侍帷幄，出拥华盖。荣耀当世，芳风晻蔼”；然后叙写曹操东征孙权，王粲随师出征，不幸卒于军中，二子闻讯，“号恸崩摧”，远自邺城“经历山河”，迎丧而归；接下来叙写自己与王粲的亲密交往和相知相亲之情；最后表达对王粲逝去的无比沉痛感伤之情。叙事委曲，感情充沛，透过文章，王粲的身世、生平及与作者的交往情谊就都看得非常清楚了。曹植其他的诔文也都基本采用这个写作模式，人物传记的特点相当明显，这就为作者情感的表达提供了感性的依托，使作品浓郁的情感显得质实、饱满、诚挚感人。

张衡和蔡邕是建安文学的先驱，二人有许多共同之处。他们都与楚文化有密切关系：张衡生于楚地，蔡邕曾流亡吴会十余年，并得研读赵晔、王充的著作。二人都是学者兼文学家、艺术家，思想上既恪守传统，又张扬个性。两人都对建安文学产生了多方面的影响，因此，要弄清建安文学的产生原因及内在质素，就必须首先弄清这两个作家与建安文学的密切关系。

论建安文学的前期特点

文学史上的建安文学，跨五十余年之久，对于它的起止时间，人们虽有所争论，但都认为它是一个景象不断变迁的过程，这个过程又包括三个阶段，这三个阶段的文学创作特点不同，在文学史上的地位不同，因而人们对它的重视程度也不同。相比而言，人们对建安文学中期和后期的特点讨论较多，而对前期则关注得不够，本文将中平元年到建安十三年这二十余年作为建安文学的前期，论述其创作风貌，以展现建安文学对东汉文学的承变情况。

从中平元年到建安十三年的二十四年是建安文学的前期阶段。在这个阶段里，汉朝政治发生了巨大的变化，先是声势浩大的黄巾运动，给外强中干的汉王朝以沉重的打击；接着是陇西豪帅董卓专制朝政，逼迫朝廷迁都长安，从而引发了汉王朝上下各方面的矛盾；董卓被杀后，紧接着的是更为惨烈的李傕、郭汜之乱。这场战乱，给汉王朝以毁灭性的打击。《后汉书·董卓传》载："初，帝入关，三辅户口尚数十万，自傕、汜相攻，天子东归后，长安城空四十余日，强者四散，羸者相食，二三年间，关中无复人迹。”①《三国志·董卓传》记载献帝东归后的情景:“天子入洛阳,宫室烧尽,街陌荒芜,百官披荆棘,依丘墙间。州郡各拥兵自卫,莫有至者。饥穷稍甚,尚书郎以下,自出樵采,或饥死墙壁间。”②曹操拯救汉王朝于垂危,迎献帝都许,渐次扫灭群雄,确立自己的政治地位和威望,并逐渐控制朝廷大权。尔后以弱胜强,消灭势力强大、野心勃勃的袁绍,成为北方实际的统治者,奠定了三国鼎立的基础。邺城根据地的确立,则不仅为魏政权的建立打下了基础,也为建安文学繁荣局面的形成准备了物质条件和活动场所。

随着这种社会政治形势的急剧变化,文学的发展也呈现出承中有变的鲜明特点。这个时期的前十年,学术和文学基本上还是汉代学术和文学的延续,郑玄、蔡邕、应劭等著名学者和文学家还健在,他们的基本任务,是对汉朝学术和文学进行总结,同时开启新时代的学术和文学。在文学上对建安文学影响尤大者为蔡邕,他不仅在文学观念和创作方法上影响了建安文学,他的弟子们也成了建安文坛的主体力量。他于初平三年罹难。郑玄打通众经典,兼容今古文,“网罗众家,删裁繁芜”,遍注儒家经典,成为汉代经学的总结者,对后世经学产生了巨大而深远的影响,“郑学”也是建安学术中势力最大的学派。郑玄于建安五年去世。应劭是著名学者和散文家,博识淹通,著述丰富,《后汉书》本传称其“凡所著述百三十六篇”。其主要著作,除删定律令为《汉仪》外,又有《汉官仪》《礼仪故事》《中汉辑序》《风俗通》《汉书集解》等,他也

① 范晔《后汉书》卷七十二,中华书局1965年版,第2341页。
② 陈寿《三国志》卷六,中华书局1959年版,第186页。

于建安五年左右去世。蔡邕去世之后的十余年中，建安文学的前辈孔融、曹操进入他们的创作鼎盛期，建安文学的主力徐幹、王粲等人也成长起来，名声渐著并渐次来至邺下。建安十三年，建安七子中的最后一位王粲随着荆州的内附而归入曹操幕下，建安作家队伍至此进入阵容最为强大的时期。建安前期的文学，由汉代文学衍变而来，具有过渡的性质，因而文非一体，风格多样。刘师培在说到汉魏之际文学的变迁时说：

建安文学，革易前型，迁蜕之由，可得而说。两汉之世，户习七经，虽及子家，必缘经术，魏武治国，颇杂刑名，文体因之，渐趋清峻，一也；建武以还，士民秉礼，迨及建安，渐尚通侻，侻则侈陈哀乐，通则渐藻玄思，二也；献帝之初，诸方棋峙，乘时之士，颇慕纵横，骋词之风，肇端于此，三也；又汉之灵帝，颇好俳词，下习其风，益尚华靡，虽迄魏初，其风未革，四也。①

此处刘师培对汉魏之际文学变迁的概括比较精当，为研究汉魏文学者所时常引用，然其论述也有不足之处，这就是他对建安文学的过程性特点认识不足，但这对我们研究建安前期文学的特点却有很大的启发。笔者认为，建安前期文学主要有以下四类：

一是以孔融、祢衡为代表的名士之文。东汉时期，在特定的社会文化环境中，形成了一个特殊的士人阶层，这个由儒生演变而来，在特定政治、文化结构中形成的名士集团，与朝廷形成了特殊而微妙的关系。一方面，他们以天下名教为己任，忠心维护皇

---

① 陈引驰编校《刘师培中古文学论集》，中国社会科学出版社 1997 年版，第 8 页。

权,是儒家政治、伦理道德的体现者和践履者;另一方面,他们又与以外戚和宦官为爪牙的朝廷做激烈甚至殊死的斗争,《后汉书·党锢列传》中说:“逮桓、灵之间,主荒政缪,国命委于阉寺,士子羞与为伍,故匹夫抗愤,处士横议,遂乃激扬名声,互相题拂,品核公卿,裁量执政,婞直之风,于斯行矣。”①道统与政统之间本来就是既互相依赖又互相矛盾的关系,而东汉党锢之祸就是这种关系在特定历史文化环境中的表现,所以它不仅仅是一种政治现象,更是一种文化现象。名士们要维护道统的纯洁性并要求政统符合道统的规范,他们不惜与执政作激烈斗争,甚至不惜牺牲自己的生命。范晔在《党锢列传》中评论道:“李膺振拔污险之中,蕴义生风,以鼓动流俗,激素行以耻威权,立廉尚以振贵势,使天下之士奋迅感概,波荡而从之,幽深牢破室族而不顾,至于子伏其死而母欢其义。壮矣哉!子曰:‘道之将废也与?命也!”②迫害他们,甚至毁灭他们的生命的,正是他们忠心拥戴甚至不惜牺牲生命加以维护的,这岂不是历史的悖论?《后汉书·陈王列传》范晔论曰:“桓、灵之世,若陈蕃之徒,咸能树立风声,抗论惛俗。而驱驰险阨之中,与刑人腐夫同朝争衡,终取灭亡之祸者,彼非不能洁情志,违埃雾也。愍夫世士以离俗为高,而人伦莫相恤也。以遁世为非义,故屡退而不去;以仁心为己任,虽道远而弥厉。及遭际会,协策窦武,自谓万世一遇也。懔懔乎伊、望之业矣!功虽不终,然其信义足以携持民心。汉世乱而不亡,百余年间,数公之力也。”③由这一段评论也可以看出,东汉名士所守持和践履的主要

---

① 范晔《后汉书》卷六十七,第2185页。

② 范晔《后汉书》卷六十七,第2207~2208页。

③ 范晔《后汉书》卷六十六,第2171页。

是一种道义，一种价值，而不太在乎功利的得失，这正是汉朝经学昌炽，儒家思想观念、价值体系浸入士人心灵的结果。所以，当这种价值体系所赖以树立的文化环境及其所依托和支持的政权崩溃以后，它也就不可避免地轰然倒塌了。正如《党锢列传》所言："其后黄巾遂盛，朝野崩离，纲纪文章荡然矣。"①

孔融、祢衡是汉末名士的代表，祢衡且被人们称为东汉最后的名士。他们是忘年好友，有着一系列的共同点，最突出者便是他们都具有东汉名士共有的傲慢和清高。

孔融在十六岁的时候，就因自作主张藏匿党人张俭、与母兄争死而"名震远近，与平原陶丘洪、陈留边让，并以俊秀为后进冠盖"。《三国志·崔琰传》裴注引司马彪《九州春秋》曰："融在北海，自以智能优赡，溢才命世，当时豪俊皆不能及。亦自许大志，且欲举军曜甲，与群贤要功，自于海岱结殖根本，不肯碌碌如平居郡守，事方伯，赴期会而已。"但当"黄巾将至，融大饮醇酒，躬自上马，御之涞水之上。寇令上部与融相拒，两翼径涉水，直到所治城。城溃，融不得入，转至南县，左右稍叛。连年倾覆，事无所济，遂不能保鄣四境，弃郡而去"。后领青州刺史，"为袁谭所攻，自春至夏，城小寇众，流矢雨集。然融凭几安坐，读书论议自若。城坏众亡，身奔山东，室家为谭所虏"。② 名士派头倒是十足，却没有切实的功效。祢衡的表现更为极端，《后汉书》本传说他："少有才辩，而尚气刚傲，好矫时慢物。"③他无任何建树，却连功名赫赫的曹操、史称才德优备的荀彧都不放在眼里；他狂傲不可一世，却让

① 范晔《后汉书》卷六十七，第2189页。
② 陈寿《三国志》卷十二，第371~372页。
③ 范晔《后汉书》卷八十，第2652页。

人送来送去,最后死在一个小军棍手里。孔融、祢衡的言行事迹,典型地反映了东汉党人名士的局限。他们有自己的操守和追求,但这种追求更多地是一种形而上的价值,而主要不是世俗的事功。看陈蕃、窦武,既是大名士,又是高官,窦武且是外戚,要除掉几个人人痛恨的宦官,竟不能成功,反为所害,则孔融、祢衡身处社会大动荡、大变革的时代,其不能适应新的时代潮流、新的文化环境,最后淹没在这滚滚的时代大潮之中,就毫不奇怪了。

但是,东汉名士是有坚定操守和明确追求的,他们所追求的在相当意义上可以说是一种崇高的价值,这种价值具有理想性、形而上性,而非世俗功利。孔融的《汝颍优劣论》即明确地体现了这种价值观。颍川人士尚功能、逐俗利,汝南人士尚德行、守节义,所以孔融认为颍川士不如汝南士。如其中说:“汝南李洪为太尉掾,弟煞人当死,洪自劾诣阁,乞代弟命,便饮鸩而死,弟用得全;颍川士虽尚节义,未有能煞身成仁如洪者也。”①他所推荐的人才,都是持正守义之人,而非权变立功之士,如他向曹操举荐的边让,“后以高才擢进,屡迁,出为九江太守,不以为能也”。② 正因为他们具有这种明确而坚定的价值观和人生观,所以当他们面对浑浊纷扰的时世和求功逐利的人群时,他们有理由视之蔑如,并充满豪情壮气地表达自己的这种态度。孔融《杂诗》其一:

岩岩钟山首,赫赫炎天路。高明曜云门,远景灼寒素。昂昂累世士,结根在所固。吕望老匹夫,苟为因世故。管仲小囚臣,独能建功祚。人生有何常?但患年岁暮。幸托不肖

① 俞绍初辑校《建安七子集》,中华书局2005年版,第29页。

② 范晔《后汉书》卷七十六,第2467页。

躯，且当猛虎步。安能苦一身？与世同举厝。由不慎小节，
庸夫笑我度。吕望尚不希，夷齐何足慕！①

这种由儒生而来的东汉名士，如果说在太平时节还仅仅是显得迂阔的话，到了争斗纷乱的时世，他们便倍受窘迫而徒唤奈何。他们的豪情壮气也在面对势力纷争时变成跌荡放言，傲慢清高。此诗就表达了这种生存状态和心态特点。

历史的洪流永不停息，随着汉朝政权的崩塌和儒学话语的退隐，曾是时代弄潮儿的东汉名士，也明显感觉到了与时代的不适应甚至格格不入，并最终为时代大潮所吞没。孔融曾把复兴汉朝的希望寄托在曹操身上，其《六言诗》其三说："从洛到许巍巍，曹公辅国无私。减去厨膳甘肥，群僚率从祁祁。虽得俸禄常饥，念我苦寒心悲。"②可是当他看到曹操的政治理想和价值观念与自己并不相同时，他便只能用蔑视和嘲弄来对付曹操，这是一种可悲的、无可奈何的做法。他的《临终诗》表达了他的悲苦心情。陆时雍说："孔融鲁国一男子，读《临终诗》，其意气恹恹欲尽。"③祢衡的遭遇更加可悲，他成了飘荡无根的文化弃儿。看上去，他的傲慢毫无道理，他的被杀也莫名其妙，但归根结底是因为他作为东汉名士却生活在一个趋势逐利的时代，他成了一个失去精神家园且毫无用处的时代弃儿。他的《鹦鹉赋》就是他的人生寓言，他在赋的最后说："顺笼槛以俯仰，窥户牖以踟蹰。想昆山之高岳，思邓林之扶疏。顾六翮之残毁，虽奋迅其焉如。心怀归而弗果，徒

---

① 俞绍初辑校《建安七子集》，第2页。

② 俞绍初辑校《建安七子集》，第4页。

③ 河北师范学院中文系古典文学教研组《三曹资料汇编》，中华书局1980年版，第294页。

怨毒于一隅。苟竭心于所事,敢背惠而忘初。托轻鄙之微命,委陋贱之薄躯。期守死以报德,甘尽辞以效愚。恃隆恩于既往,庶弥久而不渝。"①傲慢与清高已荡然无存,剩下的只有哀告和乞怜。孔融与祢衡作为汉末名士的代表,连同他们赖以产生的经学话语语境及其寄托政治希望的汉王朝,一起淹没在历史的大潮中。他们的被杀,象征着一种文化模式、一种价值观念的消隐。

孔融的散文创作取得了很高的成就,此为古今之人所公认。《后汉书》本传称:"魏文帝深好融文辞,每叹曰:'扬、班俦也。'募天下有上融文章者,辄赏以金帛。"②曹丕又在《典论·论文》中赞扬说:"孔融体气高妙,有过人者,然不能持论,理不胜词,以至乎杂以嘲戏,及其时有所善,扬、班俦也。"③刘勰赞扬他的《荐祢衡表》气骨、辞彩兼备:"至于文举之《荐祢衡》,气扬采飞。"④何焯评论《荐祢衡表》说:"章表多浮,此建安文敝,特其气犹壮。"⑤气壮文浮正是孔融人格的外现。刘熙载就是将孔融的文章与人格看作一体的:"孔北海文,虽体属骈丽,然卓荦遒亮,令人想见其为人。"⑥总之,孔融的散文,无论就内容还是形式技巧、风格特征来看,都是他作为东汉名士的人格的体现。

祢衡的文章除《鹦鹉赋》以外,还有《鲁夫子碑》《颜子碑》《吊张衡文》等,其受蔡邕、孔融的影响至为明显,只是意气萧索得多

---

① 严可均《全后汉文》,商务印书馆1999年版,第878页。
② 范晔《后汉书》卷七十,第2279页。
③ 严可均《全三国文》,商务印书馆1999年版,第83页。
④ 范文澜《文心雕龙注》,人民文学出版社1958年版,第407页。
⑤ 何焯《义门读书记》,中华书局1987年版,第949页。
⑥ 刘熙载《艺概》,上海古籍出版社1978年版,第17页。

了。如其《吊张衡文》:

南岳有精,君诞其姿。清和有理,君达其机。故能下笔绣辞,扬手文飞。昔伊尹值汤,吕望遇旦。嗟矣君生,而独值汉。苍蝇争飞,凤皇已散。元龟可羁,河龙可绊。石坚而朽,星华而灭。惟道兴隆,悠永靡绝。君音永浮,河水有竭。君声永流,旦光没发。余生虽后,身亦存游。士贵知己,君其勿忧。①

文章吊张衡,吊大汉王朝,也在吊自己。

孔融、祢衡是最后的东汉名士,但也是开魏晋风气之先的人物,这体现在文学创作上,同时也体现在人格境界、行为作风上。曹丕、曹植在思想观念、行为做派和文学创作上都深受孔融的影响,正始名士的身上也有孔融、祢衡的影子。

二是曹操的政治家之文。曹操主要是一个政治家,文学创作不过是他的治国用兵之余事,甚至主要是出于愉悦心性的需要,因为他现存的诗歌全部是可以配乐歌唱的乐府诗,而他的散文不过是他政治活动的副产品。《魏志·武帝纪》裴注引王沈《魏书》曰:“(太祖)御军三十余年,手不舍书,昼则讲武策,夜则思经传,登高必赋,及造新诗,被之管弦,皆成乐章。”②但是,他的实际上至高无上的政治地位和卓越的文学成就,对建安文学的繁荣起到了决定性的领导和榜样作用。

第一,曹操多才多艺,他精通音乐和书法,热衷文学创作,喜欢招揽文士。陈琳曾替袁绍作檄文,骂曹嵩为“乞丐携养”,骂曹

---

① 严可均《全后汉文》,第879~880页。按,笔者对引文标点有改动。
② 陈寿《三国志》卷一,第54页。

操为“赘阉遗丑”。袁绍破败，陈琳归附曹操，曹操“爱其才而不咎”。《典略》又载：“（陈）琳作诸书及檄，草成，呈太祖。太祖先苦头风，是日疾发，卧读琳所作，翕然而起，曰：‘此愈我病。’数加厚赐。”①由于有利益的吸引，统治者的提倡往往对文学的发展和繁荣起到巨大的推动作用。建安时期如果没有曹操的提倡和推奖，文人们就不可能纷集邺下，邺下作家群体就不可能形成，建安文学的繁荣局面也不可能形成。

第二，曹操立足现实、反映现实的创作方法，为建安作家树立了榜样。曹操的一些诗歌，被人称为“诗史”；他的散文创作，忠实地记录了汉末政治形势的变化和他本人的人生轨迹。受其影响，建安作家，尤其是曹植，用文学创作形象地反映了那个风云变幻的时代以及活跃于那个时代的英雄们的精神面貌。

第三，曹操的创作，特别是诗歌创作，气韵沉雄，慷慨悲凉，这为建安文学创作定下了基调。这种风格的形成，一方面受到当时流行的韵调凄清悲切的清商乐的影响，因为曹操的诗歌全部是入乐歌唱的乐府诗；另一方面受到残酷的令人沉痛的社会现实的感发。汉末是我国历史上战乱最为惨烈的时期之一，曹操用诗歌的形式，饱含情感地记录了当时的情景。如其《苦寒行》：

北上太行山，艰哉何巍巍。羊肠坂诘屈，车轮为之摧。树木何萧瑟，北风声正悲。熊罴对我蹲，虎豹夹路啼。谿谷少人民，雪落何霏霏。延颈长叹息，远行多所怀。我心何怫郁，思欲一东归。水深桥梁绝，中路正徘徊。迷惑失故路，薄暮无宿栖。行行日已远，人马同时饥。担囊行取薪，斧冰持

① 陈寿《三国志》卷二十一，第601页。

作麋。悲彼东山诗，悠悠使我哀。①

景物的描写和情感的抒发妙合无垠，格调苍凉、悲壮。既有情感的厚度又有理思的深度，虽然语言质朴无华，却具有撼人心魄的艺术感染力和发人深思的历史厚重感。方东树评此诗曰："《苦寒行》不过从军之作，而取景阔远，写景叙情，苍凉悲壮，用笔沉郁顿挫，比之《小雅》，更促数噍杀。后来杜公往往学之。大约武帝诗沉郁直朴，气真而逐层顿断，不一顺平放，时时提笔换气换势。寻其意绪，无不明白。玩其笔势文法，凝重屈蟠，诵之令人满意。后惟杜公有之，可谓千古诗人第一之祖。"②建安作家继承了曹操的创作风格，用悲悯的笔调，浓郁的情感，描绘了建安时代社会生活的方方面面以及广大人民包括作家本人的精神面貌，创造了具有独特艺术风格的建安文学，成为后世作家学习的典范。

第四，曹操将本是采自民间的乐府诗改为由他本人创作，不仅大大提高了乐府诗的地位，而且也从此改变了乐府诗的生产方式、流通方式和消费方式，从此以后，乐府诗成为文人诗歌的一种体式。

第五，曹操的散文，清峻通侻，质朴无华，代表了建安散文多种风格中的一种。关于曹操这种散文风格形成的原因，人们多归于他性格通侻，不守成规，率性而行，少所顾忌；这固然是重要的原因，但也与他的思想倾向有很大关系。曹操尚刑名，重法术，具有浓重的法家色彩。法家重实际，忌虚浮，他们的文章往往指事切情，不讲究文采，韩非、晁错，直至东汉的崔寔，其文章莫不如

① 逯钦立辑校《先秦汉魏晋南北朝诗》，中华书局 1983 年版，第 351 页。

② 方东树《昭昧詹言》，人民文学出版社 1961 年版，第 68 页。

此。《文心雕龙·章表》中说:“昔晋文受册,三辞从命,是以汉末让表,以三为断。曹公称为表不必三让,又勿得浮华。所以魏初表章,指事造实,求其靡丽,则未足美矣。”①可见曹操对当时一些文章的体类有明确的标准和要求,并自觉地加以提倡。此外,曹操古朴质直的语言风格恐怕与他的文化底蕴不厚也有关系,因为质朴无华是曹操全部创作的共同特点,并非只有散文如此。他出身宦官家庭,少年游荡任侠,后来虽发奋好学,但文学修养非一朝一夕之事。胡应麟说:“三曹,魏武太质,子桓乐府、杂诗十余篇佳,余皆非陈思比。”②可见就曹氏父子而言,也有一个由质到文的变化过程。

曹操的文学创作,同孔融一样,既是汉代文学的承续,又开启了建安文学。沈德潜说:“孟德诗犹是汉音,子桓以下,纯乎魏响。”③这话是有道理的。

三是王粲的文士之文。与孔融、曹操相比,王粲是晚辈,但王粲是一个早熟的作家,在来邺下之前,他的文学创作风格已经成熟,并且取得了很高的成就。他的学术思想、文学观念和创作艺术,对建安作家,特别是曹丕、曹植产生了巨大影响。

首先,王粲是荆州学的重要成员,荆州学是一个轻章句、重义理,领军学术新潮流的学派,曹操南下荆州,王粲劝说刘琮归降曹操,这对保存荆州学派的学术成果及大量典籍,无疑是十分关键的。荆州内附,王粲与宋忠、邯郸淳等人来到邺下,王粲很快融入建安作家群体,并成为“七子之冠冕”,他们的学术观念和思想倾

① 范文澜《文心雕龙注》,第406页。

② 胡应麟《诗薮》,中华书局1958年版,第27页。

③ 沈德潜《古诗源》,中华书局1963年版,第103页。

向必然会对邺下文人产生巨大影响。曹丕、曹植的文学观念和文学创作，受王粲的影响颇为明显。曹魏后期的经学大师王肃、玄学家王弼都与荆州学有密切关系。

其次，王粲的文学作品，无论诗赋，其中都充盈着浓厚的个人情感，这是孔融和曹操的作品所不及的。这种情感，基本不是忧国忧民式的，而是由于环境的恶劣从而使自己的愿望不得实现、个人处境不能改变而产生的那种哀伤之情，这种情感完全是个性化、文人化的。如其《登楼赋》最后一段：

> 惟日月之逾迈兮，俟河清其未极。冀王道之一平兮，假高衢而骋力。惧匏瓜之徒悬兮，畏井渫之莫食。步栖迟以徙倚兮，白日忽其将匿。风萧瑟而并兴兮，天惨惨而无色。兽狂顾以求群兮，鸟相鸣而举翼。原野阒其无人兮，征夫行而未息。心悽怆以感发兮，意忉怛而憯恻。循阶除而下降兮，气交愤于胸臆。夜参半而不寐兮，怅盘桓以反侧。①

希望天下安定，自己能有所作为，担心自己怀才不遇，空度光阴，自身价值不能实现，并因此而凄怆伤怀，夜不能寐。这种情感深沉悲郁，真挚感人，但却谈不上崇高。这正是个性觉醒的重要变现，是诗歌创作文人化的特征之一，也是文学自觉的表征之一。

再次，王粲的文学创作，自觉追求文章的技巧和辞采的华美。王粲在荆州时期，诗、赋、散文都有创作。在诗歌创作方面，王粲为五言诗由乐府诗向文人诗的转变作出了自己的卓越贡献。日本学者伊藤正文在《王粲〈七哀诗〉考》一文中，对王粲的《七哀诗》二首进行具体分析，论证了王粲对古诗创作的变革，如起句的

---

① 俞绍初辑校《建安七子集》，第104页。

强劲有力而带感情，内容的精心组织及将赋的手法融入五言诗创作等。① 如王粲《七哀诗》其二：

荆蛮非我乡，何为久滞淫？方舟溯大江，日暮愁我心。山岗有余映，岩阿增重阴。狐狸驰赴穴，飞鸟翔故林。流波激清响，猴猿临岸吟。迅风拂裳袂，白露沾衣衿。独夜不能寐，摄衣起抚琴。丝桐感人情，为我发悲音。羁旅无终极，忧思壮难任。②

诗歌前四句总括全篇的大意，中间八句用对偶句式描写目中所见之景，使用的是赋的铺陈手法，最后六句用充满情感的语句作结。全篇结构精巧，写景明丽，语言规整，正如许学夷所说是“体多敷叙而语多构结”。将此诗与以情意为宗，以寄兴为体，语言散直，结构上重气脉流走的汉末“古诗”相比，其在艺术上的创新，至为明显。他诗歌的这种结构形式和表现技巧，为曹丕和曹植等人所取法，形成建安五言诗的典型结构。如曹丕的《芙蓉池作诗》：

乘辇夜行游，逍遥步西园。双渠相溉灌，嘉木绕通川。卑枝拂羽盖，修条摩苍天。惊风扶轮毂，飞鸟翔我前。丹霞夹明月，华星出云间。上天垂光彩，五色一何鲜。寿命非松乔，谁能得神仙。遨游快心意，保己终百年。③

再如曹植的《公宴诗》：

公子敬爱客，终宴不知疲。清夜游西园，飞盖相追随。明月澄清影，列宿正参差。秋兰被长坂，朱华冒绿池。潜鱼跃清波，好鸟鸣高枝。神飙接丹毂，轻辇随风移。飘飖放志

---

① 伊藤正文《王粲〈七哀诗〉考》，《中华文史论丛》1982 年第 2 辑。
② 俞绍初辑校《建安七子集》，第 87 页。
③ 逯钦立辑校《先秦汉魏晋南北朝诗》，第 400 页。

意，千秋长若斯。①

都是前几句叙事并总括全篇大意，中间主体部分用对句铺写目前之景，最后几句祝愿加议论或抒情，其艺术手法与王粲的《七哀诗》其二几乎完全相同。

其散文创作，也同样藻彩飞扬。如其《为刘表谏袁谭书》中的一段：

昔三王五伯，下及战国，君臣相弑，父子相杀，兄弟相残，亲戚相灭，盖时有之。然或欲以成王业，或欲以定霸功，或欲以显宗主，或欲以固冢嗣，皆所谓逆取顺守，而徼富强于一世也。未有弃亲即异，兀其根本，而能崇业济功，全于长世者也。②

句式整齐中有变化，意绪承转自然细密；词汇丰富而多变换，说理明晰而严密。

在建安前期的文学创作中，王粲代表了辞彩华丽的一脉，就文学本位而论，其对建安文学的影响，是其他人所不能相比的。

四是陈琳的纵横士之文。论年辈，陈琳与曹操差不多，他很早就以文章蜚声大江南北。其《答张纮书》中说："自仆在河北，与天下隔，此间率少于文章，易为雄伯，故使仆受此过差之谭，非其实也。"③可见其在河北时，文名已传遍大江南北。他的作品，梁时有十卷，《隋书·经籍志》记载有三卷，到现在只剩下寥寥几篇了，这使我们不能考知他创作的全貌，不过，就现存的作品仍能看出他文学创作的独特风格。关于陈琳，有两点须先说明：

---

① 逯钦立辑校《先秦汉魏晋南北朝诗》，第449～450页。
② 俞绍初辑校《建安七子集》，第116页。
③ 俞绍初辑校《建安七子集》，第54页。

首先,他是一个生不逢时的纵横士。张溥在其《陈记室集题辞》中说:“何进谋诛宦官,召兵四方,陈孔璋时为主簿,谠言祸害,其意知岂让曹操哉!栖身冀州,为袁本初草檄,诋操,心诚轻之,奋其怒气,词若江河。及穷窘归操,预管记室,移书吴会,即盛称北方,无异《剧秦美新》。文人何常,唯所用之,茂恶尔矛,夷怿相酬,固恒态也。”[①]张溥的评论含有道德的偏见,但陈琳有纵横家思想是确定无疑的,只不过他是一个生不逢时的纵横士。无一定立场,靠诡谲夸饰之词游说时主以乘时立功、博取功名富贵的纵横家,在战国时期曾得意一时,以后随着原始民主思想的衰微、正统思想或说天命论观念的加强,这种人物越来越少。两汉之际就大大少于楚汉之际,汉魏之际虽风云变幻,英雄角逐,但这种人物并不多,后世就更其少见了。陈琳先为何进主簿,劝谏何进,见识不凡。何进败后,避难冀州,为袁绍典文章,作檄文痛骂曹操三代,并因辞赋书檄闻名天下。袁绍败后,归附曹操,“太祖爱其才而不咎”,“并以琳、瑀为司空军谋祭酒,管记室,军国书檄,多琳、瑀所作也”。[②] 这看似用其所长,其实远非陈琳所愿,他从此成为笼中鸟,失去了有所作为的场所和机会。其《游览诗》其二中说:“骋哉日月逝,年命将西倾。建功不及时,钟鼎何所铭?收念还房寝,慷慨咏坟经。庶几及君在,立德垂功名。”[③]正反映了他的这种近乎绝望的心情。所以谢榛评“骋哉日月逝,年命将西倾”两句为“气短”[④]。

---

① 殷孟伦《汉魏六朝百三家集题辞注》,人民文学出版社 1960 年版,第 75 页。

② 陈寿《三国志》卷二十一,第 600 页。

③ 俞绍初辑校《建安七子集》,第 34 页。

④ 李庆立《谢榛全集校笺》下册,江苏古籍出版社 2003 年版,第 1111 页。

其次，陈琳作为建安七子之一，诗、赋、文都有创作，但书檄章表尤为擅长。曹丕说："陈琳、阮瑀之章表书记，今之隽也。"①又说："孔璋章表殊健，微为繁富。"②他的作品有大致相同的风格，恢谲夸饰，气势壮放，这自然与他"颇慕纵横"有关。归于曹操以后，风格又有所变化，表达上平和内敛了许多。

陈琳前期创作的诗歌，以《饮马长城窟行》为代表，虽是歌咏古事的乐府歌词，实寓哀悯时世之意。方东树评此诗说："此汉人七言，借口叙事，作者意在言外。此亦《三百篇》遗旨，《东山》《采薇》是也。起八句，叙、议、写三法为一。'长城何连连'句，纵。至此'报书往边地'句，更纵。'生男慎勿举'四句，停蓄顿挫，切也。收句竟止，作者自已无言。"③陈祚明评曰："孔璋《饮马》一篇，可与汉人竞爽。辞气俊爽，如孤鹤唳空，翮堪凌霄，声闻于天。"④此诗运用对话形式，并随表达需要灵活变化句式，表达曲折，韵调起伏错落，情感悲戚，气韵雄健。

陈琳前期的赋作以《武军赋》最为有名。此赋可能是为陈琳赢得文名的主要作品之一，其气势壮放的特点至为明显。葛洪就很欣赏此赋，他说："等称征伐，而《出车》《六月》之作，何如陈琳《武军》之壮乎？"⑤可惜此赋已不全，且看其中的一段：

> 汉季世之不辟，青龙纪乎大荒。熊狼竞以拿攫，神宝播乎镐京。于是武臣赫然，扬炎天之隆怒，叫诸夏而号八荒。

① 严可均《全三国文》，第 83 页。
② 严可均《全三国文》，第 66 页。
③ 方东树《昭昧詹言》，第 348 页。
④ 河北师范学院中文系古典文学教研组《三曹资料汇编》，第 304 页。
⑤ 杨明照《抱朴子外篇校笺》（下），中华书局 1997 年版，第 75 页。

尔乃拟北落而树表，晞垒壁以结营。百校罗峙，千部列陈。弥方域，掩平原，耿目耶眇，不同乎一边。于是启明戒旦，长庚告昏，火烈具举，鼓角并震。千徒从唱，亿夫求和，声訇隐而动山，光赫奕以烛夜。①

袁绍与公孙瓒争夺地盘，这是一篇铺写袁绍雄壮军威的赋。语词张扬夸饰，确能代表陈琳文章的基本特点。对于陈琳的辞赋创作，曹植有自己的看法，他说："以孔璋之才，不闲于辞赋，而多自谓能与司马长卿同风，譬画虎不成反为狗也。前有书嘲之，反作论盛道仆赞其文。"②陈琳的赋，铺陈事象，缺乏作者主体的意脉和情感，与司马相如的赋比起来，有其貌而无其神，从这点来说，曹植的鉴赏水平确是很高的。这也说明陈琳的辞赋创作不符合当时的主流形态，即结构精巧、叙写细密、感情浓郁的特点。

陈琳前期的书檄，以《为袁绍檄豫州》为代表，这也可以说是陈琳的代表作。它完全符合刘勰对檄文的总结："诸侯御师，则云肃将王诛。故分阃推毂，奉辞伐罪，非唯致果为毅，亦且厉辞为武。使声如冲风所击，气似欃枪所扫。奋其武怒，总其罪人，征其恶稔之时，显其贯盈之数，摇奸宄之胆，订信慎之心。使百尺之冲，摧折于咫书；万雉之城，颠坠于一檄者也。"袁绍出自汝南大族，家族四世五公；曹操出自宦官家庭，无世资可以凭借。有如此强烈的反差，陈琳的檄文自然是有话说的，问题是陈琳夸张太过而陷于辱骂、污蔑。刘勰说："陈琳之《檄豫州》，壮有骨鲠。虽奸阉携养，章密太甚；发丘摸金，诬过其虐。然抗辞书衅，皦然露骨

① 俞绍初辑校《建安七子集》，第 38～39 页。
② 赵幼文《曹植集校注》，人民文学出版社 1984 年版，第 153 页。

矣。敢指曹公之锋，幸哉免袁党之戮也。”①陈琳归曹以后，文章风格内敛了许多，其原因固然由于生活环境有了很大的改变，但也可能与这段生活经历有关。

由上论述可知，由于东汉中晚期社会政治形势的变化，儒学的衰微，诸子学的兴起，特别是学术观念和思想观念的变化，出身不同、经历不同的文人，用文学的形式，表达他们对现实的看法和主观感受；这些文学创作，如同各具特色的乐曲，或婉曲悠扬，或高亢壮美，或清澈激越，经过迁变融汇，终于形成了邺下文坛的恢弘乐章。

① 范文澜《文心雕龙注》，第378页。

作为蔡邕弟子的曹操

曹操是建安文学新局面的创造者，人们在讨论建安文学的时候，对他的开创之功和文学创作实绩倍加赞扬，却很少有人注意到他的这些成就的渊源所自。考察曹操的早期经历及其学术状况和文学艺术才能，可以肯定，他在这些方面深受蔡邕的影响。曹操比蔡邕小 22 岁，他们实际上是师徒关系。他们的这种密切关系，尽管史籍中记载比较少，但也并非没有线索可寻。《后汉书·董祀妻传》记载蔡邕之女在战乱中流落匈奴，"曹操素与邕善，痛其无嗣，乃遣使者以金璧赎之，而重嫁于（董）祀"。后文又记曹操为蔡琰而宽恕了董祀的罪过，对蔡琰显示出相当的尊敬。① 曹丕《蔡伯喈女赋序》云："家公与蔡伯喈有管鲍之好，乃命使者周近持玄璧，于匈奴赎其女还，以妻屯田都尉使者。"② 曹操与蔡邕并非同辈，这显然是一种护前的说法，但由此可以知道二人关系确实相当密切。以下将考察曹操与蔡邕师承关系的真实状况及其对建安文学的巨大影响。

---

① 范晔《后汉书》卷八十四，中华书局 1965 年版，第 2800 ~ 2801 页。

② 严可均《全三国文》，商务印书馆 1999 年版，第 40 页。

一、受蔡邕影响，曹操脱离宦官阵营，向党人名士靠拢

曹操是宦官养子的后代，无论从客观环境还是从主观条件来说，曹操的人生造就都是一个奇迹。从客观成长环境来说，宦官是东汉专制政治的两大毒瘤之一，宦官集团凭借其特殊的地位，“手握王爵，口含天宪”①，甚至决定皇帝的废立。宦官及其亲属、党羽，纵恣不法，迫害善类，搜刮民财，将国家政治搞得乌烟瘴气，也给广大百姓造成了极大的痛苦，因而宦官成为当时人人痛恨的一个特殊集团。曹操为宦官曹腾养子的后代，《三国志》裴松之注引司马彪《续汉书》称曹腾“在省闼三十余年，历事四帝，未尝有过。好进达贤能，终无所毁伤”，又记曹操之父曹嵩“质性敦慎，所在忠孝。为司隶校尉，灵帝擢拜大司农、大鸿胪，代崔烈为太尉”，②但这里恐怕多有史官的溢美之词。在当时的社会风气下，曹操若像当时大多数宦官亲属那样，成为贪饕不法、为害一方的污吏应该是正常的。再从主观条件来看，《魏志·武帝纪》载：“太祖少机警，有权数，而任侠放荡，不治行业。”裴注引《曹瞒传》云：“太祖少好飞鹰走狗，游荡无度。”③这正是当时许多贵游子弟的通病，照这种趋势发展下去，曹操大概不会有什么作为。但曹操能脱离宦官阵营，成为名士的一员，并树立济世安民大志，最终成为政治和文学上的一代伟人，这本身就是一个奇迹，这里面肯定有一个转变的契机，考察历史事实可以肯定，这个契机便是曹操受到了桥玄和蔡邕的直接影响和教诲。《魏志·武帝纪》说桥玄

① 范晔《后汉书》卷七十八，第2509页。

② 陈寿《三国志》卷一，中华书局1959年版，第1~2页。

③ 陈寿《三国志》卷一，第2页。

赏异少年曹操，并对他说："天下将乱，非命世之才不能济也，能安之者，其在君乎！"裴注又引《世语》曰："玄谓太祖曰：'君未有名，可交许子将。'太祖乃造子将，子将纳焉，由是知名。"①因此之故，曹操终生感激桥玄的知遇之恩。根据《魏志》的记载，此两事发生在曹操20岁以前，而在此以前，曹操已经师从蔡邕学习了，只是不知道曹操是通过桥玄认识蔡邕，还是先师从蔡邕而后得到桥玄的赏识。《后汉书·蔡邕传》："建宁三年，辟司徒桥玄府，玄甚敬待之。"②此时蔡邕38岁，曹操16岁，应该就在这个时候，曹操开始师从蔡邕学习，在思想观念、学术修养和文学艺术方面都受到了他极大的影响，从而彻底改变了曹操的生命面貌和人生轨迹。特别是蔡邕忠直醇正的人格和忧国忧民的思想境界，极大地影响了曹操，使他脱离宦官集团阵营，站到儒学名士这边来，并树立起保国安民的雄心大志。曹操向士大夫集团靠拢，并努力得到士大夫集团的认可，因为他清楚地认识到，这是他踏入仕途、实现远大目标的前提。《后汉书·许劭传》载：

曹操微时，尝卑辞厚礼，求为己目。劭鄙其人而不肯对，操乃伺隙胁劭，劭不得已，曰："君清平之奸贼，乱世之英雄。"操大悦而去。③

此处的记载应该比《魏志》所说更加真实，因为以曹操的出身和个性，他受到名士们的鄙视是毫不奇怪的。曹操求许劭给予品评，关心的主要不是评语的好坏，而是品评这个行为的本身。许劭是当时的名士领袖、品家专家，能得到他的品评，就等于得到士林的

---

① 陈寿《三国志》卷一，第2~3页。

② 范晔《后汉书》卷六十，第1990页。

③ 范晔《后汉书》卷六十八，第2234页。

承认,获得了"士人"的身份,以后得朝廷察举,便顺理成章了,所以许劭的评语未必很好,曹操仍"大悦而去"。因为得到了士大夫名士的接纳,曹操才能在20岁时便"举孝廉为郎",开始他的政治生涯。

在创作于早期的《对酒》一诗中,曹操表达了他的政治理想:

> 对酒歌,太平时,吏不呼门。王者贤且明,宰相股肱皆忠良。咸礼让,民无所争讼。三年耕有九年储,仓谷满盈。斑白不负戴。雨泽如此,百谷用成。却走马,以粪其土田。爵公侯伯子男,咸爱其民,以黜陟幽明。子养有若父与兄,犯礼法,轻重随其刑。路无拾遗之私,囹圄空虚,冬节不断。人耄耋,皆得以寿终。恩泽广及草木昆虫。①

在几千年的封建社会中,还没有几个最高统治者能把自己的政治理想设想得如此美好,表达得如此清晰。出身于宦官家庭、个性恣纵放荡的曹操年轻时便能设计出如此美好的政治蓝图,可见他所受蔡邕等人影响之大。

二、受蔡邕影响,曹操深明古学,尤其具有鲜明强烈的历史意识

《魏志·武帝纪》裴注引《魏书》曰:"太祖从妹夫灄强侯宋奇被诛,从坐免官。后以能明古学,复征拜议郎。"②曹操"能明古学",特别是他对历史的熟悉和历史意识的鲜明,很自然地就令人想起大经学家、史学家蔡邕,如果没有蔡邕这位老师,曹操不可能

---

① 逯钦立辑校《先秦汉魏晋南北朝诗》,中华书局1983年版,第347~348页。按,笔者对引文标点有校改。

② 陈寿《三国志》卷一,第3页。

有如此深厚的学术功底，从而也就不可能有如此明晰的政治观念和卓越的文学创作成就。他的鲜明的历史意识，对他的文学创作产生了直接的影响，他不仅创作了一些咏史诗，表达他的政治志向和政治情感，如《短歌行·周西伯昌》《善哉行·古公亶父》等，开建安文学咏史诗创作的先河，而且创作了许多被后人称为“诗史”的反映当时重大历史事件的作品，如《薤露》《蒿里行》《苦寒行》等。用乐府反映当前重大的社会历史事件，曹操是首创，这自然是受到历史学家蔡邕的影响，当然也离不开曹操不愿拘守传统的勇气和高度的艺术修养。如其《薤露》说：

惟汉二十世，所任诚不良。沐猴而冠带，知小而谋强。犹豫不敢断，因狩执君王。白虹为贯日，己亦先受殃。贼臣持国柄，杀主灭宇京。荡覆帝基业，宗庙以燔丧。播越西迁移，号泣而且行。瞻彼洛城郭，微子为哀伤。①

作者用精炼的语言，短小的篇幅，叙写了汉末导致汉朝名存实亡的重大历史变故，叙写全面而概括，叙事中有抒情。锺惺评此诗曰：“汉末实录，真诗史也。”②沈德潜评曰：“此指何进召董卓事，汉末实录也。”③作为姊妹篇，其《蒿里行》叙写了关东义士讨伐董卓，因内部争权夺利而最终失败的事件，表现了曹操对国事艰危的忧虑和对百姓苦难的同情。沈德潜评曰：“借古乐写时事，始于曹公。”④

---

① 逯钦立辑校《先秦汉魏晋南北朝诗》，第 347 页。

② 河北师范学院中文系古典文学教研组《三曹资料汇编》，中华书局 1980 年版，第 18 页。

③ 沈德潜《古诗源》，中华书局 1963 年版，第 105 页。

④ 沈德潜《古诗源》，第 106 页。

作为史学家的蔡邕，对建安文学产生了极大的影响，建安时期史论、咏史诗及反映时事的诗赋的创作，都受到他的直接影响，这些影响当然首先表现在他的弟子们，如孔融、曹操、王粲、阮瑀及其女儿蔡琰身上，典型的如王粲，不仅有历史著作《汉末英雄记》，而且有较大数量的史论及咏史诗、反映时事的诗赋。

三、受蔡邕影响，曹操多才多艺，尤其喜爱和精通音乐

《魏志·武帝纪》裴注引张华《博物志》曰："汉世，安平崔瑗、瑗子寔、弘农张芝、芝弟昶并善草书，而太祖亚之。桓谭、蔡邕善音乐，冯翊山子道、王九真、郭凯等善围棋，太祖皆与埒能。"①曹操出身于为世人所鄙视的宦官家庭，所承传的家庭文化传统不厚，尽管他天赋卓异，如果没有专门的学习和名师的指点，决不会有这样高的造诣，这一点尤可看出曹操与音乐家、书法家、画家蔡邕的师生关系。② 特别是在音乐方面，史称曹操"好音乐，倡优在侧，常以日达夕"；"登高必赋，及造新诗，被之管弦，皆成乐章"。③ 曹操喜爱并精通音乐，又有通脱不拘的个性和追求享乐的欲望，所以他发展了来源于"相和三调"的"清商乐"，并设立清商专署以管理之，从而大大提高了这种俗乐的社会地位和流行程度。他自

---

① 陈寿《三国志》卷一，第 54 页。

② 《历代名画记》说蔡邕："工书画，善鼓琴，建宁中为郎中，校书东观，刊正六经文字，书于太学石壁，天下模学。又创八分书体，为左中郎将，封高阳乡侯，年六十一。灵帝诏邕画赤泉侯五代将相于省，兼命为赞及书，邕书画与赞皆擅名于代，时称三美。"张彦远《历代名画记》，江苏美术出版社 2007 年版，第 106 页。

③ 陈寿《三国志》卷一，第 54 页。

创乐府歌词，改变了乐府的生产方式和艺术面貌。总括而言，曹操在乐府诗创作上主要有以下贡献：

首先，有意识地大量创作乐府歌词，把本来主要是采自民间的歌词改由自己创作。在汉代，汉高祖的《大风歌》、汉武帝的《秋风辞》虽然也被收入乐府，但那不是一种有意识的行为，它基本上是一种臣子媚上的产物，而且这样的诗歌在汉乐府中占极小部分，绝大部分是来自民间的、俚俗的、由无名作者创作的街陌谣讴。到曹操的时代，游宴娱乐所使用的歌词，不再从民间采集，而由他自己来创作。曹操现存的二十多首诗歌，全部是乐府诗，而且在当时都是可以入乐歌唱的。

其次，用乐府诗表现自己的性情和个性。曹操的诗歌，从内容来看，主要有三大类：1. 哀时类，如《薤露》《蒿里行》《苦寒行》等；2. 述志类，如《度关山》《对酒》《短歌行》等；3. 忧生类，如《精列》《秋胡行》等游仙题材的诗歌。这些诗歌，志意慷慨，充分表现了曹操的志趣和性情，具有鲜明的个性特征。胡应麟说："东汉之末，猥杂甚矣。魏武雄才崛起，无论用兵，即其诗豪迈纵横，笼罩一世，岂非衰运人物！然亦时有诙谲，如'何以解忧？惟有杜康'等句，信类其为人也。"①陈祚明评曰："孟德所传诸篇，虽并属拟古，然皆以写己怀来。始而忧贫，继而悯乱，慨地势之须择，思解脱而未能，亹亹之词，数者而已。本无泛语，根在性情，故其跌宕悲凉，独臻超越。细揣格调，孟德全是汉音，丕、植便多魏响。取法乎上，仅得其中。孟德欲为三代以上之词，劣乃似汉；子桓兄弟取法于汉，体遂渐沦矣。曹孟德诗如摩云之雕，振翮捷起，排焱

① 胡应麟《诗薮》，中华书局 1958 年版，第 131 页。

烟,指霄汉,其回翔扶摇,意取直上,不肯乍下复高,作起落之势。”①此论从气格、性情立论,比较中肯深刻,可谓深知孟德者。乐府经过曹氏父子的改造,其境界、感情和艺术水平都大为提高,逐渐向文人诗靠拢,有时甚至难以区分。王士禛早就认识到这一点,他说:“乐府别是声调体裁,与古诗迥别。……至曹氏父子兄弟,往往以乐府题叙汉末事,虽谓之古诗亦可。”②曹操对于乐府诗创作的革新,是乐府发展史上的一件大事,这不仅直接影响了他的子孙的创作,对后世诗歌创作也产生了深远的影响。正如吉川幸次郎所说:“这是一件非常重要的事情。乐府由市民的诗歌形式,被采纳为知识分子的诗歌形式,已经是重要的革新。不仅如此,在这以后,笨重的赋体文学便不断衰落,活泼的乐府诗形,以及实际上并不用来歌唱,但是采取乐府诗主要节奏形式(五音节一句)的五言诗,绵亘于此后数百年间,成为中国文学的主要表现形式。总的来说,这是较为短小而轻快、较为适宜于抒情的诗形。陶渊明也好,李白、杜甫也好,他们的文学创作,都是在这文学之流上产生出来的。而它的开端者,就是曹操及其周围的文人,再追根究底地说,就是曹操。说得稍微夸张一点,如果没有曹操,陶渊明、杜甫、李白的文学也许就不会产生吧?即使产生了,恐怕也是别取一种形式。”③

---

① 河北师范学院中文系古典文学教研组《三曹资料汇编》,第31~32页。

② 王士禛《带经堂诗话》,人民文学出版社1963年版,第92页。

③ 吉川幸次郎《中国诗史》,复旦大学出版社2001年版,第113页。

四、受蔡邕影响，曹操在四言和五言诗创作上都卓有成就，尤其在四言诗创作上独臻妙境

蔡邕现存的诗歌不多，①但有证据表明，蔡邕曾经创作了相当数量的诗歌，《后汉书·文苑·高彪传》载："时京兆第五永为督军御史，使督幽州，百官大会，祖饯于长乐观，议郎蔡邕等皆赋诗。"②可知当时赋诗送别已经是经常的事情，而蔡邕作为名士领袖，这样的场合一定很多。蔡邕曾为躲避迫害而流落江湖十余年，后来又横死狱中，其作品大量遗失是肯定的。但就现存为数不多的作品来看，他的四言和五言诗也都取得了相当的成就，曹操继承了他的创作成就而加以发展，为建安诗歌创作确立了基本的规范。尤其是他的四言诗创作，在继承前人成就的基础上，形成了自己鲜明独特的风格，成为《诗经》之后最有成就的作家，对后世产生了巨大影响，受到了后人的高度评价。锺惺说："夫《风》《雅》后，四言法亡矣。然彼法中有两派：韦孟和，去《三百篇》近，而韦有韦之失；曹公壮，去《三百篇》远，而曹有曹之得。"他在评曹操《短歌行》时又说："四言至此，出脱《三百篇》殆尽。此其心手不粘带处。'青青子衿'二句，'呦呦鹿鸣'四句，全写《三百篇》，而毕竟一毫不似，其妙难言。"③说曹操既继承《诗经》的艺术成就，又别

---

① 从诗歌发展和蔡邕对建安文学的巨大影响等方面来考察，我宁可相信古诗十九首等诗歌主要是蔡邕的作品。

② 范晔《后汉书》卷八十，第2650页。

③ 河北师范学院中文系古典文学教研组《三曹资料汇编》，第16～17页。

创新体，相当中肯。许学夷说：“魏人乐府四言，如孟德《短歌行》、子桓《善哉行》、子建《飞龙篇》等，其源出于《采芝》《鸿鹄》，轶荡自如，正是乐府之体，不当于《风》《雅》求之。”①此从文体衍变和师承的角度，指出曹操四言诗的来源和特色。吴乔说：“作四字诗，多受束于《三百篇》句法，不受束者，惟曹孟德耳。”②曹操对四言诗的改造，体现在诸多方面，不仅仅是句法，所以沈德潜说：“曹公四言，于《三百篇》外自开奇响。”③他的五言诗虽然不多，但内容充实，情辞慷慨，气格高古，艺术上也达到了相当的水平，为建安五言诗创作开辟了道路。

日人伊藤正文认为，建安五言诗创作的兴盛和成熟，应该主要由两条渠道融汇而成：一条是曹操的乐府诗，一条是王粲的文人诗。④ 笔者同意他的观点。作为蔡邕的两个弟子，他们继承了其师的文学成就而发扬之，各自在诗歌创作上创造了自己的成就，而且比较而言，王粲在诗歌艺术的创造上，比曹操走得更远。王粲是一个早熟的作家，他在荆州时就已经在学术和文学上取得了巨大成就，而他建安十三年归附曹操时已经32岁。他的《七哀诗》三首，特别是前两首，无论从内容还是从语气和情调来看，都不像如有些学者所说是来到邺下后的作品，《七哀诗》固然不太可能是王粲16岁时之作，但怎么就敢肯定他不会在此后的近20年中创作出这些艺术水平高超的作品？日本学者伊藤正文在《王粲〈七哀诗〉考》一文中，对王粲的《七哀诗》二首进行具体分析，论

① 许学夷《诗源辩体》，人民文学出版社1987年版，第75页。
② 河北师范学院中文系古典文学教研组《三曹资料汇编》，第26页。
③ 沈德潜《古诗源》，第75页。
④ 伊藤正文《王粲〈七哀诗〉考》，《中华文史论丛》1982年第2辑。

证了王粲对古诗创作的变革，如起句的强劲有力而带感情、内容的精心组织及将赋的手法融入五言诗创作等。如王粲《七哀诗》其二：

荆蛮非我乡，何为久滞淫？方舟溯大江，日暮愁我心。山岗有余映，岩阿增重阴。狐狸驰赴穴，飞鸟翔故林。流波激清响，猴猿临岸吟。迅风拂裳袂，白露沾衣衿。独夜不能寐，摄衣起抚琴。丝桐感人情，为我发悲音。羁旅无终极，忧思壮难任。①

诗歌前四句总括全篇的大意，中间八句用对偶句式描写目中所见之景，使用的是赋的铺陈手法，最后六句用充满情感的语句作结。全篇结构精巧，写景明丽，语言规整，正如许学夷所说是“体多敷叙而语多构结”。他诗歌的这种结构形式和表现技巧，为曹丕和曹植等人所取法，形成建安五言诗的典型结构。如曹丕的《芙蓉池作诗》：

乘辇夜行游，逍遥步西园。双渠相溉灌，嘉木绕通川。卑枝拂羽盖，修条摩苍天。惊风扶轮毂，飞鸟翔我前。丹霞夹明月，华星出云间。上天垂光彩，五色一何鲜。寿命非松乔，谁能得神仙。遨游快心意，保己终百年。②

再如曹植的《公宴诗》：

公子敬爱客，终宴不知疲。清夜游西园，飞盖相追随。明月澄清影，列宿正参差。秋兰被长坂，朱华冒绿池。潜鱼跃清波，好鸟鸣高枝。神飙接丹毂，轻辇随风移。飘飖放志

① 俞绍初辑校《建安七子集》，中华书局2005年版，第87页。
② 逯钦立辑校《先秦汉魏晋南北朝诗》，第400页。

意，千秋长若斯。①

都是前几句叙事并总括全篇大意，中间主体部分用对句铺写目前之景，最后几句祝愿加议论或抒情，其艺术手法与王粲的《七哀诗》其二几乎完全相同。

伊藤正文说："建安诗歌之卓越，其原因在于实行了多样性的作品的汇合和统一"；"在这多样性的作品中，自然而然地存在着两个大的流别。一个是曹操，另一个是王粲。用公式性的语言来说：曹操是把感情丰富的民歌形式的作品——古诗、古乐府——提高为公认的文学样式，王粲却继承文人的传统，把汉赋引入诗歌之中。如上所述，王粲的作品是跟明晰的诗的形象相结合的，其故即在于此吧！接受这二大流别而集大成的，则是曹植"。② 笔者以为这符合建安诗歌发展的事实。

① 逯钦立辑校《先秦汉魏晋南北朝诗》，第449～450页。
② 伊藤正文《王粲〈七哀诗〉考》，《中华文史论丛》1982年第2辑。

蔡琰《悲愤诗》非自述身世之作

自从苏轼提出《悲愤诗》非蔡琰所作的观点以后，后来的人们对此有过激烈的争论，可谓众说纷纭，意见不一。现代学者大多倾向于五言《悲愤诗》为蔡琰所作，并认定这是蔡琰的一篇自述身世之作，有人干脆称之为“自传体”作品。笔者通过对《悲愤诗》进行认真的解读，并考察当时的历史事实后认为：蔡琰对《悲愤诗》的著作权固难否定，但此诗并非蔡琰自述身世之作。

苏轼在其《题〈蔡琰传〉》中说：

> 今日读《列女传》蔡琰二诗，其词明白感慨，颇类世所传木兰诗，东京无此格也。建安七子，犹涵养圭角，不尽发见，况伯喈女乎？又：琰之流离，必在父死之后。董卓既诛，伯喈乃遇祸。今此诗乃云为董卓所驱虏入胡，尤知其非真也。盖拟作者疏略，而范晔荒浅，遂载之本传，可以一笑也。①

在这里，苏东坡提出两个理由证明《悲愤诗》非蔡琰所作。一是《悲愤诗》明白感慨，不似东汉诗风格；一是既然蔡琰是为匈奴所掠，但“此诗乃云为董卓所驱虏入胡”。这两点都很有意思，特别

① 孔凡礼点校《苏轼文集》，中华书局1986年版，第2094页。

是第二点,可说是解读此诗的一个很关键的问题。此两点都不能证明此诗非蔡琰所作,却可以说明,此诗并非蔡琰自述身世之作,而是蔡琰对汉末战乱中广大妇女悲惨遭遇的巧妙概括和形象表现。以下将依照人们对此诗惯常的解读方法,结合历史事实证明这一判断。

全诗可分三部分。开头四十句为第一部分,叙写董卓部下滥杀百姓,掳掠妇女财物。这当是蔡琰亲眼目睹,至少是亲耳所闻。据《后汉书·董卓传》载,董卓入朝后,骄僭跋扈,残暴凶恶。“是时洛中贵戚室第相望,金帛财产,家家殷积。卓纵放兵士,突其庐舍,淫略妇女,剽虏资物,谓之‘搜牢’”。又“尝遣军至阳城,时人会于社下,悉令就斩之,驾其车重,载其妇女,以头系车辕,歌呼而还”。后文又说:

> 初,卓以牛辅子婿,素所亲信,使以兵屯陕。辅分遣其校尉李傕、郭汜、张济将步骑数万,击破河南尹朱俊于中牟。因掠陈留、颍川诸县,杀略男女,所过无复遗类。①

董卓是陇西临洮人,其部下将领也大都是西北边地人,如李傕是北地人,郭汜是张掖人,他们所率将卒也大多是羌胡人。这一点史有确证。《后汉书·董卓传》载:“(中平)六年,征卓为少府,不肯就,上书言:‘所将湟中义从及秦胡兵皆诣臣曰:“牢直不毕,禀赐断绝,妻子饥冻。”牵挽臣车,使不得行。羌胡敝肠狗态,臣不能禁止,辄将顺安慰。增异复上。’”②蔡琰诗中叙述:“平土人脆弱,来兵皆胡羌。猎野围城邑,所向悉破亡。斩截无孑遗,尸骸相撑

① 范晔《后汉书》卷七十二,中华书局1965年版,第2325,2332页。
② 范晔《后汉书》卷七十二,第2322页。

拒。马边悬男头,马后载妇女。长驱西入关,迥路险且阻。”这些恰与董卓部下暴行相符。蔡氏乃陈留大族,董卓入朝当权,蔡邕因名重天下而得到董卓的敬重和提拔。蔡邕无子①,当时虽然仓猝入朝,他也极有可能携爱女文姬一同入京任职,即使文姬未随父入京,董卓的部下也决不至于胆敢公然劫掠名满天下、当时正受到董卓宠重的公侯之女。那么,蔡琰不在诗中所写的遭难妇女之中,决无可疑。但董卓部下劫杀淫掠家乡陈留的暴行,蔡琰肯定是或亲眼目睹,或亲耳所闻的。于是她用悲悯哀伤的笔触,记下了这令人碎心断肠的情景。

宋蔡宽夫在其《诗话》“蔡琰诗”条中反驳苏轼说:

> 《后汉·蔡琰传》载其二诗,或疑董卓死,邕被诛,而诗叙以卓乱流入胡,为非琰辞。(郭绍虞案:此指东坡语)。此盖未尝详考于史也。且卓既擅废立,袁绍辈起兵山东,以诛卓为名,中原大乱,卓挟献帝迁长安,是时士大夫岂能皆以家自随乎?则琰之入胡,不必在邕诛之后。其诗首言“逼迫迁旧邦,拥主以自强。海内兴义师,共欲诛不祥”,则指绍辈固可见。继言“中土人脆弱,来兵皆胡羌。纵猎围城邑,所向悉破亡。马边悬男头,马后载妇女。长驱西入关,迥路险且阻”,则是为山东兵所掠也。其末乃云“感时念父母,哀叹无穷已”,则邕尚无恙,尤亡疑也。②

苏轼提出的问题,实有灼见,蔡宽夫指责苏轼“未尝详考于史”,实则他自己既不知历史,又未读懂蔡琰的诗作。他一则依据蔡琰诗

---

① 范晔《后汉书》卷六十《蔡邕列传》,第 2002 页;卷八十四《列女传》,第 2800 页。

② 郭绍虞《宋诗话辑佚》,中华书局 1980 年版,第 378 ~ 379 页。

的叙事，说“琰之入胡，不必在邕诛之后”，又曲解蔡琰的诗句，说蔡琰“是为山东兵所掠”。难道蔡琰是被山东兵所掠而入胡的吗？诗中明明说“来兵皆胡羌”，难道山东兵可以称为“胡羌”吗？追究蔡宽夫产生这种误解的原因，主要是他也把这首诗看作是蔡琰的自述身世之作。否则，他就不会依据“感时念父母，哀叹无穷已”之句而说蔡琰入胡时，蔡邕尚无恙了。

其实，历代都有文人学者因为误将蔡琰《悲愤诗》看作是自述身世之作而得出不恰当甚至错误的结论。如当代学者陆侃如便在他的《中古文学系年》中将蔡琰入胡的时间定为献帝初平元年。他引用王先谦《后汉书集解》之说：

> 沈钦韩曰：《南匈奴传》：灵帝崩，天下大乱，于扶罗单于将数千骑与白波贼合寇河内诸郡，……玩文姬诗词，则其被掠在山东牧守兴兵讨卓，卓劫帝入长安，遣将徐荣、李蒙四出侵掠，文姬为羌胡所得，后乃流落至南匈奴也。时邕尚在，故有“感时念父母”之语。其赎归也，家门灭绝，故有“既至家人尽”语。此当为初平年事，传云兴平非也。兴平则李、郭之乱，非董卓矣。①

沈钦韩也将蔡琰《悲愤诗》看作是自传性作品，于是他根据诗中的叙述，断定蔡琰是先为董卓所派四出劫掠的羌胡兵所得，后乃流落至南匈奴的。这比蔡宽夫说得圆满一些，但试想此时蔡邕正得到董卓的宠重，连连提升，甚至被封为侯，他的爱女竟会为董卓的部下所掳掠，以致流落匈奴，这可能吗？沈钦韩也像蔡宽夫一样，依据“感时念父母”之语，认定文姬入胡时蔡邕尚在。这些都是因

① 陆侃如《中古文学系年》，人民文学出版社 1985 年版，第 303 页。

为误读蔡琰诗意所致。陆侃如引用王先谦、沈钦韩的话而未加讨论，说明他也是同意他们的意见的。

第二部分次四十句，叙写被掠妇女不习惯边荒之地的生活，她们思念父母家乡，期盼着能早日回归故里。因为羁留太久，有些妇女生有孩子。当有人侥幸被亲人接回时，又要面临骨肉分离的痛苦。关于这一段的内容，通行的看法是写蔡琰在南匈奴的生活及被赎回时的情景。如余冠英在其《汉魏六朝诗选》中总结此段大意说："次四十句叙在南匈奴的生活和听到被赎消息悲喜交集以及和'胡子'分别时的惨痛。"①这是人们在读了《后汉书·蔡琰传》，又误读了本诗第一部分后的曲解。董卓的羌胡兵，烧杀劫掠，但他们把妇女当作财物保留下来，或随军享受，或运回老巢。如《后汉书·董卓传》载，董卓被杀后，其部将李傕等人遣使乞求朝廷赦免，未获允许。贾诩劝其攻打长安，于是"各相谓曰：'京师不赦我，我当以死决之。若攻长安克，则得天下矣；不克，则钞三辅妇女财物，西归乡里，尚可延命'"②。董卓久处羌中，中平元年又因功封为斄乡侯，故西部羌胡地区是他的大本营。董卓未败之前，他的部下很可能已将大量妇女财物运回老巢，为将来退守故地打算。蔡琰诗中所写，正是这些被董卓将卒劫掠到西部边地的妇女。这些不幸的女性，被迫远离家乡父母，有的失去丈夫子女，在边远荒凉之地，经受奴役的苦辛，甚至遭受肉体的蹂躏，而当有人侥幸被赎回的时候，在同伴们羡慕她终于可以离开这伤心之地的时候，她又要经受骨肉离别的哀伤。"邂逅徼时愿，骨肉来迎

① 余冠英选注《汉魏六朝诗选》，人民文学出版社1958年版，第19页。
② 范晔《后汉书》卷七十二，第2333页。

己”,正是说偶然、侥幸有人得遂心愿,有亲人来接回自己。此处“邂逅”一词最可注意。蔡琰的诗,正是要反映战乱加予广大妇女身心之上的无限痛苦与哀伤。

第三部分叙述侥幸得归的妇女归途中的感伤和回家后的凄凉。此处所描述,乃战乱中遭受流离之苦的妇女悲惨情景的典型概括,而非叙写蔡琰自己的遭遇。因为这里的叙述描写与蔡琰当时身世遭遇情景不合。理由有二。其一,蔡氏是陈留大族,本传载蔡邕“与叔父从弟同居,三世不分财,乡党高其义”。灵帝时,蔡邕为议郎,其叔父蔡质为卫尉。后蔡邕得到董卓的敬重和提拔,“邕恨其言少从,谓从弟谷曰:‘董公性刚而遂非,终难济也。吾欲东奔兖州,若道远难达,且遁逃山东以待之,何如?’谷曰:‘君状异恒人,每行观者盈集。以此自匿,不亦难乎?’”[①]是其叔父从弟皆在朝做官。由此可知,蔡氏家族庞大,其在朝廷也有一定势力。蔡邕罹难,未闻累及家属,则陈留蔡氏家族未受大损。如此说来,蔡琰还家时,如何会有“既至家人尽,又复无中外”的情况?其二,曹操既然顾念自己与蔡邕的亲密关系而将蔡琰赎回,必然会给予她妥帖的照顾,定然不会让她“茕茕对孤影”,悲苦无所依靠。所以,这一部分叙述的是有的被掠妇女虽然侥幸能还归家乡,但面对的却是家人丧亡,园舍榛芜的情景。她们哀伤欲绝,孤苦无告,不得已改适他人,又担心因为自己的被掠流离而遭到嫌弃。

由以上分析可知,蔡琰的《悲愤诗》叙写的是汉末战乱中广大妇女所经历的无比曲折悲惨的遭遇及她们在肉体和心灵上承受的巨大痛苦。因为融进了作者自己的身世之感,所以诗歌写得格

---

① 范晔《后汉书》卷六十,第1980,2006页。

外沉痛感人。

文章说到这里，就自然地引出了两个需要进一步讨论的问题。

第一，蔡琰为胡所获，没于南匈奴左贤王的问题。

关于蔡琰没入匈奴的问题，除《后汉书·列女传》的记载以外，最直接的证据便是建安时期曹丕与丁廙的两篇《蔡伯喈女赋》，按情理来说，曹丕的赋要比范晔《后汉书》的记载更为可靠。可惜曹丕的赋仅剩一短序，且连此序也不知是否完整。其中说："家公与蔡伯喈有管鲍之好，乃命使者周近持玄壁，于匈奴赎其女还，以妻屯田都尉使者。"①此文说得比较笼统、模糊，若将此文与《后汉书·列女传》的记载相比较，就会发现一些问题，也就是说，蔡琰为胡骑所获之事容或有之，但谓其没入南匈奴左贤王，则很令人怀疑。我们若考察一下《后汉书·南匈奴传》的记载，便可证明这一点。其中记载：

> 持至尸逐侯单于于扶罗，中平五年立。国人杀其父者遂畔，共立须卜骨都侯为单于，而于扶罗诣阙自讼。会灵帝崩，天下大乱，单于将数千骑与白波贼合兵寇河内诸郡。时民皆保聚，钞掠无利，而兵遂挫伤。复欲归国，国人不受，乃止河东。须卜骨都侯为单于一年而死，南庭遂虚其位，以老王行国事。单于于扶罗立七年死，弟呼厨泉立。单于呼厨泉，兴平二年立。以兄被逐，不得归国，数为鲜卑所钞。建安元年，献帝自长安东归，右贤王去卑与白波贼帅韩暹等侍卫天子，拒击李傕、郭汜。及车驾还洛阳，又徙迁许，然后归国。二十

① 严可均《全三国文》，商务印书馆1999年版，第40页。

一年，单于来朝，曹操因留于邺，而遣去卑归监其国焉。①

由这段记载可知，南匈奴在灵帝中平年间至献帝建安二十一年这段时间里，除单于于扶罗即位之初，因国人叛乱，向汉廷求助而不得，遂趁天下大乱之机而寇掠河内诸郡以外，在其他时间里，与汉朝保持着良好的关系，甚至帮助汉朝军队对付董卓余党，翼卫天子。建安二十一年之后，更直接为曹操掌握大权的汉朝所控制。汉献帝兴平只有二年，在此前后的几年里，未见有南匈奴抄掠的记载，不知蔡琰是何时为南匈奴所掳掠，最有可能的时间就是李傕、郭汜等人攻入长安，董承、杨奉招引白波帅李乐、韩暹、胡才及南匈奴右贤王去卑共同对付李傕、郭汜的这段时间。这里有一个重要人物就是南匈奴右贤王去卑，从他在这一段时间里的活动情况看，他应该是南匈奴仅次于单于的第二号人物，也就是说，他应该就是南匈奴左贤王。因为匈奴左贤王是国君储副。事实上，《后汉书·献帝纪》记载去卑正是南匈奴左贤王：

(兴平二年)十一月庚午，李傕、郭汜等追乘舆，战于东涧，王师败绩，杀光禄勋邓泉、卫尉士孙瑞、廷尉宣播、大长秋苗祀、步兵校尉魏桀、侍中朱展、射声校尉沮俊。壬申，幸曹阳，露次田中。杨奉、董承引白波帅胡才、李乐、韩暹及匈奴左贤王去卑，率师奉迎，与李傕等战，破之。②

据《后汉书·列女传》记载，蔡琰正是在兴平年间为胡骑所获，没于南匈奴左贤王的，这与上引材料正相合。可问题是，根据《后汉书·南匈奴传》的记载，去卑作为左贤王一直留在汉廷，直到建安

① 范晔《后汉书》卷八十九，第2965页。

② 范晔《后汉书》卷九，第378页。

二十一年南匈奴单于呼厨泉来朝，曹操才扣留单于而遣去卑归监其国。如果身为天下名士、高阳乡侯蔡邕之女的蔡琰归于身为南匈奴储副的去卑，这应该不是一件小事，为什么史书上一点记载也没有？去卑就在汉庭，如果蔡琰嫁给了左贤王去卑，曹操想赎回，何必派人持壁去匈奴？根据以上论述，笔者认为，蔡琰或许真的在董卓被杀、蔡邕遇难后的长安之乱中被匈奴人虏掠过，但绝不是归于左贤王，而且她并未在匈奴滞留很久，很快即被赎回。

第二，关于蔡琰滞留胡中十二年并生有二子问题。

上文已经论证，蔡琰没入匈奴之事容或有之，但她未尝嫁给南匈奴左贤王，也没有在匈奴滞留太久，更不可能生有二子。笔者认为，《后汉书·列女传》中的记载，是范晔误读了蔡琰的作品，将《悲愤诗》看作是蔡琰自述身世之作，因而想当然地认为，既然生有孩子，那么停留匈奴的时间必然不会太短，于是由误解而推测，或许还加上传说，便认定蔡琰停留匈奴十二年，并生有二子。试想，如果蔡琰与南匈奴左贤王生有二子，那么这两个孩子将来至少也是匈奴王子，历史上为什么没有一星半点的记载？王昭君以普通宫女嫁匈奴单于，其子女尚明记在史，蔡琰身为名士、公侯之女，自己又是旷世才女，她的儿子为何没留下任何记载？再有，蔡琰的时代，虽然儒家礼教对妇女的约束尚不严，妇女再嫁尚属寻常之事，但流落异族并生有孩子，毕竟不是什么光彩的事，以蔡琰这样的大家之女，当不至于将这种事发露于诗作之中。苏东坡曾说到蔡琰的《悲愤诗》“明白感慨”，不够含蓄，实际上也包含着这样的意思。由上论述可知，蔡琰滞留匈奴十二年并生有二子之记载，是范晔误读蔡琰作品的结果。范晔乃刘宋时人，其时距东汉已数百年，故而范晔之《后汉书》，多采野史、传说入传，其人物事迹多有不相连属甚至扞格难通之处,也多有虚假不实之记载,这一点,前辈学人早已指出过。《后汉书》有关蔡琰生平和创作情况的记载,也同样存在着很多问题,只有解决了这些问题,我们才能合理地解读和接受蔡琰的作品。

祢衡之死

——一个文化孤儿的故事

《后汉书》卷八十下《文苑·祢衡传》叙写了祢衡自来许下至被杀的短暂过程，却给后人留下了许多疑问，譬如：他年方弱冠，无任何建树，却连功名赫赫的曹操、史称才德兼备的荀彧都不放在眼里，他的狂傲实在没有道理；他才华卓异，狂傲不可一世，却任由别人送来送去，最后死在一个小军棍手里，这确乎不合常理。然结合汉魏之际政治形势、思想观念和社会风气转变的大趋势，细而思之，终于明白，范晔在这里叙写的是一个文化孤儿的故事。

经学在汉代经过几百年的传播，其产生的后果之一便是形成了一套新的价值体系，培养了一个自觉守持这种价值观念的具有新型人格的士人阶层。东汉中后期，这个士人阶层曾经为了维护他们所寄予理想的政治肌体不受封建制度蛀虫的侵蚀而进行过不屈不挠的斗争。范晔在《后汉书》卷六十七《党锢列传·范滂传》后评论说：

李膺振拔污险之中，蕴义生风，以鼓动流俗，激素行以耻威权,立廉尚以振贵势,使天下之士奋迅感概,波荡而从之,幽深牢破室族而不顾,至于子伏其死而母欢其义。壮矣哉!子曰:“道之将废也与?命也!”①

这个士人阶层曾经一度势力巨大,他们用信念、鲜血和生命维护着给予他们残酷迫害和无情打击的汉朝政权,使它不至很快衰败、灭亡。范晔在《后汉书》卷七十九下《儒林传》中评论说:

自桓、灵之间,君道秕僻,朝纲日陵,国隙屡启,自中智以下,靡不审其崩离,而权强之臣,息其窥盗之谋;豪俊之夫,屈于鄙生之议者,人诵先王言也,下畏逆顺势也。至如张温、皇甫嵩之徒,功定天下之半,声驰四海之表,俯仰顾眄,则天业可移,犹鞠躬昏主之下,狼狈折札之命,散成兵,就绳约,而无悔心。暨乎剥桡自极,人神数尽,然后群英乘其运,世德终其祚。迹衰敝之所由致,而能多历年所者,斯岂非学之效乎?②

正所谓“天之所废,不可支也”(郭泰语),名士们的努力未能挽回东汉王朝的败亡,先是黄巾农民大起义,然后是董卓之乱,东汉王朝连同它的主流意识形态崩塌了,新的政治观念和社会心理在破碎和无序中形成。

祢衡像当时的许多士人一样,因战乱而避难荆州,当天下局势稍微安定,他离开荆州,到当时的政治中心许都去寻找出路的时候,发现一切都变了。《后汉书》卷八十下《文苑·祢衡传》说他:

建安初,来游许下。始达颍川,乃阴怀一刺,既而无所之

① 范晔《后汉书》卷六十七,中华书局1965年版,第2207~2208页。
② 范晔《后汉书》卷七十九,第2589~2590页。

适，至于刺字漫灭。是时许都新建，贤士大夫四方来集。或问衡曰："盍从陈长文、司马伯达乎？"对曰："吾焉能从屠沽儿耶！"又问："荀文若、赵稚长云何？"衡曰："文若可借面吊丧，稚长可使监厨请客。"唯善鲁国孔融及弘农杨修。常称曰："大儿孔文举，小儿杨德祖。余子碌碌，莫足数也。"①

一切都变了！名士们赖以出身并为之服务的汉朝廷已名存实亡；皇帝成了军阀的傀儡和阴谋家谋求私利的名号；求其道不计其功的名士换成了追名逐利之徒，蝇营狗苟之辈。更重要的是，名士们赖以立身的儒学话语系统坍塌了，他们所极力追求和维护的那种超越价值消隐了。也就是说，此时的祢衡，不仅失去了现实的家园，也没有了精神的家园。他成了无家可归的游子，更为严重的是，他成了灵魂无处栖止的文化孤儿。

身心无所依归的祢衡以东汉名士惯用的蔑视和狂诞来对付眼前的这帮名利之徒，以发泄他内心深处的愤激、迷惘和绝望。他当众裸身以侮辱曹操，在受到孔融的责备后，他表示屈服，却又用更加放诞的行动对付曹操及其手下：

操喜，敕门者有客便通，待之极晏。衡乃着布单衣、疏巾，手持三尺棁杖，坐大营门，以杖捶地大骂。吏白：外有狂生，坐于营门，言语悖逆，请收案罪。操怒，谓融曰："祢衡竖子，孤杀之犹雀鼠耳。顾此人素有虚名，远近将谓孤不能容之，今送与刘表，视当何如。"于是遣人骑送之。临发，众人为之祖道，先供设于城南，乃更相戒曰："祢衡勃虐无礼，今因其后到，咸当以不起折之也。"及衡至，众人莫肯兴，衡坐而大

---

① 范晔《后汉书》卷八十，第2653页。

号。众问其故，衡曰："坐者为冢，卧者为尸，尸冢之间，能不悲乎！"①

曹操的话说出了新势力对于旧势力、新观念对于旧观念的真实关系以及新兴力量的心理状态。祢衡们所代表和追求的那种价值系统已经退隐，他们已经失去了话语权力，他可以用傲慢甚至狂悖来抗议这种事实，但他们确实已经成为无根之人，等待他们的命运只有消亡：祢衡被奸雄曹操送给了平庸却并不安分的刘表，刘表又将他送给了粗鲁的小军棍黄祖，祢衡就在那里结束了他的生命。他创作于此时此地的《鹦鹉赋》正是他的人生寓言，他在赋的最后说：

长吟远慕，哀鸣感类，音声凄以激扬，容貌惨以憔悴。闻之者悲伤，见之者陨泪。放臣为之屡叹，弃妻为之歔欷。感平生之游处，若埙篪之相须。何今日之两绝，若胡越之异区。顺笼槛以俯仰，窥户牖以踟蹰。想昆山之高岳，思邓林之扶疏。顾六翮之残毁，虽奋迅其焉如。心怀归而弗果，徒怨毒于一隅。苟竭心于所事，敢背惠而忘初。托轻鄙之微命，委陋贱之薄躯。期守死以报德，甘尽辞以效愚。恃隆恩于既往，庶弥久而不渝。②

傲慢与清高已荡然无存，剩下的只有哀愤、凄苦、孤独和无奈，从而不得不向自己极端鄙视的人哀告和乞怜。

祢衡对于这种社会变迁的内在必然性未必有清晰的认识，但对新旧文化思潮的差别却相当敏感。在众多的士人中，他只欣赏

① 范晔《后汉书》卷八十，第2656页。
② 严可均《全后汉文》，商务印书馆1999年版，第878页。

孔融、杨修二人，而这两人后来都与他遭遇了同样的命运，便可以说明这一点。

“大儿孔文举”，十六岁就因自作主张藏匿党人张俭、与母兄争死而“名震远近，与平原陶丘洪、陈留边让，并以俊秀，为后进冠盖”。《三国志》卷十二《崔琰传》裴注引司马彪《九州春秋》曰：“融在北海，自以智能优赡，溢才命世，当时豪俊皆不能及。亦自许大志，且欲举军曜甲，与群贤要功，自于海岱结殖根本，不肯碌碌如平居郡守，事方伯，赴期会而已。”但当“黄巾将至，融大饮醇酒，躬自上马，御之涞水之上。寇令上部与融相拒，两翼径涉水，直到所治城。城溃，融不得入，转至南县，左右稍叛。连年倾覆，事无所济，遂不能保鄣四境，弃郡而去”。后领青州刺史，“为袁谭所攻，自春至夏，城小寇众，流矢雨集。然融凭几安坐，读书论议自若。城坏众亡，身奔山东，室家为谭所虏”。[1] 名士派头倒是十足，却没有切实的功效。表明东汉名士所追求的在相当意义上可以说是一种超越的价值，这种价值具有理想性、形而上性，而非世俗功利。孔融的《汝颍优劣论》即明确地体现了这种价值观。颍川人士尚功能、逐俗利，汝南人士尚德行、守节义，所以孔融认为颍川士不如汝南士。如其中说：“汝南李洪为太尉掾，弟煞人当死，洪自劾诣阁，乞代弟命，便饮鸩而死，弟用得全；颍川士虽尚节义，未有能煞身成仁如洪者也。”[2]他所推荐的人才，都是持正守义之人，而非权变立功之士，如他向曹操举荐的边让，“后以高才擢进，屡迁，出为九江太守，不以为能也”[3]。也正因为他们具有这种

① 陈寿《三国志》卷十二，中华书局 1982 年版，第 371 ~ 372 页。

② 俞绍初辑校《建安七子集》，中华书局 2005 年版，第 29 页。

③ 范晔《后汉书》卷七十六，第 2467 页。

明确而坚定的价值观和人生观，所以当他们面对浑浊纷扰的时世和求功逐利的人群时，他们有理由视之蔑如，并充满豪情壮气地表达自己的这种态度。从表面上看，曹操对东汉王朝有再造之功，所以孔融曾把复兴汉朝的希望寄托在曹操身上，可是当他看到曹操的政治理想和价值观念与自己并不相同时，他便只能用蔑视和嘲弄来对付曹操，这是一种可悲的、无可奈何的做法。他的《临终诗》表达了他的悲苦心情。陆时雍《诗镜总论》说："孔融，鲁国一男子，读《临终诗》，其意气恹恹欲尽。"①

"小儿杨德祖"出自煊赫东西两汉的"名族"弘农杨氏，是"关西孔子杨伯起"的后人。其父杨彪是东汉朝遗老的代表，曹操曾将其视为政治上的障碍而欲铲除之，赖孔融极力营救而得免。曹丕代汉后，曾想让他做太尉，他推辞说："彪备汉三公，遭世倾乱，不能有所补益。耄年被病，岂可赞惟新之朝？"②史书记载的杨修，是一个卖弄聪明的才子，他虽没有像祢衡、孔融那样明确反对曹操，但他屡次触犯曹操的忌讳，未必不是出于轻视和傲弄，最后被曹操莫名其妙地杀掉，其被杀的深层原因恐怕也是价值观念的冲突。

历史的洪流永不停息，随着汉朝政权的崩塌和儒学话语的退隐，曾是时代弄潮儿的东汉名士，也明显感觉到了与时代的不适应甚至格格不入，并最终为时代大潮所吞没。孔融与祢衡作为汉末名士的代表，连同他们赖以产生的经学话语语境及其寄托政治希望的汉王朝，一起淹没在历史的大潮中。他们的被杀，象征着一种文化模式、一种价值观念的消隐。

① 丁福保辑《历代诗话续编》，中华书局 1983 年版，第 1403 页。
② 范晔《后汉书》卷五十四，第 1790 页。

论曹植的四言诗

曹植诗歌创作的成就和影响主要在五言诗,但他的四言诗创作也同样取得了不容忽视的成就,这一点,历代评论家和诗人也有大致相同的意见。颜延之在《庭诰》中说:“至于五言流靡,则刘桢、张华;四言侧密,则张衡、王粲。若夫陈思王,可谓兼之矣。”①长期以来,人们对曹植五言诗的研究相当多,而对其四言诗的研究却不多见。

一、四言诗与五言诗的分途

四言本是《诗经》的主要体式,《诗经》本是周朝礼乐政治的构成内容之一,后来又成为儒家的主要经典之一,所以在很长的时间内,人们囿于“礼乐征伐自天子出”的信条,没有人敢于模仿《诗经》的体式进行创作,这也是《诗经》以后诗坛长期沉寂的原因之一。直到汉朝初年,乐府诗的搜集、创作,也仍然是一种政府行为,私人创作诗歌的情况甚少。所以刘勰《文心雕龙·明诗》说:“汉初四言,韦孟首唱,匡谏之义,继轨周人。”②这种“继轨”,

① 严可均《全宋文》,商务印书馆1999年版,第359页。

② 黄叔琳注,李详补注,杨明照校注拾遗《文心雕龙校注》,中华书局2000年版,第64页。

既包含着思想观念方面的内容，又包含着文体意识方面的内容。韦孟的这种行为，既体现着对于儒家经典的敬畏和推崇，又体现着韦孟以儒家信徒自期并虔诚地维护和弘扬儒家诗学精神的意识。所以他的这个行动在当时引起了不小的震动，并在诗学观念和诗歌体式方面为后世诗歌创作树立了一个典范。后世的诗人秉承了这种观念和文体意识，所以东汉五言诗产生以后，四言诗与五言诗在职能和风格上保持着比较清晰的分界。

对于这一点，葛晓音先生有很精辟的总结："东汉早期文人诗抒写较严肃庄重的内容，仍然多用四言和骚体，如傅毅的《迪志诗》，班固的《郊祀灵芝歌》《东都赋诗五首》，崔骃的《安封侯诗》，张衡的《怨篇》，秦嘉的《述昏诗》等。五言多用以表现夫妇房室之情，像张衡的《同声歌》写新妇初夜的心理，十分真切。秦嘉《留郡赠妇诗》写他对妻子无限依恋的心情：'长夜不能眠，伏枕独辗转。忧来如循环，匪席不可卷。''临路怀惆怅，中驾正踯躅。浮云起高山，悲风激深谷。'都写得絮絮意长，缱绻情深。可见颂诗化的四言和赋化的骚体仍被看作表现正经内容的主要形式，五言因起自街陌谣讴，可以较为随便坦率地抒写私情，这也是汉代五言古诗多写游子思妇、离情别绪的原因之一。"①

其实这种文体意识和创作观念一直持续到南北朝时期，其中的主要原因有两个：一是由来已久、根深蒂固的传统文体观念，认为四言是雅正之体，五言是流俗之体。挚虞说："夫诗虽以情志为本，而以成声为节。然则雅音之韵，四言为正，其余虽备曲折之

① 葛晓音《八代诗史》，中华书局2007年版，第17页。

体，而非音之正也。”①刘勰也说：“若夫四言正体，则雅润为本；五言流调，则清丽居宗。”②他们都认为四言是正体，五言是俗体，所以功能不同，风格也不同。二是由于诗体自身的特点而造成的表意功能上的不同。对于这种不同，钟嵘已经有比较清楚的觉察，他说：“夫四言文约意广，取效《风》《骚》，便可多得，每苦文繁而意少，故世罕习焉。五言居文词之要，是众作之有滋味者也，故云会于流俗。岂不以指事造形，穷情写物，最为详切者邪！”③但为什么会有这种不同，钟嵘的说明却不够透彻，葛晓音先生从汉魏六朝四言诗句式结构的特点来说明这个问题，深中肯綮，她说：“在汉魏到两晋长达四百年的重构体式的探索中，实字四言所找到的新句序主要是与二二节奏最相配的对偶句的连缀和堆砌。尽管对偶句也有一些变化，但是对偶句对虚字和连接词的排斥消解了句意之间的自然连接，使四言最适合于需要罗列堆砌的内容，自然就成为颂圣述德应酬之首选。”“因此实字化以后的四言与诗经体四言一样，最不适合的仍然是叙事。也就是说四言在进行体式重构之后，仍然未能解决其原初体制的根本局限。而五言诗恰恰是在这一功能上胜过了四言。”④

《尚书》曾说“诗言志”，此“志”包含着“情”，则先秦乃至西汉，人的主体意识不够鲜明，文学尚未与学术分离，所以情志不分。时至东汉，随着人的主体意识的逐渐增强，文学的不断发展

---

① 严可均《全晋文》，商务印书馆 1999 年版，第 820 页。

② 黄叔琳注，李详补注，杨明照校注拾遗《文心雕龙校注》，第 65 页。

③ 何文焕《历代诗话》，中华书局 1981 年版，第 3 页。

④ 葛晓音《汉魏两晋四言诗的新变和体式的重构》，《北京大学学报》2006 年第 5 期。

和文学观念的巨大变化，人的志趣与情感逐渐分离，大体而言，志趣表现“大我”，书写“大叙事”；情感表现“小我”，书写“小叙事”。一定的内容总要有合适的表现形式，所以作为“雅体”的四言诗承担了书写“大我”的任务，作为流调的五言诗便承担了书写“小我”的任务。四言诗与五言诗的这种分野，在不同作家身上的表现有所不同，但在曹植身上却表现得相当明显，这不仅表现在文学观念上，也体现在具体的诗歌创作中。钟嵘曾经称赏曹植的五言诗“情兼雅怨”，如果从曹植整个的诗歌创作来看的话，其中的“雅”就主要体现在他的四言诗创作上，这一点，曹植自己是有明确意识并努力按照这个观念进行创作的。

二、高尚志趣的全面展示

曹植的四言诗，据逯钦立《先秦汉魏晋南北朝诗》的收录，可以考知的有二十余篇。由于曹集一度散佚，大多数诗篇已成为零章碎句，较完整的有九篇；如果再加上以四言为主体的《孟冬篇》和《当来日大难》及有争议的《善哉行》，共有十二篇。篇数虽然不多，但内容比较广泛。若按每篇的主要思想倾向，可以分为七类。

第一，颂扬类。包括《魏德论讴》和《元会诗》。《魏德论讴》是附于颂美魏朝的《魏德论》一文后面的颂歌，分《谷》《禾》《鹊》《鸠》《甘露》《连理木》六章，全用雅颂体，是纯粹颂德的诗章，几乎没有什么实际内容。在曹植的作品中，这类空洞无物的东西还是比较少的。《元会诗》是记录正月朝贺情景的诗歌，朱绪曾认为作于黄初五年，黄节认为作于黄初五年或六年，他们都认为朝会地点是许昌。赵幼文认为作于太和六年，朝会地点是洛阳。观诗中描写朝会尊卑列序、典而有章、歌乐盛设、欢笑尽娱的情景，应以赵说为是，因为黄初年间丕、植兄弟关系紧张，感情隔膜，曹植不会有此等心情。

第二，劝诫类。包括《孟冬篇》和《丹霞蔽日行》。《孟冬篇》是《鼙舞歌》五首中的最后一首，其主体是四言，乱辞则用五言，这种安排十分巧妙，因为这样可以使铺陈内容和抒情内容都有自己合适的表现形式。诗篇的主体部分极写狩猎场景的壮观、激烈，乱辞部分则表达了讽谏之意。朱乾评此诗说："谏猎也。丕虽好田，不至如是之甚，观'张罗万里，尽其飞走'之语，荒于田极矣。案明帝时猎法严峻，杀禁地鹿走者身死，财产没官。廷尉高柔上疏曰：'百姓供役，田者既灭，复有麋暴，所伤不赀，至于荥阳左右，周数百里，略无所入。'此诗当作于此时也。"①曹丕父子都酷爱田猎，但《鼙舞歌》作于曹丕即位之初，则此诗非讽曹睿甚明。曹丕耽于田猎，甚至在服丧期间也不停歇，大臣多有劝谏，长水校尉戴陵谏其不宜数行弋猎，竟惹曹丕恼怒，戴陵因此获罪，减死罪一等。可见曹植此诗是有为而发，只不过其规谏之意表达得相当隐晦、相当巧妙，显示出作为弟弟和臣子的良苦用心。《丹霞蔽日行》的劝诫之意更加明显，其诗曰："纣为昏乱，虐残忠正。周室何隆，一门三圣。牧野致功，天亦革命。汉祚之兴，阶秦之衰。虽有南面，王道陵夷。炎光再幽，殄灭无遗。"②此用历代兴亡的变化无常和迁变骤数来警诫当权者。曹睿继位以后，不思继承父祖之

① 河北师范学院中文系古典文学教研组《三曹资料汇编》，中华书局1980年版，第199～200页。

② 逯钦立辑校《先秦汉魏晋南北朝诗》，中华书局1983年版，第421页。

烈,完成一统大业,而不顾百姓疾苦,营修宫室;又拒谏饰非,施行虐政。朱乾评此诗说:"此诗有微词焉。言以纣之无道,周之盛德,虽行放伐,而天亦革命,享国长久,不必禅让也。汉无文、武之德,不过阶秦之衰,虽名正言顺,南面称帝,而终三百年,忽灭无遗,况掩耳盗铃而得之者乎?'炎光再幽',盖悲汉之亡也。而魏祚之不永,于言外见之矣。呜呼!植其贤矣哉。《魏志·苏则传》:'禅代事起,子建发服悲泣。'"①曹植此诗确有讽谏之意,但不至于怀念汉朝而否定魏朝。

第三,自诫类。包括《责躬》《矫志》两篇。《责躬》创作于黄初四年,这一年,曹丕降恩,诏诸王朝京师。曹植因为有此前两次获罪之事,希望借此机会取得皇上兼兄长曹丕的谅解,于是星陈夙驾,车不辍轮,赶往京师,希望能通过清河长公主向皇帝表达自己的诚意,没想到曹丕预先派人将其挡住,不许他觐见。后在太后的干预下,才得以兄弟相见。在此情况下,曹植向曹丕献上《责躬》《应诏》二诗,表白自己的诚心,"帝嘉其辞义,优诏答勉之"。《责躬》诗先叙曹操之功绩,再颂曹丕之德业,然后叙述自己的两次获罪及获宽贷的情况,表白自己"匪敢傲德,寔恩是恃",最后表示自己"愿蒙矢石,建旗东岳。庶立毫厘,微功自赎"②。希望皇帝能够照察自己的一片赤诚。全篇多自悔自责、诚惶诚恐之辞,意致悲凄,情怀恳恻。此诗对探求曹植黄初初年两次获罪事也有极为重要的参考价值。《矫志》一诗,颇似谣谚的集合,是曹植生活经验和人生体验的总结。胡应麟说:"临淄《矫志》,大类铭

---

① 河北师范学院中文系古典文学教研组《三曹资料汇编》,第197页。

② 逯钦立辑校《先秦汉魏晋南北朝诗》,第446页。

箴。"①陈祚明评此诗说:"段段用比语起,别成一格,都不法《三百篇》语,矫健奇劲,自饶古致。篇法四句作一章,各抒意旨。'济济'二句单,若是阙文。'道远'二句单,亦不可解,然故名语。'抱璧途乞',语古。'都蔗虽甘',意新。"②《矫志》在曹植四言诗中别具一格,可惜有些残缺。

第四,叙志类。有《应诏》和《闺情》其二两篇。《应诏》同《责躬》一样创作于黄初四年朝京师之时,诗歌先极写自己受诏后的喜悦以及跋山涉水、日夜兼程前往京师的无限辛劳和迫切心情,后面写自己满怀期望来到京师,竟不允许朝觐,以致"长怀永慕,忧心如酲",前面的高涨情绪至此一落千丈。曹植的用意很明显,就是希望用自己的真情和诚心来打动曹丕,以取得兄长的谅解。《闺情》其二反映了曹植另一侧面的生活和思想情感:"有美一人,被服纤罗。妖姿艳丽,蓊若春华。红颜韡烨,云髻嵯峨。弹琴抚节,为我弦歌。清浊齐均,既亮且和。取乐今日,遑恤其他。"③自东汉以来,随着封建专制政治的黑暗,道家思想的流行,人们,特别是士大夫的生命意识逐渐觉醒,认识到生命的珍贵,于是讲求生命的质量,因而在士大夫文人中便形成了一种追求享乐的风气。汉末建安时期,随着社会政治形势的变化和社会思潮的迁变,这种风气变得更加浓重,而三曹父子是这方面的突出代表。曹氏父子虽然都有强烈的政治热情,有建功济世的志向,但他们同时也有比较强烈的追求享乐的意识和相当多的这方面的实际行动。他们追求享乐的重要内容便是对女色的渴求和对音乐歌

① 胡应麟《诗薮》,中华书局1958年版,第9页。
② 河北师范学院中文系古典文学教研组《三曹资料汇编》,第193页。
③ 逯钦立辑校《先秦汉魏晋南北朝诗》,第449页。

舞的欣赏，这方面，曹操是开风气者，也是最突出的代表。曹植的这首诗，可以说也反映了曹植这方面的观念和行为。

第五，追悼类。有《朔风诗》。关于本诗的创作主旨，历来说法众多，莫衷一是。王尧衢认为："子建时为东阿王，不得于兄，故作诗以述思君之意。"①观诗中之意，此说不确甚明。陈祚明认为是因思念白马王而作，他解"仰彼朔风"章说："当缘白马王在楚，故有蛮方之思，明是两意夹起。"②黄节也有类似的意见，他认为此诗作于黄初六年在雍丘时，他解"凯风永至"以下四句说："即《楚辞·远游》'顺凯风以从游，至南巢而一息'之意。盖怀白马王彪也。《魏志》：彪五年改封寿春县，七年徙白马，则六年在寿春。雍丘即今杞县，寿春即今寿州，在雍丘之南。"③曹魏诸侯王往往寄地而治，据考证，曹彪虽历封寿春侯、汝阳公、弋阳王、吴王、楚王等，但他终生都居住在白马，所以二人的说法不能成立。况且文中的"同袍"代指朋友，非指兄弟，所以此诗与其兄弟没大关系。张玉穀认为："五诗乃久役于外，将归藩邑，在途思家之作，有多少忧谮愿忠意在。"④此说比较模糊，且与曹植的生平经历不符，故难以凭信。赵幼文在辨正了各家之说后说："据《魏志·后妃传》裴注引《魏略》：二十一年十月，太祖东征，武宣皇后、文帝及明帝、东乡公主皆从。可证思彼蛮方之本意。是时曹植似未在邺。《王仲宣诔》：丧柩既臻，将反魏京。既臻谓至曹植所在地，然后方去邺都，

① 河北师范学院中文系古典文学教研组《三曹资料汇编》，第175页。
② 河北师范学院中文系古典文学教研组《三曹资料汇编》，第193页。
③ 黄节《曹子建诗注》，中华书局2008年版，第76页。
④ 张玉穀《古诗赏析》，上海古籍出版社2000年版，第186页。

故有怀邺之思。疑此诗或于建安二十二年后也。”①此说深为有理,但曹植因何作此诗,其主旨如何?仍不明了。笔者认为,这应该是一篇怀亲悼友之作。建安二十一年十月,曹操南征孙权,卞太后、曹丕、曹睿及东乡公主皆随军出征,王粲也从军出征。在此之前,曹操大概按惯例派曹植率军屯驻于孟津,届时策应南北,以应付突发事件。二十二年春,王粲病逝于居巢,据曹植《王仲宣诔序》,王粲逝于正月。王粲去世后,他的两个儿子从邺城前往居巢迎丧,北归时曾经过曹植的屯驻地,所以《王仲宣诔》中有“丧柩既臻,将及魏京”的话。据《魏志·武帝纪》,曹操于本年三月引军北还,则王粲灵柩北归时,卞太后、曹丕等人仍随军在南方前线,此时曹植既忧念在南方战场的父母兄长,又悲悼师友王粲之溘逝,于是创作了这首情感浓郁沉痛的诗歌。弄清了这些创作背景,诗中一些语义不明的句子,如“仰彼朔风,用怀魏都。愿骋代马,倏忽北徂。凯风永至,思彼蛮方。愿随越鸟,翻飞南翔”及“昔我同袍,今永乖别。子好芳草,岂忘尔贻。繁华将茂,秋霜悴之”②等,其含义就涣然冰释了。

第六,宴游类。有《当来日大难》。这是一首以四言为主的杂言诗,诗说:“日苦短,乐有余,乃置玉樽办东厨。广情故,心相于,阖门置酒,和乐欣欣。游马后来,辕车解轮。今日同堂,出门异乡。别易会难,各尽杯觞。”③陈祚明评此诗说:“‘今日’八字,情至恳恻,千古送别之怀,不能外此二语。诗至此,性情至到,何必

① 赵幼文《曹植集校注》,人民文学出版社1984年版,第175页。
② 逯钦立辑校《先秦汉魏晋南北朝诗》,第447页。
③ 逯钦立辑校《先秦汉魏晋南北朝诗》,第437页。

多言。"①此诗句式整齐中有变化,音韵谐美,格调欢快,充分表现了曹植与好友相聚时的心情,也表现了曹植心地淳至、重情重义的道德境界。

第七,游仙类。有《飞龙篇》:"晨游泰山,云雾窈窕。忽逢二童,颜色鲜好。乘彼白鹿,手翳芝草。我知真人,长跪问道。西登玉堂,金楼复道。授我仙药,神皇所造。教我服食,还精补脑。寿同金石,永世难老。"②曹植自黄初以后受到曹丕父子的猜忌和拘制,身心都不得自由,因此,扩大活动空间,改变生存方式,是曹植此时最大的愿望之一,因而游仙诗是他生命后期主要的文学创作形式之一。

曹植对四言诗和五言诗的职能有较明确的分界,四言诗主要表达较雅的内容,而五言诗则主要用来表达哀婉缠绵的情感,当然,这种分界也不是绝对的。

三、师承前贤,别开境界

四言是《诗经》的主要体式,但《诗经》以后,诗坛长期沉寂,直到战国后期,才又出现了一个诗歌高潮;但此时的四言,不但仅仅作为诗歌体式的一种而出现,而且随着语言本身的发展和变化,四言诗的句式结构和章法结构也都发生了根本性的变化。葛晓音先生精辟地总结了这个变化,她说:

> 由于单音节词的大量存在,诗经体四言诗需要借助叠字和虚字才能构成四言句的二二基本节奏。其诗行构成是两

① 河北师范学院中文系古典文学教研组《三曹资料汇编》,第 192 页。
② 逯钦立辑校《先秦汉魏晋南北朝诗》,第 421 ~ 422 页。

个四言句一行，而且大多数是两个四言句才能形成语法结构完整的句子。与此相应，四言诗的体式构成，需要在各种四言典型句式中寻找序列的规律，才能形成整篇的流畅节奏感，笔者将这种句式排列规律称为“句序”。但是从两汉到魏晋，四言诗除了一部分继续延用诗经雅颂体的句式以外，有相当一部分的句式结构已经发生了根本的变化，这就是由原来的两句一意变成了一句一意，单个四言句就可以形成独立的语法结构。这种变化从荀子的《成相篇》《佹诗》就已经开始了。①

汉代韦孟的《讽谏诗》，仅仅是“匡谏之义，继轨周人”，在句式结构上已经是比较典型的实字四言诗了。时至建安，四言诗的体式和风格进一步发生变化。对于四言诗的这种迁变，古人也有比较明确的认识，只不过他们的这种认识来源于直感，所以未能说清这种变化的具体内容。如锺惺说：“夫《风》《雅》后，四言法亡矣。然彼法中有两派：韦孟和，去《三百篇》近，而韦有韦之失；曹公壮，去《三百篇》远，而曹有曹之得。”②杨慎在评论四言诗时说：“然则曹孟德‘月明星稀’，嵇叔夜‘目送归鸿’，何如？曰：此直后世四言耳，工则工矣，比之《三百篇》，尚隔寻丈也。”③正统文人囿于经典意识，以《三百篇》的标准衡量后世的四言诗，于是对后世的四言诗及其作者多有微词，但他们又不得不承认后世四言诗在艺术上对《诗经》的超越。曹植的四言诗远承《诗经》、张衡、

① 葛晓音《汉魏两晋四言诗的新变和体式的重构》，《北京大学学报》2006年第5期。

② 河北师范学院中文系古典文学教研组《三曹资料汇编》，第16页。

③ 丁福保辑《历代诗话续编》，中华书局1983年版，第682～683页。

蔡邕，近则直接师承于曹操和王粲而又加以发展。曹操在四言诗创作上取得的成就，受到后人的普遍肯定和赞扬。沈德潜说：“曹公四言，于《三百篇》外，自开奇响。”①但曹操性情通达，不拘成规，他的四言诗多有散文句法，如《短歌行》：“周西伯昌，怀此圣德。三分天下，而有其二。修奉贡献，臣节不坠。崇侯谗之，是以拘系。”②曹植与王粲有师生关系，曹植的诗歌创作，受王粲的影响最大，但王粲四言诗，受《诗经》用词和句式的影响较大，如《赠蔡子笃诗》：“翼翼飞鸾，载飞载东。我友云徂，言戾旧邦。舫舟翩翩，以泝大江。”③一是多用虚字，一是多用叠字，这是《诗经》用词上的典型特征。曹植的四言诗，已经很少使用虚字，叠字也较少使用，也就是说，他的四言诗，已经变成了比较纯粹的实字四言句式，其主要的句式便是主谓句和动宾句，如《朔风》二、三章：“四气代谢，悬景运周。别如俯仰，脱若三秋。昔我初迁，朱华未希。今我旋止，素雪云飞。俯降千仞，仰登天阻。风飘蓬飞，载离寒暑。千仞易陟，天阻可越。昔我同胞，今永乖别。”④这些句子，在意义上都相对独立，大都有自己独立的语法意义，这是与《诗经》完全不同的句式，表现出整饬而实质的特点。但是，这种句式在表达上也有很致命的缺点，葛晓音先生说：“由于诗经句式的虚字和叠字很多，可以构成七十多种典型句式，把相似的句式和相同的虚字按一定规律排列组合，构成相互呼应的句序以后，就能形成诗

---

① 沈德潜《古诗源》，中华书局 1963 年版，第 105 页。

② 逯钦立辑校《先秦汉魏晋南北朝诗》，第 348 页。

③ 逯钦立辑校《先秦汉魏晋南北朝诗》，第 357 页。

④ 逯钦立辑校《先秦汉魏晋南北朝诗》，第 447 页。按，笔者对引文个别字有校改。

经丰富多样的节奏感。而汉魏四言句实字化以后，不用兮字，少用虚字，单句独立，就无法构成诗经原有的句序。因此，如何将意义独立的单句四言组合成富有节奏感的四言体，就成为四言句结构变异之后面临的最大难题。”①曹植的四言诗自然也面临着同样的难题，但他的四言诗却没有凝重板滞的问题，曹植凭借深厚的艺术修养和灵活高超的表现技巧，很好地解决了这个问题，其所运用的艺术手法主要有如下几种：

其一，运用声律，使诗歌跃动活泼。如《正会诗》：

初岁元祚，吉日惟良。乃为嘉会，讌此高堂。尊卑列叙，典而有章。衣裳鲜洁，黼黻玄黄。清酤盈爵，中坐腾光。珍膳杂遝，充溢圆方。笙磬既设，筝瑟俱张。悲歌厉响，咀嚼清商。俯视文轩，仰瞻华梁。愿保兹善，千载为常。欢笑尽娱，乐哉未央。皇室荣贵，寿若东王。②

全诗极少使用虚字，每句都是具有独立语法意义的词组，虽然描写的是朝会时的盛大场面，但由于韵调和谐，且一韵到底，故而诗歌读来流宕轻快，毫无滞涩之感。

其二，将长篇分解为短章。实字四言诗由于语句的堆垛、意象的密集容易造成诗歌的沉闷板滞，曹植解决这个问题的方法之一便是将长诗分解为短章，使诗歌的句意、句式和句韵都不断发生变化，从而有效地避免四言长诗的板重问题。如他的《朔风诗》就分为意义相对独立的五章，使语意跳跃，句式变化。短章之内，音韵也要变化，故而全诗玲珑活泼，剔透温润。

---

① 葛晓音《汉魏两晋四言诗的新变和体式的重构》，《北京大学学报》2006 年第 5 期。

② 逯钦立辑校《先秦汉魏晋南北朝诗》，第 449 页。

其三，灵活换韵。曹植解决四言长诗板重问题的另一方法是灵活换韵，使诗歌灵动活泼，如他的《责躬》《应诏》，或十句一换韵，或八句一换韵，或六句一换韵，有时四句一换韵，使诗歌虽长而无板滞凝重之感。其《矫志诗》《朔风诗》则一律四句一转韵，全诗韵调谐美，读来朗朗上口。

其四，运用浅易通俗而表现力强的语言。曹植为了提高表达效果，十分重视炼字炼句，但他只在常用字和通俗语上下功夫，很少甚至完全不用生僻字和古奥语，他对司马相如、扬雄等人在辞赋中不顾表达需要而滥用生僻字词和古奥语言以逞才炫博的做法很不以为然。刘勰《文心雕龙·练字》中说："故陈思称扬、马之作，趣幽旨深，读者非师传不能析其辞，非博学不能综其理，岂直才悬，抑亦字隐。"①曹植诗歌的用字和语言，既通俗浅易，活泼顺畅，又准确形象，表现力强。这也是曹植四言诗取得较高艺术成就的原因之一。如其《矫志诗》，全用谣谚俗语，以致谭元春说："全篇似古逸诗、古铭、古谣及子书中锻炼佳语。亦四言古最高之格。"②

其五，变换句式，使诗歌富有节奏感。曹植长篇四言诗的另一个特点是句式多样，根据表达需要灵活变换，并配以响亮的韵调，使诗歌节奏铿锵，灵动多变。其句式包括主谓句、动宾句、并列句（名词并列句、动词并列句、形容词并列句）、嵌虚字句、叠字句等。如《应诏》："肃承明诏，应会皇都。星陈夙驾，秣马脂车。命彼掌徒，肃我征旅。朝发鸾台，夕宿兰渚。芒芒原隰，祁祁士

① 黄叔琳注，李详补注，杨明照校注拾遗《文心雕龙校注》，第484页。
② 河北师范学院中文系古典文学教研组《三曹资料汇编》，第139页。

女。经彼公田，乐我稷黍。”①节奏轻快跃动，毫无堆砌滞重感。胡应麟说：“《应诏》赡而不冗，整而有序，得繁简文质之中，绝可师法。”②

曹植四言诗在风格上的特点便是“雅润”，这是曹植对《诗经》创作原则的自觉继承，他曾明确主张“欢怨非贞则，中和诚可经”，这是他文艺观念和审美原则的一个主要方面。作为“雅润”的体现，曹植四言诗在内容上主要是颂扬、谏诫、自警和叙志。在情感的表达上则充分体现温柔敦厚、怨而不怒、哀而不伤的原则。在诗歌形式上，曹植的四言诗语言整饬，情感温润，节奏鲜明，韵调和谐，真正达到了文质相扶的艺术高度。

---

① 逯钦立辑校《先秦汉魏晋南北朝诗》，第447页。

② 胡应麟《诗薮》，第9页。

魏晋文学自觉之一证

——对曹植作品序的考论

一、序的产生与发展:与文学自觉的过程同步

从现存资料来看,作为文体的序应产生于汉代,但其源头可能很早。刘勰说:"故论说辞序,则易统其首。"①刘勰这样说,大概是因为《易》中有《序卦》的缘故。姚鼐在其《古文辞类纂》中总结序的产生过程时说:

> 序跋类者,昔前圣作《易》,孔子为作《系辞》《说卦》《文言》《序卦》《杂卦》之传,以推论本原,广大其义。《诗》《书》皆有序,而《仪礼》篇后有记,皆儒者所为。其余诸子,或自序其意,或弟子作之,《庄子·天下篇》、《荀子》末篇皆是也。②

钱穆说:"如《庄子·天下篇》,叙述庄子为什么要讲这样一套思想,作这样一套学术,也就是庄子书的自序。但此序不是庄子自

---

① 黄叔琳注,李详补注,杨明照校注拾遗《文心雕龙校注》,中华书局2000年版,第27页。

② 姚鼐《古文辞类纂·序目》,上海古籍出版社1998年版,第3页。

己所写。又如《孟子》七篇,最后一段就等于是孟子的自序。"①以上所提及的这些篇章,还处在序的前期状态,不是后世意义的序,但作为一种观念意识和创作实践,它们影响了后世序文的产生,这是肯定的。这里面,对序的产生和创作产生直接而巨大影响的是《毛诗序》。《毛诗序》的作者和产生时代虽有很多争论,但一般认为其主体内容应产生于汉初。在它的影响下,序文在西汉陆续有所创作,最早自觉地以序来说明自己作品的内容和创作意图的应该是司马迁《史记·太史公自序》,徐师曾《文体明辨序说》"小序"条说:

> 按小序者,序其篇章之所由作,对大序而名之也。汉班固云:'孔子纂书凡百篇而为之序,言其作意,此小序之所由始也。'然今书序具存,决非孔子所作,盖由后人妄探作者之意而为之,故多穿凿附会,依阿简略,甚或与经相戾,而鲜有发明。独司马迁以下诸儒,著书自为之序,然后己意了然而无误耳。②

太史公的《自序》,标志着真正意义的序文的产生,此后,为文而有序,逐渐成为一种自觉行为。不过,随着人们创作意识和文学观念的变化,序文的创作也有一个由单一到丰富的过程,大体而言,先有子史书序,后有赋序,诗序最后产生,这大体与文学的自觉过程相对应。

(1)子史书序。自司马迁的《史记·自序》产生,此后的子史著作便大多有序,如《淮南子·要略》、扬雄《法言序》等。时至东

---

① 钱穆《中国史学名著》,三联书店 2000 年版,第 60 页。

② 徐师曾《文体明辨序说》,人民文学出版社 1962 年版,第 135 ~ 136 页。

汉,子史著作有序的现象更加普遍,如《论衡·自纪篇》《潜夫论·叙录》《汉书·叙传》《汉纪序》等,而且,随着著述意识的增强,著述目的更加明确,如《汉纪序》说:

凡《汉纪》,有法式焉,有监戒焉;有废乱焉,有持平焉;有兵略焉,有政化焉;有休祥焉,有灾异焉;有华夏之事焉,有四夷之事焉;有常道焉,有权变焉;有策谋焉,有诡说焉;有术艺焉,有文章焉。斯皆明主贤臣,命世立业,群后之盛勋,髦俊之遗事。是故质之事实而不诬,通之万方而不泥。可以兴,可以治;可以动,可以静;可以言,可以行。惩恶而劝善,奖成而惧败。兹亦有国之常训,典籍之渊林。虽云撰之者陋浅,而本末存焉尔,故君子可观之矣。①

(2)赋序。从现存资料看,赋序的产生似乎较早,但西汉的赋序都不可信。可以说,西汉序文的创作,仅限于子史著作,在单篇的文章中,尚未见序的创作。如司马相如的《长门赋序》,乃后人以臆补缀;扬雄的《甘泉赋序》《河东赋序》《羽猎赋序》《长杨赋序》等,又都是截取本人传记中叙述创作缘由的段落,而不是作者有意创作的序文。东汉时期赋序开始大量出现,如桓谭《仙赋序》、冯衍《显志赋序》、班固《两都赋序》、傅毅《舞赋序》、王延寿《鲁灵光殿赋序》等,可以说,此时的赋序也已经达到了成熟的境地。

(3)诗序。《毛诗序》虽然产生很早,并对后世序的产生有巨大影响,但它仅是当时解经的一种方式,并不是后世意义上的序。西汉韦孟的《讽谏诗序》,是史传中对本诗创作缘起的叙说,非自

① 荀悦《汉纪》,中华书局2002年版,第2页。

作之序。东汉时期的诗序虽有流传,但可靠者较少。如张衡的《四愁诗序》和《怨诗序》,都不可靠,逯钦立已辨其伪;而《孔雀东南飞序》则不仅有争议,即使按其最早的时间,也已是建安年间了,可见此时诗序的创作尚在起始阶段。

序文的产生,意味着创作意识的明确,而诗赋序文的产生,则意味着文学观念的逐渐明晰和文学创作的自觉。汉代是序文产生和成熟的时期,其中最值得注意并具有标志意义的是《毛诗序》和《两都赋序》。如果说《毛诗序》是对先秦儒家文艺思想、美学观念的总结并标志着文学观念的初步自觉的话,那么班固的《两都赋序》则是当代文学发展和文学功能的总结,他所提出的"赋者,古诗之流也",文艺可以"润色鸿业"以及辞赋创作"或以抒下情而通讽谕,或以宣上德而尽忠孝"的观点,在当时具有广泛的代表性,可以说是当时文人自觉运用文艺手段为国家政治和百姓教化服务的宣言。汉代人对于文学的社会地位和社会功用的这种认识,既有文化传承的深层原因,又与汉代因经学昌炽而形成的主流意识形态有关。因为汉代的许多文学观念,就直接来源于对儒家经典的解读与阐释。同时,统治者也自觉地利用文艺来巩固国家政权,润色鸿业。尽管汉代人对文学本质的认识还不够清晰,对其地位和作用的看法还有很大的局限性和偏颇,但毕竟已经开始对这些问题展开思考和探索,这就为文学的自觉准备了观念基础和思想条件。

二、曹植的序文创作:魏晋文学自觉之力证

汉末建安时期,作为文学自觉的重要标志,序文的创作大为增加,特别是作为建安文坛领袖的曹丕、曹植兄弟,尤为典型。从

现存作品来看，曹丕有赋序十五篇，诗序三篇，此外还有《典论·自叙》，若考虑到作品的残缺和散佚，其实际数目当远不止此。曹植的序文数量更多，仅现存的就有三十六篇，此外，《责躬诗表》《下太后诔表》虽称为表，但无论从其内容、在文章中的位置、作用，还是表达方式，都是实际上的序。特别是《下太后诔表》，除开头和结尾有表所应有的套语外，其余与《武帝诔序》《文帝诔序》完全相同。这样一来，曹植的序文就有三十八篇。在这些序文中，赋序有十七篇，诗序五篇，诔序五篇，颂序四篇，哀辞序三篇，赞序二篇，文集序一篇，铭序一篇，可见曹植对序文的创作有明确的意识和目的并形成了习惯。曹植的作品大量残缺和散佚，如其现存的辞赋，除《七启》《洛神赋》等少数几篇外，全是残篇，如果考虑到这些因素，则曹植的序文总有五六十篇，可见数量之大。这些序文是曹植散文的重要组成部分，且其在内容和形式上都具有自己的鲜明特点，更重要的是，它们是魏晋文学自觉的重要表现之一，所以值得我们做专门研究。

曹植的序与前人相比，有自己的鲜明特点：

首先，内容的丰富和思想的深刻。序的基本功能是说明作品的创作缘起和作品的主旨，也就是明确作品的产生语境，让受话人在接受作品时有更明确的指向性，从而使说话人和受话人之间的沟通更加顺畅，从而更加有利于作品价值的实现。但在序文的实际演变中，随着语境的变化及说话人个性的不同，其内容和功能呈现出丰富和多样的特点，特别是魏晋以后的序文，而曹植的序文，在这方面有标志性的意义。总括起来，其序文在内容上主要有如下特点：

(1)叙录史实，有助于作者生平及作品创作情况的考订。曹植是中国文学史上第一流的大作家，在由两汉文学向魏晋南北朝文学的转变中处于枢纽地位；但曹植的生平资料保存下来的却非常之少，以至于曹植生平经历中的许多环节不明朗，极大地影响了人们对于其作品的解读和接受。曹植的有些序文记录了自己的生平经历和作品创作的时间、地点及有关史实，为人们了解他的生平和作品创作情况提供了很大的方便，在一定程度上弥补了史料的不足。如《迁都赋序》："余初封平原，转出临淄，中命鄄城，遂徙雍丘，改邑浚仪，而末将适于东阿。号则六易，居实三迁。连遇瘠土，衣食不继。"①此序虽有残缺，但人们由此可以知道，曹植生平爵号屡易，共有八个封号：平原侯、临淄侯、安乡侯、鄄城侯（王）、雍丘王、浚仪王、东阿王、陈王，但真正就国居住过的只有三个地方，即鄄城、雍丘、东阿。弄清楚这一点，有关作品创作时间和地点的许多问题就可涣然冰释。由此人们也可以知道，曹魏时期诸侯王封号与实际居住地经常不一致，这可以解决作品理解上的许多实际问题。如黄初四年曹彪封号是吴王，何以曹植在《赠白马王彪序》中称之为"白马王"，因为此时曹彪仍居白马，白马与鄄城同属兖州东郡，故可同路东归。这样，围绕这个问题产生的争论也就很容易地解决了。此外，根据曹植"连遇瘠土，衣食不继"的话，我们又可以知道曹植改封东阿前的诸侯工生活比较困窘，精神生活和物质生活都备受压抑，但肯定不至于"衣食不继"，这看他的《社颂序》便知："余前封鄄城侯，转雍丘，皆遇荒土。宅宇初造，以府库尚丰，志在缮宫室，务园圃而已，农桑一无所营。经离十载，块然守空，饥寒备尝。圣朝愍之，故封此县（按：即东

① 赵幼文《曹植集校注》，人民文学出版社 1984 年版，第 392 页。

阿)。田则一州之膏腴,桑则天下之甲第。故封此桑,以为田社。"①此序一则说"府库尚丰,志在缮宫室",一则又说"块然守空,饥寒备尝",曹植的话显然有些虚夸。他黄初及太和初年的物质生活与以前相比可能有些艰窘,但绝不会如他所说是"饥寒备尝"。从此序又可知道,曹植初就国之地在鄄城而不在临淄。再如《离思赋序》记曹操建安十六年西征马超,太子留守,曹植随征。《东征赋序》记曹操建安十九年东征孙权,曹植典禁兵卫宫省。这些都有助于对曹植生平和作品的了解。曹植有些序文记录了作品的创作时间、地点及创作缘由,成为人们解读作品不可或缺的关键性资料,如《洛神赋序》:"黄初三年,余朝京师,还济洛川。古人有言,斯水之神名曰宓妃。感宋玉对楚王说神女之事,遂作斯赋。"②这篇序文,引起了后人许多争论。有人说黄初三年史料无诸侯朝京师的记载,有人考证黄初三年曹丕不在洛阳,故无朝觐之事,都认为"黄初三年"有误。而实际上,所谓"余朝京师"不过是隐讳的说法,真实的情况是,黄初二年,曹植又一次获罪朝廷,获罪的缘由是曹植派人去邺城私祭父亲,却被仓辑、王机等人诬告为私祭甄后,曹植被召至洛阳,"待罪南宫",等到事情弄清楚,曹植便于黄初三年春天回归封国,途中经过洛川,有感于甄后的不幸以及关于洛水的神话传说,于是创作了《洛神赋》,故而"黄初三年"不误。弄清这一点,对解读《洛神赋》是至为关键的。

(2)叙论文学发展现象,评价作家作品,表达自己的文艺观点和审美趣味。曹植通过序文,表达自己对文学的思考和认识以及

① 赵幼文《曹植集校注》,第427页。

② 赵幼文《曹植集校注》,第282页。

自己的文学观点和审美情趣，真正体现了汉末建安时期文学的自觉。如《七启序》："昔枚乘作《七发》，傅毅作《七激》，张衡作《七辩》，崔骃作《七依》，辞各美丽，余有慕之焉！遂作《七启》，并命王粲作焉。"①可知曹植曾经对古代作家、作品做过分类的比较、鉴别工作，并对他们各自的特点有自己的认识和评价。再如《鼙舞歌序》：

> 汉灵帝西园鼓吹有李坚者，能鼙舞，遭乱西随段煨。先帝闻其旧有技，召之。坚既中废，兼古曲多谬误，异代之文，未必相袭，故依前曲，改作新歌五篇。不敢充之黄门，近以成下国之陋乐焉。②

曹植的这篇序，成为后世研究乐府文学史的珍贵资料，人们不仅可以由此窥见乐府文学在建安时期的发展演变，而且可以考知曹植本人的乐府诗创作情况。更重要的是，人们从中知道建安作家，特别是曹氏父子依旧曲作新歌的事实，其文学史意义甚大。《画赞序》则阐说了文艺感发人心、教化百姓的政治道德功能，体现了曹植文艺观的一个侧面。自然，这并非是曹植的全部文学主张，更主要的是指出了文艺发展过程中的一个客观事实。《前录自序》是曹植为自己前期的赋集所作的序，虽然严重残缺，但仍可以反映出他的创作标准和审美趣味，反映了曹植在辞赋创作上的审美追求。

(3)体现了曹植的美学追求：雅、情、美。汉末建安时期，中国文学进入了自觉时代，人们对文学的本质有了清晰的认识，从而

---

① 赵幼文《曹植集校注》，第6页。

② 赵幼文《曹植集校注》，第323页。

在文学创作上也就有了明确的美学追求，这一点，在作为建安文学代表的丕、植兄弟身上体现得最为明显。曹丕不仅有大量的文学创作实践，而且有《典论·论文》这样的文学宣言。而曹植的文学观念和美学追求则主要体现在他的文学创作实践中，他的序文便多方面地反映了他的美学观念。第一，追求雅正。“与雅颂争流”是曹植文学创作追求的目标，内容雅正是保证作品有较高价值的前提条件之一。若内容不雅，徒有华藻，即会陷入浮浅，甚至陷入虚词滥说。《酒赋序》说：“余览杨雄《酒赋》，辞甚瑰玮，颇戏而不雅，聊作《酒赋》，粗究其终始。”①扬雄的《酒赋》今残，据其序所说是因为汉成帝好酒，故扬雄作赋以讽之，但扬雄用游戏的笔调叙写有关酒的功用和典故，则不仅没有起到讽谏的作用，反使人增加对酒的兴趣和迷恋，这正是内容不雅造成的。曹植认为，这样的作品尽管辞采华美，价值也不大。第二，追求情感。追求情感是建安文学的重要特征之一，也是文学自觉的主要表现之一。曹植的创作“以情纬文，以文被质”，达到了情文并茂的艺术高度。有感而发，文以表情是曹植自觉的创作原则。《愍志赋序》：“予心感焉，乃作赋。”《离思赋序》：“意有忆恋，遂作《离思赋》。”《释思赋序》：“伊予以兄弟之爱，心有恋然，作此赋以赠之。”《离友序》：“心有眷然，为之陨涕，乃作离友之诗。”《神龟赋序》：“龟寿千岁。时有遗余龟者，数日而死，肌肉消尽，唯甲存焉！余感而赋之。”《赠白马王彪序》：“后有司以二王归藩，道路宜异宿止，意毒恨之。盖以大别在数日，是用自剖，与王辞焉，愤而成

① 赵幼文《曹植集校注》，第124页。

篇。"①即使是没有出现表示情感字眼的序,也同样充满着浓郁的情意,如《金瓠哀辞序》:"金瓠,予之首女,虽未能言,固已授色知心矣!生十九旬而夭折,乃作此辞。"②虽未出现悲伤的字眼,但文中充满了一个慈父的悲悯爱怜的情感。正是因为注重情感的表达,才使曹植成为我国美文的创立者,使他的文章,即使是那些一般情况下用于应酬的公文,也成为情文并茂的文学作品。第三,追求辞采。曹植为文追求情感的真切,也同样追求辞采的华美,主张"文义相扶"。他在《七启序》中说枚乘等人的"七体"作品"辞各美丽,余有慕之焉",肯定前人在这方面的成就,自己要向他们学习。在《王仲宣诔》中他赞扬王粲"文若春华,思若涌泉"。在《前录自序》中,他主张创作要想象丰富,藻采华美。但是,他反对徒逞文辞而不顾内容情感,如他讥讽徒学司马相如辞赋之貌而不得其心的陈琳。今存曹植《与陈琳书》残篇:"夫披翠云以为衣,戴北斗以为冠,带虹蜺以为绅,连日月以为佩,此服非不美也。然而帝王不服者,望殊于天,志绝于心矣。"③揣其文意,这应该就是曹植讥讽陈琳的那封信的残存,讥评陈琳的辞赋徒事华藻,铺陈夸饰得无根由、无边际。曹植追求的是情文并茂,他在《答明帝诏表》中赞扬曹睿所作的诔"文义相扶,章章殊兴,句句感切;哀动神明,痛贯天地"④,这可以说是体现了曹植的创作主张。

(4)比较全面地反映了曹植的性情个性和心态志趣。曹植天性淳真孝友,他又是卞太后之少子,自小受到宠爱,故而其性格中

---

① 赵幼文《曹植集校注》,第32,40,51,54,96,294页。
② 赵幼文《曹植集校注》,第121页。
③ 赵幼文《曹植集校注》,第176页。
④ 赵幼文《曹植集校注》,第498页。

有阴柔善感的一面，这些都在序文中有较充分的显示。如《释思赋序》叙写对兄弟的留恋，《叙愁赋序》表达对妹妹们不幸遭遇的哀怜，《金瓠哀辞序》《行女哀辞序》则表达对爱女夭折的哀痛，《怀亲赋序》则显示了对父亲的怀念，这些序文表达的感情，根于深心，真切感人。《神龟赋序》《离缴雁赋序》则表现了曹植对自然生命的爱怜，体现出他对生命存在和生命价值的思考。如《离缴雁赋序》："余游于玄武陂中，有雁离缴，不能复飞，顾命舟人追而得之，故怜而赋焉。"①《鹖赋序》则显示了曹植性格中尚武使气、刚健武勇的一面，《玄畅赋序》表达了曹植对人生态度的困惑和抉择，其中说："夫富者非财也，贵者非宝也。或有轻爵禄而重荣声者，或有反性命而徇功名者。是以孔老异情，杨墨殊义。聊作斯赋，名曰《玄畅》。"②人生实难，途路虽多，却也并非任由个人选择，曹植虽轻视富贵爵禄而志在济世安民，却立功无门而不得不守柔处静，故而所谓"玄畅"，姑且自我开脱而已。由以上分析看来，曹植序文对其性情志趣的反映，有时比其他文体更深入、更真切。

其次，体式的多样和技巧的高超。曹植的序文，往往根据内容的特点，选择恰当的表现形式，使内容与形式的配合恰到好处。

（1）体式多样，并随内容表达需要而变化。曹植的时代，序文的创作已经有了丰富的创作实践并形成了约定俗成的文章体式和表达方法，但作为优秀的作家，他并不拘守成规，往往根据内容特点和表达需要，灵活选择最佳的表达方式，做到因物赋形，随变

① 赵幼文《曹植集校注》，第100页。
② 赵幼文《曹植集校注》，第241页。

生趣。他的序,既有长达数百字的长文,又有短至数句的小品;既有信笔的挥洒,又有精心的构结。虽大多是抒写自由的散体,但也时常用形式整齐的韵文,使他的序形式多变,姿态万千。

(2)叙事、议论、抒情有机结合。徐师曾在《文体明辨序说》中说:"《尔雅》云:'序,绪也。'字亦作'叙',言其善叙事理,次第有序,若丝之绪也。……其为体有二:一曰议论,二曰叙事。"①这是就序体文的一般情况而说的,在实际的创作中,情况往往非常复杂。曹植也有以说明和议论为主,表达某种思想观念的序,如《七启序》《酒赋序》等,但只占很小一部分,更多的是融叙事、议论、抒情于一体的小品,而其形象性和抒情性尤为突出,特别是那些叙写亲情的文字,形象鲜明,情感真挚感人。如《释思赋序》:"家弟出养族父郎中,伊予以兄弟之爱,心有恋然,作此赋以赠之。"曹植的弟弟曹整,出嗣从叔父曹绍,曹植对兄弟"同生之义绝""背亲而为疏"十分伤感。文字虽短,而情深意长。又如《行女哀辞序》:"行女生于季秋,而终于首夏。三年之中,二子频丧。"②这短短的几句话,包含了多少话语和哀伤,此时的曹植正像一个哽噎无语的父亲,千言万语也说不尽自己的哀伤与痛楚,他把这无尽的感伤浓缩在这短短的四句话中。再如其《文帝诔序》中的一段:

> 悲夫大行,忽焉光灭。永弃万民,云往雨绝。承问恍惚,惛懵哽咽。袖锋抽刃,欲自僵毙。追慕三良,甘心同穴,感彼南风,惟以郁滞;终于偕没,指景自誓。考诸先纪,寻之哲言,

---

① 徐师曾《文体明辨序说》,第135页。
② 赵幼文《曹植集校注》,第51,181页。

生若浮寄，惟德可论。朝闻夕逝，孔志所存。皇虽殪殁，天禄永延。何以述德？表之素旃。何以咏功？宣之管弦。①

曹植与曹丕既是兄弟又是君臣，天性孝友的曹植虽然始终爱敬曹丕，但因为有当初争立太子的情节，在父亲死后，曹植受到嫡亲兄长的迫害和打击；直到黄初六年，或许曹植的诚心打动了曹丕，兄弟二人的关系才有所缓和；而曹丕在黄初七年突然去世，此时曹植感情的沉痛和复杂可想而知，这段话便形象而准确地反映了曹植面对这突然的变故所产生的反应。由于叙事、抒情、议论兼有，又常将三者有机地融为一体，曹植的序文既有很高的认识价值，又有高度的审美价值，同时又具有感人至深的情感力量。

(3)富赡的辞彩。曹植的序文，在多数情况下，是根据表达内容的需要，信笔写来，畅达自然，追求的是语言技巧与内容的和谐统一，但有的时候，他也有意识地追求辞采。如《仲雍哀辞序》：

曹喈字仲雍，魏太子之仲子也。三月而生，五月而亡。昔后稷之在寒冰，斗谷之在楚泽，咸依鸟凭虎，而无风尘之灾。今之玄第文茵，无寒冰之惨；罗帏绮帐，暖于翔鸟之翼；幽房闲宇，密于云梦之野；慈母良保，仁乎鸟虎之情。卒不能延期于期载，离六旬而夭殃。②

将此序与《行女哀辞序》做一比较，可以看出曹植作序的原则正是追求文义相扶，恰到好处。《行女哀辞序》只有短短的四句，正像一个慈父在爱女夭折时的哽咽无语；曹喈是曹植的侄子，虽不无亲情，但毕竟已经疏远很多，所以《仲雍哀辞》的创作，礼节性的成

① 赵幼文《曹植集校注》，第341页。
② 赵幼文《曹植集校注》，第122页。

分比较多,所以他引用典故,运用排句,表达夭亡的遗憾。这样一来,文中的情感也已经淡得多了。

从文体分类来看,诔文属于韵文的范畴,曹植对这种文体的内容和体制应该是有清晰的认识的,他在《卞太后诔表》中说:"铭以述德,诔尚及哀。"曹植创作诔文比较多,且大都有序,值得注意的是,他的诔序都是用四言韵语写成,序与正文和谐一体。如《任城王诔序》:

> 昔二虢佐文,旦奭翼武。於休我王,魏之元辅。将崇懿迹,等号齐鲁。如何奄忽,命不是与。仁者悼没,兼彼殊类,矧我同生,能不憯悴。目想宫墀,心存平素。仿佛魂神,驰情陵墓。凡夫爱命,达者徇名。王虽薨徂,功著丹青。人谁不没,贵有遗声。①

曹植的胞兄曹彰,英武善战,屡立战功,在众兄弟中,又与曹植感情最笃,未能死于疆场,却死于亲人的毒手,这怎能不令曹植伤心异常?又如《王仲宣诔序》:"维建安二十二年正月二十四日戊申,魏故侍中关内侯王君卒。呜呼哀哉!皇穹神察,哲人是恃。如何灵祇,歼我吉士。谁谓不痛,早世即冥;谁谓不伤,华繁中零。存亡分流,天地同期。朝闻夕没,先民所思。何用诔德?表之素旗;何以赠终?哀以送之。"②王粲是曹植的老师,两人感情甚笃,"吾与夫子,义贯丹青。好和琴瑟,分过友生。庶几遐年,携手同征",可惜王粲英年早逝,曹植的哀痛可想而知。这些序感情沉痛,辞采华美,韵调谐畅,真正达到了声情并茂的境界。

---

① 赵幼文《曹植集校注》,第279页。

② 赵幼文《曹植集校注》,第163页。

(4)含蓄婉约的表达技巧。曹植的序文,也并非完全直述事实,直抒胸臆,也有含蓄婉转的一面。特别是他天性淳厚,又深受儒家道德观念和文艺思想的影响,往往为亲者讳,为尊者讳,追求温柔敦厚,怨而不怒。如《叙愁赋序》只用简短的语言交代创作此赋的原因是二妹因被汉献帝聘为贵人而“愁思”,令人很容易想到这桩婚姻的实质及其悲剧性。曹操为了政治利益而牺牲女儿的幸福,曹植及其二妹的愁怨只能深埋心底。再如《洛神赋序》,写得遮遮掩掩,让后人打了无数的口水仗。此赋是曹植第二次获罪之事澄清后于黄初三年春返回封国途中所作,因其获罪与甄氏之死有关,故而序中“宓妃”“神女”,实有所指,曹植心有隐痛,故整个事实都以隐约迷离之词出之。再如《赠白马王彪序》,面对兄弟相残相抑的惨痛事实,曹植也只是把不幸的原因归于有司,抑制住强烈的怨愤之情,不说一句过头的话。

曹植内容丰富、体式多样的序文创作,特别是序文中强烈的抒情性特征,实际上确立了一种创作风气,使魏晋南北朝时期的文学创作,文前有序成为经常的形式,而且体式更多样,内容更丰富,将文学的本质特征和基本功能更加完全地显示出来。

论曹植的弃妇怨女诗

一

汉末建安时期，随着儒家思想的解体，约束人们思想和行为的儒家礼仪规范也逐渐废弛，人们的个体意识觉醒，生命意识鲜明强烈，人们在强调个性，注重生命的同时，追求享乐的欲望也大大地膨胀起来，饮食、音乐和美色是他们追求享乐的主要内容，故而刘勰将邺下文人文学创作的主要内容概括为“怜风月，狎池苑，述恩荣，叙酣宴”。的确，这个时期的文学创作，作为当时文人现实生活和思想情感的反映，游宴题材和女性题材的作品特别多，而其女性题材作品的创作尤为引人注目。

作为思想解放和个体生命觉醒的表征，生活于东汉中晚期的张衡和蔡邕就已经创作了《同声歌》《青衣赋》等反映个体情感和生命欲望的作品，邺下作家一方面继承文学前辈所开创的传统，另一方面又受到了时代现实和思想观念的激发，创作了更大数量的以女性为题材的作品，如王粲有《闲邪赋》《出妇赋》《寡妇赋》《神女赋》，阮瑀有《止欲赋》，应玚有《正情赋》《神女赋》，徐幹有《情诗》《室思诗》《为挽船士与新娶妻别诗》等，这些作品，既有作家个体的独有风格，又有鲜明的时代特征。在作品中，作家们表现出了对于女性命运的真切关注，流露出对于女性美的真情欣赏，也显露出对于色欲享受的赤裸裸的追求。同时，在他们的内心深处仍然存留着传统礼教的约束和个人德行缺失的顾虑。如王粲的《神女赋》，在赞美了神女美貌，情欲发动且担心嘉会难再遇之时，突然说："顾大罚之淫愆，亦终身而不灭。心交战而贞胜，乃回意而自绝。"①理性和道德终于还是战胜了情欲。阮瑀的《止欲赋》，写淑女不仅容貌无双，且"禀纯洁之明节，后申礼以自防。重行义以轻身，志高尚乎贞姜"。所以尽管"予情悦其美丽，无须臾而有忘"，白日苦思而不得相会，便只好寄希望于夜晚，"庶通梦而交神"，结果仍是终夜无所见，于是"知所思之不得，乃抑情以自信"。② 应玚的《正情赋》，写媛女容貌风度不同凡俗，且"既荣丽而冠时，援申女而比节"，结果却是"余心嘉夫淑美，愿结欢而靡因"。③ 这类诗歌反映出的道德理性与欲望情感之间的冲突，正反映出了那个时代人的觉醒与个性的张扬对传统道德和礼仪规范的抗争和破坏。

曹氏父子在男女关系方面更有特别的道德观念和生活表现。曹操作为宦官养子的后代，受到传统礼法观念的约束本来就相对较少，再加以他本人的性格豁达通侻，任侠放纵，后来又逐渐掌握大权，成为北方实际的最高统治者，故而他对世俗享乐的追求更表现得无所顾忌，美食、音乐、女色，都是他所热衷的。曹操妻妾众多，仅生有子息的就有十四人之多，仍所在搜求美色。史载曹

---

① 俞绍初辑校《建安七子集》，中华书局 2005 年版，第 108 页。

② 俞绍初辑校《建安七子集》，第 163 ~ 164 页。

③ 俞绍初辑校《建安七子集》，第 176 页。

操有子二十五人。曹操对于男女关系的观念相当通达,周勋初在《魏氏"三世立贱"的分析》中说:"曹操的礼法观念很淡薄,大约他把男女好合只是看作一种正常的生理现象,因此并不追求什么'妇德'。同样,他也并不要求人家为他守节。"①的确如此,曹操的夫人丁氏,因违旨被遣还家,曹操在和好无望的情况下,"遂与绝,欲其家嫁之,其家不敢"②。在《让县自明本志令》中,他说到自己经常告诉妻妾:"顾我万年之后,汝曹皆当出嫁。"③魏文帝"慕通达",其在两性关系上的随便更有甚于其父。他十八岁时,便因爱其美丽而纳袁熙之妻、时已二十三岁的甄氏为妻;曹操去世后,他又纳其姬妾以自侍,以致引起母亲卞氏的咒骂;他接受汉献帝禅位时,父丧尚未周年,便公然接受汉献帝送上的两个女儿;甄氏死后,他不顾大臣的劝谏,立出身低微、身份为妾的郭氏为皇后。又据其《答繁钦书》,守宫士孙世有女名琐,容貌美丽,善于歌舞,他便"纳之闲房"。曹丕在两性关系上相当随便,他也能设身处地地体会女性的心理,并对她们的现实处境和不幸遭遇给予一定程度的同情。如他创作了《出妇赋》《寡妇赋》《燕歌行》《代刘勋妻王氏杂诗》《寡妇诗》等以女性为题材的作品,对各类女性的心理揣摩得相当深微。

曹植在这样的文化环境中长大,又受到家族文化传统和生活习惯的浸润,他自己又"性简易","任性而行,不自雕励",所以他的女性观既有时代的特点,又有他独有的特色。或许由于他年轻时生活在父母、兄长的笼罩、疼爱之下,生命的后期又备受兄、侄

① 《建安文学研究文集》,黄山书社1984年版,第146页。

② 陈寿《三国志》卷五,中华书局1959年版,第156页。

③ 严可均《全三国文》,商务印书馆1999年版,第19页。

的猜忌和迫害，加以他性情淳真仁厚，他对女性现实处境和情感心理有全面真切的了解，对女性的艰难处境和不幸遭遇抱有发自内心的真诚的悲悯和同情。

影响曹植对女性的态度的还有一些现实因素，这就是他的母亲、嫂子及妹妹的身世遭遇。曹植的母亲卞氏，出身低微，是曹操的继室，贤德而有智慧，为曹操生了四个儿子，后来虽立为王后，但曹操姬妾众多，她虽得到曹操的敬重，大概到中年以后，也就很少能够再见曹操之面了。作为王后，这很正常，但作为女人，就是很大的不幸了。曹植之嫂甄氏，知书识礼，本为袁熙之妇，曹操攻取邺城，曹丕纳之为妻。或许与自身经历有些关系，甄氏在曹家表现得相当恭谨孝顺。《魏志·后妃传》裴注引《魏书》云："十六年七月，太祖征关中，武宣皇后从，留孟津，帝居守邺。时武宣皇后体小不安，后不得定省，忧怖，昼夜泣涕，左右骤以差问告，后犹不信，曰：'夫人在家，故疾每动，辄历时，今疾便差，何速也？此欲慰我意耳！'忧愈甚。后得武宣皇后还书，说疾已平复，后乃欢悦。十七年正月，大军还邺，后朝武宣皇后，望幄座悲喜，感动左右。武宣皇后见后如此，亦泣，且谓之曰：'新妇谓吾前病如昔时困邪？吾时小小耳，十余日即差，不当视我颜色乎！'嗟叹曰：'此真孝妇也。'二十一年，太祖东征，武宣皇后、文帝及明帝、东乡公主皆从，时后以病留邺。二十二年九月，大军还，武宣皇后左右侍御见后颜色丰盈，怪问之曰：'后与二子别久，下流之情，不可为念，而后颜色更盛，何也？'后笑答之曰：'叡等自随夫人，我当何忧！'后之贤明以礼自持如此。"可见甄氏与卞后婆媳感情甚为融洽。可是，甄氏的结局却相当悲惨："黄初元年十月，帝践阼。践阼之后，山阳公奉二女以嫔于魏，郭后、李、阴贵人并爱幸，后愈失意，有怨言。帝大怒,二年六月,遣使赐死,葬于邺。”①甄氏死前一直居住于邺城,曹操一家在建安九年攻取邺城后也迁居于此,在这十多年间,以甄氏的贤德,曹植的孝友之性,叔嫂两人结下深厚的亲情是完全可能的。故而甄后之冤死,对于曹植的心灵震动可能相当大。后世有关叔嫂之间“私情”的话题,固然是好事者的虚妄之词,但也并非毫无缘由。再就是曹植妹妹的遭遇。曹操为了控制汉献帝,竟不顾女儿的意愿和幸福,将自己的三个女儿嫁给汉献帝。身为王后的卞氏深知这意味着什么,便让曹植作赋以代女儿叙其悲苦之情,这就是《叙愁赋》,赋中虽谦称自己才陋不敢当此盛遇,并将悲愁的原因归于“一别之异乡”,但对前程的恐惧和绝望,对于父王为了政治目的而牺牲女儿幸福的哀怨,表达得虽隐微但可感可哀。

二

基于这种种文化传统因素和社会现实的原因,曹植形成了自己独特的女性观并创作了大量的以女性为题材的作品。不过,曹植女性题材作品的创作,在主题表达和艺术手法上都呈现出颇为复杂的状态,这是因为随着生活境遇的变化,他的创作在前后期出现了一个相当大的改变,他的以女性为题材的创作也同样明显地呈现出这样一个转变。而在这类作品中,他的怨女思妇诗意蕴深厚,艺术上特色鲜明。

曹植现存诗歌属于怨女思妇诗的有十首:《弃妇篇》《杂诗·高台多悲风》《浮萍篇》《七哀》《种葛篇》《美女篇》《杂诗·南国

① 陈寿《三国志》卷五,第160~161页。

有佳人》《闺情》《杂诗·西北有织妇》《情诗》等,这些诗歌按其内容和表意方式可分为三类:纯粹写实的;双重意蕴的,即因为使用了比兴手法,既有字面的意义,又有深层的意蕴;纯用比兴的,即所设意象并非写实,而纯粹是为表意抒情服务的。

(1)纯粹写实的怨女思妇诗。曹植纯粹写实的女性题材作品主要创作于他生活的前期,即建安二十五年以前。这个时期女性题材作品的主要内容有:对于男女纯真爱情的肯定和对真挚爱情的向往;对于有情人不能结成眷属的伤感和同情;对女性的不幸遭遇和悲惨命运深表感愤和哀悯。曹植的创作是从辞赋开始而逐渐向诗歌过渡的,所以在曹植前期的创作中,这些内容也主要是用辞赋的形式来表达的,如《感婚赋》《静思赋》表达对真挚美好爱情的向往;《愍志赋》哀叹有情人不能结成眷属;《出妇赋》《叙愁赋》表达对女性不幸遭遇的感伤和同情。据赵幼文的作品编年,曹植创作于生活前期的女性题材诗歌只有《弃妇篇》一首,其诗说:

石榴植前庭,绿叶摇缥青。丹华灼烈烈,璀采有光荣。光荣晔流离,可以处淑灵。有鸟飞来集,拊翼以悲鸣。悲鸣夫何为?丹华实不成。拊心长叹息,无子当归宁。有子月经天,无子若流星。天月相终始,流星没无精。栖迟失所宜,下与瓦石并。忧怀从中来,叹息通鸡鸣。反侧不能寐,逍遥于前庭。踟蹰还入房,肃肃帷幕声。搴帷更摄带,抚弦调鸣筝。慷慨有余音,要妙悲且清。收泪长叹息,何以负神灵?招摇待霜露,何必春夏成。晚获为良实,愿君安且宁。①

① 赵幼文《曹植集校注》,人民文学出版社1984年版,第33~34页。

此为哀叹刘勋妻王宋因无子被弃而作，与《出妇赋》所写对象相同，应是同时之作。据《玉台新咏》："王宋者，平虏将军刘勋妻也。入门二十余年，后勋悦山阳司马氏女，以宋无子出之。"①此事在当时大概引起了不小的轰动，因为曹丕等人也都有诗赋歌咏其事。此诗运用比兴和比拟手法，极力铺写女主人公的悲惨遭遇和痛苦哀伤之情，表达曲折，情感哀怨缠绵。张玉縠评此诗说："此代为弃妇语夫之辞，其亦有悟君之意也。首十，意述己之容颜美好，不幸无子也，却就石榴华而不实，凭空比起。鸟代树言，人揣鸟意，用笔奇甚。'拊心'八句，提破无子当归本指，随就有子者两两相形，以见弃捐之痛。'忧怀'十句，叙将归未归，辗转无聊情事。只就夜说，夜可该日也。带出弹筝要妙，亦以表己技能。末六，自反无辜，终期有子，而冀夫无遽弃也。亦用晚获良实，比喻作收，章法与篇首相配。"②此诗所咏为实有其事，故未必有什么寄托，但此诗表意抒情，委婉含蓄，怨而不怒，哀而不伤，深得风旨。锺惺说此诗："怨矣，却无一字尤人。"③

（2）双重意蕴者。这一类诗歌按内容又可分为两小类：

第一，叙写妇女因年老色衰而被抛弃的不幸命运，借以表达被疏远的哀伤以及重得眷顾的期望，如《浮萍篇》《种葛篇》。其《浮萍篇》说：

浮萍寄清水，随风东西流。结发辞严亲，来为君子仇。

---

① 徐陵编，吴兆宜注，程琰删补，穆克宏点校《玉台新咏笺注》，中华书局1985年版，第58页。

② 张玉縠《古诗赏析》，上海古籍出版社2000年版，第212～213页。

③ 河北师范学院中文系古典文学教研组《三曹资料汇编》，中华书局1980年版，第139页。

恪勤在朝夕，无端获罪尤。在昔蒙恩惠，和乐如瑟琴。何意今摧颓，旷若商与参。茱萸自有芳，不若桂与兰。新人虽可爱，不若故人欢。行云有反期，君恩傥中还。慊慊仰天叹，愁心将何诉？日月不恒处，人生忽若遇。悲风来入帷，泪下如垂露。散箧造新衣，裁缝纨与素。

此诗王世贞、朱乾等人都认为是和甄后《塘上行》之作，不无道理。从诗意来看，如果我们说此诗创作于其嫂渐渐失宠之时，目的是为其嫂唤回丈夫的宠爱，就如同人们所说的司马相如为陈阿娇创作《长门赋》以使汉武帝回心转意一样，似乎也没有什么问题。当然此诗也可以看作是曹植借以抒发政治情感的寓言，如赵幼文所说："此托喻于弃妇，虽望旧恩中还，然微示决绝之意，亦耻干媚以求亲，不欲委宛以自容，而自乐其乐，以尽余年。"①曹植后期的许多以女性为题材的诗歌，往往具有多重意蕴，这首诗在深层意义上做这样的理解，当然也是完全没有问题的。

第二，叙写因久别而产生的对丈夫的思念之情，借以表达君臣否隔的痛苦。这一类诗歌比较多，《杂诗·高台多悲风》《西北有织妇》《七哀》《闺情》《情诗》都属此类。如《杂诗·高台多悲风》：

高台多悲风，朝日照北林。之子在万里，江湖迥且深。方舟安可极，离思故难任。孤雁飞南游，过庭长哀吟。翘思慕远人，愿欲托遗音。形景忽不见，翩翩伤我心。②

此诗所叙之具体内容难以把握，由此也使此诗有较大的阐释空

① 赵幼文《曹植集校注》，第312页。
② 赵幼文《曹植集校注》，第251页。

间。陈祚明等人据“江湖”“南游”等语认为是怀念白马王彪之作，赵幼文也说：“案曹丕颁布禁止藩国兄弟通问的严令。曹植与曹彪年纪相若，又俱好文学，远封吴王，故有江湖迴深之语。而思念之情，不能自达，用托喻孤雁以寄其阔别之思，因疑此篇为植怀彪之作。”①此说看似有理，却与史实不合。考《魏志·武文世王公传》，曹彪“黄初二年，进爵，徙封汝阳公。三年，封弋阳王。其年徙封吴王。五年，改封寿春县”。而曹植创作于黄初四年的《赠白马王彪》，称曹彪为白马王，且与之同路东归，可见此时曹彪仍居于白马。下文又说：“七年，徙封白马。太和五年冬，朝京都。六年，改封楚。”②此后未再改封。而《魏志·王凌传》则说：“（王）凌、（令狐）愚密协计，谓齐王不任天位，楚王彪长而才，欲迎立彪都许昌。嘉平元年九月，愚遣将张式至白马，与彪相问往来。”③可见此时曹彪虽为楚王，仍居白马。实则曹彪一生虽封号屡易，却一直居于白马，而白马与曹植的封地鄄城同属兖州东郡，与曹植的其他封地也都不甚远，故而此诗应非怀彪之作。刘履认为是怀念兄弟之作：“子建远处藩邦，兄弟乖隔，而情念不得以通，故赋此诗。”④此说较通达，但此诗在表层意义上似仍取思妇怀念游子的叙写模式，而深层意义则是表达君臣否隔的苦恼。张玉穀揭其义说：“此首隐言君听不聪，己终恋主，可作诸首之冒。首二，于兴意中比出国乱主昏之象，最工远势。‘之子’四句，接叙己之被放，路远思深，略逗怀忠心事。后六，申言陈悃无由而心伤也，却从孤雁

① 赵幼文《曹植集校注》，第252页。

② 陈寿《三国志》卷二十，第586～587页。

③ 陈寿《三国志》卷二十八，第758页。

④ 河北师范学院中文系古典文学教研组《三曹资料汇编》，第120页。

飞鸣，忽然不见中，插叙而出，不特连者断之，局法变动，且借此添得色泽矣。妙妙。”①《七哀》类诗歌起于王粲，其“七哀”之义不明朗，后人虽作过不同的解说，但都不得要领，如葛立方说：“《七哀诗》起曹子建，其次则王仲宣、张孟阳也。释诗者谓病而哀、义而哀、感而哀、悲而哀、耳目闻见而哀、口叹而哀、鼻酸而哀，谓一事而七者具也。”②此说并没有多少道理，难以取信于人。笔者颇疑《七哀》是王粲在荆州时取法“七体”而创作的组诗，后来大多散佚。曹植作为王粲的弟子，也作有《七哀诗》，但曹植的诗只有一首，不知最初是否也是组诗，惜其作品散佚太多，无从考知。其诗说：

> 明月照高楼，流光正徘徊。上有愁思妇，悲叹有余哀。借问叹者谁，言是宕子妻。君行逾十年，孤妾常独栖。君若清路尘，妾若浊水泥。浮沉各异势，会合何时谐？愿为西南风，长逝入君怀。君怀良不开，贱妾当何依！③

此诗作为思妇诗，写得曲折宛转，悲情感人，但此诗明显是有寄托的，是要借思妇之悲怨，表达君臣乖隔，望君垂顾的情绪。刘履说：“子建与文帝同母骨肉，今乃浮沉异势，不相亲与，故特以孤妾自喻，而切切哀虑之也。其首言月光徘徊者，喻文帝恩泽流布之盛，以发下文独不见及之意焉。”④要之，曹植后期的思妇怨女诗，与前期的作品不同，多非写实，悬象设景，营造气氛，目的是要抒写情思，表达意念，虽说笔笔都有深意，却又难以处处凿实。

---

① 张玉穀《古诗赏析》，第198页。
② 河北师范学院中文系古典文学教研组《三曹资料汇编》，第112页。
③ 赵幼文《曹植集校注》，第313页。
④ 河北师范学院中文系古典文学教研组《三曹资料汇编》，第121页。

(3)纯用比兴者。即借思妇怨女以表达才志不得施展的幽怨。如《杂诗·南国有佳人》《美女篇》等,这些诗都创作于曹植生活的后期,虽有现实生活的依据和基础,但明显不是写实,而是托象以寄意。如《杂诗·南国有佳人》:

南国有佳人,容华若桃李。朝游江北岸,夕宿潇湘沚。时俗薄朱颜,谁为发皓齿?俯仰岁将暮,荣曜难久恃。①

很明显这是虚设的形象,用以寄寓自己才志不为统治者所知赏、希冀能为世所用的心情。刘履《选诗补注》解此诗说:"此亦自言才美足以有用,今但游息闲散之地,不见顾重于当世,将恐时移岁改,功业未建,遂湮没而无闻焉,故借佳人为喻以自伤也。"②此说大体不错。

三

对辞赋和诗歌,曹植持有不同的文学观念和审美追求,辞赋主慷慨,诗歌主中和,特别是他后期的诗歌创作,无论是咏史诗、游仙诗,还是怨女思妇诗,都体现出含蓄缊藉、温柔敦厚的风格特征。尤其是他的怨女思妇诗,在表意技巧上往往采用比兴寄托的手法;在情感的表达上,则体现出哀而且怨,然怨而不怒,哀而不伤的美学特征。而其所使用的具体表现手法也很值得注意。

(1)他创造性地继承了屈原的比兴寄托手法,并将屈原比兴系统中意义较单一的构成要素独立出来,丰富其意义,使之成为一个独立饱满的意象。曹植笔下的怨女思妇,已不同于屈原笔下

① 赵幼文《曹植集校注》,第387页。
② 河北师范学院中文系古典文学教研组《三曹资料汇编》,第121页。

的美人，她们作为曹植自拟并用以寄托心志的意象，形象饱满鲜明，内涵丰富深刻，表意圆融自足，自身就形成一个比兴象征系统。如张玉穀评《杂诗·南国有佳人》说："此首伤己之徒抱奇才，仆仆移藩，无人调护君侧，而年将老也。通体以佳人作比，首二自矜，中四自惜，末二自慨，音促韵长。"[①]曹植的怨女思妇诗大都如此，虽笔笔都有深意，但又难以处处凿实，显得玲珑剔透，意象空灵，有极大的阐释空间和艺术想象的余地。

(2)营造富有感情色彩的气势氛围，使活动于其中的人物形象充满悲剧色彩，如其《情诗》：

> 微阴翳阳景，清风飘我衣。游鱼潜渌水，翔鸟薄天飞。眇眇客行士，遥役不得归。始出严霜结，今来白露晞。游者叹黍离，处者歌式微。慷慨对嘉宾，凄怆内伤悲。[②]

吴淇说："凡情诗皆借闺房儿女之私，以写臣不得于君之思。子建此诗，旧注为忠君忧国之情，甚至以为不忘汉室，何其迂也。大抵子建平生，只为不得于文帝，常有忧生之嗟，因借遥役思归之情，以喻其忧谗畏讥、进退维谷之意。"此说有理，但前四句之意蕴，是否如他所说"'阳景'喻武帝，'微阴'喻文帝。谓之微者，履霜之惧也。'清风'即凉风，喻群小见凌之渐也。'游鱼'，本欲游也，乃不敢游而潜绿水；'翔鸟'，本欲集也，乃不敢集而薄天飞"，[③]却难以确定，但此四句为全诗营造气氛并用以衬托人物形象，则是完全可能的。这不仅使人物活动于特定的情感氛围中，而且通过比衬，使人物形象更富于情感性和悲剧色彩。

---

① 张玉穀《古诗赏析》，第199页。

② 黄节《曹子建诗注》，中华书局2008年版，第87~88页。

③ 河北师范学院中文系古典文学教研组《三曹资料汇编》，第154页。

(3)运用赋法,对女性形象进行全方位叙写,使人物形象饱满,意蕴丰足。如《美女篇》《杂诗·西北有织妇》《南国有佳人》都是如此。如吴淇评《美女篇》说:"乍见美人,何处看起,因其采桑,即从手上看起。次乃仰观头上,次看中间。又从头中间看过,然后看脚下,已备见其容貌矣。却再细看其丰韵光泽,妙有次第。'行徒'二句,正借众人之赞慕,以形上文之美,即伏下嗷嗷,用以起高义。'借问'下,盛称其阀阅;'媒氏'下,盛称其节操。言容貌如此,阀阅如此,节操如此,为君子者,急宜趁此芳年,寤寐求而琴瑟乐者,而乃使之长叹于空房乎?末只二语,把前多少好处,都说得弃掷无用,煞是可惜。此亦是请自试之意。"①曹植这类诗歌,往往只对人物形象作客观的叙述、描写,并无直接的抒情和议论,但透过作者精心的叙写,读者可于文内会其意而于文外得其旨。

(4)精深细致、手法多样的心理描写。曹植写怨女思妇,不仅写她们的容貌服饰、神态风度,更深入到她们的内心世界,通过对她们特殊情境下的心理的描写,反映悲惨不幸的命运给她们心灵上造成的震颤和创伤。如《弃妇篇》《种葛篇》等就都有相当出色的心理描写。《种葛篇》说:

种葛南山下,葛藟自成阴。与君初婚时,结发恩意深。欢爱在枕席,宿昔同衣衾。窃慕棠棣篇,和乐如瑟琴。行年将晚莫,佳人怀异心。恩纪旷不接,我情遂抑沉。出门当何顾,徘徊步北林。下有交颈兽,仰见双栖禽。攀枝长叹息,泪下沾罗衿。良马知我悲,延颈对我吟。昔为同池鱼,今为商

① 河北师范学院中文系古典文学教研组《三曹资料汇编》,第158~159页。

与参。往古皆欢遇，我独困于今。弃置委天命，悠悠安可任。①

此处对于弃妇心理的描写，相当准确、周到、细致。作者运用多种手法，按照事件发展的逻辑顺序，从不同的角度、不同的侧面描写了弃妇的心理活动。按照主人公的活动轨迹和心灵变化脉络，写出了人物的心理变化流程。既有侧面衬托，又有直接抒情；既有对旧情的美好回忆，又有对现状的怅惘哀伤；既有情感的怨愤投射，又有悲情的勉强安顿。诗歌虽寓有作者的身世之感，蕴含着较强烈的政治情感，但对怨妇情感的抒发还是相当感人的。

① 赵幼文《曹植集校注》，第314~315页。

怀人暧乎若可觌　道哀凄焉如可伤

——从诔文创作看曹植对应用文的艺术改造

诔是一种仪式性、规范性很强的文体，在建安之前，尽管它已经历了复杂的衍变过程，但直到曹植才将其进行彻底改造，使之成为文人们有效地抒发情感的工具。通过对曹植诔文创作的考察，不仅可以说明曹植对当时各体文章的改造之功，而且可以从一个侧面反映出汉末建安时期文学的全面自觉。

一、建安以前的诔文：在衍变中程式化

在中国古代文学史上，诔是一种传统的、源远流长的文体，从现存资料来看，最早的诔文产生于春秋中晚期，其实际的产生时间肯定更早，具体何时，则难以考定。刘勰《文心雕龙·诔碑》篇说："夏商以前，其词靡闻。周虽有诔，未被于士。又贱不诔贵，幼不诔长，在万乘则称天以诔之，读诔定谥，其节文大矣。"①由此可知：诔的产生应该与赠谥之礼的施行同时；诔只用于已经逝去的人；诔的使用只在一定的范围，最初只限于天子、诸侯、卿大夫。

① 范文澜《文心雕龙注》，人民文学出版社1958年版，第212页。

这基本符合最初的情况，《说文》："诔，谥也。"段注："当云所以为谥也。曾子问注曰：诔，累也，累列生时行迹，读之以作谥。"①后来随着历史文化的发展和社会观念的变化，诔的创作及使用也发生了很大的变化。

（1）施用对象由天子、诸侯、卿大夫而扩及士与庶人。《礼记·檀弓上》："鲁庄公及宋人战于乘丘，县贲父御，卜国为右。马惊败绩，公队，佐车授绥。公曰：'末之，卜也。'县贲父曰：'他日不败绩，而今败绩，是无勇也。'遂死之。圉人浴马，有流矢在白肉。公曰：'非其罪也！'遂诔之。士之有诔，自此始也。"②

（2）诔的作者也发生了根本变化，由最初的"贱不诔贵，幼不诔长"变为无人不可作诔。如刘向《列女传》记载柳下惠之妻为其夫作诔。时至东汉，则诔的创作和运用实已出现泛滥的局面，桓范《世要论·铭诔》篇记述了东汉时的情况：权贵的幕僚，牧守的故吏，名士的门生，"合集财货，刊石纪功，称述勋德！"③可知东汉时期诔谥滥用、失实的情况是相当严重的。

（3）有诔未必有谥。后世随着诔文使用范围的扩大，在很多情况下虽有诔而不一定有谥，创作诔文仅仅表示颂美、哀悼和怀念之情。如《左传·哀公十六年》载孔子去世，哀公作诔以哀悼之，孔颖达曰："此传唯说诔辞，不言作谥，传记群书皆不载孔子之谥，盖唯累其美行，示己伤悼之情而赐之命耳，不为之谥，故书传无称焉。至汉王莽辅政，尊尚儒术，封孔子后为褒成侯，追谥

① 段玉裁《说文解字注》，浙江古籍出版社 1998 年版，第 101 页。

② 《十三经注疏》，上海古籍出版社 1997 年版，第 1277 页。

③ 严可均《全三国文》，商务印书馆 1999 年版，第 389 页。

孔子为褒成宣尼君，明是旧无谥也。”①可知这种情况很早便开始了。

(4)随着书写工具的进步和文化水平的提高，诔文的篇幅越来越长，内容越来越丰富、详细，辞采越来越华美。如《左传·哀公十六年》载鲁哀公诔孔子曰：“旻天不吊，不慭遗一老，俾屏余一人以在位，茕茕余在疚。呜呼哀哉！尼父，无自律。”②仅有短短30余字，且文词简朴，而扬雄的《元后诔》有800余字，曹植的《文帝诔》有1200余字，且叙事委曲，辞采华美。

(5)体式随时代而发生变化。最初的诔文体式并不固定，后世的诔文往往随着时代、情景、作者的不同而不同，如柳下惠之妻为其夫所作之诔便使用了骚体，其文说：“夫子之不伐兮，夫子之不竭兮，夫子之信诚而与人无害兮。屈柔从俗，不强察兮。蒙耻救民，德弥大兮。虽遇三黜，终不蔽兮。恺悌君子，永能厉兮。嗟呼惜哉，乃下世兮。庶几遐年，今遂逝兮。呜呼哀哉，魂神泄兮。夫子之谥，宜为惠兮。”③刘向《列女传》多有虚构，此诔有可能是刘向的拟作，则它是汉代人的作品，这也符合汉代骚体流行的情况。不过，从汉代开始，诔文便逐渐固定为四言韵语。

刘勰《文心雕龙·诔碑》篇，论述了诔的起源、流变及其文体特点，将刘勰的论述与诔文发展的实际情况对照考察，可以发现刘勰的论述本身即包含着明显的矛盾，这就是重雅正、重德行与重辞采、重情感的矛盾。他论述汉晋时期诔文创作的基本面貌说：“暨乎汉世，承流而作。扬雄之诔元后，文实繁秽，沙麓撮其

---

①② 《十三经注疏》，第2177页。

③ 刘向著，刘晓东校点《列女传》，辽宁教育出版社1998年版，第20页。

要，而挚疑成篇，安有累德述尊，而阔略四句乎！杜笃之诔，有誉前代。吴诔虽工，而他篇颇疏。岂以见称光武而改盼千金哉！傅毅所制，文体伦序，苏顺、崔瑗，辨絜相参，观其序事如传，辞靡律调，固诔之才也。潘岳构意，专师孝山，巧于序悲，易入新切，所以隔代相望，能徽厥声者也。至如崔骃诔赵，刘陶诔黄，并得宪章，工在简要。陈思叨名，而体实繁缓，文皇诔末，百言自陈，其乖甚矣。"①这里，刘勰对杜笃、傅毅、苏顺、崔瑗、潘岳、崔骃、刘陶等人都有积极的肯定，唯独对扬雄和曹植有相当严厉的批评。考察这些作家的创作实际，扬雄与曹植的创作确实与其他作家有非常明显的不同，最突出之处就是他们的作品篇幅加长，叙事成分加重。这一变化由扬雄开其端，曹植继其迹。且看为刘勰所赞赏的傅毅《北海王诔》：

> 览视昔初，若论往代。有国有家，篇籍攸载。贵鲜不骄，满罔不溢。莫能履道，声色以卒。惟王建国，作此蕃弼。抚绥方域，承翼京室。对扬休嘉，光昭其则。温恭朝夕，敦循伊德。②

此文可能并非完篇，但可以肯定，其整篇也不会太长。文章主要运用描述性和评价性的语言，且颂美人物所常用的礼仪性很强的套语也很多，基本是平面叙写，"序事如传"的特点并不明显，而刘勰在《诔碑》篇所概括的诔文的体制特点是：

> 详夫诔之为制，盖选言录行，传体而颂文，荣始而哀终。论其人也，暧乎若可觌；道其哀也，凄焉如可伤。此其旨也。③

① 范文澜《文心雕龙注》，第213页。

② 严可均《全后汉文》，商务印书馆1999年版，第434页。

③ 范文澜《文心雕龙注》，第213～214页。

形式上要求典雅规范，表达上重视形象性和情感性，这与上举刘勰所赞赏的诔文是有很大距离的。这种文学观念和审美标准所包含的内在矛盾和冲突，非刘勰个人所独有，而是当时大多数作家和文学理论家所共有的，说到底，是那个特定时代文艺观念和审美倾向的反映。

有意味的是，尽管刘勰对扬雄和曹植的诔文创作有相当严厉的批评，而他关于诔文体制特点的论述正是从他们的创作中总结出来的。

二、曹植的诔文创作：化腐朽为神奇

从现存作品来看，曹植有诔文 8 篇，除 2 篇残缺外，其余都基本完整；而东汉两个著名的文学大家张衡有诔文 3 篇，蔡邕只有 1 篇，且其文采、情韵都难与曹植的作品相比；建安七子则基本没有诔文创作。因此可以说，曹植的诔文创作，不仅在数量上非常突出，在艺术上也将诔文的创作推向一个新的境界，刘勰批评他的诔文创作“其乖甚矣”，正说明了曹植对这种文体的改造之功巨大。当然，这种创作上的转变，既受当时历史文化语境的影响，也与曹植的文学天赋和文学观念大有关系。

曹植的诔今存 8 篇，它们是《光禄大夫荀侯诔》《王仲宣诔》《武帝诔》《任城王诔》《大司马曹休诔》《文帝诔》《卞太后诔》《平原懿公主诔》，在这些诔文的诔主中，有 6 位是曹植的亲人，一位是曹植的师长，一位是曹植崇敬的名高当世的谋谟重臣，可见曹植的诔文创作是非常慎重的。在这 8 篇诔文中，除《光禄大夫荀侯诔》和《大司马曹休诔》有残脱外，其余基本完整。这些作品，形式精致，情感充沛，都堪称是诔文发展史上的名篇。概括起来，其在艺术上的特色主要有如下几点：

（1）史传的体制。“传体”虽是刘勰总结的诔文的体制特点之一，但在曹植以前，诔文的这个特点并不明显，刘勰所赞赏的那些诔文，都是典雅简约的短章。扬雄的《元后诔》内容较富，篇幅较长，叙事成分增多，语言也与流行诔文大为不同，是曹植创作的前导。曹植的诔文，沿着扬雄的创作倾向而踵事增华，首先是篇幅明显加长，如《文帝诔》有1210字，《王仲宣诔》有800字，《武帝诔》有543字，《卞太后诔》有457字，从而大大增加了诔文的叙事成分，增强了诔文的文学性，从根本上改变了传统诔文呆板沉滞的缺陷。如《王仲宣诔》，叙事之委曲而明晰，确是前无古人，所以《昭明文选》将其列为首篇。文章先叙王粲家族远源，从毕公高一直到毕万；接叙近祖，王龚、王畅贵为三公，著名当代；然后叙写王粲既出身贵胄，又有令德高才，虽遭国难而远适荆蛮，但仍高志洁行，卓尔不群；然后写曹操南征荆州，王粲审时度势，力排众议，劝刘琮归附王师；接着叙写王粲因功封侯，又因“算无遗策，画无失理”而“秉机有闳”，从而“入侍帷幄，出拥华盖。荣耀当世，芳风晻蔼”；然后叙写曹操东征孙权，王粲随师出征，不幸卒于军中，二子闻讯，“号恸崩摧”，远自邺城“经历山河”，迎丧而归；接下来叙写自己与王粲的亲密交往和相知相亲之情；最后表达对王粲逝去的无比沉痛感伤之情。叙事委曲，感情充沛，透过文章，王粲的身世、生平及与作者的交往情谊就都看得非常清楚了。曹植其他的诔文也都基本采用这个写作模式，人物传记的特点相当明显，这就为作者情感的表达提供了感性的依托，使作品浓郁的情感显得质实、饱满、诚挚感人。曹操和王粲都是史学家、文学家蔡邕的弟子，曹操的一些诗歌被后人称为“诗史”，而王粲著有《汉末英雄记》，可见他们都深受作为史学家的蔡邕的影响，有很强的历史意识。曹植作为曹操的儿子、王粲的弟子，也受他们的影响，不仅熟悉历史，而且有很强烈的历史意识。他在《与杨德祖书》中就曾说到，如果自己的政治理想不能实现，就“将采庶官之实录，辩时俗之得失，定仁义之衷，成一家之言”①，可知曹植有著作史书的志向和想法。正因为如此，在曹植的文学创作中，经常表现出史的意识。

(2)诗的语言。曹植的五言诗成为后世作家学习的楷式，但他同样也是魏晋南北朝时期有成就的四言诗作家。值得注意的是，他将诗的语言运用于诔文的创作之中，使他的诔具有诗的情感和韵味，具体说就是多用叙述、描写性的语言而少用判断、评价性的语言；也就是多用富于形象性而意脉流走的主谓短语和动宾短语来作为表意的工具，而少用或不用干瘪枯燥的判断语和评价语。这一点，若将曹植的作品与刘勰所欣赏的前世名篇加以比较就可以看得很清楚。如杜笃的名篇《大司马吴汉诔》：

笃以为尧隆稷、契，舜嘉皋陶，伊尹佐殷，吕尚翼周。若此五臣，功无与畴。今汉吴公，追而六之，乃作诔曰：

朝失鲠臣，国丧爪牙，天子愍悼，中宫咨嗟。四方残暴，公不征兹，征兹海内，公其攸平。泯泯群黎，赖公以宁。勋业既崇，持盈守虚，功成即退，挹而损诸。死而不朽，名勒丹书，功著金石，与日月俱。②

此显非全文，但由此亦可窥其全貌。文章多颂赞语和评价语，谈

① 赵幼文《曹植集校注》，人民文学出版社1984年版，第154页。

② 严可均《全后汉文》，第284页。

不上有什么形象性和情感性。

曹植的《王仲宣诔》写王粲避难荆州：

> 皇家不造，京室陨颠。宰臣专制，帝用西迁。君乃羁旅，离此阻艰。翕然凤举，远窜荆蛮。身穷志达，居鄙行鲜。振冠南岳，濯缨清川。潜处蓬室，不干势权。①

叙事真切，描写形象，内容充实饱满，能给人以实实在在的艺术感受，与那些无关痛痒的典雅之语截然不同。

（3）鲜明的形象。曹植的诔文使用的是叙述和描写的语言，因而具有较强的情节性和形象性，从而具备了刘勰所说的“论其人也暧乎若可觌”的特点，如《平原懿公主诔》中对小公主的描写：

> 在生十旬，察人识物。仪同圣表，声协音律。骧眉识往，俯首知来。求颜必笑，和音则孩。阿保接手，侍御充傍。常在襁褓，不停帷床。专爱一宫，取玩圣皇。②

从不同角度对婴孩进行描写，相当形象生动，这就为下文的述哀提供了感性依托。

（4）浓郁的情感。情感性是曹植作品的突出特点之一，诔文虽有礼仪性和程式性的特点，一方面曹植对传统诔文进行了改造，使其文学性大为增强，另一方面他的诔文的诔主大都是他最亲近的人，故而他的诔文有非常浓郁的情感，与其他文学作品一样具有感人至深的艺术魅力。《文帝诔》是曹植最长的一篇诔，其表达的情感也最复杂，文章的最后说：

---

① 赵幼文《曹植集校注》，第164页。

② 赵幼文《曹植集校注》，第494页。

咨远臣之眇眇兮，感凶讳以怛惊。心孤绝而靡告兮，纷流涕而交颈。思恩荣以横奔兮，阂阙塞之峣峥。顾衰经以轻举兮，念关防之我婴。欲高飞而遥憩兮，惮天网之远经。愿投骨于山足兮，报恩养于下庭。慨拊心而自悼兮，惧施重而命轻。嗟微躯之是效兮，甘九死而忘生。几司命之役籍兮，先黄发而陨零。天盖高而察卑兮，冀神明于我听。独郁伊而莫告兮，追顾景而怜形。奏斯文以写思兮，结翰墨以敷诚。①

刘勰评此文说："陈思叨名，而体实繁缓。文皇诔末，百言自陈，其乖甚矣。"刘勰没能体谅曹植当时的处境和心情。对这位曾经要置自己于死地、并严厉限制兄弟自由的嫡亲兄长的去世，曹植要说的话太多了。他想赴丧尽哀，却为国家律令所不允许；他想从死于地下以报恩养，上天又不如其所愿。他顾影怜形，哀戚无告。故而文章写得哀情缠绵，回环往复。又如《卞太后诔》中述说自己的丧母之痛：

遗孤在疚，承讳东藩。擗踊郊甸，洒泪中原。追号皇妣，弃我何迁！昔垂顾复，今何不然！空宫寥廓，栋宇无烟。巡省阶涂，仿佛棂轩。仰瞻帷幄，俯察几筵。物不毁故，而人不存。痛莫酷斯，彼苍者天。②

先写自己闻知凶讯后的反应，然后追念母亲平时对自己的疼爱，尔后再写睹物思人、物是人非，最后直抒哀痛无比的感情，将自己的丧母之痛表达得淋漓尽致。

---

① 赵幼文《曹植集校注》，第344页。

② 赵幼文《曹植集校注》，第418～419页。

刘勰说潘岳作诔“专师孝山，巧于叙悲”，实则潘岳哀悼性的文章主要受曹植的影响。且看潘岳“巧于叙悲”的《皇女诔》：

厥初在鞠，玉质华繁。玄发儵曜，蛾眉连娟。清颅横流，明眸朗鲜。迎时夙智，望岁能言。亦既免怀，提携紫庭。聪惠机警，授色应声。亹亹其进，好日之经。辞合容止，闲于幼龄。猗猗春兰，柔条含芳。落英凋矣，从风飘扬。妙妙弱媛，窈窕淑良。孰是人斯，而罹斯殃？灵殡既祖，次此暴庐。披览遗物，徘徊旧居。手泽未改，领腻如初。孤魂遐逝，存亡永殊。呜呼哀哉！①

将此与曹植的诔文比照研究，可以发现，其在描写手法和抒情手段上明显受到《平原懿公主诔》和《卞太后诔》的影响。

(5)铺陈的表意方式。辞赋是曹植文学创作的入门文体，也是他所喜爱的文体，所以他的诗和文莫不受到辞赋的影响，因而可以说，铺陈是曹植文学作品重要的形式特点和表意手法之一，他的诔文也同样吸取了这个表意手法。如《文帝诔》述说魏文帝的功绩：

天地震荡，大行康之。三辰暗昧，大行光之。皇纮惟绝，大行纲之。神器莫统，大行当之。礼乐废弛，大行张之。仁义陆沉，大行扬之。潜龙隐凤，大行翔之。疏狄遐康，大行匡之。②

既表意全面，又富有气势，增强了诔文的文学性和艺术感染力。

由上论述可知，刘勰对诔文体制特点的论述，实际是对曹植

① 严可均《全晋文》，商务印书馆1999年版，第992页。

② 赵幼文《曹植集校注》，第343页。

及其以后作家诔文创作实践的总结。曹植用自己的文学天才和丰富的情感，将呆板枯寂的诔改造为形象鲜明、情感浓郁的文学作品，彻底改变了诔文创作的传统面貌，将诔文创作提高到一个新的境界。如同对诔文的改造一样，曹植也对章、表、谏、令、颂、赞、碑、铭这些实用文体进行改造，大大提高了它们的艺术性，使这些仪式性和程式性很强的文体，成为文人们表达情感的有效工具。

论曹植文学创作风格中的二元对立

曹植是邺下作家中的晚辈，他身为公子王侯，又主要生活于社会环境已相对安定的建安时代后期，总体而言，生活是比较安逸的，但他的文学创作在基本风格上能与曹操及“七子”等人保持一致，这一现象本身就值得人们深入探讨。粗看起来，曹植的生活比较单调，生命后期又受到人为的拘限，生活的接触面比较狭窄，但由于他生活于社会思想观念大转变的时代，加上他文学家的天赋以及特殊的生活遭际，他的人格结构具有明显的多面性和复杂性，而且这些构成他人格特征的因素，彼此之间往往形成对立和冲突，而这正是他之所以成为能代表一个时代的文学大家的根本原因。正如荣格所说：“事实上所有的人格理论家，不管他抱有什么样的信念，坚持什么样的主张，都认为人格同时容纳着可以导致相互冲突的两极倾向。”①作为能代表一个时代的伟大作家的曹植，自然更是如此。曹植经历了社会政治的动荡变幻，思想观念的分合变迁，以及人生的得失悲欢，在遍历了层层的生命境

① 霍尔、诺德贝著，冯川译《荣格心理学入门》，三联书店1987年版，第66页。

界之后,他把种种的外部冲突转化为心灵世界的内在激情,并把这种激情外化为艺术。因此曹植文学创作的艺术特征体现出极为鲜明的深刻性和多面性,从而以有别于曹操及“建安七子”的独特形式呈现了建安风骨。这主要体现在如下几个方面:

一、中和与慷慨

在《赠丁仪王粲》中,曹植针对王粲和丁仪的情感表现,规劝他们说:“欢怨非贞则,中和诚可经。”而在《前录自序》中,他又说自己“少而好赋,其所尚也,雅好慷慨”,“中和”与“慷慨”这两种看似冲突的美学原则共存于曹植的审美观念和文学创作中,正是曹植思想观念中既守持儒家传统精神又放纵个体情感的精神状态在文学创作中的反映。这两种美学思想各有所承。“中和”的美学原则主要继承了儒家的传统美学思想。儒家诗教反对情感表达的直露与偏激,讲求“温柔敦厚”“主文而谲谏”“怨而不怒,哀而不伤”。曹植在他的诗歌创作中的确遵循了这一创作原则和美学风格。如他两次被曹丕及其爪牙诬陷打击后所作的《责躬诗》,一味地自怨自责,痛哭流涕,却没有流露出些许的怨恨皇兄的意思。再如著名的《赠白马王彪》,面对手足相残相抑的人间悲剧,他怨天地,怨小人,却始终不愿把怨愤的矛头指向幕后的元凶,自己的兄长,当今的皇帝。在他生命的后期,备受拘禁和压抑,他把这难以名状的悲苦通过咏史、游仙以及用美女等比兴寄托的方式表达出来,使他的诗歌创作真正达到了情感真挚深沉、表达蕴藉华美的美学境界。“慷慨”的美学原则主要继承了楚辞与汉赋的美学风格。本来,自东汉中叶产生的抒情小赋,就是楚辞与汉代散体赋相结合的结果,这种赋既继承了楚辞“发愤抒情”

的特点，又继承了汉代散体赋铺陈扬厉的手法。到汉末建安时期，这种抒情小赋成为辞赋的主流，成为文人们喜爱的咏物、抒情的工具。曹植的文学创作便是从辞赋开始的，而且他的赋大都是体制短小、情感浓郁的骚体赋。他的辞赋创作，虽然前后在内容和格调上有所变化，但在表达上蹈扬发露却是一致的。如创作于前期的《感婚赋》《愍志赋》《静思赋》等，表达对真挚爱情的追求以及求而不得的痛苦，炽热大胆，明白发露；而后期创作的《九愁赋》《秋思赋》等，表达人生的失意和生命的不自由，沉郁苍凉，悲情慷慨。前后表现虽有所差异，但都具有激扬慷慨的特点。

二、载道与抒情

曹植十分重视文艺对国家政治和百姓教化的作用，在《画赞序》中，他表达了这方面的文艺思想，他说："观画者，见三皇五帝，莫不仰戴；见三季暴主，莫不悲惋；见篡臣贼嗣，莫不切齿；见高节妙士，莫不忘食；见忠节死难，莫不抗首；见忠臣孝子，莫不叹息；见淫夫妒妇，莫不侧目；见令妃顺后，莫不嘉贵。是知存乎鉴者何如也。"①这是对儒家传统文艺观念的继承。在文学创作中，他也自觉地贯彻了这一文艺主张。如《七启》便热烈赞扬了其父曹操的政治功业和用人政策，赵幼文在《曹植集校注》中评此文说："曹操消灭袁绍，统治冀州，复取荆州。为了进一步发展统一事业，必需争取士族与之合作。针对这一客观现实，便在建安十五年宣布《求贤令》，提出'唯才是举'的征用原则，借以网罗散居在野的士族，充实曹魏政权的统治力量。曹植以统治集团成员立场，热烈

① 赵幼文《曹植集校注》，人民文学出版社 1984 年版，第 67 ~ 68 页。

歌颂求贤措施的必要性，而且极力阐述国家对此的决心。并借献帝刘协的号召，期求鼓舞在野士族参加政治之积极情绪，从而创建国富民康的理想社会。通过玄微、镜机问答，更深刻指出不愿为当前政治服务的思想，是错误的，这就配合曹操政治意图做了有力的宣传，显示文学与政治具着密切的联系性。”①此说可从。东汉王朝在黄巾农民大起义的沉重打击下衰微，曹操乘机建立起自己的霸业，因此他对道教势力心存戒心，采用笼络的政策，将各地的道教领袖召集到邺下，以免他们宣传鼓动，形成自己的实力。为此曹植创作了《辨道论》，一方面揭露道教方士的虚假，一方面为曹操召集方士的行为辩护，具有明确的政治目的性。再如《魏德论》《鼙舞歌》等诗文，证明曹氏代汉的合理性，为曹魏政权唱赞歌，也主要是出于政治目的而创作的。此外像《丹霞蔽日行》《辅臣论》《陈审举表》《谏取诸国士息表》《谏伐辽东表》等，也是为议论朝政、批评朝政，为朝廷提出施政建议而创作的。一方面是承自传统士大夫的社会责任感，一方面是他本人的强烈的政治热情和功名事业心，使得曹植以文艺的形式，表达自己对社会政治的关心以及自己的政治抱负和政治情感。

汉末建安时期，随着人的觉醒和文学的自觉，文艺已经成为人们抒写自我情感的工具，抒情性的增强是建安文学最为突出的特点之一。在这一点上，曹植无论在思想观念还是创作实践上，都有明确的意识，他创作辞赋，“雅好慷慨”；在《卞太后诔表》中他说：“铭以述德，诔尚及哀。”②正因为如此，他的诗歌、辞赋情感

① 赵幼文《曹植集校注》，第28~29页。
② 赵幼文《曹植集校注》，第417页。

强烈浓郁自不必说，就是章、表、颂、赞、诔、铭这些实用性和规范性很强的文体，通过他的改造，也成为抒情意味很强的文学作品。很多实用文体，就是经过了曹植的改造，才彻底改变了原先枯燥、呆板的面貌，成为颇具形象性和情感性的文学作品，影响了整个魏晋南北朝乃至此后的整个古代文学创作。这些在曹植笔下获得新生的文体，往往被刘勰批评为"讹体"。如诔这种文体，在曹植以前，主要是用描述性和评价性语言，用较短的篇幅颂扬诔主的美好德行，曹植将其进行改造，运用叙述性和描写性的语言，再现诔主生前的行迹，借以表达作者的哀痛之情，不仅文章篇幅加长，形象性和抒情性也大为增强，使诔这种礼仪性和程式性很强的文体成为作者充分表达情感的文体形式之一。曹植对诔的这种改造，受到了刘勰的批评，他在《文心雕龙·诔碑》中说："陈思叨名，而体实繁缓，文皇诔末，百言自陈，其乖甚矣。"①曹植的《文帝诔》有一千二百余字，叙事委曲，辞采华美，充分表达了他对胞兄的复杂而深沉的感情，艺术上取得了很高的成就，刘勰对他的批评，正可以反映出曹植对文章的改造之功。

三、端实与空灵

一方面，曹植继承了《诗经》、汉乐府所代表的现实主义的创作原则，用文艺的形式，真实地反映了那个时代的社会现实、人们的精神面貌和心理状态，记录了那个时代的社会变迁和思想演变，内容端实厚重，有很高的认识价值和很强的感人力量，如他的

① 黄叔琳注，李详补注，杨明照校注拾遗《文心雕龙校注》，中华书局2000年版，第155页。

《送应氏》《泰山梁甫行》。其《泰山梁甫行》说：

八方各异气，千里殊风雨。剧哉边海民，寄身于草野。妻子象禽兽，行止依林阻。柴门何萧条，狐兔翔我宇。①

叙写了边地百姓历经战乱后的极度穷苦生活，形象鲜明，情景真切，情感深沉，催人泪下，表现了曹植对广大不幸百姓的关心和同情，成为他现实主义创作的名篇。

另一方面，他又继承了《庄子》《楚辞》所代表的浪漫主义的创作方法，用比兴寄托、虚拟想象的手法，表达他对社会现实的感受和隐微的内心情感，如他的著名的《洛神赋》，用华美的语言，浪漫主义的手法，营造了一个亦真亦幻、迷离恍惚的艺术境界，用以表达他复杂隐微的情感。又如他生命后期创作的咏史诗、游仙诗、大部分的女性题材作品，都是这种创作方法的体现。这部分作品，内容和风格空灵飞动，具有很高的艺术性和审美价值。如《杂诗·南国有佳人》：

南国有佳人，容华若桃李。朝游江北岸，夕宿潇湘沚。时俗薄朱颜，谁为发皓齿。俯仰岁将暮，荣曜难久恃。②

很明显这是虚设的形象，用以寄寓自己才志不为统治者所知赏，希冀能为世所用的心情。刘履解此诗说："此亦自言才美足以有用，今但游息闲散之地，不见顾重于当世，将恐时移岁改，功业未建，遂湮没而无闻焉，故借佳人为喻以自伤也。"③此说大体

① 逯钦立辑校《先秦汉魏晋南北朝诗》，中华书局 1983 年版，第 426 页。

② 逯钦立辑校《先秦汉魏晋南北朝诗》，第 457 页。

③ 河北师范学院中文系古典文学教研组《三曹资料汇编》，中华书局 1980 年版，第 121 页。

不错。

一般而言，曹植前期的创作偏重于写实，后期的创作多用虚拟和比兴寄托，这既与建安文学总体的发展变化趋势一致，也有曹植自己的特殊情况。曹植后期的创作，之所以写得空灵变幻、微婉含蓄，除了免触忌讳的考虑以外，还与他随着阅历的加深，思想情感更加深沉，艺术表现手法越来越成熟高超有关。正因为如此，他才能担负起集建安文学之大成、开魏晋文学之新局面的历史任务。

四、雅正与俗化

曹植的文学创作，在内容上讲求雅正，在形式上讲求工练华美，特别是对表达技巧和语言形式的讲求，甚至达到有些苛刻的地步，他曾说自己“好人讥弹其文，有不善者，应时改定”。他总是能够根据内容的特点和表达的需要，选择恰当的表现形式，做到“应物制巧，随变生趣”。胡应麟称赞说：“子建《名都》《白马》《美女》诸篇，辞极赡丽，然句颇尚工，语多致饰。视东西京乐府，天然古质，殊自不同。”①如他写于早期的《公宴诗》：

> 公子敬爱客，终宴不知疲。清夜游西园，飞盖相追随。明月澄清影，列宿正参差。秋兰被长坂，朱华冒绿池。潜鱼跃清波，好鸟鸣高枝。神飙接丹毂，轻辇随风移。飘飖放志意，千秋长若斯。②

这种以叙事开头，中间用整饰的对句写景，最后用抒情或议

---

① 胡应麟《诗薮》，中华书局1958年版，第27～28页。

② 逯钦立辑校《先秦汉魏晋南北朝诗》，第449～450页。

论作结的诗歌结构模式，在篇章结构上被认为是徒诗的先导。这种结构严谨、情景事理俱备、艺术技巧高超的诗歌，在古诗中尚未发现，它由王粲首创，而在曹植作品中有较多表现。而诗中炼字炼句的功夫，更是受到后人的赞叹，王世贞说："'东风摇百草'，'摇'字稍露峥嵘，便是句法为人所窥。'朱华冒绿池'，'冒'字更捩眼耳。"①曹植的这种炼字技巧，对后世产生了深远影响，范晞文说："子建诗'朱华冒绿池'，古人虽不于字面上著工，然'冒'字殆妙。陆士衡云：'飞阁缨虹带，层台冒云冠。'潘安仁云：'川气冒山岭，惊湍激岩阿。'颜延年云：'松风遵路急，山烟冒垄生。'江文通云：'凉叶照沙屿，秋华冒水浔。'谢灵运云：'蘋藻泛沉深，菰蒲冒清浅。'皆祖子建。"②曹植在文章的章法、句法、用词、用字、音韵上的追求及其卓越成就，受到后人的高度赞扬，以至于有人责备他开了两晋南北朝形式主义的先河。

曹植又是中国古代文学史上第一个将文学生活化、世俗化的人，他认识到文学不仅有教化百姓、翼赞政治的功能，更重要的是它能够摹写生命、彰显生命、完善生命，进而延续生命，因此，文学的本质就是生命的清澈和生命意识的张扬。在曹植的笔下，大到天地宇宙、军国机务，小到童儿夭逝、鸟雀伤亡，都一样写得充满深情，都是他生命意识的显现。在文学形式上，曹植也是雅俗并赏，在《与杨德祖书》中他说："夫街谈巷说，必有可采；击辕之歌，有应风雅。匹夫之思，未易轻弃也。"③曹植十分尊重和喜爱民间文学，并从民间文学中吸取创作养料，取得了巨大的成功。人们

① 丁福保辑《历代诗话续编》，中华书局1983年版，第978页。

② 丁福保辑《历代诗话续编》，第411页。

③ 赵幼文《曹植集校注》，第154页。

都知道他是中国文学史上第一个大力创作五言诗的人，而五言诗在魏晋南北朝是公认的流俗之体，如挚虞说："夫诗虽以情志为本，而以成声为节。然则雅音之韵，四言为正，其余虽备曲折之体，而非音之正也。"①刘勰也说："若夫四言正体，则雅润为本；五言流调，则清丽居宗。"②在魏晋南北朝，人们用四言诗表达严肃庄重的内容，而用五言诗表达个人隐微缠绵的情感。曹植改造、发展了五言诗这种刚刚出于民间的文学形式，并将其发展到"情兼雅怨，体被文质"的高度，他也成为魏晋南北朝时代的"诗圣"。

总之，从曹植开始，文学才真正从政治和学术中解放出来，成为它自身，获取了自己的本质和功能。它不再是传统意义的高雅品，而成为人们世俗生活的展现和一个个独具个性的生命的呈示。正因为如此，曹植才成为中国文学史上美文的创造者。

五、壮阔与柔婉

曹植是卞太后的少子，又天性聪颖孝友，深得父母的喜爱和娇宠，所以他性格中有娇柔软弱、缺乏自立精神的一面，这从他的日常行为和文学创作中也可以明显看出来。同时，他又"生乎乱，长乎军"，看惯了征战厮杀，此外，他也沾染了当时贵介公子大都具有的任侠放荡的习气，所以他性格中又有尚武任气的一面，这从他的《鹖赋》《名都篇》《白马篇》等作品中可以明显地看出来。再从他的思想观念和人生志向上来说，他想安济苍生，立功当时，扬名后世；却又深爱文学，不护细行，放纵自己的行为和情感。他

---

① 严可均《全晋文》，商务印书馆 1999 年版，第 820 页。

② 黄叔琳注，李详补注，杨明照校注拾遗《文心雕龙校注》，第 65 页。

的济世大志既不为客观环境所允许，他的主观条件也不具备实现政治抱负的起码前提，这样，在曹植的心灵深处，存在着产生于自身因而难以解决的人生冲突，这种矛盾冲突作用于文学之中时，便必然表现出雄壮和哀婉两种文学风格。当他用文学的形式表达他的人生志趣时，所表现的是他人格中积极主动的一面，那么此时的文学风格往往是奋发昂扬、壮阔雄奇的；而当他抒写人生失意的情感时，他便发现在他面前有一股阻碍自己作为甚至控制自己命运的强大力量。他不满，又不敢反抗；想超越，又没有力量；于是他自觉不自觉地把自己放在了被动的臣妾的位置。曹植的文学创作，这种心态特点和风格特征的表现相当明显。

一方面，他的文学创作有沉雄壮放的风格特征，他用雄奇的形象，壮阔的意境，表达他"愿得展功勤，输力于明君。怀此王佐才，慷慨独不群"的雄心和壮气，以及"抚剑而雷音，猛气纵横浮"①的英雄气概。如他的《盘石篇》：

盘盘山巅石，飘飖涧底蓬。我本泰山人，何为客淮东？蒹葭弥斥土，林木无芬重。岸岩若崩缺，湖水何汹汹！蚌蛤被滨涯，光采如锦虹。高波陵云霄，浮气象螭龙。鲸脊若丘陵，须若山上松。呼吸吞船欐，澎濞戏中鸿。方舟寻高价，珍宝丽以通。一举必千里，乘飔举帆幢。经危履险阻，未知命所钟。常恐沉黄垆，下与鼋鳖同。南极苍梧野，游盼穷九江。中夜指参辰，欲师当定从。仰天长叹息，思想怀故邦。乘桴何所志？吁嗟我孔公。②

① 赵幼文《曹植集校注》，第433，381页。
② 赵幼文《曹植集校注》，第260～261页。

此是曹植徙封雍丘时所作，他营造了一个辽阔然而凶险的意境，表现自己蹈危履险，一举千里，却又无所定止的生活处境。意象丰富壮丽，意境雄奇开阔，风格雄放扬厉。他写桂树之大，充满宇宙，“日出登东干，既夕没西枝”。他的《鰕䱇篇》，通过营造开阔的意境和雄壮的气势，表现自己非凡的志向和豪气。他的许多游仙诗，境界阔大，意象神奇，表现了他开阔的胸襟和远大的目光。他的《五游咏》，以九州为狭，表示要“逍遥八纮外，游目历遐荒”。其《远游篇》通过壮阔意境的营造，表达自己蔑弃世俗富贵、超越时空、齐年天地的伟大气概。

另一方面，曹植的文学创作又有柔婉的文学特征，他用纤小柔弱的意象，凄婉的意境，表达弱者的不幸遭遇和对强大而恶劣的外在现实的无可奈何。从前期的写实性作品如《感婚赋》《愍志赋》《静思赋》《出妇赋》等表现爱情的不得意和婚姻的不幸，以及《蝉赋》《龟赋》《离缴雁赋》等表现弱小生命横遭不幸，到后期虚拟性的作品如《七哀》《种葛篇》《美女篇》等，用貌美才高、柔弱多情的悲悲戚戚的女子形象，象征自己的人生不幸、美好事物被漠视和遗弃，都显示了曹植的这种创作风格。

曹植是建安文学的集大成者，他的文学创作风格自可作为建安文学风格的代表，可是，曹操、“七子”及蔡琰等人历经战乱，备受动荡流离之苦，他们的文学创作具有慷慨悲凉之风格特点，自是容易理解，曹植作为邺下作家的晚辈，身为公子王侯，生活在相对安逸的环境中，其悲凉之气自何而来？有人把其中的原因归结为他生命后期备受迫害和压抑，这不能说没有道理，但曹植除黄初初年两次受到曹丕的爪牙的诬陷而差点被杀外，其余时间的生活还是相对安逸的，所以这些迫害还不足以让他成为能代表一个时代并影响深远的大作家。所以不仅仅是生活的不幸,更重要的是文化的转型及由此而引起的文人心态的转变磨砺并成就了曹植。处在文化转型时期的曹植,内心深处充满各种观念的矛盾和冲突,而最基本的冲突便是守持传统与放纵个性的冲突,正是这些矛盾和冲突激发出来的艺术之花成就了曹植。有人说曹植的人格是儒道互补的人格,恐未必然,因为从根本上说,曹植的思想观念并未通透,人格结构并未圆融,他的观念结构正是汉魏之交文化转型时期各种思想观念杂糅状态的投影。不过,在相当程度上我们仍然可以说,曹植确立了后世文人的人格模式和创作模式,这就是在思想观念上存在着守持传统与张扬个性的冲突,具体表现为践履士人责任与放纵个体情欲的冲突,由此而在创作内容上体现为言志与抒情的对立,在创作风格上表现为壮美与优美并存的状态。

论曹植文学创作的俗化倾向

历史发展到魏晋时期，文学创作出现了两种相反的趋向：一方面，由于文学的自觉和人们对文学的重视，在创作技巧和语言形式上不断得到提高，出现雅化倾向；另一方面，由于文学已经成为人们表达世俗情感的工具，成为人们日常生活的一种需要，也由于受众范围的扩大和广泛化，文学的题材和艺术形式趋向俗小琐碎、简明浅易，出现俗化倾向。作为建安之杰的曹植的文学创作，就很典型地体现了文学的这种发展趋向。过去人们主要重视和讨论他对文学表达技巧和文学语言的提高之功，虽也有人注意到他对俗文学的贡献①，但对他在文学创作的俗化倾向方面缺乏全面的认识。本文将结合当时的社会思潮和文学创作环境，论述其文学创作的俗化倾向。

一、礼教松弛，个性张扬

东汉中晚期，随着儒学的衰微，道家思想观念的盛行，封建礼

① 张亚新《曹植对民间文学理论的一点重要贡献》，《贵州社会科学》1987 年第 8 期。

教对人们思想和行为的束缚有所减弱，人的人格和个性越来越受到重视，人们的生活态度和价值观念逐渐发生变化，那些板实迂阔的儒生受到人们的轻视和讥讽，如贯通经传图纬的大儒郑玄，竟也落得“通人颇讥其繁”，人们重性情、重才艺、重通脱、重机捷。观此时的人物传记，传主的性情和才艺都特别突出，就可以充分地说明这一点。汉末建安时期，随着汉朝政治的衰微，儒学也失掉了它的主流意识形态地位，文化形态和思想观念进入多元化时期，人在社会活动中的主体地位更加受到重视，个人的才能和人格魅力成为事业成功的关键因素。

宽松的社会环境造就了相对宽和的人际关系，随着人的觉醒，尊重人的价值，张扬主体个性，重视人的情感和情感的表达，已经成为一种新的社会思潮；人际关系有了新的内容，在过去的政治关系、利害关系和道德伦理关系之外，又加入了人与人之间相互理解、相互体谅与真诚的情感交流。这一点，可以说体现于不同层次的人际关系之中。

第一，君臣之间。魏晋南北朝时期，君臣之间、上下级之间关系的宽松超过了前后任何时代。曹操虽然用法严苛，但他与群下的关系有时相当和谐融洽，很多情况下是以性情相结而非以势压人。他时常与臣下诗酒谈宴，诙谐谈笑，倾心交流，甚至与属下比拼才艺，《世说新语·捷悟》载：

魏武尝过曹娥碑下，杨修从。碑背上见题作“黄绢幼妇，外孙齑臼”八字。魏武谓修曰：“解否？”答曰：“解。”魏武曰：“卿未可言，待我思之。”行三十里，魏武乃曰：“吾已得。”令修别记所知，修曰：“黄绢，色丝也，于字为绝。幼妇，少女也，于字为妙。外孙，女子也，于字为好。齑臼，受辛也，于字为

> 辞。所谓‘绝妙好辞’也。”魏武亦记之，与修同，乃叹曰：“我才不及卿，乃觉三十里。”①

这里涉及三个重要人物，而大学者、大文学家蔡邕在这样严肃的场合做这样的文字游戏，很具有典型意义。他曾严厉批评汉灵帝设置鸿都门学，而他对于才艺的爱好和擅长不亚于当时的任何人。同样富有意味的是，一代枭雄、大政治家曹操竟因此而自叹不如才子杨修。

他有时与属下结下朋友般的友谊，如郭嘉“深通有算略，达于事情”，深得曹操喜爱和信赖，不幸“中年夭折”，曹操悲伤异常，写信给荀彧说：

> 郭奉孝年不满四十，相与周旋十一年，险阻艰难，皆共罹之。又以其通达，见世事无所凝滞，欲以后事属之。何意卒尔失之，悲痛伤心！今表增其子满千户，然何益亡者！追念之感深。且奉孝乃知孤者也，天下人相知者少，又以此痛惜，奈何奈何！②

这里不仅痛惜失去谋臣，也痛心失去知己，其情感真挚痛切，令人感动。

曹丕与属下特别是与邺下文人交往的平等与亲密，更有过于曹操，他不以自己的身份为嫌，与文人们频繁交流，并结下深厚的友谊，甚至让自己的夫人出拜“诸文学”。“七子”谢世后，他十分痛惜和感伤，并亲自为他们编辑文集。

---

① 朱铸禹《世说新语汇校集注》，上海古籍出版社 2002 年版，第 497 页。

② 严可均《全三国文》，商务印书馆 1999 年版，第 29 ~ 30 页。按，笔者对引文标点有校改。

《世说新语·伤逝》篇载：

> 王仲宣好驴鸣，既葬，文帝临其丧，顾语同游曰："王好驴鸣，可各作一声送之。"赴客皆一作驴鸣。①

这种爱好，这种送葬方式，这种场面，确是滑稽可笑。而这种事情，只能发生在魏晋南北朝那个特定的时代，如果发生在其他时代，那将是不可思议的。

孙权性格诙谐滑稽，他有时与臣下的关系也比较宽松和谐，史传记载他时常与臣下机辩问答，谈笑取乐。《吴志·诸葛恪传》载：

> 恪父瑾面长似驴，孙权大会群臣，使人牵一驴入，长检其面，题曰"诸葛子瑜"。恪跪曰："乞请笔益两字。"因听与笔。恪续其下曰"之驴"，举坐欢笑，乃以驴赐恪。②

作为一国之君，在这样庄重的场合，如此开一个国家重臣的玩笑，实在是大失体统，但这不仅仅是反映了孙权个人的性格，也在相当程度上反映了儒学解体，玄学兴起，人们重性情、重个性的时代风气。

又《吴志·张昭传》载，孙权欲遣使拜公孙渊为燕王，张昭极力劝谏，"权与相反覆，昭意弥切"，于是：

> 权不能堪，案刀而怒曰："吴国士人入宫则拜孤，出宫则拜君，孤之敬君，亦为至矣，而数于众中折孤，孤尝恐失计。"昭熟视权曰："臣虽知言不用，每竭愚忠者，诚以太后临崩，呼老臣于床下，遗诏顾命之言故在耳。"因涕泣横流。权掷刀致

---

① 朱铸禹《世说新语汇校集注》，第543页。

② 陈寿《三国志》卷六十四，中华书局1959年版，第1429页。

> 地，与昭对泣。然卒遣（张）弥、（许）晏往。昭忿言之不用，称疾不朝。权恨之，土塞其门，昭又于内以土封之。渊果杀弥、晏。权数慰谢昭，昭固不起，权因出过其门呼昭，昭辞疾笃。权烧其门，欲以恐之，昭更闭户。权使人灭火，住门良久，昭诸子共扶昭起，权载以还宫，深自克责。昭不得已，然后朝会。①

君臣之间发生这种事情，确实显得有些滑稽好笑，这实际上也开了后来“王与马，共天下”的先声。

第二，师生之间。两汉时期，师法家法甚严，师如严君。东汉中后期，儒生不仅转益多师，且同列之间彼此切磋，相互交流，渐成风习。建安文人交谊深厚，相与谈艺论文，甚至相互摹拟。曹丕、曹植与邺下文人如“七子”之流，实为亦师亦友的关系。师生之间的关系与以前相比，有了新的内容。《后汉书·边韶传》：

> 韶口辩，曾昼日假卧，弟子私嘲之曰：“边孝先，腹便便。懒读书，但欲眠。”韶潜闻之，应时对曰：“边为姓，孝为字。腹便便，五经笥。但欲眠，思经事。寐与周公通梦，静与孔子同意。师而可嘲，出何典记？”嘲者大惭。②

师徒相嘲戏，显示了一种新的人际关系，也标志着东汉末年文化潮流和社会风气的大转变。

第三，朋友之间。自汉武帝推崇儒术，为儒生设禄利之途后，整个社会读经治经的风气迅速蔓延开来，这在客观上极大地促进了文化知识的传播，社会上的士人数量迅速增加，于是在东汉时

① 陈寿《三国志》卷五十三，第 1223 页。

② 范晔《后汉书》卷八十，中华书局 1965 年版，第 2623 页。

期，无可避免地形成了游学游宦的风气，士人之间的交往越来越频繁、越来越亲密，这为整个社会政治和文化的发展带来了巨大的积极和消极的影响。徐幹《中论·谴交》篇描述了当时的情景：

民见其如此者，知富贵可以从众为也，知名誉可以虚哗获也。乃离其父兄，去其邑里，不修道艺，不治德行，讲偶时之说，结比周之党，汲汲皇皇，无日以处，更相叹扬，迭为表里，梼杌生华，憔悴布衣，以欺人主、惑宰相、窃选举、盗荣宠者，不可胜数也。既获者，贤己而遂往；羡慕者，并驱而追之，悠悠皆是，孰能不然者乎？桓、灵之世，其甚者也，自公卿大夫、州牧郡守，王事不恤，宾客为务，冠盖填门，儒服塞道，饥不暇餐，倦不获已，殷殷沄沄，俾夜作昼。下及小司，列城墨绶，莫不相商以得人，自矜以下士，星言夙驾，送往迎来，亭传常满，吏卒传问，炬火夜行，阍寺不闭，把臂捩腕，扣天矢誓，推托恩好，不较轻重，文书委于官曹，系囚积于囹圄，而不遑省也。①

徐幹从一个正统人士的立场和角度，批评、谴责这种社会现象和士人风习，不无道理，但从另一个角度看，这正是士人主体意识觉醒和文学自觉的社会基础，也是文学繁荣的物质条件和社会条件。在这种社会形态下，士人从政治结构和道德链条中游离出来，在命运的挣扎中认识到自身的地位和价值，从而对自然、社会与人生有了独特而深刻的认识和体验，当他们用恰当的文学形式把这种认识和体验表述出来的时候，文学的自觉时代便到来了。

汉末建安以后，朋友的含义便有了根本的改变，其内容也极

① 俞绍初辑校《建安七子集》，中华书局2005年版，第299页。

大地丰富了，与朋友有关的文学创作也成为文学领域的一个重要的有机的组成部分，建安作家公宴诗、赠答诗空前增多，就可以说明这一点。正如吉川幸次郎所说："曹植诗中所见对友情如此强烈的赞美，在文学史上具有划时代的性质。在他以前的时代，即《诗经》的时代和汉代，如此热烈的友情之歌，也有据说是李陵和苏武的赠答作品留传下来，但这些诗并不是确实可信的。在曹植之后，友情成为中国诗歌最为重要的主题，它所占有的地位，如同男女爱情之于西洋诗。这个诗题的创始者就是曹植。换言之，是曹植发现了友情对于人生的价值。"①

二、建安作家重视俗文学创作

东汉中晚期，随着整个社会文化水平的普遍提高，人们的文学观念和审美趣味也随之发生巨大变化，不仅诗、赋等文学形式受到重视，原先为人们所轻视的技艺如音乐、书法、绘画等也逐渐为文人所喜爱和修习，成为人们日常文化生活中的重要内容。《后汉书·蔡邕传》载："初，帝好学，自造《皇羲篇》五十章，因引诸生能为文赋者。本颇以经学相招，后诸为尺牍及工书鸟篆者，皆加引召，遂至数十人。侍中祭酒乐松、贾护，多引无行趣势之徒，并待制鸿都门下，憙陈方俗闾里小事，帝甚悦之，待以不次之位。"②而对汉灵帝这种喜爱里俗术艺行为提出严厉批评的蔡邕本人，却音乐、书法、绘画样样喜爱和精通，并成为建安文学的先导人物。张彦远《历代名画记》说蔡邕："工书画，善鼓琴，建宁中为

---

① 吉川幸次郎著，章培恒等译《中国诗史》，复旦大学出版社 2001 年版，第 128 ~ 129 页。

② 范晔《后汉书》卷六十，第 1991 ~ 1992 页。

郎中，校书东观，刊正六经文字，书于太学石壁，天下模学。又创八分书体，为左中郎将，封高阳乡侯，年六十一。灵帝诏邕画赤泉侯五代将相于省，兼命为赞及书，邕书画与赞皆擅名于代，时称三美。”①如果说音乐、书法这些文艺形式在桓、灵时代还颇受一些人的轻视并引起较为强烈的文化观念的冲突的话，那么，到了建安时期，这些技艺便成为文人们欣赏、羡慕并努力追求的艺术才能。可以说，整个建安文学创作，都笼罩在音乐艺术的氛围里，而当时流行的清商乐，正是两汉以来盛行于社会上的俗乐。建安作家中，曹操、阮瑀、王粲、缪袭、蔡琰、曹丕、曹植都堪称音乐家，音乐对于建安文学影响之大，包括潜在的和显性的，是难以估量的。此外像书法、绘画等艺术也相当流行并达到了很高的水平。大政治家曹操，多才多艺，其音乐、书法、围棋等艺术都达到了当时第一流的水平，《魏志·武帝纪》裴注引张华《博物志》曰：“汉世，安平崔瑗、瑗子寔、弘农张芝、芝弟昶并善草书，而太祖亚之。桓谭、蔡邕善音乐，冯翊山子道、王九真、郭凯等善围棋，太祖皆与埒能。”②卫恒《四体书势》记载了曹操对书法艺术的喜爱甚至痴迷：“(梁)鹄卒以攻书至选部尚书。(师)宜官后为袁术将，今巨鹿宋子有《耿球碑》，是术所立，其书甚工，云是宜官也。梁鹄奔刘表，魏武帝破荆州，募求鹄。鹄之为选部也，魏武欲为洛阳令，而以为北部尉，故惧而自缚诣门，署军假司马。使在秘书，以勤书自效，是以今者多有鹄手迹。魏武帝悬著帐中，及以钉壁玩之，谓胜宜官。”③当时的邺下文人，多通达洒脱，多才多艺，除上举外，再如邯

① 张彦远《历代名画记》，江苏美术出版社2007年版，第106页。

② 陈寿《三国志》卷一，第54页。

③ 严可均《全晋文》，商务印书馆1999年版，第296页。

郸淳多才艺，史载他“博学有才章，又善《苍》《雅》、虫、篆、许氏字指”①，则曹植在书法上的造诣当主要受他的影响，或说得他的传授。曹植的密友杨修是著名画家，据张彦远《历代名画记》，杨修有《西京图》《严君平像》《吴季札像》等作品，被列入中品下。曹植小杨修十八岁，二人交往密切，曹植很可能师从杨修学习绘画。建安七子等邺下作家，都是曹植的师辈，他们对曹植的文学创作产生了直接的影响。

在这样的文艺观念和艺术氛围中，人们普遍喜爱通俗文艺并重视俗文学的创作，其最重要的表现便是大力创作五言诗。五言诗是两汉之际在乐府民歌和民间歌谣的影响下产生的一种新诗体，不仅建安时期，即使在整个魏晋南北朝时期，它也被认为是一种流俗体式，如挚虞说：“然则雅音之韵，四言为正，其余虽备曲折之体，而非音之正也。”②刘勰说：“若夫四言正体，则雅润为本；五言流调，则清丽居宗。”③钟嵘说：“五言居文词之要，是众作之有滋味者也，故云会于流俗，岂不以指事造形，穷情写物，最为详切者耶！”④建安作家却钟情于这种“流俗”的诗体，五言诗成为建安作家诗歌创作的主要体式，他们共同努力，创造了建安诗歌创作“五言腾踊”的局面。

第二是乐府诗的创作，这主要体现在曹氏父子的创作上。乐府诗的创作具有特殊性，乐府作为国家音乐机关，乐府诗的采集、

---

① 陈寿《三国志》卷二十一，第603页。

② 严可均《全晋文》，第820页。

③ 黄叔琳注，李详补注，杨明照校注拾遗《文心雕龙校注》，中华书局2000年版，第65页。

④ 何文焕《历代诗话》，中华书局1981年版，第3页。

整理、传播和保存是一种政府行为，因此乐府民歌虽来源于民间，但一旦进入乐府，便被纳入到国家礼仪制度中，所以它的出身虽然低俗，但地位相当高贵。曹操将本是采自民间的乐府歌辞改为自己创作，一方面体现了他对通俗艺术的重视，一方面又体现了一种特权。所以，如果用当时是否实际配乐歌唱为标准来衡量的话，建安时期有乐府诗歌创作的，就只有魏氏三祖，其他人若非特许都没有这个资格，《中庸》中说："非天子，不议礼，不制度，不考文。今天下车同轨，书同文，行同伦。虽有其位，苟无其德，不敢作礼乐焉；虽有其德，苟无其位，亦不敢作礼乐焉。"①这种观念直到魏晋南北朝仍然存在着。王粲、缪袭有奉命创作的乐府诗，而曹植的创作不过是拟乐府，当时并未入乐歌唱。

第三是小说的创作。汉末建安时期，小说这种文学形式也受到人们的普遍喜爱并得到长足发展，鸿都门学士因"憙陈方俗闾里小事"而受到汉灵帝的喜爱，王粲所著《汉末英雄记》其实也具有小说的性质。邯郸淳是当时著名学者和书法家，《隋书·经籍志》记载他有《笑林》三卷。魏文帝多才多艺，也喜爱并著有小说，且不止一种，《隋书·经籍志》记载他有《列异传》三卷。又《文心雕龙·谐隐》篇说："至魏文因俳说以著笑书，薛综凭宴会而发嘲调，虽抃推席，而无益时用矣。"②姚振宗认为此处的"笑书"即邯郸淳的《笑林》，并无证据。建安之杰曹植，对于小说不仅喜爱，而且能够随口诵说，可知小说已构成他知识结构的一个组成部分，影响了他的文学观念和文学创作。建安作家对于小说的重视和

① 朱熹《四书章句集注》，中华书局1983年版，第36页。

② 黄叔琳注，李详补注，杨明照校注拾遗《文心雕龙校注》，第194页。

喜爱，表明他们已经充分认识到文学的娱乐性质。

第四是娱乐文字的创作。建安文人有很明确的生命意识和浓重的享乐意识，在日常生活中，他们有丰富多彩的娱乐手段，如郊游观景、斗鸡走马、弹棋博弈、饮酒听乐、谈诗论艺等，他们也做多种多样的文字游戏，《文心雕龙·谐隐》篇说："谜也者，回互其辞，使昏迷也。或体目文字，或图象品物。纤巧以弄思，浅察以炫辞，义欲婉而正，辞欲隐而显。荀卿《蚕赋》，已兆其体；至魏文、陈思，约而密之。高贵乡公，博举品物，虽有小巧，用乖远大。"①曹丕、曹植的谜语已不可见，孔融则传有《离合作郡姓名字诗》：

> 渔父屈节，水潜匿方。与时进止，出寺施张。吕公矶钓，阖口渭旁。九域有圣，无土不王。好是正直，女回于匡。海外有截，隼逝鹰扬。六翮将奋，羽仪未彰。蛇龙之蛰，俾也可忘。玟璇隐曜，美玉韬光。无名无誉，放言深藏。按辔安行，谁谓路长。②

此诗用拆字、合字的方法，暗示出自己的郡望、姓、名、字是"鲁国孔融文举"，在这个过程中，似乎也暗示出自己的情性志趣。当年大学者蔡邕就曾用"黄绢幼妇，外孙齑臼"的隐语暗含"绝妙好辞"以评价《曹娥碑》，作为蔡邕弟子的孔融，虽为大名士，写出这样的游戏作品是完全可能的。他们的创作在相当程度上反映了当时的社会风气和文学创作倾向。

三、曹植文学创作的俗化倾向

曹植的创作态度非常严肃，他非常重视文学的社会作用及其

---

① 黄叔琳注，李详补注，杨明照校注拾遗《文心雕龙校注》，第195页。
② 俞绍初辑校《建安七子集》，第1页。

在个人修养方面的作用,他批评扬雄的《酒赋》"戏而不雅",追求文学的"雅正"与"中和",但是,由于文学观念的转变以及社会风气和文化思潮的影响,他也非常重视和喜爱俗文学。少小之时,他不仅修习六经百家,也诵读诗赋小说,因此俗文学是他知识体系的组成部分。他不仅认为"街谈巷说,必有可采;击辕之歌,有应风雅,匹夫之思未易轻弃",而且他的整个文学创作都有通俗化或者说世俗化的倾向。曹植是中国文学史上第一个将文学生活化的人,他把整个世俗生活当成了他文学创作反映的对象。于是,他的创作,从内容到形式,都向生活化、世俗化方向发展。他在这方面走得如此之远,以致引起了后人的严厉批评,王夫之在其《船山古体诗评选》中评其《赠王粲》一诗时说:

> 曲引清发,动止感人,乃可不愧作者。子建横得大名,酌其定品,正在陈琳、阮瑀之下。《公宴》《侍坐》,拖沓如肥人度暑,一令旁观者眉重,而识趣卑下,往往以流俗语入吟咏,几为方干、杜荀鹤一流人作俑,而潘尼、沈约、骆宾王、李颀皆其嫡系。如"良田无晚岁,膏泽多丰年","亮怀璠玙美,积久德弥宣",以腐重之辞,写鄙秽之情,风雅至此,扫地尽矣。又如"积善有余庆,荣枯立可须",居然一乡约老叟壁上语。至云"肴来不虚归,觞至反无余",则馋涎喷人,止堪为悲田院作谱耳。古今人瞳眬双眼,生为此儿埋没。其父篡祚,其子篡名,无将之诛,当不下于阿瞒。①

王夫之是典型的扬丕抑植派,他对曹植有偏见,所以他的评说有

① 河北师范学院中文系古典文学教研组《三曹资料汇编》,中华书局1980年版,第166~167页。

明显偏颇,但他的言论并非没有道理,曹植的文学创作,无论是表现形式还是内容情感,都具有明显的世俗化倾向,这既是重视俗文学创作的一种表现,也是将文学生活化的一种努力,也是文学自觉的一个标志。这主要表现在两个方面:

(1)文学体式方面。曹植的文学创作,除继承和扩大俗体文学的创作外,也把传统的雅体如颂、赞、诔、铭及板滞的公文如章、表世俗化,用于表现日常生活,表达内心情感,这可分为五个方面加以说明。

第一,大量创作乐府诗。曹植是建安时期创作乐府诗数量最多的作家,但前文已经说过,乐府诗的创作具有特殊性,因为汉代的乐府诗多采自民间,而一旦进入乐府,便构成了国家礼乐制度的内容,所以它出身微贱,却身份高贵,所以建安时期创作乐府诗实际是一种特权,除三祖以外,除非特别允许,其他人创作的乐府诗虽然合乐却并不能实际配乐歌唱,曹植的乐府诗也是如此,所以曹植创作的乐府诗只是拟乐府,当时并未入乐歌唱。曹植的乐府诗主要创作于他生命的后期,今存有相和歌辞、舞曲歌辞和杂曲歌辞三类四十余首,它既有民歌形式质朴、风格自然和情感真挚的特点,又有文人诗语言整饬、辞藻华丽的特点,而这些特点也影响了他整个的文学创作。

第二,大力创作五言诗。在整个魏晋南北朝时期,四言仍被认为是“正体”,五言被称为“流调”,但建安作家不避俚俗,创造了“五言腾踊”的诗歌创作局面,形成了中国古代诗歌史上的一个创作高潮,而曹植是中国诗歌史上第一个大力创作五言诗的人,在他现存的80余首诗歌中,五言诗就有60多首,在建安众多作家中,数量是最多的。他在五言诗文人化方面做出了卓越的贡献,在许多方面为后世诗歌创作确立了典范，被称为魏晋南北朝时期的“诗圣”。

第三，将许多传统的实用文体世俗化、文学化。在曹植的笔下，枯燥、板滞的公文如章、表之类以及礼仪性文体如颂、赞、铭、诔之类都成为形象鲜明、情感浓郁、语言鲜活的文学作品。如其《上牛表》说：

臣闻物以洪珍，细亦或贵。故不见僬侥之微，不知泱漭之泰；不见果下之乘，不别龙马之大。高下相悬，所以致观也。谨奉牛一头，不足追遵大小之制，形少有殊，敢不献上。①

这完全不是什么公文，而更像是六朝后在文人中盛行的书信小札。

再如他的诔文，他将传统诔文的平面描述改为意脉流走的顺时叙述，将描述、评价性语言变为叙述、描写性语言，使诔文变得叙事性强，形象鲜明，情感表达真挚、浓郁。因此，他的铭、诔、颂、赞等文体与他的四言诗几乎没什么区别。

第四，运用谣谚体。曹植的文学创作，深受乐府民歌、民间小说等因素的影响，往往将民间俗语和谣谚写入作品，所以黄侃说曹植的诗歌辞采华茂却不失闾里歌谣之质。他的有些诗歌就直接采用民间歌谣的形式，如《矫志诗》《当墙欲高行》《豫章行》《当来日大难》等，语言浅白、韵调谐美。如其《矫志诗》：

芝桂虽芳，难以饵鱼。尸位素餐，难以成居。磁石引铁，于金不连。大朝举士，愚不闻焉。抱璧涂乞，无为贵宝。履仁遘祸，无为贵道。鹓雏远害，不羞卑栖。灵虬避难，不耻污

---

① 严可均《全三国文》，第148页。

泥。都蔗虽甘，杖之必折。巧言虽美，用之必灭。济济唐朝，万邦作孚。逢蒙虽巧，必得良弓。圣主虽知，必得英雄。螳螂见叹，齐士轻战。越王轼蛙，国以死献。道远知骥，世伪知贤。覆之帱之，顺天之矩。泽如凯风，惠如时雨。口为禁闼，舌为发机。门机之阖，楛矢不追。①

全用谣谚俗语，以致谭元春说："全篇似古逸诗、古铭、古谣及子书中锻炼佳语。亦四言古最高之格。"②

第五，创作了相当数量的以俗小之物为表现对象的作品。题材和内容的世俗化是文学走向自觉的标志之一，这个过程很早便开始了，建安时期，可以说已经达到了无事无物不可表现的地步。曹植的创作是从辞赋开始的，他的辞赋是"触类而作"，所以题材异常丰富。他现存的辞赋已经经过了他的删汰，后来又大量散佚，但就现存作品来看，也能看出曹植辞赋题材不避俗小的特点，如《蝙蝠赋》《鹞雀赋》《离缴雁赋》等，真正达到"因物制巧，随变生趣"的境地。

(2)文学表现方式方面。与题材和内容的世俗化相适应，曹植作品的表现方式也呈现出通俗化的特点，这与大多数汉代作家依经立义和引经为证的表达方式有根本的不同，显示了文学的独立和自觉，这可以从四个方面来说明。

第一，大量运用历史故事来抒情、说理。两汉时期，无论章表还是论文，乃至辞赋、诗歌，大都是依经立义、引经为证，曹植则不同，他更多的是采用历史事实和历史故事来抒发情感、论证事理。

---

① 逯钦立辑校《先秦汉魏晋南北朝诗》，中华书局1983年版，第448页。

② 河北师范学院中文系古典文学教研组《三曹资料汇编》，第139页。

曹植精熟历史，有很强的历史意识，这不仅影响了他创作的主题，也影响了他创作的表达方式。首先是他继承并发扬了咏史诗的创作传统，通过咏史表达情志，影射现实。如他的《三良》诗，表达了他的生命观念和价值观念。《惟汉行》则用正反两方面的史实，告诫统治者要施行仁政，诫绝骄盈，方能求得天下太平。《豫章行》则希望曹叡能重用自己，使自己能像周公辅佐成王那样，建立太平盛世，并希望统治者能重用宗亲之臣。在《精微篇》中，他用缇萦救父的故事，一方面赞扬了缇萦的至孝、汉文帝的仁慈，另一方面也希望自己能用诚心打动皇帝，以改变自己的生存处境。曹植的咏史诗，叙事成分较多，带有早期咏史诗的特点。曹植在其他文体的创作中，也经常引用历史故事来表情达意，如在《求自试表》中，他以贾谊、终军、霍去病的故事，表明自己要“输能于明君”，为国家“捐躯济难”的决心。在《陈审举表》中，他用汉文帝赖宗臣之助而即位，田氏代齐、三家分晋的历史事实，劝谏曹叡应该信用同姓宗亲，提防异姓权臣。在《谏取诸国士息表》中，他用齐威王信用章子、管仲信赖齐桓公的故事，说明君臣应该彼此信任。曹植广泛引用历史故事表情达意，既使文章富有形象性，又使文章的意蕴具有历史的深度，增强了作品的文学性和表达效果。

第二，运用民间故事表情达意。长期流传于民间的各种故事，有的有事实依据，有的纯粹出于想象，但它们有一个共同特点，就是情节生动有趣，寓意丰富深刻。在《灵芝篇》中，曹植连用虞舜、伯瑜、丁兰、董永四个古代孝子孝感天地的传说故事，表达对于父亲的思念以及自己处境孤苦的哀伤，其中董永孝感天神的故事，属于现存资料中较早的记载。《精微篇》运用一系列故事，表达希望皇帝能体谅自己一片诚心的心情，其中说：

> 精微烂金石，至心动神明。杞妻哭死夫，梁山为之倾。子丹西质秦，乌白马角生。邹衍囚燕市，繁霜为夏零。关东有贤女，自字苏来卿。壮年报父仇，身没垂功名。女休逢赦书，白刃几在颈。俱上列仙籍，去死独就生。①

这就充分显示了曹植对民间文学的热爱和熟悉，以及民间文学对其创作的巨大影响。

再如著名的《洛神赋》，就是在受到现实感触的情况下，借助洛水女神的传说而写成的，因而作品想象丰富，意境空灵凄美，意蕴丰富深邃，千百年来，受到人们的广泛推崇，人们多方索解它的意蕴，从不同视角欣赏它的优美，一代代人从中得到生命的启迪，获得艺术的享受。再如他的《九咏》，引用了关于牵牛与织女的传说："临回风兮浮汉渚，目牵牛兮眺织女。交有际兮会有期，嗟痛吾兮来不时。"洪亮吉说："牛女七月七夕相会，虽始见于《风俗通》，至曹植《九咏》注，始明言牵牛为夫，织女为妇。自此以后，遂皆以为口实矣。"②

曹植最早将牵牛、织女为夫妇并于七月七日相会的传说写入文学作品，而他将这个传说写入赋中，使作品平添了几分灵气和色彩。在《黄初六年令》中，他又引用传说故事，表达了自己的诚心感动曹丕，兄弟二人终于和好的喜悦之情："昔熊渠、李广，武发石开；邹子囚燕，中夏霜下；杞妻哭梁，山为之崩。固精神可以动天地金石，何况于人乎！"《贪恶鸟论》则引用尹吉甫之子伯奇蒙冤

---

① 逯钦立辑校《先秦汉魏晋南北朝诗》，第429页。

② 河北师范学院中文系古典文学教研组《三曹资料汇编》，第220页。

而死并化鸟悲鸣的故事，辨明人们之所以厌恶伯劳鸟的原因，使论说性的文章富有形象性，增强了文章的文学性。

第三，运用寓言故事说理。运用寓言说理，是先秦诸子的惯用手法，进入秦汉以后，除子书以外，使用者渐少，曹植在其创作过程中，除引用历史故事和传说故事外，也时常运用寓言故事来表达情志，论证事理。如《贪恶鸟论》引用了一个“荆枭徙吴”的故事：

昔荆之枭，将徙巢于吴，鸠遇之曰：“子将安之？”枭曰：“将巢于吴。”鸠曰：“何去荆而巢吴乎？”枭曰：“荆人恶予之声。”鸠曰：“子能革子之声则免，无为去荆而巢吴也。如不能革子之声，则吴、楚之民不异情也。为子计者，莫若宛颈戢翼，终身勿复鸣也。”①

此寓言故事本于刘向《说苑·谈丛》，曹植又加以敷衍，用以说明人的品德修养的高低、行为的善恶、事业成功与否，其根本在于自己，而不在其他。在《求自试表》中，他说：“臣闻骐骥长鸣，则伯乐照其能；卢狗悲号，则韩国知其才。是以效之齐、楚之路，以逞千里之任；试之狡兔之捷，以验搏噬之用。今臣志狗马之微功，窃自惟度，终无伯乐、韩国之举，是以於邑而窃自痛者也。”②用骐骥遇伯乐、卢狗逢韩国反衬自己抱利器而无所施的悲哀和感伤。

第四，使用俗语、俗字。文学创作中语词的通俗化是与文学自觉的过程同步的。在汉代，辞赋作家如司马相如、扬雄等以学者和文字学家而作赋，而他们作品的受众又是具有高度文化修养的帝王和学者，所以他们的大赋往往用字偏僻古奥，艰涩难通。

---

① 严可均《全三国文》，第180页。
② 严可均《全三国文》，第150页。

东汉以来,文学逐渐成为人们表情达意的常用手段,成为人们日常生活的一部分,文学的作者和受众变为普通的读书人甚至一般平民百姓,于是,文学的世俗化必然带来文学语言的通俗化。刘勰《文心雕龙·练字》篇论述了这个变化:

及魏代缀藻,则字有常检,追观汉作,翻成阻奥。故陈思称扬、马之作,趣幽旨深,读者非师传不能析其辞,非博学不能综其理。岂直才悬,抑亦字隐。自晋来用字,率从简易,时并习易,人谁取难?今一字诡异,则群句震惊,三人弗识,则将成字妖矣。①

这种通俗化的趋势,一方面使作家更方便有效地叙事写景、表达人们内心幽微的情感;另一方面也可使作品更易于传播,有更好的接受效果。曹植在这方面不仅有自觉的创作实践,而且有理性的理解。曹植的文学创作,在字句的通俗化方面走得如此之远,以致引起了后人的批评,如前引王夫之的批评,虽不无偏颇,却也准确地指出了这方面的情况,再如《文心雕龙·指瑕》篇说:

陈思之文,群才之俊也,而《武帝诔》云"尊灵永蛰";《明帝颂》云"圣体浮轻"。"浮轻"有似于胡蝶,"永蛰"颇疑于昆虫,施之尊极,岂其当乎?②

曹植创作之不避俚俗,于此可见。历来评论曹植的作家、学者,于其"句颇尚工,语多致饰"一面注意较多,而对其在文学创作的通俗化方面注意较少,这对全面评价曹植的创作特点不利,对于全面认识建安文学的特征也是一个不足。

① 黄叔琳注,李详补注,杨明照校注拾遗《文心雕龙校注》,第484页。
② 黄叔琳注,李详补注,杨明照校注拾遗《文心雕龙校注》,第500页。

曹植“深排孔璋”辨

一

刘勰《文心雕龙·知音》在论述文学鉴赏和文学批评问题时说：

> 夫古来知音，多贱同而思古。所谓“日进前而不御，遥闻声而相思”也。……至于班固、傅毅，文在伯仲，而固嗤毅云“下笔不能自休”。及陈思论才，亦深排孔璋，敬礼请润色，叹以为美谈；季绪好诋诃，方之于田巴，意亦见矣。故魏文称“文人相轻”，非虚谈也。①

据文中所述内容，则所谓曹植“深排孔璋”，是指他在《与杨德祖书》中对陈琳的批评，其中说：“以孔璋之才，不闲于辞赋，而多自谓能与司马长卿同风，譬画虎不成还为狗者也。前为书嘲之，反作论盛道仆赞其文。夫钟期不失听，于今称之。吾亦不敢妄叹者，畏后世之嗤余也。”②这里曹植说陈琳“不闲于辞赋”，刘勰认为这是“文人相轻”的主观论断。文人大都个性鲜明，在创作上各

---

① 黄叔琳注，李详补注，杨明照校注拾遗《文心雕龙校注》，中华书局2000年版，第591页。

② 赵幼文《曹植集校注》，人民文学出版社1984年版，第153页。

有优长，故往往以己之长，轻人之短，这既是一种客观现象，建安时期，随着文人创作团体的形成，其表现也格外明显。所以当时很多人在不同的场合提出这个问题，如曹丕《典论・论文》中说："夫文人相轻，自古而然。傅毅之于班固，伯仲之间耳，而固小之，与弟超书曰：'武仲以能属文为兰台令史，下笔不能自休。'夫人善于自见，而文非一体，鲜能备善，是以各以所长，相轻所短。里语曰：'家有弊帚，享之千金。'斯不自见之患也。今之文人，鲁国孔融文举、广陵陈琳孔璋、山阳王粲仲宣、北海徐幹伟长、陈留阮瑀元瑜、汝南应玚德琏、东平刘桢公干，斯七子者，于学无所遗，于辞无所假，咸以自骋骥騄于千里，仰齐足而并驰，以此相服，亦良难矣。"①曹植《与杨德祖书》中也说："今世作者，可略而言也。昔仲宣独步于汉南，孔璋鹰扬于河朔，伟长擅名于青土，公幹振藻于海隅，德琏发迹于大魏，足下高视于上京。当此之时，人人自谓握灵蛇之珠，家家自谓抱荆山之玉也。"②看来邺下作家互相不服的现象比较严重，从这一点来看，刘勰的说法是有根据的，但曹植说陈琳"不闲于辞赋"，是根据陈琳辞赋创作情况所做的客观评价，还是因"文人相轻"而做的主观臆断，还值得深入探讨。因为曹植在《书》中明说"孔璋鹰扬于河朔"，将陈琳视为如鹰飞高空，具有超越侪辈之才的作家，评价相当高，并没有轻视他，因此，曹植的论断必有客观事实作为依据。

对于刘勰的说法，后世颇有不同的意见，如张亚新在《曹植文学思想概说》中说："曹植说'以孔璋之才，不闲于辞赋，而多自谓

① 严可均《全三国文》，商务印书馆 1999 年版，第 82 页。

② 严可均《全三国文》，第 159 页。

能与司马长卿同风,譬画虎不成反为狗也,前有书嘲之,反作论盛道仆赞其文。’陈琳长于章表而短于辞赋,这在当时已有公论,曹丕在《典论·论文》及《与吴质书》中均曾指出,因‘事难兼善’,这本不足怪,但他却要自吹自擂,甚至曲解别人的批评意见,这就不像话了。曹植勇于提出批评,精神可嘉,刘勰认为是‘深排孔璋’‘崇己抑人’(《文心雕龙·知音》),实难苟同。”①意即“陈琳长于章表而短于辞赋”,曹植指出了当时人所共知的事实。又如孔德明在《陈琳“不闲于辞赋”论考辨》中说:“陈琳本身所具有的法家素养,决定了其长于笔而拙于文;又因其文章受法家辞气的影响,造成了其文章刚健有余而弘润不足,更乏丽辞雅义。而他缺失的这些又正是造作辞赋不可或缺的,因此说他不闲于辞赋并不为过。”②认为曹植说陈琳“不闲于辞赋”,是因为陈琳赋弘润不足,缺乏丽辞雅义,因而曹植的评价是公正的。真相到底如何,还需要做具体的分析。

二

陈琳的辞赋今存十二篇:《大暑赋》《止欲赋》《武军赋》《神武赋》《神女赋》《大荒赋》《迷迭赋》《马脑勒赋》《柳赋》《鹦鹉赋》《车渠碗赋》《悼龟赋》。就当时作家来说,作品数量较人,题材也比较丰富,称得上是有成就的赋家,可惜现存作品全部是残篇,大部分只存零章碎句。从现存作品来看,陈琳的辞赋缺少作为文章灵魂的社会思想意识、展示作者道德风貌的价值取向,以及能够

① 张亚新《曹植文学思想概说》,《安徽师大学报》1985 年第 4 期。

② 孔德明《陈琳“不闲于辞赋”论考辨》,《常熟理工学院学报》2014 年第 5 期。

撼人心灵的志趣情感。如为他带来巨大声誉的《武军赋》，用铺陈夸张的手法，描写了袁绍军队的威武雄壮、气势惊天动地，其中说：

> 赫赫哉！烈烈矣！于此武军。当天符之佐运，承斗刚而曜震。汉季世之不辟，青龙纪乎大荒。熊狼竞以拿攫，神宝播乎镐京。于是武臣赫然，扬炎天之隆怒，叫诸夏而号八荒。尔乃拟北落而树表，睎垒壁以结营。百校罗峙，千部列陈。弥方城，掩平原，耿目耶眇，不同乎一边。于是启明戒旦，长庚告昏，火烈具举，鼓角并震。千徒从唱，亿夫求和。声訇隐而动山，光赫奕以烛夜。①

下文又详细描写袁绍军队装备的精良："其剑也……铠则……弩则……弓则……矢则……马则……"最后描写大军进攻时的势不可挡。赋前小序也已残缺："回天军，震雷霆之威于易水之阳，以讨瓒焉。鸿沟参周，鹿箛十里，荐之以棘。乃建修橹，干青霄，窾深隧，下三泉，飞梯、云冲、神钩之具，瑰异谲诡之奇，不在《吴》《孙》之篇、《三略》《六韬》之术者，凡数十事，秘莫得闻也。乃作《武军赋》。"《后汉书·献帝纪》载："(建安)四年春三月，袁绍攻公孙瓒于易京，获之。"②此时陈琳为袁绍典文章，故为此赋以壮声威。《三国志·张纮传》裴注引《吴书》曰："纮见楠榴枕，爱其文，为作赋。陈琳在北见之，以示人曰：'此吾乡里张子纲所作也。'后纮见陈琳作《武库赋》《应机论》，与琳书深叹美之。琳答曰：'自仆在河北，与天下隔，此间率少于文章，易为雄伯，故使仆受此过

---

① 俞绍初辑校《建安七子集》，中华书局2005年版，第38页。

② 范晔《后汉书》卷九，中华书局1965年版，第381页。

差之谭,非其实也。今景兴在此,足下与子布在彼,所谓小巫见大巫,神气尽矣。"①可知陈琳对该赋颇为自得。该赋也以其雄奇壮阔而得到东晋葛洪的称赏,他在《抱朴子·钧世》中说:"等称征伐,而《出车》《六月》之作,何如陈琳《武军》之壮乎?"②但我们细读《武军赋》就会有这样的感觉:文章既缺乏深厚的历史文化精神作为内蕴支撑,又没有鲜明的价值取向,仅仅是空洞地铺陈事象、夸饰声貌,像一个没有灵魂的画偶。

曹植说陈琳"不闲于辞赋,而多自谓能与司马长卿同风,譬画虎不成还为狗者也",正是说陈琳虽然常常自负自己的辞赋是学习司马相如的赋作,并与之有相同的风致,但陈琳的赋与司马相如的赋相比,只是徒得其貌而未得其神,所以这个论断显示出曹植文学鉴赏的高超水平。司马相如是汉朝最伟大的赋家,他的赋虽因极度的铺陈夸饰而受到后人的批评,如司马迁说:"《春秋》推见至隐,《易》本隐之以显,《大雅》言王公大人而德逮黎庶,《小雅》讥小己之得失,其流及上。所以言虽外殊,其合德一也。相如虽多虚辞滥说,然其要归引之节俭,此与《诗》之风谏何异。"③批评相如辞赋多虚辞滥说,但肯定其背后隐含着高尚的旨趣。又如刘勰说:"自宋玉、景差,夸饰始盛;相如凭风,诡滥愈甚。故上林之馆,奔星与宛虹入轩;从禽之盛,飞廉与鹪鹩俱获。"④"相如好书,师范屈宋,洞入夸艳,致名辞宗。然覆取精意,理不胜辞,故扬

---

① 陈寿《三国志》卷五十三,中华书局 1959 年版,第 1246 ~ 1247 页。
② 杨明照《抱朴子外篇校笺》(下),中华书局 1997 年版,第 75 页。
③ 司马迁《史记》卷一百一十七,中华书局 1959 年版,第 3073 页。
④ 黄叔琳注,李详补注,杨明照校注拾遗《文心雕龙校注》,第 466 页。

子以为‘文丽用寡者长卿’，诚哉是言也！”①司马相如绝不仅仅是一个‘文丽用寡’的文人，他也是一个对历史发展和社会现实有深刻思考、知识修养和精神境界都相当高的学者。他的赋虽然也是用极度夸饰的手法描写狩猎、宫馆、歌舞、游宴等内容，但他对历史发展和社会形势有深透的把握；他用浪漫主义的手法，高雅的格调，颂扬了如日初升的大一统的汉王朝；用委婉的方式，提出了理想的可以传之久远的政治形态和社会秩序；艺术地展现了当代文人的精神风貌和积极进取的无限激情。司马相如赋具有鲜明的时代精神和丰富的历史文化意蕴，具有深刻的思想认识价值和巨大的文学创作上的典范意义。所有这些，都是陈琳赋所不具备的。

曹植《与杨德祖书》下文又说：“前为书啁之，反作论盛道仆赞其文。”曹植给陈琳的信早已散佚，《太平御览》卷六百八十四载曹植的《与陈琳书》曰：“夫披翠云以为衣，戴北斗以为冠，带虹蜺以为绅，连日月以为佩，此服非不美也，然而帝王不服者，望殊于天，志绝于心矣。”②又《文心雕龙·事类》说到曹植《与陈孔璋书》：“葛天氏之乐，千人唱，万人和，听者因以蔑《韶》《夏》矣。”③严可均《全三国文》将二者视为两书，前者定名为《与陈孔璋书》，后者定名为《报陈孔璋书》。赵幼文《曹植集校注》合二者为一书，定名为《与陈琳书》。笔者同意赵幼文的意见，并且认为这就是曹植嘲笑陈琳辞赋的那封书信，因以上二者表达的意思相同，故应是一书；曹植信中“千人唱，万人和”与陈琳《武军赋》中“千徒从唱，

① 黄叔琳注，李详补注，杨明照校注拾遗《文心雕龙校注》，第574页。
② 李昉《太平御览》，中华书局1960年版，第3055页。
③ 黄叔琳注，李详补注，杨明照校注拾遗《文心雕龙校注》，第474页。

亿夫求和”相应，故可断定这正是曹植嘲笑陈琳的那封信。

“披翠云以为衣，戴北斗以为冠，带虹蜺以为绅，连日月以为佩”，这样的服饰打扮当然可以说很美，但其与凡俗悬绝，根本不是俗世凡人所能企及，所以人间帝王即使再怎么野心膨胀，为所欲为，也不可能做到，因而也不会有这样的想法。所谓“披翠云以为衣”云云，正是讽刺陈琳的赋铺陈事象，谬悠荒唐，不着边际。《文心雕龙·事类》说：“凡用旧合机，不啻自其口出，引事乖谬，虽千载而为瑕。陈思，群才之英也，《报孔璋书》云：‘葛天氏之乐，千人唱，万人和，听者因以蔑《韶》《夏》矣。’此引事之实谬也。按葛天之歌，唱和三人而已。相如《上林》云：‘奏陶唐之舞，听葛天之歌，千人唱，万人和。’唱和千万人，乃相如推之。然而滥侈葛天，推三成万者，信赋妄书，致斯谬也。”①刘勰在这里是批评曹植因相信司马相如《上林赋》的说法而导致了用典不当，而实际上曹植《报孔璋书》中的话是针对陈琳的《武军赋》而说的。关于葛天氏之乐，《吕氏春秋·古乐》这样记载：“昔葛天氏之乐，三人操牛尾投足以歌八阙：一曰载民，二曰玄鸟，三曰遂草木，四曰奋五谷，五曰敬天常，六曰建帝功，七曰依地德，八曰总禽兽之极。”②葛天氏是传说中远古时期的部落联盟首领，产生于他那个时代的这首古乐，从内容和演出方式来看，都带着远古时代的质朴甚至粗野。而《韶》是舜帝的乐，《夏》是大禹的乐，舜、禹被后人认为是功勋卓越的圣帝明王，反映他们的德行功绩的乐自然也是尽善尽美。《左传·襄公二十九年》记载吴公子季札在鲁观乐，并一一进行评

① 黄叔琳注，李详补注，杨明照校注拾遗《文心雕龙校注》，第474页。
② 许维遹《吕氏春秋集释》，中华书局2009年版，第118页。

论："见舞《大夏》者，曰：'美哉！勤而不德，非禹，其谁能修之？'见舞《韶箾》者，曰：'德至矣哉，大矣！如天之无不帱也，如地之无不载也。虽甚盛德，其蔑以加于此矣，观止矣！若有他乐，吾不敢请已！'"①《论语·述而》："子在齐闻《韶》，三月不知肉味，曰：'不图为乐之至于斯也。'"②《论语·八佾》："子谓《韶》，'尽美矣，又尽善也'。谓《武》，'尽美矣，未尽善也'。"③千人唱、万人和的葛天氏之乐令人听后竟然蔑弃尽善尽美的《韶》《夏》，正是讽刺陈琳赋徒事声貌，缺乏内蕴，但他竟然自诩与司马相如同风。

陈琳的另一篇大赋是《大荒赋》，可惜散佚殆尽，今仅在宋人吴棫的《韵补》等书中存有一些散句。陆云《与兄平原书》云："陈琳《大荒》甚极，自云作必过之，想终能自果耳。"④又说："闲视《大荒传》，欲作《大荒赋》，既自难工，又是大赋，恐交自困绝异。"⑤可知陈琳的《大荒赋》，在魏晋时期曾传颂于世。宋人吴棫《韵补书目》："（陈琳）在建安诸子中字学最深。《大荒赋》几三千言，用韵极奇古，尤为难知。"⑥陈琳的《大荒赋》不仅规模庞大，而且文中使用了较多的生僻字。从现存逸文来看，该赋的主题和表达方式类似于张衡的《思玄赋》，文章的主旨在于探求人生出路，慨叹命运无常。然文章不仅在缺乏高尚志趣和浓郁情感方面不符合曹植的文艺观念及审美趣味，就是多用生僻字这一点也是曹植所不

① 杨伯峻《春秋左传注》，中华书局1990年版，第1165页。
② 杨伯峻《论语译注》，中华书局1980年版，第70页。
③ 杨伯峻《论语译注》，第33页。
④ 严可均《全晋文》，商务印书馆1999年版，第1075页。
⑤ 严可均《全晋文》，第1080页。
⑥ 转引自俞绍初辑校《建安七子集》，第47页。

赞成的,《文心雕龙·练字》:"及魏代缀藻,则字有常检,追观汉作,翻成阻奥。故陈思称扬、马之作,趣幽旨深,读者非师传不能析其辞,非博学不能综其理。岂直才悬,抑亦字隐。自晋来用字,率从简易,时并习易,人谁取难?今一字诡异,则群句震惊,三人弗识,则将成字妖矣。"①曹植主张文学创作要字从简易,要在凝练准确,当然是正确的意见。从曹植的作品来看,他确实很少使用生僻字。

陈琳的小赋主要有两类,一类是咏物赋,一类是女性题材的赋,而且他的这两类赋大都是邺下作家同题共作的产物。按照古人的文学观念,诗赋同源,赋为诗之流变,因此它的功能也是言志抒情的。刘勰说:"原夫登高之旨,盖睹物兴情。情以物兴,故义必明雅;物以情观,故词必巧丽。丽词雅义,符采相胜,如组织之品朱紫,画绘之著玄黄。文虽新而有质,色虽糅而有本,此立赋之大体也。"②刘熙载说:"班固言'赋者古诗之流',其作《汉书·艺文志》,论孙卿、屈原赋有恻隐古诗之义。刘勰《诠赋》谓赋为六义附庸。可知六义不备,非诗即非赋也。"③两汉时期体物写志的大赋占据赋坛的主要地位,然自东汉中期以后,以抒情为主的小赋兴起并逐渐占据赋坛的主流。建安时期,随着思想的解放、生命意识的觉醒和文学的自觉,辞赋的抒情色彩更加浓厚,个性更加鲜明,钱穆先生说:

> 盖建安文学之所由异于前者,古之为文,则莫不于社会实际事物有某种特定之应用,经史百家皆然。故古有文章而

---

① 黄叔琳注,李详补注,杨明照校注拾遗《文心雕龙校注》,第484页。
② 黄叔琳注,李详补注,杨明照校注拾遗《文心雕龙校注》,第97页。
③ 刘熙载《艺概》,上海古籍出版社1978年版,第86页。

无文人。下逮两汉，前汉有《儒林》而无《文苑》，贾、董、匡、刘皆儒生也，惟司马相如之徒，不列《儒林》，是先已有文人之格，而尚无文人之称。《文苑》立传，事始东京，至是乃有所谓文人之格。有文人，斯有文人之文。文人之文之特征，在其无意于在人事上作特种之施用。其至者则仅以个人自我作中心，以日常生活为题材，抒写性灵，歌唱情感，不复以世用撄怀，……论其渊源，不如谓其乃导始于道家。如一遵孔孟荀韩旧辙，专以用世为怀，殆不可有纯文学，故其机运转变，必待之东汉。至建安，乃时有彰著之特姿异彩呈现也。①

陈琳的赋有异于建安文学创作的主流形态，大都情感淡薄，个性也不够鲜明。如他的咏物赋《迷迭赋》：

立碧茎之婀娜，铺彩条之蜿蟺。下扶疏以布濩，上绮错而交纷。匪荀方之可乐，实来仪之丽闲。动容饰而微发，穆斐斐以承颜。②

程章灿总结建安咏物赋的特点说："王粲的莺、曹丕的柳、曹植的白鹤，都是作者情意的载体。情意通过物象的生动描绘，自然地流露出来，物象即是充满主观情感色彩的意象。这是建安体物小赋的一个重要特色。意象化、情感化，或者说是主观化，同样指示了魏晋南北朝赋史发展的一个方向。在这个意义上，建安的某些小赋虽以体物为主，通常却被人们称作抒情赋。"③而陈琳的

① 钱穆《中国学术思想史论丛》卷三，安徽教育出版社 2004 年版，第 113 页。

② 俞绍初辑校《建安七子集》，第 48 页。

③ 程章灿《晋魏南北朝赋史》，江苏古籍出版社 2001 年版，第 56 ~ 57 页。

咏物赋，主要是描摹了对象的情态、基于对象的性质而产生的事理，以及因文化惯性而产生的对事物的认识，较少情志的寄托和主观情感，更缺少鲜明的个性。再如他的女性题材的赋《止欲赋》：

媛哉逸女，在余东滨。色曜春华，艳过硕人。乃遂古其寡俦，固当世之无邻。允宜国而宁家，实君子之攸嫔。伊余情之是悦，志荒溢而倾移。宵炯炯以不寐，昼舍食而忘饥。叹北风之好我，美携手之同归，忽日月之徐迈，庶枯杨之生稊。欲语言于玄鸟，玄鸟逝以差池。道攸长而路阻，河广瀁而无梁。虽企予而欲往，非一苇之可航。展余辔以言归，含憯瘁而就床。忽假瞑其若寐，梦所欢之来征。魂翩翩以遥怀，若交好而通灵。①

作品先描写逸女的容貌之美、品质之善，再写自己的渴慕之情及欲而不得的痛苦，最后写自己思苦倦极，梦寐中得偿所愿。程章灿总结建安时期神女类题材辞赋的特点说：“在神女类题材的赋中，对生命与美的追求表现得很执着、突出。这一题材的赋，自宋玉《神女赋》始，源远流长。……因此，神女不但在渊源上是生命和欲望的化身，更重要的是美和理想的象征。”②陈琳赋的这种对美女悦而不得形诸梦寐的套路，在此前已经不知重复了多少次，因此他的这篇赋基本上就是一篇文化惯性的作品，没有什么自己的东西，就更谈不上作者的主观情感和艺术个性。

① 俞绍初辑校《建安七子集》，第 37 ~ 38 页。
② 程章灿《晋魏南北朝赋史》，第 72 ~ 73 页。

三

在建安诸子中，陈琳是比较特别的一位，他是一个热切希冀乘时立功、具有浓重的纵横家色彩的作家，他先依附外戚何进，何进败后又顺从董卓，不久又投奔袁绍，最后投降曹操。当时比较正统的名士，或心系作为正统的汉朝，或以天下苍生为己任，但这两点在陈琳的思想观念中似乎都很淡薄，他念念不忘的是及时建功立业以扬名后世，如其《游览诗》其二说："节运时气舒，秋风凉且清。闲居心不娱，驾言从友生。翱翔戏长流，逍遥登高城。东望看畴野，回顾览园庭。嘉木凋绿叶，芳草纤红荣。骋哉日月逝，年命将西倾。建功不及时，钟鼎何所铭？收念还房寝，慷慨咏坟经。庶几及君在，立德垂功名。"①陈琳的这种生活经历和人格特点，大概在当时就受到人们的讥评，他在《应讥》中假借客人的口引出时人的责难说："闻君子动作周旋，无所苟而已矣。今主君钟阴阳之美，总贤圣之风，固非世人所能及。遭豺狼肆虐，社稷陨倾，既不能抗节服义，与主存亡，而背枉违难，耀兹武功，徒独震扑山东，剥落元元，结疑本朝。假拒群奸，使己蒙噂沓之谤，而他人受讨贼之勋，捐功弃力，以德取怨。今贱文德而贵武勇，任权谲而背旧章，无乃非至德之纯美，而有阙于后人哉！"他以"主人"的身份回答说：

夫世治则责人以礼，世乱则考人以功，斯各一时之宜。故有论战阵之权于清庙之堂者，则狂矣；陈俎豆之器于城濮

① 俞绍初辑校《建安七子集》，第34页。

之墟者，则悖矣。是以达人君子必相时以立功，必揆宜以处事。①

的确是一副纵横之士的口吻。这种思想观念、人生经历和人格特点，极大地影响了他的创作面貌。如给他带来巨大声誉的《武军赋》，徒有壮声，缺乏深沉的历史文化意蕴和催人奋进的感人力量，因为袁绍对公孙瓒的战争，不仅没有丝毫的正义可言，反而是一种不顾国家大义、出于一己私利的背信弃义的行为，历史事件本身也没有给陈琳留下更多的发挥余地。

陈琳人格和文学创作的这个特点，后世的人们有清晰的认识和比较公正的评价，如《文心雕龙·檄移》说：“陈琳之檄豫州，壮有骨鲠；虽奸阉携养，章密太甚，发丘摸金，诬过其虐，然抗辞书衅，皦然露骨矣。敢指曹公之锋，幸哉免袁党之戮也。”②颜之推批评他的人格和文学创作说：“不屈二姓，夷、齐之节也；何事非君，伊、箕之义也。自春秋以来，家有奔亡，国有吞灭，君臣固无常分矣；然而君子之交绝无恶声，一旦屈膝而事人，岂以存亡而改虑？陈孔璋居袁裁书，则呼操为豺狼；在魏制檄，则目绍为蛇虺。在时君所命，不得自专，然亦文之巨患也，当务从容消息之。”③张溥说：“何进谋诛宦官，召兵四方，陈孔璋时为主簿，谠言祸害，其意知岂让曹操哉。栖身冀州，为袁本初草檄，诋操，心诚轻之，奋其怒气，词若江河。及穷窘归操，预管记室，移书吴会，即盛称北方，无异《剧秦美新》。文人何常，唯所用之，茂恶尔矛，夷怿相酬，固恒态也。孔璋赋诗，非时所推，《武军》之赋，久乃见许于葛稚川，今亦

---

① 俞绍初辑校《建安七子集》，第 72 页。

② 黄叔琳注，李详补注，杨明照校注拾遗《文心雕龙校注》，第 282 页。

③ 王利器《颜氏家训集解》，中华书局 1993 年版，第 258 页。

不全,他赋绝无空群之目。”①这些批评都切中陈琳人格和文学创作的要害。

陈琳的思想观念和人格特点,决定了他的文学创作风貌,他既无高尚的思想境界作为文章的灵魂,便只好在声貌上多下功夫,因此陈琳文章最突出的特点便是“壮健”。如葛洪说:“等称征伐,而《出车》《六月》之作,何如陈琳《武军》之壮乎?”②刘勰说:“陈琳之檄豫州,壮有骨鲠。”又说:“琳瑀章表,有誉当时;孔璋称健,则其标也。”③罗隐说:“陈琳笔健,玳瑁为簪。”④何焯说:“《为曹洪与魏文帝书》,笔殊健。”⑤刘熙载说:“遒文壮节,于汉季得两人焉,孔文举、臧子源是也。曹子建、陈孔璋文为建安之杰,然尚非其伦比。”⑥都很准确地指出了陈琳文章的这个特点。再看他自己评论文学作品的文章,其《答东阿王笺》说;

琳死罪死罪。昨加恩辱命,并示《龟赋》,披览粲然。君侯体高世之才,秉青萍、干将之器,拂钟无声,应机立断,此乃天然异禀,非钻仰者所庶几也。音义既远,清辞妙句,焱绝焕炳,譬犹飞兔流星,超山越海,龙骥所不敢追,况于驽马,可得齐足!夫听《白雪》之音,观《绿水》之节,然后《东野》《巴人》蚩鄙益著。载欢载笑,欲罢不能,谨韫椟玩耽,以为吟颂。琳

① 殷孟伦《汉魏六朝百三家集题辞注》,人民文学出版社 1960 年版,第 75 页。

② 杨明照《抱朴子外篇校笺》(下),中华书局 1997 年版,第 75 页。

③ 黄叔琳注,李详补注,杨明照校注拾遗《文心雕龙校注》,第 307 页。

④ 河北师范学院中文系古典文学教研组《三曹资料汇编》,中华书局 1980 年版,第 301 页。

⑤ 何焯《义门读书记》,中华书局 1987 年版,第 956 页。

⑥ 刘熙载《艺概》,第 16 ~ 17 页。

死罪死罪。①

对文章的批评主要着眼于声貌辞章。陈琳固然不乏文采，但他主要是一个希望在群雄逐鹿中相机立功的人，既没有深沉的历史意识和高尚的志趣作为文章的灵魂，婉转的表达和细腻的抒情也非其所长。

四

曹植是一个具有远大政治理想和高尚道德情操的人，他的最高政治理想是"戮力上国，流惠下民，建永世之业，流金石之功"，即衷心拥戴汉王朝，以造福天下百姓为己任，这完全是正统封建知识分子的道德标准。如果这个理想不能实现，他将"采史官之实录，辩时俗之得失，定仁义之衷，成一家之言，虽未能藏之于名山，将以传之于同好，此要之皓首，岂可以今日论乎！"②即将著述史书、评判历史是非功过作为自己的终生事业，以求得将来的永垂不朽。他虽不愿"徒以翰墨为勋绩，辞颂为君子"，但他却是天才的文学家，对文学的本质有深刻透彻的理解，他在《前录自序》中说："故君子之作也，俨乎若高山，勃乎若浮云，质素也如秋蓬，摛藻也如春葩。泛乎洋洋，光乎皓皓，与《雅》《颂》争流可也。"③主张文学创作不仅要有鲜明的形象、昂扬的气势、高洁的旨趣、华美的辞彩，更要有严肃的内容和崇高的价值取向。其《答明帝诏表》赞扬魏明帝的《平原公主诔》说："文义相扶，章章殊兴，句句

① 俞绍初辑校《建安七子集》，第53页。

② 赵幼文《曹植集校注》，第154～155页。

③ 赵幼文《曹植集校注》，第434页。

感切，哀动神明，痛贯天地。”①认为作品不仅在内容和形式上取得完美的结合，而且有感人至深的情感和撼人心魄的艺术力量。

曹植对各种文体的本质特征和体制特点也有清晰的认识和准确的把握，他的作品包括了当时已经出现的所有文学体裁，并且都取得了很高的文学成就。他对各种文体的功能也同样有明确的体认并有精辟的阐述，如他在《画赞序》中说：“观画者见三皇五帝，莫不仰戴；见三季暴主，莫不悲惋；见篡臣贼嗣，莫不切齿；见高节妙士，莫不忘食；见忠节死难，莫不抗首；见放臣斥子，莫不叹息；见淫夫妒妇，莫不侧目；见令妃顺后，莫不嘉贵。是知存乎鉴者图画也。”②《学官颂》说：“歌以咏言，文以骋志。”③《上卞太后诔表》说：“铭以述德，诔尚及哀。”④《皇子生颂》说：“藩臣作颂，光流德声。”⑤他对各种文体表达技巧的探索和创造更是取得了辉煌的成就，受到后人的广泛称赏。辞赋是曹植最为喜爱的文学体裁之一，他的文学创作就是从辞赋开始的。他在《前录自序》中称：“余少而好赋，其所尚也，雅好慷慨，所著繁多。”⑥辞赋也是他一生都在创作的题材，“慷慨”是他辞赋创作始终坚持的情感特点和风格特征。他不仅与别人同题共作，而且经常请别人批评、修改自己的作品，如他曾将自己的辞赋送给杨修、陈琳等人，请他们批评、润色。因此曹植对辞赋的性质、体制特点、表达技巧和风格

① 赵幼文《曹植集校注》，第498页。
② 赵幼文《曹植集校注》，第67～68页。
③ 赵幼文《曹植集校注》，第115页。
④ 赵幼文《曹植集校注》，第417页。
⑤ 赵幼文《曹植集校注》，第454页。
⑥ 赵幼文《曹植集校注》，第434页。

特征有深切的把握和卓越的见解，毫无疑问，按他自己的意见，他有资格对别人的作品进行评价。

陈琳在建安诸子中年辈较高，与孔融、曹操差不多，从年龄上讲，堪称曹植的父辈；以学问和文学创作而言，于曹植也有师资之尊。曹植虽天才卓出，恃才凌物，但从他与陈琳的交往及对陈琳的总体评价来看，并没有故意轻忽陈琳的情况。从以上考察可知，陈琳的辞赋虽然在数量上不算少，但往往徒事声貌，缺乏深厚的思想意蕴、高尚的价值取向和撼动人心的情感力量，因此，曹植说他“不闲于辞赋”，是卓有见地的客观公正的评价，不存在“文人相轻”的问题。

刘劭著作述略

刘劭，字孔才，邯郸人，三国时期著名的学者、政治家和文学家。刘劭博学多才，是当时的名臣，夏侯惠在荐表中说："伏见常侍刘劭，深忠笃思，体周于数，凡所错综，源流弘远，是以群才大小，咸取所同而斟酌焉。故性实之士服其平和良正，清静之人慕其玄虚退让，文学之士嘉其推步详密，法理之士明其分数精比，意思之士知其沉深笃固，文章之士爱其著论属辞，制度之士贵其化略较要，策谋之士赞其明思通微，凡此诸论，皆取适己所长而举其支流者也。"①刘劭不仅学识广博，而且气度宏阔，能够绰有余裕地应对当时复杂多变的社会政治形势。

刘劭的著述体式多样，内容丰富。根据三国时期的学术特点，及刘劭著述的具体情况，按其内容特点和功能倾向，我们将他的作品分为三大类：学术著作、政治理论著作和文学著作。将刘劭的著述放在当时的学术背景中进行考察，不仅可以弄清他的学术成就，而且可以了解当时的人才特点，以及作为文化转型时期的三国时代的学术特点和思想特点。

---

① 陈寿《三国志》卷二十一，中华书局1959年版，第619页。

一、学术著作

作为学者的刘劭，著有《乐论》《孝经注》《尔雅注》《人物志》等著作，同时还参与编撰大型类书《皇览》。值得注意的是，刘劭的著述，并非为学术而学术，而是在社会变革、学术潮流丕变的语境中，为适应现实的需要而创作的。

(1)《乐论》十四篇。《魏志》本传："(劭)又以为宜制礼作乐，以移风俗，著《乐论》十四篇，事成未上。会明帝崩，不施行。"①可知《乐论》创作于魏明帝景初年间，《隋书·经籍志》、两《唐志》均未著录，《玉海》"音乐类"载刘劭《乐论》二十四篇，未知何据。严可均《全三国文》只说："《乐论》凡十四篇，见《魏志》本传。"②未录具体内容。姚振宗《三国艺文志》说《文选》和《太平御览》有征引，今检两书，未见引用，不知姚氏何所依据。

(2)《孝经注》一卷。《魏志》本传未载，陆德明《经典释文叙录》："刘劭字孔才，广平人，魏光禄勋，注《孝经》，一云刘熙。"③《隋书·经籍志》在"《孝经》一卷"下注曰："王肃解。梁有魏散骑常侍苏林、吏部尚书何晏、光禄大夫刘劭、孙氏等注《孝经》各一卷，亡。"④《旧唐书·经籍志》："《古文孝经》一卷，刘劭注。"⑤《新唐书·艺文志》："《古文孝经刘劭注》一卷。"⑥《隋志》既已云亡，

---

① 陈寿《三国志》卷二十一，第620页。
② 严可均《全三国文》，商务印书馆1999年版，第330页。
③ 陆德明《经典释文叙录》，上海古籍出版社1985年版，第58页。
④ 魏征《隋书》卷三十二，中华书局1973年版，第933页。
⑤ 刘昫《旧唐书》卷四十六，中华书局1975年版，第1980页。
⑥ 欧阳修、宋祁《新唐书》卷五十七，中华书局1975年版，第1442页。

两《唐志》不知何据，或是后世重出。《册府元龟·学校部》注释门："刘劭为光禄大夫，注《孝经》二卷。"①又与两《唐志》不同，未知孰是。

唐明皇《孝经序》曰："近观《孝经》旧注，踳驳尤甚。至于迹相祖述，殆且百家；业擅专门，犹将十室。希升堂者，必自开户牖；攀逸驾者，必骋殊轨辙。是以道隐小成，言隐浮伪。且传以通经为义，义以必当为主，至当归一，精义无二，安得不翦其繁芜，而撮其枢要也？韦昭、王肃，先儒之领袖；虞翻、刘劭，抑又次焉。刘炫明安国之本，陆澄讥康成之注，在理或当，何必求人？今故特举六家之异同，会五经之旨趣，约文敷畅，义则昭然。"②据邢昺《孝经注疏序》，刘劭等人的《孝经注》唐初尚"备存秘府"，至明皇《注》出，刘注等诸家皆废。《孝经》是儒家"崇人伦之行"的重要典籍，刘劭为之作注，表明了他对儒学的态度和思想倾向。

（3）《尔雅注》。《魏志》本传不载，陆德明《经典释文》、《隋志》、两《唐志》均不见记载，唯《初学记·岁时部》："《尔雅》曰：'蟋蟀，蛬。'刘劭注云：'谓蜊蛸也。'孙炎云：'梁国谓之蛬。'"③姚振宗说："案《魏志》本传称劭所撰述凡百余篇，不言有《尔雅注》。《释文》及隋、唐《志》亦俱不载，而《初学记》此条首引《尔雅》本文，次引刘劭注，又次引孙炎、郭璞注，甚是分明，无可疑者。考郭景纯《序》，言注者十有余家，邢《疏》举郭璞之前注家有犍为

① 王钦若等《册府元龟》，中华书局1960年版，第7263页。

② 《十三经注疏》（下），上海古籍出版社1997年版，第2540～2541页。

③ 徐坚《初学记》，《四库全书》第890册，上海古籍出版社1987年版，第47页。

文学刘歆、樊光、李巡、孙炎。又《五经正义》所援引某氏、谢氏、顾氏，凡八家，余亦未知谁氏（汪师韩《文选注引书目》，《尔雅》有孙、林、包氏）。然则刘劭之注，当在郭氏所采十余家中，《初学记》所引，未必见其本书。”①

（4）《人物志》三卷。《魏志》本传：“凡所撰述，《法论》《人物志》之类百余篇。”②《隋书·经籍志·子部》名家类：“《人物志》三卷，刘劭撰。”③《旧唐书·经籍志》载：“《人物志》三卷，刘劭撰。又三卷，刘劭撰，刘炳注。”④《新唐书·艺文志》：“刘劭《人物志》三卷。”⑤《宋史·艺文志》：“刘劭《人物志》二卷。”⑥“三”误为“二”。晁公武《郡斋读书志·子部》名家类：“《人物志》三卷，魏邯郸刘劭孔才撰，伪凉敦煌刘昞注。以人之材器志尚不同，当以‘九征’‘八观’，审察而任使之。凡十二篇。”⑦陈振孙《直斋书录解题·子部》名家类：“《人物志》三卷，（案：刘劭《人物志》止上、中、下三卷，原本作二十卷，误。今改正。）魏散骑常侍邯郸刘劭孔才撰。梁儒林祭酒敦煌刘昞注。《梁史》无刘昞，《中兴书目》云尔。晁氏云伪凉人。”⑧王应麟《玉海》卷五十七：“《唐志》名家

① 姚振宗《三国艺文志》，《二十五史补编》，中华书局1955年版，第3211～3212页。

② 陈寿《三国志》卷二十一，第620页。

③ 魏征《隋书》卷三十四，第1004页。

④ 刘昫《旧唐书》卷四十七，第2031页。

⑤ 欧阳修、宋祁《新唐书》卷五十九，第1532页。

⑥ 脱脱《宋史》卷二百五，中华书局1977年版，第2503页。

⑦ 晁公武著，孙猛校证《郡斋读书志校证》，上海古籍出版社1990年版，第499页。

⑧ 陈振孙著，徐小蛮、顾美华点校《直斋书录解题》，上海古籍出版社1987年版，第293页。

(《隋志》同):刘劭《人物志》三卷(魏散骑常侍,《崇文目》三卷)。刘昞注《人物志》三卷(凉祭酒,字延明)。《中兴书目》二卷,述人性品有上下,材质有邪正,欲考诸行事而约之中庸,十二篇九证,体别流业,才理才能厉害,接识英雄,八观七缪,效难释事。"①

《四库全书总目·子部》杂家类:"《人物志》三卷,魏刘劭撰。劭字孔才,邯郸人,黄初中官散骑常侍,正始中赐爵关内侯,事迹具《三国志》本传。……邵书凡十二篇,首尾完具。晁公武《读书志》作十六篇,疑传写之误。其书主于论辨人才,以外见之符,验内藏之器,分别流品,研析疑似,故《隋志》以下,皆著录于名家。然所言究悉物情,而精核近理,视尹文之说兼陈黄老申韩,公孙龙之说惟析坚白同异者,迥乎不同。盖其学虽近乎名家,其理则弗乖于儒者也。"②刘劭《人物志》三卷及刘昞注都较好地保留了下来。

(5)《皇览》。《魏志》本传:"黄初中,为尚书郎、散骑侍郎。受诏集五经群书,以类相从,作《皇览》。"③关于《皇览》的创作,《魏志》多有记载,如《魏志·文帝纪》:"初,帝好文学,以著述为务,自所勒成垂百篇。又使诸儒撰集经传,随类相从,凡千余篇,号曰《皇览》。"④《魏志·曹爽传附桓范传》裴注引《魏略》说桓范"延康中,为羽林左监。以有文学,与王象等典集《皇览》"。⑤ 又《魏志·杨俊传附王象传》裴注引《魏略》:"魏有天下,拜象散骑

---

① 王应麟《玉海》,江苏古籍出版社1987年版,第1090页。
② 永瑢等《四库全书总目》,中华书局1965年版,第1009页。
③ 陈寿《三国志》卷二十一,第618页。
④ 陈寿《三国志》卷二,第88页。
⑤ 陈寿《三国志》卷九,第290页。

侍郎,迁为常侍,封列侯。受诏撰《皇览》,使象领秘书监。象从延康元年始撰集,数岁成,藏于秘府,合四十余部,部有数十篇,通合八百余万字。"①综合各种材料可知,《皇览》的主要编辑者有王象、刘劭、桓范、韦诞、缪袭等。《皇览》是一部规模庞大的类书,其编辑又在较短的时间内完成,其工作必非这几个人所能胜任,当时一定有一个很大的编写班子。

《隋书·经籍志·子部》杂家类:"《皇览》一百二十卷,缪袭等撰。梁六百八十卷。梁又有《皇览》一百二十三卷,何承天合;《皇览》五十卷,徐爰合,《皇览目》四卷;又有《皇览抄》二十卷,梁特进萧琛抄。亡。"②《旧唐书·经籍志》类事类:"《皇览》一百二十二卷,何承天撰。又八十四卷,徐爰并合。"③《新唐书·艺文志》类书类:"何承天并和《皇览》一百二十二卷,徐爰并合《皇览》八十四卷。"④可见《皇览》至隋唐时已大部分散佚,所存内容也几经并和,至宋代则几乎全部亡佚了。清代辑佚之风盛行,有孙冯翼辑《皇览》一卷,又有黄奭辑《皇览》一卷,然黄奭所辑全袭孙辑,并无新增。

二、政治理论著作

作为政治家的刘劭,在其政治实践中,适应现实的需要,创作了一系列政治理论著作,特别是法律制度和法学理论著作。

(1)《爵制》。《魏志》本传不载,《隋书·经籍志》等文献也未

---

① 陈寿《三国志》卷二十三,第664页。

② 魏征《隋书》卷三十四,第1009页。

③ 刘昫《旧唐书》卷四十七,第2045页。

④ 欧阳修、宋祁《新唐书》卷五十九,第1562页。

著录,《后汉书·百官志》刘昭注引刘劭《爵制》曰:

《春秋传》有庶长鲍。商君为政,备其法品为十八级,合关内侯、列侯凡二十等,其制因古义。古者天子寄军政于六卿,居则以田,警则以战,所谓入使治之,出使长之,素信者与众相得也。故启伐有扈,乃召六卿,大夫之在军为将者也。及周之六卿,亦以居军,在国也则以比长、闾胥、族师、党正、州长、卿大夫为称,其在军也则以卒伍、司马、将军为号,所以异在国之名也。秦依古制,其在军赐爵为等级,其帅人皆更卒也,有功赐爵,则在军吏之例。自一爵以上至不更四等,皆士也。大夫以上至五大夫五等,比大夫也。九等,依九命之义也。自左庶长以上至大庶长,九卿之义也。关内侯者,依古圻内子男之义也。秦都山西,以关内为王畿,故曰关内侯也。列侯者,依古列国诸侯之义也。然则卿大夫士下之品,皆放古,比朝之制而异其名,亦所以殊军国也。古者以车战,兵车一乘,步卒七十二人,分翼左右。车,大夫在左,御者处中,勇士居右,凡七十五人。一爵曰公士者,步卒之有爵为公士者。二爵曰上造。造,成也。古者成士升于司徒曰造士,虽依此名,皆步卒也。三爵曰簪袅,御驷马者。要袅,古之名马也。驾驷马者其形似簪,故曰簪袅也。四爵曰不更。不更者,为车右,不复与凡更卒同也。五爵曰大夫。大夫者,在车左者也。六爵为官大夫,七爵为公大夫,八爵为公乘,九爵为五大夫,皆军吏也。吏民爵不得过公乘者,得贯与子若同产。然则公乘者,军吏之爵最高者也。虽非临战,得公卒车,故曰公乘也。十爵为左庶长,十一爵为右庶长,十二爵为左更,十三爵为中更,十四爵为右更,十五爵为少上造,十六爵为大上造,十七爵为驷车庶长,十八爵为大庶长,十九爵为关内侯,二十爵为列侯。自左庶长已上至大庶长,皆卿大夫,皆军将也。所将皆庶人、更卒也,故以庶更为名。大庶长即大将军也,左右庶长即左右偏裨将军也。①

此文严可均《全三国文》失收。姚振宗认为这可能是“其序论之首一段”,很有道理。考察有关资料可知,刘劭的《爵论》应该创作于建安二十年左右。《魏志·武帝纪》:“冬十月,始置名号侯至五大夫,与旧列侯、关内侯凡六等,以赏军功。”裴注引《魏书》曰:“置名号侯爵十八级,关中侯爵十七级,皆金印紫绶;又置关内外侯十六级,铜印龟纽墨绶;五大夫十五级,铜印环纽,亦墨绶,皆不食租,与旧列侯关内侯凡六等。”②《艺文类聚》卷五十一载王粲《爵论》曰:“依律有夺爵之法。此谓古者爵行之时,民赐爵则喜,夺爵则惧,故可以夺赐而法也。今爵事废矣,民不知爵者何也。夺之,民亦不惧,赐之,民亦不喜,是空设文书而无用也。今诚循爵,则上下不失实,而功劳者劝,得古之道,合汉之法。以货财为赏者,不可供,以复除为赏者,租税损减,以爵为赏者,民劝而费省,故古人重爵也。”③又《太平御览》卷一百九十八载王粲《爵论》曰:“爵自一级,转登十级而为列侯,譬犹秩自百石,转迁而至于公也。而近世赏人,皆不由等级,从无爵封无列侯,原其所以,爵废故也。《司马法》曰:‘赏不逾时,欲民速观为善之利也。’近世爵废,人有小功无以赏也,乃积累焉,顾事足乃封侯,非所以速为而及时也。

① 范晔《后汉书》第二十八,中华书局 1965 年版,第 3631 ~ 3632 页。

② 陈寿《三国志》卷一,第 46 页。

③ 欧阳询《艺文类聚》卷五十一,上海古籍出版社 1982 年版,第 916 页。

上观古事,高祖功臣,及白起、卫鞅,皆赐爵为五大夫、客卿、庶长以至于侯,非一顷而封也。夫稍稍赐爵,与功大小相称而俱登,既得其义,且侯次有绪,使慕进者逐之不倦矣。”①王粲的《爵论》与《魏志·武帝纪》有关内容及刘劭《爵制》的内容相符,显然讨论的是同一件事情。王粲建安二十一年随曹操征吴,二十二年春卒于居巢,则刘劭《爵制》应创作于建安二十年左右。又据《魏志·王粲传》:“魏国既建,拜侍中。博物多识,问无不对。时旧仪废弛,兴造制度,粲恒典之。”②则刘劭《爵论》之作,诚如姚振宗所言,是“刘劭综其事,王粲典领之也”。

(2)《都官考课》七十二条、《说略》一篇。《魏志》本传载:“景初中,受诏作《都官考课》。劭上疏曰:‘百官考课,王政之大较,然而历代弗务,是以治典阙而未补,能否混而相蒙。陛下以上圣之宏略,愍王纲之弛颓,神虑内鉴,明诏外发。臣奉恩旷然,得以启蒙,辄作《都官考课》七十二条,又作《说略》一篇。臣学寡识浅,诚不足以宣畅圣旨,著定典制。’”③《都官考课》的创作,有着复杂的社会政治背景。汉代实行察举取士制度,有贤良、方正、孝廉、茂才等名目,这种没有客观标准、唯凭主观评价选拔人才的制度,必然使士人人自矫饰,选拔过程弄虚作假。

曹操在创业过程中,深切认识到当时人才选拔制度的弊端,于是于建安十五年、十九年、二十二年三次下求贤令,搜求真才实学之士。魏明帝是一个具有浓重法家思想倾向的君主,深感官吏的名不副实,行政效率的低下,于是责令有关官员取士勿以浮华,

① 李昉等《太平御览》第三册,上海古籍出版社2008年版,第12页。
② 陈寿《三国志》卷二十一,第598页。
③ 陈寿《三国志》卷二十一,第619页。

并下令制定官吏考核办法。《资治通鉴·魏纪五》载:“帝深疾浮华之士,诏吏部尚书卢毓曰:‘选举莫取有名,名如画地作饼,不可啖也。’毓对曰:‘名不足以致异人而可以得常士:常士畏教慕善,然后有名,非所当疾也。愚臣既不足以识异人,又主者正以循名按常为职,但当有以验其后耳。古者敷奏以言,明试以功;今考绩之法废,而以毁誉相进退,故真伪浑杂,虚实相蒙。’帝纳其言。诏散骑常侍刘劭作考课法。劭作《都官考课法》七十二条,又作《说略》一篇,诏下百官议。”①

(3)《魏律》十八篇。《魏志》本传:“明帝即位,出为陈留太守,敦崇教化,百姓称之。征拜骑都尉,与议郎庾嶷、荀诜等定科令,作《新律》十八篇,著《律略论》。”②《晋书·刑法志》说:“其后,天子又下诏改定刑制,命司空陈群、散骑常侍刘劭、给事黄门侍郎韩逊、议郎庾嶷、中郎黄休、荀诜等删约旧科,傍采汉律,定为魏法,制《新律》十八篇,《州郡令》四十五篇,《尚书官令》《军中令》,合百八十余篇。”③看来,《新律》十八篇是由陈群、刘劭、庾嶷、荀诜等人共同制定,且他们所定法律不止一种。《晋书·刑法志》同时载录了其《序略》,说明了所定法律对前代法律的继承和变改情况,以及这样做的依据,不知是否是刘劭所作,严可均《全三国文》将其归入刘劭名下,恐怕不一定合适。

(4)《律略论》。《律略论》是对《新律》的说明,是从法理的角度对《新律》的解说。《隋书·经籍志》未著录,姚振宗《三国艺文

① 司马光著,胡三省注《资治通鉴》卷七十三,中华书局1956年版,第2327页。

② 陈寿《三国志》卷二十一,第618页。

③ 房玄龄《晋书》卷三十,中华书局1974年版,第923页。

志》在刘劭“《律略论》五卷”后说:“《隋书·经籍志》:‘梁有应劭《律略论》五卷,亡。’案应劭盖刘劭之误。”①检《隋志》,未有该项记载,姚氏不知何据。《旧唐书·经籍志·史部》刑法类:“《律略论》五卷,刘劭撰。”②《新唐书·艺文志·史部》刑法类:“刘劭《律略论》五卷。”③《太平御览·刑法部四》引刘劭《律略》曰:“删旧科,采汉律,为魏律,悬之象魏。”④严可均将其补入《新律序略》,不知何据。

(5)《法论》十卷。《魏志》本传:“正始中,执经讲学,赐爵关内侯。凡所撰述,《法论》《人物志》之类百余篇。”⑤《隋书·经籍志·子部》法家类:“梁有《法论》十卷,刘劭撰,……亡。”⑥《旧唐书·经籍志》法家:“《刘氏法言》十卷,刘劭撰。”⑦《新唐书·艺文志》:“《刘氏法论》十卷。”注曰:“刘劭。”⑧《隋志》既已云亡,两《唐志》不知因何复出,或许只是据史书转录,未必见过其书。

从题目来看,《法论》应该是论述法律原理的,表明刘劭不是一个只知法律条文的俗吏,而是一个深明法律精神和意义的法学家。可惜《法论》已经亡佚,我们无法知道它的具体内容。

---

① 姚振宗《三国艺文志》,《二十五史补编》,第3234页。
② 刘昫《旧唐书》卷四十六,第2009页。
③ 欧阳修、宋祁《新唐书》卷五十八,第1494页。
④ 李昉等《太平御览》第六册,第766页。
⑤ 陈寿《三国志》卷二十一,第620页。
⑥ 魏征《隋书》卷三十四,第1004页。
⑦ 刘昫《旧唐书》卷四十七,第2031页。
⑧ 欧阳修、宋祁《新唐书》卷五十九,第1531页。

三、文学作品

作为文学家的刘劭，在三国文坛上占有一定的地位，刘勰《文心雕龙·时序》："至明帝纂戎，制诗度曲，征篇章之士，置崇文之观，何、刘群才，迭相照耀。少主相仍，唯高贵英雅，顾盼含章，动言成论。于时正始余风，篇体轻澹，而嵇、阮、应、缪，并驰文路矣。"①《隋书·经籍志》别集类："（梁）有光禄勋《刘劭集》二卷，录一卷，亡。"②严可均《全三国文》辑有《赵都赋》《许都赋》《洛都赋》《嘉瑞赋》《龙瑞赋》《七华》《文帝诔》《明帝诔》等作品。以下将对上述作品略作考察。

（1）《赵都赋》。《魏志》本传："劭尝作《赵都赋》，明帝美之，诏劭作《许都》《洛都赋》。"③则刘劭《赵都赋》在当时广为传颂，否则不会引起魏明帝的注意，这也是为刘劭赢得文学声誉的作品，刘勰《文心雕龙》就数次提到它，并给与高度评价，如《才略》："刘劭《赵都》，能攀于前修。"④《事类》："刘劭《赵都赋》云：'公子之客，叱劲楚令歃盟；管库隶臣，呵强秦使鼓缶。'用事如斯，可谓理得而义要矣。"⑤《赵都赋》今存残篇，严可均《全三国文》有辑佚，然此句却失收。

（2）《嘉瑞赋》《龙瑞赋》。《魏志》本传皆不载，两赋皆载于

---

① 黄叔琳注，李详补注，杨明照校注拾遗《文心雕龙校注》，中华书局2000年版，第541页。

② 魏征《隋书》卷三十五，第1059页。

③ 陈寿《三国志》卷三十一，第618页。

④ 黄叔琳注，李详补注，杨明照校注拾遗《文心雕龙校注》，第575页。

⑤ 黄叔琳注，李详补注，杨明照校注拾遗《文心雕龙校注》，第473页。

《艺文类聚》卷九十八,《龙瑞赋》又见于《初学记》。两赋非作于同时,但都是颂美曹魏皇帝和曹魏政权的,反映了刘劭对曹氏的政治态度。

其一,《嘉瑞赋》,从赋作内容来看,可以肯定是作于曹丕代汉称帝之际,文曰:

乾坤交泰,嘉瑞降灵。皓雉呈其洁质,素威效其人形。白兔扬其翰耀,黄龙耀其神精。章光列之焞耀,显休征之有成。昔圣王之降瑞,或卓尔而弗经。犹著美于篇籍,贻来业而垂名。实明德之所坠,宜允纳而是丁。信无思而不服,又何远之不宁。方将收麒麟于玄圃,栖凤皇于轩棂。舞鸾鸟于中唐,聆鸑鷟之和鸣。弄萐蒲之华芳,玩朱草之丹荣。承灵祚而建基,垂遐福于亿龄。超三五而无俦,与泰初乎齐声。①

据《魏志·文帝纪》:"(延康元年)三月,黄龙见谯。""夏四月丁巳,饶安县言白雉见。""八月,石邑县言凤皇集。"②又华歆、贾诩、王朗等人的劝进表中说:"是以布政未期,人神并和,皇天则降甘露而臻四灵,后土则挺芝草而吐醴泉,虎豹鹿兔,皆素其色,雉鸠燕雀,亦白其羽,连理之木,同心之瓜,五采之鱼,珍祥瑞物,杂遝于其间者,无不毕备。"③赋中所说的白雉、素威(白虎)、白兔、黄龙、麒麟、凤凰、朱草之类瑞应之物与书中所载皆相对应。最后四句:"承灵祚而建基,垂遐福于亿龄。超三五而无俦,与泰初乎齐声。"显然是对曹丕称帝的颂美、祝愿和期望。

其二,《龙瑞赋》,赋前有小序曰:"太和七年春,龙见摩陂。行

---

① 严可均《全三国文》,第326页。

② 陈寿《三国志》卷二,第58~61页。

③ 陈寿《三国志》卷二,第74页。

自许昌,亲往临观。形状瑰丽,光色烛耀。侍卫左右,咸与睹焉。自载籍所纪,瑞应之致,或翔集于邦国,卓荦于要荒,未有若斯之著明也。"①"太和"只有六年。其明年改为青龙元年,此处不知何故称为太和七年?证以史事,此文应作于青龙元年。《魏志·明帝纪》:"夏四月壬寅,行幸许昌宫。""九月,行幸摩陂,治许昌宫,起景福、承光殿。""青龙元年春正月甲申,青龙见郏之摩陂井中。二月丁酉,幸摩陂观龙,于是改年;改摩陂为龙陂,赐男子爵人二级,鳏寡孤独无出今年租赋。"②这些记载与赋中的叙写相符,则此赋创作于青龙元年曹叡于摩陂观龙之后无疑。文章通过对观龙事件的叙述及对瑞龙的描写,印证历史,颂扬了魏明帝曹叡:"昔太昊之初化,首帝德以表名,暨明后之隆盛,又降见以扬声。惟珍兽之玄真,实殊异于四灵。信应龙之道扬,将天飞于泰清。"③

这两篇赋都是通过对祥瑞的叙述和描写,表达作者对曹魏政权的衷心拥戴和热烈颂美之情,表明了刘劭对曹魏政权的政治态度。又据《魏志》本传:"正始中。执经讲学,赐爵关内侯。"正始时期,曹魏皇党与权臣司马氏集团的权力斗争渐趋激烈并公开化,司马氏逐渐控制了曹魏大权,显然,刘劭既不愿做政治斗争的牺牲品,又不愿依附权臣司马氏,便退出政治圈专心于学问。

(3)《许都赋》《洛都赋》《七华》《文帝诔》《明帝诔》。七体作品《七华》只存零章碎句,《文帝诔》《明帝诔》则只各存一句,因而无从窥知它们的原貌。值得注意的是《许都赋》和《洛都赋》,《魏志》本传:"劭尝作《赵都赋》,明帝美之,诏劭作《许都》《洛都赋》。

① 严可均《全三国文》,第 326 页。
② 陈寿《三国志》卷三,第 99 页。
③ 严可均《全三国文》,第 326 页。

时外兴军旅，内营宫室，劭作二赋，皆讽谏焉。”明帝的意思，大概是想借刘劭之笔，为自己“润色鸿业”，然刘劭却借机对当时政治和明帝本人提出批评和劝诫，这在当时或骋辞铺采，或缘情绮靡，或诗杂仙心的文坛上是很难得的。或许因为批评时政，有所忌讳；或许因为着力讽谏，忽视文采，这两赋都没有流传下来。

小　结

汉末建安时期，随着儒学的衰微，以荆州学为桥梁，玄学思潮逐渐取代盛行两汉的经学成为社会的主流意识形态。先是正始名士王弼、何晏等人以玄解儒，在思想观念上实现由儒入玄的跨越；接着是竹林名士阮籍、嵇康等人“越名教而任自然”，将玄学观念贯彻到日常生活中。时至西晋，向秀、郭象通过注《庄》，完成了玄学理论体系的建构；中朝名士王衍、乐广等人，将玄学观念生活化。至此，玄学思潮实现了对社会各领域的全面渗透。魏晋社会思潮的这种转变，无数次地被人们描述和强调，而在当时的社会上，仍然有相当一部分士人，他们没有追逐潮流，而是坚持了我们传统文化中的实践理性精神，其代表人物如刘劭、蒋济、桓范、杜恕等。刘劭的著述已如上论，蒋济著有《万机论》，《隋书·经籍志》杂家：“《蒋子万机论》八卷，蒋济撰。”桓范著有《世要论》，《隋书·经籍志》法家：“《世要论》十二卷，魏大司农桓范撰。”杜恕著有《体论》和《笃论》，《隋书·经籍志》儒家：“《杜氏体论》四卷，魏幽州刺史杜恕撰。”又杂家：“梁有《笃论》四卷，杜恕撰。”①这些著作，都是斟酌当世，综合各家思想，以期针对社会现实状况，恢复

---

① 魏征《隋书》卷三十四，第1006,1004,998页。

和维护社会秩序。尽管这些著作现在都已残缺不全，但从它们残存的内容仍可看出其与玄学的明显的思想分野，如蒋济《万机论》有《政略》《刑论》《用奇》等篇目。桓范《世要论》有《为君难》《臣不易》《政务》《节欲》《祥刑》《兵要》《择将》《简骑》《辨能》《尊嫡》《谏争》《决壅》《赞象》《铭诔》等篇目。杜恕《体论》有《君第一》《臣第二》《言第三》《行第四》《政第五》《法第六》《听察第七》《用兵第八》等篇目。这些迥异于玄学名士的人物，适应着发展了的社会形势，以儒家为中心，遵循着实践理性的原则，对各家思想进行融合改造，踏实、稳健地履行传统的实践理性精神，力求保持社会的稳定和有序，而思想史和文学史往往更注意玄学思潮而忽视实践理性的一脉。